A mais longa duração da
JUVENTUDE

A mais longa duração da
JUVENTUDE

Urariano Mota

LiteraRUA

2ª Edição
São Paulo, 2017

A mais longa duração da juventude
Urariano Mota

Coordenação editorial: Demetrios dos Santos Ferreira
Produção editorial e diagramação: Toni C.
Agente literária: Christiane Brito
Capa: Andocides Bezerra / Movimento Artes Gráficas
Crédito da foto: Rovena Rosa / Agência Brasil
Apoio administrativo: Luciana Karla
Conteúdo sob licença Creative Commons 4.0

Informações, palestras, aquisições de livros, contato com autor:

www.LiteraRUA.com.br
facebook: fb.me/LiteraRUA / fb.me/UrarianoMota
instagram: LiteraRUA_oficial / motaurariano
twitter: @LiteraRUA_ / @urarianomota
email: nois@LiteraRUA.com.br / urarianoms@uol.com.br

Dados Internacionais de Catalogação na Publicação (CIP)

M917	Mota, Urariano
	A Mais Longa Duração da Juventude / Autor: Urariano Mota ; Coordenação editorial : Demetrios dos Santos Ferreira ; Produção editorial e diagramação : Toni C. ; Agente literária : Christiane Brito ; Capa: Andocídes Bezerra / Movimento Artes Gráficas ; Crédito da foto: Rovena Rosa / Agência Brasil ; Apoio administrativo : Luciana Karla - Recife, Pernambuco : LiteraRUA, 2017.
	ISBN 978-85-66892-13-0
	1. Literatura Brasileira 2. Romance 3. Combate à Ditadura I. Título. II. Autor. III. Santos, Demetrios, IV. Brito, Christiane
	CDD: 400
	CDU: 811.134.3

LiteraRUA
Av. Professor Celestino Bourroul, 720 - Sala 3 - 2º Andar.
Bairro do Limão - SP. CEP: 02710-001. Tel. +55 (11) 3857-6225.

A Marco Albertim, in memoriam

Apresentação
Um sonho que a repressão não destrói

Um dia desses, conversando com minha filha, uma moça de 21 anos que estuda Letras, ela me falava, contrariada, de tantas moças e rapazes (e movimentos e artistas "jovens") que parecem envelhecidos pela recusa a correr riscos, e pela vontade de ter todas as garantias e segurança que a sociedade oferece. São jovens na idade, mas não no coração, dizia ela.

Esta lembrança me ocorre no momento em que escrevo a "apresentação" a este livro extraordinário a que Urariano Mota deu um título preciso: A mais longa duração da juventude. Um relato ficcional amplamente ancorado na memória dos jovens que, por volta de 1970, resistiam à ditadura no Recife, como tantos outros Brasil afora. E traziam inscrito em sua bandeira, com letras de um vermelho flamejante: "revolução e sexo". Nesta ordem, adverte Urariano.

Rapazes e moças que, por volta de seus vinte anos, viviam às voltas com as agruras da luta política e revolucionária, e os ardores do sexo que despertava. Agruras e ardores narrados com a precisão de acontecimentos "de ontem", que continuam presentes, quase meio século depois, com a mesma e intensa realidade do brilho das estrelas de que conhecemos somente a luz que cruzou milhares de anos-luz, estrelas que talvez nem existam mais no momento em que sua imagem nos alcança.

A luz dessas estrelas é semelhante ao sonho que, hoje, meio século mais tarde, aqueles jovens ainda sonham mesmo que seus corpos já não tenham a força dos vinte anos. Mas o viço e o vigor do sonho permanecem. E fazem mais longa a duração da juventude.

Urariano Mota sabe do que trata. Autor de tantos livros, entre os quais se destacam Soledad no Recife (2009) e O filho renegado de Deus (2013), tecidos com o relato do vivido e do trágico (sobretudo Soledad no Recife) junto com o imaginado (como em O filho renegado de Deus) Urariano sabe como poucos mesclar memória e ficção. E de tal maneira as confunde na textura da escrita que, nela, o real vira imaginado, e o imaginado assume as formas do real. E o tempo funde as duas pontas do relato, entre o passado e o presente. Fundidos por uma reflexão fina, ligada – para dizer como se dizia há quase meio século – pela análise concreta de situações concretas. Não é filosofia, quer Urariano. Mas é reflexão fina, humanamente fina e que tem o dom de trazer à vida, com seus matizes, os debates com que aqueles jovens de esquerda, revolucionários, desenhavam seu futuro, o futuro de todos, do país e da humanidade.

Sonho que levou o garoto de 1969 a comprar um disco de Ella Fitzgerald onde poderia ouvir *I wonder why*, se tivesse vitrola (palavra antiga para toca-discos, também antiquada no tempo dos igualmente em superação CD *players*). Não importa que não tivesse! Teria, um dia, e ouviria a cantora cuja voz amava. Sonho semelhante ao que tantos anos depois, quando já não existia a ameaça da repressão ditatorial, queria uma bandeira do Partido Comunista do Brasil para envolver o caixão do amigo morto.

Sonho de abnegação, igualdade, de liberdade, de justiça para todos, de desapego perante os bens materiais e construção de um mundo novo, socialista.

Sonho embargado pela memória cruel da sordidez da delação do infame Cabo Anselmo, que levou Soledad e tantos outros à morte na tortura ou pelas balas da repressão da ditadura.

Nesta permanência da juventude não há, como há em Goethe, nenhum pacto com o demônio, como aquele pelo qual o poeta buscou a garantia da juventude permanente.

Não. Há o sonho fincado na herança Marx, Engels, Lênin, Mao Tse Tung, Ho Chi Minh, Che Guevara e tantos outros. Povoado por Turguêniev, Dostoievski, Tolstoi, Proust, Jorge Amado, Graciliano Ramos, Manuel Bandeira, Carlos Drummond de Andrade e também tantos outros.

"Eu não sou um velho. Aliás, nós não somos velhos", diz um diálogo neste livro maravilhoso. "Eu sei. O tesão de mudar o mundo continua".

É o resumo escrito, lembrado, do sonho. Sonho que os jovens de meio século atrás ainda sonham. Como Vargas, Zacarelli, Luíz do Carmo, Nelinha, Alberto, Soledad, a turma toda.

Este é um livro que une, com a arte da memória, 1970 e 2016 – se fosse possível fixar parâmetros tão fixos... É um livro que olha o passado não pelo retrovisor que encara o acontecido faz tanto tempo. É um livro que faz do passado os faróis que iluminam o caminho do futuro. E reduz a distância no tempo revivendo, tanto tempo depois, a mesma luta que uniu, e une, tanta gente.

Um sonho contra o qual a barbárie e a estupidez dos cabos anselmos da repressão da ditadura foi impotente. E não o destruiu. E que é a senha para a mais longa duração da juventude.

José Carlos Ruy

jornalista, comunista e sonhador.

A mais longa duração da juventude

Capítulo 1

Quando reflito sobre o que vi, noto que a nossa vida começa a partir de um instante fora do nascimento. Ela começa naquele minuto que define os nossos dias, ilumina o passado, presente e futuro. O instante definidor é como a linha da vida, na palma da mão lida por uma cartomante que não esperávamos.

I wonder why. Eu não sei por quê, não entendo qualquer motivo ou razão, inclusive a mais absurda, eu não sei por que acabo de comprar um disco de Ella Fitzgerald, o *long-play* Ella, de 1969. Eu não tenho nem mesmo um toca-discos para ouvi-la. Mas que felicidade dá nos lábios, feito um menino com um chocolate que não poderá comer, mas ainda assim feliz pelo cheiro e textura do chocolate. É inexplicável que eu esteja feliz quando encontro Luiz do Carmo em frente ao Cine São Luiz, que ao me ver exibindo a capa de Ella, pergunta:

– Você tem vitrola para ouvir o disco?

– Eu não tenho, mas quando tiver uma, já tenho Ella Fitzgerald.

Na hora, estamos com 19 anos, não temos ainda a maturidade da expressão verbal para o sentimento, apenas possuímos uma timidez que atrapalha até o pensamento em silêncio. O que não disse ali é isto: quero ter Ella comigo, acariciar a sua capa (que pobreza, meu Deus, dói até a lembrança neste instante). Quero antegozar a sua voz, a doçura que apenas ouvi por segundos e me derrubou num encanto, lá na Aky Discos. Quero prelibar a sua canção, encontrando-a junto a meu peito. Por quê, *I wonder why*? Porque, uma simplificação diria, quando o detalhe material do toca-discos chegar, eu já estarei com o disco ideal para o suporte da mercadoria. Ou num paradoxo, se o toca-discos é inacessível, eu tenho o disco de Ella, que não posso ouvir. Mas imaginá-lo, posso. Então acaricio feliz o potencial do que virá, ou viria, ou nunca, que importa, tenho Ella com a mesma certeza do apostador que vai à loja de roupas antes de comprar um bilhete na loteria. "Quando o prêmio chegar, eu já estou com a camisa nova para recebê-lo". Essa paradoxal prelibação, essa penumbra de sonho não notamos.

Que absurdo, falarei, 47 anos adiante. Mas agora, enquanto sorrio para aquele sorriso de antes, me vem ao espírito que esse é um paradoxo sobrevivendo até agora, nestas linhas. Pois o que é o escritor diante do livro que não sabe se virá a público? Não será, ele próprio, um apostador que compra a camisa amarela, de seda, para receber o prêmio do bilhete que ainda nem jogou? Estas linhas, agora, não são a própria Ella de 1969 antes do toca-discos? *I wonder why*. Quem me observou esse primeiro absurdo foi Luiz do Carmo numa entrevista que ele me fez, quando ambos havíamos alcançado a felicidade paradoxal da literatura. Mas ali, em frente ao São Luiz, ele ainda não havia sido caçado, nem tampouco eu o havia abrigado como se abriga um perigoso terrorista. Naquela ocasião da pergunta sobre o disco que não poderia ser ouvido, ele é o militante que me chamara meses antes, no puteiro do Recife Antigo, sob os gritos de Ula-Ula. O que era um constrangimento em dobro.

Havia entre nós uma ética utópica, que se violava sob o nome de desvio ideológico. Isso quando não comportava, entre os seus ferros, uma ou outra perversão. "Da Utopia e dos Desvios", eu poderia intitular este parágrafo. Ou, com menos falsa elevação, pôr o título mais rasteiro, satírico, de "Puteiro e Plutarco". Mas sinto um cheiro de vela, das que ardem no caixão do defunto, e esse cheiro, eu sei, vem da penúltima visão que tive de Luiz do Carmo, rijo e sério entre flores, no velório. A bandeira do Partido viria depois envolvê-lo. E esse cheiro suspende a mão que corria célere para o reino da galhofa, que torna chã e vulgar toda a grandeza. Eu quero dizer, e falar, enquanto busco um justo equilíbrio:

Havia entre nós uma ética utópica, que por ser ética se devia respeitar, mas quando não observada chamava aos criminosos de autores de desvio ideológico, o que muito envergonhava. O desvio era uma ação típica de militante menor, fraco, frágil, indigno de maior respeito ou confiança. Agora percebo que a organização onde militávamos era tão jovem quanto nossas vidas. O alimento da experiência passada, dos velhos comunistas, ainda não nos chegara. A escola de formação, ou seja, a história que se conta e se transmite, ainda nos era vedada. Os mestres eram nossos corações. Parecíamos nos dizer: o que desejas, vida que sonhamos? Peito, braços, pernas, todo o corpo? Então toma esta alma e o mais que houver.

A felicidade, quando se estabiliza, é vazia. Penso nisso com os olhos fitos no presente, mas não cabe ainda aqui. Nesta altura, e sei por que o pensamento foge e não encara. Agora, em 1970, o fundamental é que um militante não pode, nem deve, nem em pensamento, aspirar a uma trepada no puteiro. O arrazoado, o discurso para tão férrea disciplina, nem precisava ser enunciado, porque existe uma ética que não se expressava em teoria avançada. Mas sabemos todos que Torquato do Moura, mais tarde conhecido, por suas autoproclamadas virtudes na cama, como *O Touro de Pernambuco*, chegou certa vez a se referir a um companheiro com estas palavras:

– Rapaz, é indigno um militante, que luta contra o capitalismo, usar uma pobre mulher que vende o corpo. Absurdo, como é que pode?

Eu calei, pecador em silêncio. "Sei", eu lhe respondi em pensamento, "mas se o militante estiver bêbado, pode?". Ao que ele me respondeu, como se adivinhasse o que pensei:

– Ainda vêm dizer que tem comunista que só faz isso quando bebe. Desculpa! O cara já vai beber na intenção. Eu conheço. A bebida apenas libera o que ele não tem coragem de fazer sóbrio.

E no bar Savoy, na Guararapes, eu sei e me digo "ele fala para mim, é mais que uma indireta". Então peço a Deus, um ser a quem dou outro nome, porque sou materialista, então peço à natureza e às circunstâncias que não me deixem ficar bêbado no fim da noite. Eu não quero, não posso e nem devo. Tudo, todas as infâmias, menos isso. Nesse momento eu não havia lido ainda os versos de Drummond, "há uma hora em que os bares se fecham e todas as virtudes se negam". Pior, mais impossível, eu não podia argumentar com a pergunta natural de um pecador: "Então, como devo fazer na força total dos meus 19 anos?". Isso era impossível, porque seria opor argumentos contra a razão coletiva, aquela que regenerava a putaria do mundo. Seria tão cínico quanto um guerreiro chamado para a frente de batalha, porque chegou a sua hora, responder:

– É mesmo? – e se virar na cama para continuar o sono.

Mas se eu tivesse coragem e cinismo, perguntaria:

– O que devo fazer quando chega a hora do lobo nas madrugadas, e a única opção é enfrentar um dia sem o amor de ninguém?

Então o futuro Touro de Pernambuco, em seu papel de guardião das virtudes subversivas, responderia:

– Para ninguém é fácil. Tente namorar as operárias, as companheiras, se puder. Tente o amor no Clube das Pás. Ali vão muitas mulheres sozinhas. Tente...

E tente! Ele não falava então que no Clube das Pás as mulheres acessíveis a nós, estudantes fodidos, eram as empregadas domésticas. Com elas, exercíamos também um caráter de exploração, porque representávamos uma outra classe, a de meninos de futuro. Meu Deus, estávamos numa ratoeira. Ratos cercados que, se avançássemos, zás, caíamos na armadilha. Mas se rondássemos o queijo com fome, iríamos deliquescer até uma improvável ressurreição entre o lixo. Tudo, todas as infâmias aumentadas com lupas, com exceção de meses antes, quando saí com Luiz do Carmo de uma festa, onde acabávamos de nos conhecer. Ula-Ula!

Saímos da festa entre névoas da madrugada. No encontro festivo de militantes, a pretexto do aniversário de Alberto, travamos um duelo alcoólico entre as posições foquistas, as dos outros, e as avançadas, as nossas. Não cabe aqui o relato surrealista dos confrontos verbais e alucinados que travamos. Nem, por enquanto, da aparição da fêmea, elevada à condição de A Mulher. A Fêmea em beleza, pessoa, face e coxas que se entregavam à revolução. Importa dizer agora que saímos bêbados de batida de limão, que era a bebida de nossas posses e moda. Aguardente, açúcar, limão, sem gelo, bem mais aguardente que limão, era o jeans emocional dos drinques. Não sei, não lembro o que nos transportou da casa de Alberto na Boa Vista até à Rua da Moeda, Vigário de Tenório ou do Bom Jesus, a pensões que subíamos e descíamos. Mas sei que fui ali acompanhado de Luiz do Carmo, porque a sua presença não me inspirava o receio de estar diante da ortodoxia revolucionária. Ainda assim – e este era um segredo que não nos dizíamos, o imperativo, a ordem "eu quero mulher", quando mais próprio seria dizer "eu quero a puta quero a puta" – ficamos a subir e a descer de pensões sob a desculpa de que procurávamos um bar. Como era madrugada, achamos mesa, cadeiras e serviço em uma pensão da Vigário de Tenório, que eu conhecera antes e guardava como uma descoberta para iniciados.

Sinto que é impossível conter esta reflexão: o quanto era puro o nosso ser, até mesmo na mais completa promiscuidade. Puros, devo dizer, ingênuos até o ponto de cômicos, sem que desejássemos uma comédia.

Então nada nos falamos, nem conversamos coisa com coisa, como é de sorte e de gênero dos bêbados, até que um raio caiu sobre a nossa mesa, como se fosse a estrela Vésper de Manuel Bandeira. Mas sem qualquer pudor, vésper na lembrança da ardência da solidão do poeta. A estrela desceu na forma de uma jovem e linda mulata, que recordo com um remorso invertido, uma subversão do remorso da dor na consciência do romance Ressurreição. Em Tolstói, um nobre se arrepende, de modo mais torturante, de ser causa da prostituição de uma criada, que ele usara há tempos. Em mim, naquela mulata, eu me purgava de uma experiência perdida, quando por devoção cristã, aos 14 anos – eu havia rezado, entregue aos santos a minha alma antes – me neguei ao sexo com uma empregada doméstica em meu quarto. E torturado por esse crime sem perdão eu vivia. Tolstói é grande, dizemos, na mesma proporção da frase "Deus é grande". Mas a minha mágoa, pela felicidade perdida, não era pequena. Então a estrela Vésper riscou na madrugada e caiu em nossa mesa. Vésper, estrela, na medida do nosso delírio de álcool e carência, e o álcool vinha para preceder a nossa consciência, e para todos os doidos. Lembro que me levantei e pus o braço na prostituta da regeneração e fui ao quarto, onde ela me guiou.

O meu novo amigo Luiz do Carmo ficou com uma cerveja à espera da sua vésper, pensei. Logo depois, no entanto, eu não soube jamais o que houve, nunca lhe perguntei, mas ouvi o som forte de passos no piso de madeira, ao longo do corredor. E gritos:

– Ula-Ula! Vamos embora.

Não sei de onde ele tirou esse "Ula-Ula" para o meu nome. Será que ele imaginava que eu executava no quarto alguma dança havaiana? Imaginação brincalhona, talvez? Não, a nossa intimidade e conhecimento não o autorizavam a tanto. Nem mesmo em sonho, bêbado, demente ou louco, estaria a dançar com gestos de mãos e meneios nos quartos, sem música, enquanto a prostituta se estendia no colchão como A Maja Nua em 1969. Ula-Ula, a dança, não. Creio, e isto é mais verossímil, que Luiz do Carmo traduziu ao modo da sua cidade natal, Goiana, da zona da mata, o meu nome Júlio mais comum. Comunissimou-o, penso. De Júlio, destacou o som tônico do U, ao qual juntou a sílaba descendente e seguinte, e o resultado foi a tradução bêbada: Ula-Ula. É uma explicação que não espelha o processo mais complexo da sua mente, sei. O certo é que, apesar de não receber a mais honrosa tradução para o meu nome, eu o atendi. Antes de gritar o nome Vésper três vezes no quarto, paguei, saí, e descemos as escadas.

Que depressão miserável, mesquinha, caiu sobre nós. Enquanto caminhávamos sobre os paralelepípedos da Vigário de Tenório, eu lhe perguntei, mas sem poder olhá-lo:
- Você não pegou nenhuma?
E ele, a contragosto:
– Não, é contra os meus princípios.
Isso era pior que Ula-Ula. Então, golpeado, voltei:
– E como você faz? Não sente necessidade?
– Eu tenho namorada.
Ula-Ula, senti um vazio em mim. Mas o nocauteado voltou:
– E você faz sexo com ela?
Com a pergunta, o meu amigo ulador sentiu o golpe. E respondeu:
– Sim... Não.
– Sim ou Não?
– É... sim, sim. Mas não é um sim completo.
– Hum... Mas completo até onde?
Os bêbados são, todos, intrusos. Sem escrúpulos, sem educação no agir ou na fala.
- Ah – ele me responde. – Eu respeito a virgindade dela, entende? Eu respeito.
- Você?!
- Sim... Não. Ela ainda não está preparada.

E seguimos caminhando, entre sins e nãos guturais, a fórceps, acima dos paralelepípedos, ao largo das pensões de putas. Insatisfeitos, sem anjos da guarda, nem os anjos de barro de Goiana. O melhor era o sábado, que se abria azul no Atlântico, em frente ao porto do Recife. O mar se abria no cais, saudável, com óleo nas águas, fedorento, mas com cheiro de sal em mistura de frutas ácidas e açúcar dos armazéns. Eu não sabia, aquele cheiro era como o sêmen perdido nos puteiros, expressão do intenso desvio da gente que não devia existir em um novo mundo. Como o imaginávamos.

Capítulo 2

Éramos puros, ingênuos. Eu sei. Éramos necessários, com todos desvios, enganos e virtudes, isso em mim vem crescendo. Daí que recupero suas vidas neste gênero de narrar, que não comporta o documento rígido. Aqui se expulsa o texto frio, documental, porque nestas linhas tudo é mistura, vivo, acontecido ontem, hoje, agora. Escrevi "rígido", "frio", e sinto o paradoxo dos adjetivos para o que pela vez primeira eu vi. Diante do caixão de Luiz do Carmo eu senti a falta da bandeira do Partido Comunista do Brasil. Talvez eu nem devesse escrever isso. Mas eu quero dizer, procuro a expressão, e peço a Deus que me ilumine e guie na difícil tarefa de escrever o que penso.

Ao caminhar para o necrotério, próximo ao necrotério, eu não estava preparado, porque ninguém está preparado para a surpresa da morte. Ela vem como se, de repente, o chão se abrisse e mergulhássemos no escuro de um espaço sem referência. Mas minto, porque mais próximo da verdade é isto: mergulhamos no espaço escuro com a consciência dilacerada, com a memória em terremoto, os miolos deslocados à procura de um ponto de abrigo. Isto: à procura de um norte no espaço quando estamos sem nave, sem sinal de planeta ou qualquer azul com o nome de Terra. Quero dizer: eu estava e não estava naquele enterro. Eu me via nele, mas o que chamo de meu corpo não estava ali. Quero dizer enfim do modo mais claro: o meu ser, o nosso ser ainda não havia sido respondido naquela morte. A nossa vida ainda estava sem reflexão ou resposta.

Eu me deixei sentar, antes, caí sentado num bar perto do necrotério. Eu me sentei como um pugilista atordoado senta no banquinho no intervalo do gongo. Haverá um próximo assalto, eu sabia, e como fera acuada via pelos cantos dos olhos, pelos cantos da consciência um ligeiro raio que passava gritando, no próximo assalto é você. Os próximos são vocês. Nesta altura da idade, fala o estúpido bom senso, somam-se as quedas biológicas. "Quedas", um outro gênero de quedas, diferentes e iguais à morte na ditadura, porque morremos quando tudo está por se construir, antes e agora. Lembrança do poeta Alberto da Cunha Melo:

"Tudo condenado a nascer
e essa urgência de terminar
o que será realizado
de qualquer maneira a seu tempo".

Mas é tão diferente, hoje. Estamos na legalidade, o partido, se não é o poder, é chamado ao poder pela força da sua militância. Sim, tudo é tão diferente, mas a morte do camarada nos expõe a fratura do que parecia confortável, estabilizado: "acorda, o ser não foi respondido". O porquê da vida continua sem resposta. Acorda, porque o tempo é adverso, a duração do tempo é adversária, a resposta não virá andando, a resposta deve ser buscada.

Se assim nos chama a voz que reflete o raio fugaz, na hora não a ouvimos bem, ainda que se apresente pelo seu portador, o corpo morto de Luiz do Carmo. Por isso divagamos na mesa, eu, minha esposa e uma antiga namorada de Luiz. Tomamos distância das questões mais graves, apesar do abalo sísmico sob nossos pés. Em lugar da olhada de frente, evitamos a procura essencial: "onde está o nosso ser?". Temos os olhos rápidos para os cantos, olhos de louco, de animal a farejar o inimigo que vem pular em cima de nós.

– Como ele morreu? – pergunto. E com isso gostaria de fazer de conta que as circunstâncias explicam a razão da sua morte.

– Foi de repente. Passou mal de repente – a ex-namorada me responde.

– Ele estava em casa?

– Não, foi num bar.

– Ah! – exclamo.

Ah, se não fosse num bar, se ele não estivesse levando a vida que levava, estaria vivo. E assim sou compreendido na mesa, e dessa forma somos iludidos.

– Eu soube que ele andava meio solitário – a ex-companheira fala. – Bebia muito.

– Ah! sei – fala minha esposa.

Peço outra bebida, eu não estou solitário, então eu posso pedir outra. Isso até pareceria cômico, mas está na fronteira entre a comédia e o trágico. Porque o conteúdo de "bebia muito", e por isso morreu, quer nos convencer de que se não fosse o álcool ele estaria vivo, quem sabe, para sempre. Então a morte não é um ponto de encontro com o desencontro, não é uma fatalidade biológica, é apenas e só um produto das circunstâncias. Fossem outras, ah, teríamos a duração eterna, estamos convencidos, conquistados, sem que seja necessário qualquer murro lógico. Já estamos derrubados a nocaute na ilusão.

- Mas foi num bar? - Volto, e corrijo porque estou num também: - Ele estava de passagem pelo bar?
- Ele estava bebendo - a ex-companheira responde.
- Na hora, ele bebia o quê? Você sabe? - quero saber, porque devemos evitar o que pode ter sido a causa do seu falecimento.
- Acho que era vinho - ela fala, numa versão que mais adiante saberei ser falsa. Mas talvez se refira à bebida dos namorados nas histórias românticas.

"Vinho! Num clima quente não é bom", penso.
- Com este calor... - completa minha mulher.

Isso mesmo, eu não falo, porque tenho a desconfiança do absurdo a que gostaria de chegar, que é: está explicado, com este calor, beber vinho é o mesmo que procurar a própria morte. Faz, faria sentido, sei, mas não como a causa, e causa de gênero terrorista, causa do óbito, como eu gostaria, para então afastar de mim tudo que lembre uva, com especial distância da maldita fermentação. Mas a minha comodidade não se detém, não a consigo parar na busca de uma razão para a morte de Luiz do Carmo.

- Ele morreu lá mesmo no bar?
- Sim - a ex-companheira me responde. - Eu soube que ele estava sentado, arregalou os olhos, e desceu a cabeça por cima da mesa. O garçom pensava que ele estava dormindo. Quando foram ver, estava morto. Ele morreu dormindo.
- Ah - consigo dizer, para nada dizer. Esse "morreu dormindo" é mais brutal que a imaginação anterior "arregalou os olhos". O que pesquisarei meses adiante provará que os olhos saltados vêm de uma construção

imaginosa. No entanto, apesar de mais dramáticos para uma cena teatral, na espécie de espetacularização da morte, esses "olhos arregalados" angustiam menos que "morreu dormindo". Porque o ato de dormir é mais natural e comum que saltar os olhos, que pode significar uma falta de fôlego, uma obstrução. E dormir, por sua naturalidade inescapável, que se une a morrer, não é bem uma fórmula carinhosa, amenizadora, como se fosse o mesmo que "morreu sem dor". Na hora, sinto, sentimos a lâmina que vai desabar também sobre as nossas cabeças. Então um homem não pode mais dormir. Que traição mais suja.

– Sei – falo, enquanto mergulho num gole longo do uísque, de vez. Eu quero me anular no álcool. E não consigo. Apenas atinjo o meu outro, fora de mim. –Sei – respondo, porque de nada eu sei. Não sei de nada e quero saber. Eu quero saber a mais elementar razão: por quê, para quê estamos vivos. – Sei – e viro o rosto de lado, talvez com aqueles olhinhos de louco, que voam rápido para os cantos, metidos em si e faros da fera que vai atacá-lo.

Na selva sem esperança recebo a cara de Luiz do Carmo no caixão, com bigode mexicano na face, que não era mais a do amigo que gritava Ula! Ula! em 1969. Do Carmo, que golpe à traição foi esse? Então a ex-companheira, como no verso de um tardio retrato 3 x 4 onde se dedicava "como prova de carinho, amor e amizade", fala, como se nada dissesse na tarde:

– Ele estava comemorando a notícia da publicação do próximo livro.
– Um livro?
– Um livro, que a editora em Pernambuco vai publicar.
– Um livro – murmuro.

Um livro, sinto, eis uma razão para viver. Não sei agora se é um barco salva-vidas na hora do naufrágio, mas em mim, até o mais imo, sei que é uma razão de viver, e de morrer. Nesse momento o cidadão Luiz do Carmo se ergue sobre a mesa, e não é mais o ridículo bigode de filme de hollywood. Não. O senhor Luiz do Carmo é um homem que acredita num lugar mais alto que falecer na mesa de um bar, sozinho. O ex-falecido Luiz do Carmo é um escritor capaz de frases laminares que vão além da lápide, como nestas aqui:

> *"Engoliu a metade da bebida e acendeu um cigarro oferecido por ela. Os dois fumando. O fio preto do querosene juntou-se à fumaça dos cigarros. Se houvesse relógio na parede, teria ponteiros desinteressados nas horas".*

E me vem, de 1970:
– Ula, Ula, o que você vai fazer com o disco de Ella Fitzgerald?
– Eu vou escutar Ella quando eu tiver um toca-discos.
– Ula, Ula, vamos ver a manhã nascendo no cais.

E depois, ele me pergunta na maturidade, na mais longa duração da juventude:
– Júlio, você já leu os contos de Memória de Caçador, de Turguêniev? É um autor do grande mundo da literatura.

Então, de repente, mais de repente que a sua própria morte, me atinge o pensamento como um raio na tarde:
– Luiz do Carmo tem que ser enterrado com a bandeira do partido. Ele não pode partir sem a bandeira do partido.

Para mim, no momento, é oculto o processo de luz, emoção, que resulta na necessidade do seu caixão se envolver com a bandeira vermelha da foice e martelo. Não sei como veio o salto do livro e da morte para a bandeira do partido. Mas sei que veio com força o desejo de ver a bandeira, que significava, "esta é a sua identidade". E o cheiro de álcool, de bagaço, da cana esmagada de Goiana me chegou mais forte. Lembranças têm cheiro. E veio a fragrância da aguardente, de outra mesa, em outro lugar e dia, quando ele me falou que um dos valores máximos da sua vida era o partido. E a literatura, que ele não declarou, mas sei agora, como se fosse um amor escondido, clandestino, paixão pecaminosa, de tabu, que o fez morrer na mesa de um bar, comemorando a publicação do novo livro.

Na hora, o que me assalta em mistura de alegria, dor e angústia em mais um movimento absurdo, inexplicável, de dor e alegria em um só sentimento, é a urgência da bandeira do Partido Comunista do Brasil. Para os ateus, ou como falaria Luiz do Carmo, "para os materialistas históricos, dialéticos, sob as luzes de Marx, Engels e Lênin", onde falta Deus há uma continuação da vida na luta histórica da militância. Quem é de fora não entende. É mais que a perpetuação de um só personagem, como o Fantasma do gibi, das histórias em quadrinhos. Na historinha, as gerações se sucedem e vestem o mesmo uniforme e máscara, de tal modo que serão sempre o mesmo Fantasma. Mas não como os militantes comunistas. Eles são mortos, falecem, caem, mas os que ficam vão para o lugar do que se foi ou partiu. E o que se foi continua em nova vida pelo fio histórico da atividade partidária. Isso eu compreendia, dentro de uma compreensão cética. Mas ali, quando me ocorreu a necessidade da bandeira do partido em seu caixão, os motivos eram outros. Os motivos não eram assim desse modo grandiloquente, ou pelo menos guardavam uma distância do extraordinário, do retumbante. Quero e preciso dizer: quando eu vagava em um vale de almas penadas sem uma razão para a vida, me veio a bandeira vermelha, que era uma razão para ele. Mas uma razão que traduzo de modo diverso, quando procuro o terrorista a partir daquela noite no puteiro da Vigário de Tenório. O tecido vermelho se abre mais amplo e sobre ele caminhamos sem que nos tivéssemos dado conta, desde 1969. Como vou escutar Ella Fitzgerald sem ter nem um toca-discos?

Capítulo 3

Há um pensamento de Goethe, registrado por Eckermann, que fala da puberdade repetida. É um conceito luminoso, sem dúvida. Mas essa juventude ampliada ainda não seria uma ambição desmedida, pois mais adiante, ainda segundo Eckermann, o poeta de gênio insaciável expressou uma crença na imortalidade com estas palavras:

"A crença em nossa imortalidade vem do conceito de atividade, pois se eu me conservo ativo ininterruptamente até a morte, a natureza vê-se obrigada a conceder-me uma nova forma de existência logo que o meu espírito não possa suportar mais a minha atual forma corpórea".

Antes de ver nisso um idealismo, o que seria injusto, pois não se deve opor a razão linear a uma forma poética de pensamento, prefiro saudar o homem que ama e se apaixona até depois dos 70 anos, numa rebeldia prática e fecunda. Penso na elegia que o poeta escreveu a cantar um fenômeno geral de todos nós, ainda que cantasse a sua graça e queda somente. Penso no coração universal que nele havia, ao falar do sentimento tardio que o assaltou na velhice, quando se apaixonou por uma jovem linda. "O que devo esperar de novo encontro / Da flor ainda fechada deste dia?". Ninguém precisa retirar da sua elegia um ventrículo, o poema é belo em si mesmo, uno, orgânico. Mas quanto mais reflito sobre os anos que se abriram para Luiz do Carmo, amigos e companheiros, mais os associo à puberdade repetida de Goethe. Quero dizer, não é bem que tenham sido acometidos por uma pubescência na velhice. É que não saímos de uma puberdade madura, de 1970 até hoje, penso. Isso significa, num plano geral de ideias, idealizado talvez, que raro encontraremos conservadores entre os mais velhos. E de um ponto de vista de comportamento, digo que caímos numa inadequação, porque não agimos conforme a gente da nossa idade.

Narro com os olhos que não se negam a ver. Atravessamos o tempo como uma flecha cujo alvo é o que canto e conto.

Luiz do Carmo era filho único de mãe. Único também em outro sentido, porque o pai se tornou pessoa ausente, mantendo-o à distância desde o Rio de Janeiro, numa assistência remota. De um aspecto material, de comer, estudar e possuir o básico, a sua infância não havia sido difícil. Pelo contrário, na condição de filho único e sem a presença do pai, sobre ele caíram as dádivas de carinho e tudo que fosse possível da mãe. Além da própria natureza, que se incline para a virtude, essa exclusividade não é boa. Quero dizer, a torrente de atenção e cuidados fazem do mais generoso um indivíduo desatento à sorte alheia. O amor e o conforto lhe vieram numa educação de filho único. Daí que mais de um militante o tomasse às vezes como um ser egoísta, o que seria um paradoxo vivo, de um ponto de vista conceitual, digamos. Ainda que a natureza não se mova por conceitos, pois estes é que devem ter a arguta observação de acompanhá-la, os comunistas longe estão dos seres ideais nas cartilhas e obras simplificadoras. Eles são pessoas, com "defeitos e virtudes", diria Luiz do Carmo em uma de suas autocríticas. "Mas sempre guiados pela força inquebrantável do partido", afirmaria adiante, para assim não ser desprezado à "lata de lixo da história", como tantos. Na sua fase vizinha ao maduro, isto é, na altura dos 30 anos de vida, ele falaria dessa forma a coçar o saco, porque afinal era macho e viril comunista no Nordeste.

Mas nós o vemos antes, com traços da puberdade, por volta de 1970. É claro, seria absurdo chamar de egoísta um jovem que punha em risco a própria vida, para desse modo alcançar a fraternidade universal. Mas, o diabo é o "mas". Na sua pessoa do cotidiano ele era senhor de uma pele dura, difícil de ser atravessada pelo drama do companheiro mais necessitado. Se viesse uma ordem da máxima deusa para os estudantes socialistas, mais conhecida pelo nome de Ação Popular, não. Ele a seguiria sem qualquer vacilo ou contra-argumento. Mas se uma ação à margem de uma tarefa, fora do que chamávamos partido, se um companheiro estivesse com fome a vê-lo almoçar sozinho, ele não iria além da pele da própria necessidade. E argumentaria, se fosse chamado ao dever de companheiro:

– Ele não me disse nada. Como eu ia adivinhar?

Em 1970 o almoço era pouco, dividi-lo era o mesmo que ficar com meia fome. E meia fome ainda é fome. Seria justo que dois passassem necessidade em lugar de um? É a lei de guerra, companheiro, poderia ser argumentado. O que tem lá sua lógica, para quem come sozinho. No entanto, Luiz do Carmo será capaz, desde então até o fim dos seus dias, de suportar as maiores dificuldades em silêncio, sem reclamar, sem atrair para si um sentimento de piedade. Nesse particular, também era dura a sua pele, ele não acusava o golpe sofrido, ainda que caísse de dor até o chão. Assim foi quando ele caiu da cadeira no bar, no dia em que faleceu. Em silêncio amargou o fim, sem gemer. Mas nós o vemos antes. Como agora, nesta primeira duração da mais longa mocidade.

Estou no trabalho, no maldito e torturante trabalho, onde me dedico a ganhar o pão, ganhando-o à custa de datilografar guias de transporte de material elétrico. Bato as teclas mal, com dois dedos, em surtos que oscilam da raiva ao entorpecimento. Eu quero ser poeta, eu quero ser cronista, mas a minha literatura é composta de versos que são listas de parafusos, luminárias, fios e caixas de subestação. E quem assina o poema é o chefe de seção. Sou, portanto, autor de poesia de circulação intensa e dirigida a eletricistas que não leem. Inferno. Trabalho em um galpão sob telhas de zinco, no descampado onde a companhia construirá a sede na Avenida João de Barros. Amargurado, ora, amargurado, puto copio nos intervalos do almoço verdadeiros poemas, como os de Drummond, que escondo na gaveta:

"Na areia da praia
Oscar risca o projeto.
Salta o edifício
da areia da praia...

Era bom amar, desamar,
morder, uivar, desesperar,
era bom mentir e sofrer.
Que importa a chuva no mar?
a chuva no mundo? O fogo?"

Súbito, no fim da tarde, Luiz do Carmo bate à janela do escritório em 1970. Ele muitas vezes aparecerá, de repente, saberei até o fim. As notícias não são boas, como sempre, nesse tempo. O seu rosto gordo, sem pelos, que ainda não havia recebido o bigode Pancho Villa, bate na vidraça da janela do barracão da companhia. Os colegas se viram, não sabem quem bate. E veem um estranho. Imaginem que coisa mais bandeirosa, nas circunstâncias da ditadura, que o rosto assustado de um jovem que bate à janela, aponta um funcionário suspeito de gostar de poesia, e lhe faz gestos desesperados para que saia, urgente. Em vez de entrar – não há proibição para que não entre no escritório -, Luiz do Carmo bate à janela, ora forte, ora mais forte, com os olhos esbugalhados a fazer sinais, acenos vigorosos, rápidos, para que vá até ele, para o lado de fora do barracão. Saio, atrapalhado, porque sei da desconfiança com que os colegas me acompanham pelas costas. Imagino que nada de bom virá. E veio:

– A repressão me procurou no colégio.

– Foi? – a vontade que tenho é de falar "você não podia guardar a notícia até o fim do expediente?", ou pior: "o que é que eu posso fazer com a polícia nas tuas costas?", mas a decência, um outro nome da solidariedade, me cala. E pergunto: - Mas foi assim, do nada?

– Tem um tira lá na turma, ele me entregou. Olhe. Se a polícia for na secretaria, vai pegar o meu endereço de casa.

– Sei, entendo – e começo também a entrar na vizinhança do medo, pois adivinho: "agora, a coisa está complicando".

– Eu já estou clandestino – Luiz do Carmo continua, rápido. – Eles não podem me pegar. Não podem. Eu dirijo a UBES no Recife.

"Acabo de ser apresentado à direção", penso. "Que momento, amigo, estou honrado", eu me digo, e olho para trás de mim. A UBES é a União Brasileira dos Estudantes Secundaristas. Agora mais esta: o meu amigo é dirigente com esta cara de criança, sem pelos no rosto. E não pode ser apanhado, uma responsabilidade que sobra para mim. Mas eu sou nada, escrevo poesia de versos de parafusos. Um pensamento corre veloz: os presos políticos morrem sob tortura ou retornam fantasmas em forma de gente, cheios de sequelas físicas, mentais. Em mim se dividem a solidariedade ao companheiro perseguido e o desejo de fugir do incêndio, que começou por ele e vai atingir a minha própria segurança. É claro, poderei ir também à tortura, e se voltar da prisão, da queda, estarei pior do que me encontro. Devo confessar, começo a me apavorar também. Agora, mais uma vez, o que acontece a Luiz do Carmo pode ser uma antecipação para mim. No momento em que escrevo, ele não está presente no sentido físico, mas no de honestidade iria concordar, apesar de insatisfeito, concordaria: na hora em que a polícia política está no seu encalço: ele está apavorado. Logo ele, logo nós, logo todos os militantes de Ação Popular, todos que são contra a ditadura. "Na real", como falam hoje os mais jovens, tão jovens quanto nós fomos, logo nós que nos queríamos tão heroicos, na hora do fogo estamos apavorados. Em nossos ouvidos e imaginação soam as trombetas que cantam Guevara na selva boliviana, os mais velhos recordam a epopeia do Exército Vermelho contra o nazismo, os maduros sabem da bravura do vietcongue, mas nós não somos o Exército Vermelho ou o vietcongue nessa hora de angústia. Luiz do Carmo tem os olhos arregalados, do lado de fora, no pátio da Celpe da João de Barros. Todos nos veem, mas que vão à puta que os pariu.

– A família da minha namorada me disse – ele fala. – Eu estou na lista. Eu vou entrar nos cartazes de "Terroristas, procuram-se".

– Absurdo, rapaz: você, terrorista...

Mais que a imagem de Che me ocorre a cara dos terroristas nos cartazes das ruas. Então o puteiro do Recife se torna revolucionário, é o companheiro zanzando a gritar "Ula, Ula, vamos embora". Olha o compromisso, ele continua a gritar nos olhos agora. Temos tarefa. Então eu lhe falo, com medo e pavor, mas lhe falo, naquele sentimento em que a empatia vence por segundos o medo, no sentido de ir além da pele da gente, que chamam às vezes de solidariedade, mas tem o sentido primeiro de companheirismo:

– O que podemos fazer?

Pergunto e me arrependo, mas já é tarde. E de resto, o que falasse mais era inútil. Eu também me sentia na lista dos procurados, com ânimo, sem ânimo ou com as pernas bambas. Ninguém pergunta a um condenado à cadeira elétrica se ele vai morrer com coragem. Ele vai. Eu fui.

– Onde vai ser o nosso ponto?

– Na Praia dos Milagres, em Olinda. Oito da noite.

Eu não descrevo uma natureza morta. Enquanto escrevo, a vida que narro está ocorrendo aqui. Este passado que revivo não morreu, os personagens não são bonecos de cera. São pessoas que foram, que são e agem agora mesmo, em Olinda, no Recife. Não falo de entes mortos. Falo de quem caçavam como o terrorista Luiz do Carmo e perambula na Praia dos Milagres. Ele percorre a areia da praia antes que a caneta percorra esta página.

É noite e a praia é deserta. Um cenário ideal para um crime, eu diria naquele ano. Ali, eu estava com uma nova pessoa nas pedras da praia: Célio, o inflexível estalinista. Uso "inflexível estalinista" sem qualquer redundância. Célio é um admirador de Stalin, sobre quem não admite a mais leve piada, como esta, lembro. Em conversa, contamos para ele que certa vez num congresso do PCUS, no momento supremo vai à tribuna o guia máximo dos povos. Stalin, claro. Silêncio absoluto, como absolutas deveriam ser todas as coisas ali. Mas quando Stalin começou a falar, um espirro se ouviu. Então a maior liderança para, e de modo solene – diziam as más línguas que ameaçador e aterrorizante – pergunta: "quem espirou?". Constrangido silêncio se faz. Então Stalin ordena: "Guardas, fuzilem a primeira fila". Ordem cumprida, o guia continuou a fala para os demais sobreviventes. No entanto, a cada período determinado, assomava o terror de um novo espirro. E por consequência, Stalin ordenava novos fuzilamentos. Até o instante em que se levantou um senhor pálido e trêmulo: "Fui eu, fui eu...". Ao que Stalin lhe falou: "Saúde, camarada".

A essa invençãozinha de humor, para a qual sorríamos apertando os dentes como os cristãos apertam os seus frente a uma piada de heresia, a essa infâmia Célio nos respondeu:

– Isso não se conta nem à mulher na cama! Piada contrarrevolucionária, gera um ambiente contra o socialismo.

E nós, embora não concordássemos com tão devastador papel da historinha de Stalin e espirro, não o contradizíamos. Em parte, porque dávamos razão a Célio, em parte porque não desejávamos uma "queimação", do gênero "aqueles ali divulgam calúnias contra Stalin". O fato inegável é que Célio era um quadro jovem, tão inexperiente quanto nós, mas respeitável pela dedicação à militância. É com ele que me reencontro nas pedras dos Milagres. Tensos, procuramos nos informar das últimas da repressão, até o momento em que vislumbramos um estranho vulto na praia. Na penumbra do luar, pelas formas de um indivíduo quase gordo caminhando sozinho àquela hora na praia, desconfiamos ser uma aparição de Luiz do Carmo. Então o vulto que parecia ser ele mais se aproxima, e o reconhecemos, porque mostra os disfarces de um perseguido pela ditadura. Em primeiro lugar, porque nos vê e finge que não nos viu, ainda que se ofereça ao contato como uma mariposa contra a luz. Em segundo, porque é de arrebentar o poder do seu disfarce: ele veste uma japona em pleno calor do verão, mais óculos escuros e boina, uma torturante boina branca, encardida, onde aparecem florezinhas pintadas. Pela japona e óculos, ele é a personificação do tira clássico no Recife. Pela boina, é um guerrilheiro de teatro, se não tivesse as florezinhas de adorno.

– Foi o que consegui pra disfarce – ele nos contará anos depois.

Mas na agonia da hora, sentimos estranheza na mistura de perseguido político e disfarce de adolescente revolucionário. Então Célio se levanta, porque é um quadro da direção, e vai ao encontro do vulto da noite para os últimos informes. Eu fico nas pedras a observar os dois companheiros da revolução. Célio é magro, branco de uma alvura pálida, de um pálido que em corpo imaginário lhe deixa aparência de alma penada de quadro de Lula Cardoso Ayres, naquela série, descobriria no século XXI, Assombrações do Recife. Célio ouve e gesticula. Luiz do Carmo, o perseguido que se oculta chamando atenção, abre os braços, largo, nega com o rosto, depois vira a cabeça para o mar e o horizonte escuro. O vento sopra, cálido. Me disseram que eu ficaria como segurança nas pedras. Daí que lhes dou assistência sem armas, sem norte, sem qualquer rota de fuga. O protetor também está desprotegido. O que faria se de repente a polícia baixasse com fuzis e pistolas? Isso não me ocorre, nem socorre. Apenas gritaria para o mar: polícia! E os meus amigos fugiriam a nado, rumo ao continente africano. A função do segurança, aprenderei num congresso adiante, é ser vigia, o sentinela que avisa com um grito aos companheiros: polícia! E foge, se possível. Isso não é heroico, mas é bem verdadeiro. A desproporção chega a ser imensa. De um lado, o que desejamos - a revolução, o levante insurrecional de toda a humanidade. De outro, o que temos – um 38 para alguns, um mimeógrafo para vários estados do Nordeste, e a teoria de Marx fatiada em capítulos mimeografados. Carência de tudo e riqueza total de aspirações. Não nos perguntem quem somos. Se por acaso nos fizessem a petulante pergunta, teriam a resposta: "somos a vanguarda da revolução".

Sim, somos uma fileira de guardas avançados, onde o primeiro que imagino é Luiz do Carmo de boina e uniforme, mas sem a japona e os incríveis óculos escuros. Só o sonho do futuro. Mas isso é uma imagem refletida no espelho retrovisor. Na hora, somos três à procura de uma saída para enganar a repressão. Eu ia escrever uma "saída honrosa", mas detive a pena, pois o que observo das pedras é muito perturbador. Se existe "saída honrosa", é uma honra de emergência. Fosse eu um cínico, "um renegado", como do Carmo costumava se referir aos desertores, eu diria que é um salve-se quem puder. No entanto, não é uma debandada, como veremos adiante. Sei que ao fim de uma hora, que para mim foi tão imensa que durou uma eternidade, em que fugi para a África, e como não sabia nadar, corri sobre as águas como um Cristo nos Milagres, eu soube o resultado do encontro. Sobre as pedras, Célio retornou sozinho. E me disse:

– Do Carmo está com um cheiro de puta arretado.

Eu não sei até hoje como Célio sabia do cheiro de putas. Dele eu jamais esperaria tamanho desvio, mas na ocasião defendi o amigo:

– Deve ser a mistura de perfume barato com suor. – E completei, no limite da autoacusação: - As putas têm outro cheiro. Eu acho.

Célio me olhou irônico. Ele não devia ser tão puro quanto parecia. Eu acho. Mas disso ainda não tenho a certeza.

Capítulo 4

A pureza daqueles anos era ausência de pecado? Se elastecermos o sentido de pecado da Igreja, elevando-o a uma ausência de virtude no terreno da Ética, creio que a maioria de nós sofria a pureza. Ou dizendo melhor, padecíamos em um puro contraditório. Esclareço. As declarações de pureza, nas ações e modo de ser que os possuíam, não vêm dos militantes cuja tendência é a glorificação dos próprios desempenhos. Não falamos da pureza glorificada, porque ela possui às vezes um caráter cômico, risível. Mas a sua verdade muitas vezes trágica não deve ser ocultada. O major Ferreira, notório anticomunista do Recife, contaria anos depois que adorava as ações de cerco a aparelhos dos subversivos. Atirador de elite, ele ria ao lembrar como os jovens procuravam escapar da operação militar. "Os terroristas imitavam os filmes de caubói. Saíam do aparelho atirando, rolando pelo chão. E eu só na mira. Ali mesmo ficavam. Eles pensavam que eram artistas de cinema". E gargalhava dos terroristas.

A vida lembra a intensidade de uma canção. Na reconstrução pela memória, a vida é intensa, profunda e breve como uma canção fundamental. Mais próximo do que desejo dizer: a memória da vida é uma brevidade que não termina. Há um ponto e uma repetição indefinida. Melhor, não é um ponto, são reticências. Mas pontos que não se repetem, porque se deslocam, variam, percepções em torno de um acontecimento que voltam sem fim. Então a sua retomada é mais que uma música. Mas lembra a canção que se renova no sentimento, na felicidade às vezes amarga que volta, como se pudéssemos voltar a ser ontem. Ao ser de ontem. Ao ser sem resposta de antes, mas com uma gravidade que não imaginávamos no sem saber resposta do bar, enquanto o corpo de Luiz do Carmo jaz no necrotério.

O celular da minha mulher toca. É a mulher de um amigo que deseja saber como foi a morte. Ela fala de outra cidade, de outro mundo, fora do Recife. E deseja me falar. Tento responder, mas estou sem resposta. Estou fora de cobertura, sozinho, eu e ela, mais uma vez. Ella, a outra, sempre está na sua voz repousante, que é um sinal para nós que a Terra é azul e pode ser um abrigo para quem sente e não tem a expressão para o que se revolve no íntimo. "Como vais escutá-la se não tens um toca-discos?". Eu nem havia me dado conta do absurdo da compra do disco, aliás, só vim notar mais de 30 anos depois, quando Luiz do Carmo me contou e dele veio a recordação da certeira observação. Mas Luiz do Carmo, noto agora, todos nós tínhamos a nossa Ella Fitzgerald sem toca-discos. Quero dizer, a maioria de nós era pobre, muito pobres, alguns até miseráveis, e nem nos dávamos conta da carência de tudo, porque sonhávamos com os olhos escancarados para o mundo que viria. Quem possui o sonho não é pobre. "Camarada, isso é um idealismo. As condições materiais são a base do mundo subjetivo", me falaria Selene, a nossa líder no movimento secundarista. Mas jamais poderia vir dela tamanho corretivo, porque ela própria estava no paradoxo de amar o distante e não ter as chamadas condições objetivas para o amor. Ela se mantinha firme e forte com os companheiros, uma fortaleza contra intimidades, enquanto despertava paixões e feitiço nos rapazes solteiros, para quem ela era a própria deusa da subversão. Mas Selene, com a sua correção retórica, era a polícia tentando invadir o real, que não é dogma nem se move por ordem positivista.

Quem possui o sonho não é pobre. Nós nos alimentávamos do sonho, uns aos outros. Contávamo-nos os próximos passos do levante insurrecional que viria, sem sombra de dúvida. Contávamo-nos a beleza de nossas aspirações culturais, porque ambicionávamos também o mundo das luzes. Revolução, arte e cultura eram uma só, orgânicas, sem fraturas. Se não eram até ali, seriam. "Será", dizíamo-nos com uma certeza de arrasar exércitos contra nossas Canudos. Escrevo assim e vejo Anunciado Zacarelli. Ele sapateia na Rua do Riachuelo. Zacarelli está "no grau", como os jovens falam agora. Para nós ele estava apenas "queimado", isto é, no começo da embriaguez, ainda longe de ficar tonto. Mas ele está bêbado de outra maneira. Bebeu três cervejas – "beber é um ato revolucionário, bicho", ele nos assegurava, contra a opressão de Zé Batráquio, que bebia mais que ele, mas ponderava: "sem faltar aos compromissos assumidos". Anunciado Zacarelli vinha do Bar Savoy, depois de para ele uma farra, com Zé Batráquio e Luiz do Carmo. Então, na altura do cruzamento da Rua do Riachuelo com a Rua da União, ele vê a cabeça em mármore do poeta Manuel Bandeira. Para quê? Zacarelli sempre foi portador de um talento histriônico, de uma veia humorística que não desenvolveu por conta das tarefas mais graves do movimento estudantil. Mas um dom de humor, se podemos escrever assim, que atingia a graça sem que a buscasse. Como um talento que transbordava de si, à sua revelia.

Agora, com a licença que lhe dá o álcool, Zacarelli se dirige à cabeça de Manuel Bandeira. E ali, como homenagem á sua musa Maria, que ama o líder estudantil José Berenstein, que casará com ela e a deixará por outro amor que não entra nesta história, ali, como uma homenagem a Maria, Zacarelli declama Vou-me embora pra Pasárgada. Com raiva, calor e moção, falando o poema em interpretação de ameaça.

"Se não me queres, ó Maria
Vou-me embora pra Pasárgada
Lá sou amigo do rei
Lá tenho a mulher que eu quero
Na cama que escolherei..."

Súbito, justo no trecho "quando de noite me der vontade de me matar", lhe passa pelos pés uma vigorosa e estupenda ratazana. Ela devia também estar bêbada, porque passa, volta e rodopia entre as pernas de Zacarelli, como a buscar o cheiro de cerveja que tresandavam os poros das canelas, ou, pior, como uma provocação infame ao verso "terei a mulher na cama que escolherei". Ratazana fêmea, ela parece querer subir nas pernas compridas de Zacarelli. Assim ele me contou, para justificar o espetáculo que deu ao inesperado assalto do animal na poesia. "A ratazana começou a escalar a minha tíbia, bicho. Vinha para o meu saco, essa é a verdade". O certo é que, pelos depoimentos mais confiáveis de Zé Batráquio e Luiz do Carmo, Zacarelli sapateou furioso e desesperado na Riachuelo. Sapateou sem Flamenco, Flamengo ou Sport. Pelo que conheço dele, e pelos relatos, Zacarelli não sabia se escalava, ele próprio, até a cabeça de Manuel Bandeira, se chutava o inverossímil, e a inverossimilhança era uma ratazana na perna em 1970.

– Ela estava prenha? – eu lhe perguntei.

E ele sem fôlego, emocionado como nos emociona um relato revivido, ainda entre a indignação e o choque:

– Hem? Não tive tempo de ver o seu fundo. Ela me escalava! Sabe o que é uma ratazana a lhe subir de repente? Sabe o que é isso?– E recuperado da emoção, entrando no seu natural: - É preciso ser homem para não desmaiar.

Eu, que não estava na cena, lhe observei com a maior frieza:

– Mas como você sabe que era uma ratazana e não um simples rato?

– Foi do Carmo que me disse. Do Carmo conhece os ratos.

– Mas na agonia, como ele reconheceu o sexo do bicho?

– Isso não importa. Ratazana é palavra de dois gêneros. E saiba, pelas ações características, era fêmea. Ela se dirigia para o meu saco.

– Você devia ter corrido – insisti, frio.

– Eu? Correr? Eu não ia correr pela rua gritando "socorro, tirem uma ratazana de cima de mim". Não seria muito viril da minha parte. Sou um combatente.

– Que venham os ratos.

– Claro, claro – ele dizia, e virava o rosto para o lado, como indeciso entre a pátria e a ratazana. Seria como uma adaptação insuportável dos versos de Frei Caneca: "entre Marília e a pátria coloquei meu coração...".

Não é preciso qualquer dom fecundo da imaginação para ver a cena que Zacarelli fez na Rua do Riachuelo. Dele sei por experiência que é um inepto, inapto, falto de habilidade e coordenação motora. Isso quer dizer, ele não sabia dançar, nadar ou jogar futebol. Não sei nem se conseguia atirar, como ele gostaria de saber, para assim se tornar o fuzil da vanguarda do proletariado. Ora, fuzil. Ele não sabia atirar nem pedra nos outros. Mas o que isso tem a ver com a ratazana? Tudo. Digo, Zacarelli que não sabia dançar, dançou tendo à frente Manuel Bandeira. Ali, no encontro da Rua da União com a Rua do Riachuelo, a cabeça do poeta foi testemunha de que uma poderosa ratazana ia e vinha, partia e voltava, tonta, sobre as compridas pernas do bravo que clamava "vou-me embora pra Pasárgada". Ou seria mais próprio que gritasse "vou danado pra Catende"? O temor, e tremor, no suor que explodia no guerreiro, deve ter contaminado a pele da indefesa ratazana. O animal, ao querer tomar um rumo, era fechado pelo 45 do pé de Anunciado Zacarelli. Então ele voltava. Para quê? Para esbarrar nos sapatos da noite, que pulavam rápido como se fossem trepar no cocuruto de Manuel Bandeira. Mas voltavam pesados com a força da lei de gravidade.

Tudo o que a ratazana queria era sair do esgoto e, com sorte, pegar restos de sopa ou revirar o lixo da rua. Em paz, ir e voltar ao seu destino. Mas no meio do caminho, da Riachuelo para a União, onde ainda está "a casa de meu avô" impregnada de eternidade, havia três homens no escuro da noite. E um deles, o mais magro e comprido de todos, que antes estava firme nos ossos e mais metido nos pés que a cabeça do poeta na peanha, súbito agitou-se. Atravessado por uma descarga elétrica, do gênero dos nervos eletrizados, aquelas pernas finas vibravam com a fúria dos guerreiros mongóis. Em fuga. Um atropelo de cascos pareceu à ratazana. E não sem razão, porque os sapatos do barulho eram do modelo "cavalo de aço". Então a pobre, que só queria comer sossegada, diante da turba de ruidosos sapateados, aos gritos de Eita! Opa! quis tomar uma rota mais poética que a de Manuel Bandeira. Quis ir para longe dos admiradores da poesia que se batem com agitação nos pés. Quis, desejou e foi. Mas o pavor deve ter uma estranha química e física: atrai para si o objeto aterrorizante. Para onde a ratazana ia, como se adivinhasse o seu rumo, os pés de Zacarelli chegavam antes para lhe vedar o caminho. Os pés aterrorizados cortavam-lhe a fuga, quando eles próprios queriam fugir. Esbarrão de fugitivos, a ratazana e Zacarelli. Então, o amante preterido de Maria que amava Berenstein que amava uma carioca que amava ninguém, então Zacarelli deu um bravo, arriscadíssimo, e nunca mais em sua vida alcançado, um extraordinário pulão. Os amigos chegaram a falar que a marca olímpica de João do Pulo foi derrubada. O que o atleta havia conseguido por muito e extremado treino, o guerreiro Zacarelli e sua inteligência ágil ultrapassou. Ele foi aos 10 metros de distância em linha reta da cabeça de Manuel Bandeira. E com uma antecipação, na Riachuelo em 1970, porque o limitado atleta olímpico apenas foi em 1975 a pouco mais de 8 metros. E sem medalha, o nosso recordista antecipado. Ou nas suas palavras, modesto, diante do feito:

– A ratazana estava louca, bicho. Louca! Devia estar prenha, e me atacou. – E mais analítico: - As ratazanas prenhas, como todos animais, atacam as pessoas. Você já viu uma galinha choca?

Lembro que não vi qualquer diferença, no seu relato, entre chocar ovos e estar prenha. O chocado era eu diante da façanha.

Capítulo 5

Como escutar Ella Fitzgerald sem ter um toca-discos? Essa pergunta volta, sei que voltará sempre nestas páginas, nesta história e recuperação. O que me perguntou Luiz do Carmo em 1970 será mais recorrente que o seu corpo morto em 2015. *I wonder why*. Não sei a resposta, mas a procuro. Eu a busco porque busco o terrorista no cartaz em 1970. Suprema ironia das coisas que possuo: eu não tenho um toca-discos, mas temos um mimeógrafo. Possuo, guardo um, objeto mais caro e perigoso, quando Luiz do Carmo chegar e se esconder no quarto da pensão onde cumpro a pena dos meus dias de juventude. Ao mimeógrafo deverei ir, mas agora devo passar na pensão onde primeiro morei, na Rua Princesa Isabel, de nome 13 de Maio. Um romance não seria mais fantasioso ao alinhar ditadura, angústia, Princesa Isabel e 13 de maio. Mas a vida tem uma leitura, mais irônica que a recriada. Assim foi há pouco, quando a revi. Meu Deus, em que circunstâncias miseráveis eu morava. O quarto de dormir era quase irrespirável. Imagino que as cadeias são semelhantes. Aquilo que a cobiça de lucro da proprietária chamava de habitação era menos que uma água-furtada. No alto da escada, possuía todas as condições de um esconderijo, mas era uma ratoeira, em sentido literal. Eu a dividia com os ratos, pesados, que habitavam em colônia ao meu lado, a quem eu via ao acender a lâmpada – eu tinha uma lâmpada! – em ruidoso atropelo. Eu os via pela treliça. O meu privilégio, em relação a eles, vinha a ser a altura do teto, que ao descer em declive me reservava o seu alto, num vértice agudo. A dimensão do não-lugar devia ser algo em torno de 2 metros quadrados, dois para a cama com um breve espaço de convivência onde os ratos me olhavam, e 1 metro para entrar e cair no colchão de capim. O teto era variável, em queda. E as roupas? Elas se guardavam na mala, no chão, e numa cordinha, constrange-me a lembrança.

Mas o constrangimento, como existe, deve ser narrado. Eu podia fazê-lo por uma técnica de enunciação à maneira de versos: calor inferno cela baixo angústia inferno. Mas esses versos pobres expressam coisa nenhuma da miséria. No interior do "quarto", em suo em bicas, o suor corre sem cessar, não tem como ventila-lo com janela, que não há, nem posso ver o rio Capibaribe, mas em compensação recebo os habitantes das suas margens, que vêm de lá para esta colônia. Se eu não tivesse um caco de espelho, eu diria que sou um deles. Mas não gosto, ainda assim, de ver a imagem que o caco me revela: um olhar raivoso, e a homogeneizadora cara que unifica feiura medonha, angústia, a angústia, a angústia como um fosso que me detém e do qual não consigo sair. Uma noite, ao me ver sozinho em uma crise intestinal, com poucas forças para descer até o banheiro coletivo, parti a cordinha onde pendurava as roupas porque ela me inspirava o pensamento obsessivo eu vou me matar, eu vou me matar. Como eu podia me enforcar com aquela cordinha? Aqui, mais uma vez, retornava a miséria material contra o desejo do espírito, desejo suicida, mas ainda assim. Eu não podia me enforcar, não havia como, no entanto fui possuído pelo desejo naquela noite em que não tinha mais que o desespero. Como não podia, lembro bem, escrevi um conto ruim, horrível, sob o pior nome de O Pêndulo. Era o meu corpo pendurado a oscilar as horas. Para cá e para lá, enforcado. E aqui, também mais uma vez, retorna o cômico no trágico. Ou seja, o constrangimento ainda não me fez dizer tudo. Em consequência do calor intenso, eu dormia nu. Também não tinha ventilador. Desgraça, o que eu tinha? O saco, os testículos, e por isso, antes de me ver pendurado na cordinha, eu defendia a potência do meu sexo. De quem, homem de Deus? – Dos ratos que me espiavam. De tão vorazes, eu os imaginava, podiam vir sobre o meu último patrimônio. Então, sob o suor, eu dormia com o lençol enrodilhado nos testículos. Que viessem, atropelassem o meu corpo, isso não me levavam.

No entanto, com o disco de Ella Fitzgerald, eu queria ouvir I'll never fall in love again. E mais sério, mais urgente, naquele buraco sem saída eu sonhava escutar Open your window. "Abra sua janela", jovem. Não faz sentido? E mais, *I wonder why*. Eu gostaria muito de saber a razão. Mas não será o racional a própria contradição? Não será a razão o conflito com o objeto que mais buscamos porque não o temos? Senhora de duas faces integradas, a angústia do que não temos e as soluções que não resolvem. Apenas aguçam quando tornam o objeto mais buscado, porque solução que não resolve aprofunda a insatisfação. Open your window cantaria Ella. Estava escrito na capa posterior – canção de absoluto antagonismo. Eu não podia escutá-la nem possuía janela. Mas devia abri-la, era necessário abrir a janela para a vista e vida fora da pensão.

Então, quando tudo era busca, Luiz do Carmo bate à porta, entra no infinito espaço onde leio e me convoca:

– Selene quer ter uma reunião com você.

– Quando?

– Agora, no bar aqui junto da pensão.

Desço. Era noite e a luz mortiça. O bar ao lado é um restaurante em decadência, de fim de noite, do gênero da zona do porto, mas sem prostitutas ou vitrola wurlitzer. Nele não existiam fêmeas, em obediência ao costume do *apartheid* de sexos do Recife. Imagine-se a aparição de Selene, única mulher no bar. Ela era como a puta que faltava. No cercado dos homens despertava curiosidade, vigilância, sede. Mas Selene se defende com jovens ao redor, militantes de Ação Popular, do movimento secundarista: Luiz do Carmo, Célio, Alberto. Todos reverentes, atenciosos ao extremo, como se fossem três cavaleiros apaixonados frente à requestada e preciosa dama. Mas quem é a estrela a fulgir na noite? Sem conhecer a canção de Lupicínio Rodrigues, Quem há de dizer, "repare que toda vez que ela fala, ilumina mais a sala do que a luz do refletor", Selene brilha como uma luz única. Ela é toda uma pessoa só repleta de atração. Numa sociedade machista, dir-se-ia que ela nem precisava falar. A sua existência mulher seria condição suficiente de eloquência. Mas enganado seria quem a visse ao modo de musa dos anos de mil e quinhentos. Em 1970, com a sua face mal iluminada pela luz frágil do bar, Selene é de outro gênero de beleza. Ela é a própria União Brasileira de Estudantes Secundaristas em forma de gente. Isso quer dizer gestos, gostos, afeto, ideias e coração se organizam na luz da sua face. Mas o que é a descrição física do seu rosto? Selene é loura, olhos castanhos claros, cabelos repartidos. Talvez os amarre atrás com liga de borracha ou cordão, como seria mais próprio a uma proletária. Mas na ocasião, isso não notávamos nem sequer ousaríamos observar. Há um olhar masculino que atenta o conjunto, no que resulta a soma, nunca o pormenor. Os nossos olhos iam da sua face às coxas, sem paradas ou mediações. Selena possuía seios? Com absoluta certeza, devia tê-los firmes, suculentos de manga no estio. Mas não os percebíamos, nem mesmo sob a blusa. Isso queria dizer, penso agora, que ela não exibia decote. As militantes às vezes tinham um ar de evangélicas, na idealização da luta de soldadas de Mao Tsé-Tung. Então descíamos do rosto para as suas coxas, que nisso era vencedora a fêmea sobre a disciplina. Não lembramos se ela possuía pernas, mãos. Devia tê-las porque gesticulava, fazia acentos da fala com os braços e mãos, que eram delicadas, entrevistas. E as unhas, estariam sem cuidado, como convinham a uma proletária? Não sei. Descíamos do rosto até as coxas. E o pescoço, suave, existia? Sim, mas quem sabe, quem o via? Descíamos do rosto para as suas coxas. Imagino, com um esforço de composição harmônica, em seu rosto se assentava um breve nariz, de barro ou de foca, talvez, mas pequenininho. Assim o recomponho porque o seu nariz nasceu para o conjunto do corpo, que era todo pequenininho. Existem narizes grandes para corpos pequenos. Desde as bruxas infantis sabemos existirem narizes disformes para rostos velhos. Mas esse não era o rosto de Selene. Na verdade, o rosto era o preâmbulo, uma introdução a suas coxas. E a fixação nelas não era só do olho desejoso, tara de jovens solteiros à sua volta no Bar 13 de Maio.

Nós as vemos porque são inevitáveis. Imaginem um avião que caia na sua frente agora. Ou um disco voador que desabe no seu caminho. Assim eram as coxas de Selene: avião, disco voador, estrela a riscar até o chão da terra. Isso não é tentativa de fazer poesia. As coxas de Selene cresciam sobre nós por três elementares razões: ela usava saias curtíssimas; as coxas eram róseas de tão expostas ao sol do Recife; e logo abaixo, nas pernas havia um rendilhado de chagas. Como não vê-las, como evitá-las, ainda que no limite de um pudor cristão? Todas essas coxas, digo, razões, se expressavam na história de como Selene as ganhara na forma de cicatrizes. Elas eram marcas de ácido sulfúrico jogado pela direita na batalha, no confronto estudantil da Mackenzie, em São Paulo. A batalha da Maria Antonia em 1968. Uma marca, umas pernas que ela própria apontava ao contar a briga feia em São Paulo. Apontava-as com uma verve de narradora e graça de bailarina, quando enfatizava a própria esperteza: a minissaia era para desviar os olhos das feridas abaixo das coxas. Uma graça, na sua narração, que matava dois coelhos com uma só vista. Selene contava a sua bravura e se dava aos olhos virgens dos meninos. Liderança inconteste, nós a adorávamos.

Quando desci ao bar, ainda não a conhecia. Sou apresentado a ela por Luiz do Carmo:

– Direção da UBES.

Ao que ela sorri e se apresenta:

– Eu sou mesmo é Selene.

Incrível, notarei mais tarde, ela na clandestinidade ainda não usava nome de guerra. Era mesmo Selene, como aprenderei a partir de então. E se dirige a mim:

– Estou sem cigarro. O companheiro tem?

– Sim – e ponho a minha carteira de Continental com filtro sobre a mesa. Ao ver a sofreguidão com que ela retira um cigarro, tenho vontade de lhe dizer "fique com todos". Mas me envergonho e baixo a cabeça. Selene fuma, me observa e fala sobre a muda assistência:

– Companheiro, temos sérias dificuldades de sobrevivência. Física, grana, alimentação, tudo.

– Entendo – falo, e sinto vergonha de me queixar do inferno onde habito. "Eu tenho um quartinho no sótão, eles têm nada". Eu tenho um emprego, um maldito, insuportável emprego, mas com essa alienação posso comer. Selene continua:

– Mas o que são as dificuldades para a vitória do socialismo, companheiro?

– Fale baixo, companheira – Célio sussurra, entredentes, atrás.

Selene o encara, na iminência de lhe enviar um raio. Mas sufoca a fulminação, e sem lhe responder continua um tom menor:

– O que são nossas dificuldades frente ao heroísmo do vietcongue?

Então eu, como um pequeno-burguês convertido ao novo evangelho, à pregação apaixonante da revolução pergunto já conquistado:

– O que posso fazer?

Selene me olha e responde rápido:

– Me pague uma sopa.

Peço e pago uma. E mais uma cerveja para nós. Mas ao chamar o garçom, Célio intervém:

– Eu troco minha cerveja por uma sopa. Pode ser?
– Claro, pode – e me digo: "foi-se embora o cinema de sábado".
Ao chegar a sopa, densa, de macarrão e carne, Selene a aplaude. O garçom sorri para a mocinha esfomeada. Ela também sorri para o garçom. Então, com a colher que vai ao prato e volta em brevíssimos intervalos de tempo, ela nos fala, deliciada:
– Sem sopa não há revolução.
Todos concordamos, e Célio mal balança o queixo em assentimento, ocupado que está na sua mais urgente tarefa. Ele engole tão urgente, que chora pelo calor inesperado que lhe queima a boca e dilata as pupilas. Na mesa, os que bebem cerveja observam. O quanto é parcial a natureza humana. Ante o mesmo espetáculo de fome, Célio nos apresenta a face animal de que todos somos feitos. Selene nos deixa a impressão do ardor da revolucionária caída no desamparo. Conforme o esperado, Célio acaba primeiro. Vira-se para os lados, e com os olhos verdes exclama:
– Estava boa!
No seu prato não há uma só migalhinha de macarrão, gordura, ou fiapo do pão que acompanhou a sopa. Ele dá estalos na língua. Eu sei o que é isto: a sua mão pousa no prato limpo, insatisfeita. Temo que ele vá pedir a troca de nova sopa pelos cigarros de amanhã. Meus. Mas Célio é disciplinado, e apenas repete:
– Foi boa.
Nem lhe pergunto, por gentileza, se quer repetir. Estou conquistado, mas não sou louco.

Capítulo 6

Selene continua a falar, enquanto mordisca o pão molhado no prato:
– Há que comer, companheiro. Temos que estar fortes para enfrentar o inimigo.

Não sei se por conta do espetáculo ou por respeito à liderança, nós falamos quase nada. Então ela acabou e pediu um cafezinho.

– Para mim também – Célio a acompanha. É um fiel seguidor, porque a acompanha no cigarro: - Posso?

– Claro, o cigarro é nosso.

Ambos fumam. Mas que diferença. Célio inspira, traga a fumaça e cala. Selene é inspiração e inspira sentimentos por entre a fumaça. Loquaz e eloquente.

É incrível, como sabemos em 2016 daquele 1970. Selene possuía apenas 18 anos de idade, e com tão pouco tempo de vida, discorria sobre a política nacional e clássicos do marxismo. Como ela conseguia ser tão precoce? Como ser tão convincente até mesmo para militantes mais velhos como eu? Sim, um experiente velho de 20 anos então. Sinto, por um lado, que tudo naquela história era precoce. As tarefas, as promessas eram bem maiores que os nossos ombros. Não queríamos nada: apenas, sem armas, queríamos derrotar as forças armadas no Brasil. E os soldados éramos uma fração menor dos jovens brasileiros. Apenas. Daí que, em tamanho descompasso, amadurecíamos com o pouco tempo de vida e experiência. Estávamos destinados ao amadurecimento "a carbureto", e todos por força da ditadura, que nos estremecia com seu impacto. Mas no caso de Selene, além do geral, atuava uma força, um fogo de paixão, que unificava todo entendimento. Com ela, não tínhamos pausa para reflexão, nem, confesso, tínhamos a mais remota vontade. Eis por quê.

Escrevi "eis por quê" e fiquei imobilizado por mais de uma hora. É que se cruzam luzes de contradição nesta página. Mas devemos analisar o branco como uma decomposição do feixe luminoso do prisma.

Isto é, de um modo menos geral, acontecia entre nós um fenômeno que julgávamos ser exclusivo dos religiosos, da manifestação dos simplórios camponeses a seguir seus beatos. Aquela história dos fanáticos discípulos de Antônio Conselheiro, que desprezávamos como sendo de gente atrasada de uma atrasada e bárbara terra. A saber, também acreditávamos no sonho do futuro com os olhos encandeados. Assim como os conselheiristas éramos tomados por uma febre nas ações, nos encontros, nas palavras. Tanto lá, nos confins de Canudos, como aqui, nos limites civilizados do Recife, íamos transformar em ações rápidas o sonho, no curso máximo da nossa juventude. Tanto lá, como cá, iríamos subverter o mundo. A diferença é que no Conselheiro o futuro não tinha nada parecido ou aparecido na Terra. E para nós, o futuro já era presente desde os bolcheviques, atualizados por Mao e pela ofensiva TET da saga do vietcongue. Levávamos, digamos, essa franca vantagem nos sonhos nossos. Tínhamos exemplos concretos, intensos, de outras lutas e terras. Se eram lá, seriam aqui. "Claro, sem dúvida", dizíamo-nos sem qualquer mediação, e um encanto religioso também nos envolvia. Essas eram as primeiras cores básicas do raio de luz que atravessava o prisma. Mas havia outras cores e tons mais próximos de Selene em sua fala e nós.

Dentro da luz Selene era um feitiço particular para os olhos, ouvidos e coração. O curioso é que ela não era dotada de uma beleza revelável em fotos 3 x 4. Pelo contrário, deveria parecer mais uma jovenzinha sardenta, quase diria se ela tivesse sardas. Sardenta, poderia ser, se o seu rosto ajudasse. Outras características físicas, recordáveis também não lhe cabem. Há pouco, perguntei aos amigos: "qual a cor dos olhos de Selene?". Ninguém sabia ao certo, os mais apaixonados disseram que deviam ser claros. Estavam enganados, observo, traídos pela cor da pele e dos cabelos claros. Um amigo que com ela esteve mais tempo me respondeu que a sua cabeleira devia ser castanho clara. Por aí se nota o perfil inseguro, quando se detém na descrição física, sem movimento. Isso. O seu encanto era o que se movia. Além, afora e fora da incapacidade em fixar os olhos nas roupas, nos sapatos, na maquiagem, afora isso, ela era rosto e coxas. Como não sou um estilista, sei apenas que ela estava vestida. Havia qualquer coisa de verde na minissaia, lembro. É claro que eu poderia, com pesquisa, retomar o que ela poderia ter vestido em 1970, em sua classe e condição de clandestina. Mas seria tão falso. Seria o mesmo que colar vestido em boneca, um duplo artificialismo. Então eu digo, como uma primeira aproximação, que Selene era rosto e coxas. E mesmo aí, há um pudor, uma vergonha para o maior escândalo. Quero dizer para ser mais próximo da verdade: Selene era as coxas. O diabo leve o remorso para o que um militante daqueles anos diria, ou ela própria: "mas que reducionismo, companheiro! Quanta indignidade". Não, a verdade é que é ofuscante e despudorada. Não há por que desejar o fenômeno como um filé, quando ele é cru e total. Isto é, Selene era suas coxas porque nelas estava, por um lado, impressa a sua luta, um pouco mais abaixo nas feridas conquistadas na Batalha da Maria Antônia. As feridas eram a sua mão perdida da Batalha de Lepanto. Por outro lado, elas refletiam o novo mundo com jovens mulheres na luta clandestina. As coxas se destacavam pelo proibido que sentíamos, no tabu de ver a fêmea num quadro de direção. "Quanta indisciplina. Mas que espírito de porco vulgar, pequeno-burguês, covarde" seria o mínimo que ouviríamos. Mas todos amávamos aquelas coxas para nossa eterna condenação. Em alguns, talvez mais do que em mim, aquelas coxas foram uma danação. Já estávamos condenados, não é? Que infernal contradição. Caminhar para a liberdade não é o mesmo que estar liberto. Podíamos morrer sob tortura a qualquer instante. No entanto, seria clara possibilidade não nos abrir um campo de libertinagem, que confundíamos com a visão das belas coxas da dirigente. Estas nós não víamos. Quero dizer, sobre ela jamais comentamos, que nosso senso de loucura não chegava a tanto. Víamos as belas pernas da companheira Selene e passávamos para as tarefas mais altas, sem ironia ou cinismo, digo, altos para longe de nós. Selene fumava. E punha os desavisados nos eixos.

– Eu sou subversiva! Podem dizer.

Célio a advertia:

– Cuidado com o que fala.

– Eu sei, é a força da argumentação – ela responde. – Mas a gente pode falar um pouco mais baixo... O companheiro pede a conta?

O companheiro sou eu. Pagamos, nesse plural de modéstia, e saímos para o Parque 13 de Maio. Rodamos a conversar. Entre árvores e namorados, ela pode ficar mais à vontade.

– E o trabalho aqui, como vai? Não, não falemos em dificuldade. A luta é difícil em toda parte. É preciso chamar os setores progressistas. Organizá-los.

Não são só palavras. A sua fala não é só verbo. Ela é o testemunho vivo da luta na clandestinidade. É a pessoa mais eloquente ali. Aquilo que verei em anos mais maduros, quando me espantar ante a grandeza dos feitos em contrate com a maior discrição e modéstia, em Selene, naqueles anos fogosos, ainda não podia ser vista. Gregório Bezerra pouco falava na sua volta pela anistia, me digo. Mas Gregório não era um homem de falas. Era uma rocha de convicções, da mesma natureza de um líder vietcongue. Os seus miolos podiam estourar e ele mudo, no silêncio de palavras apenas. Ou de Patrice Lumumba, cuspindo o papel de jornal que enfiavam na sua boca. Mas ser eloquente também podia ser prova de paixão na luta. Apenas fala quem é de natureza falante, sem que isso diminua o valor do militante. A desproporção em Selene é outra. No Parque 13 de Maio ela vai à nossa frente, baixinha, magra, de minissaia. E nós, marmanjões de 19 ou 20 anos a segui-la como operários que defendem a sua rainha. Melhor, bebendo sem comer a sua primeira musa da guerra clandestina. Quando ela fala, melhor, quando ela quase grita na noite:

– Eu sou subversiva! Eu quero virar este mundo de cabeça para baixo.

Quando ela fala assim, pelo eco em nossa consciência, mais que fala palavras. Fala imagens do que carregamos em nós mesmos, e não falamos tão eloquente. O que você quiser de nós, fale, mulher. Fale, jovem que não é mais criança. O que deseja deste servo da causa? Com Selene vi pela vez primeira uma manifestação que veria depois em shows de artistas fundamentais da música popular brasileira. Foi como, na antecipação do Parque 13 de Maio, ver Luiz Gonzaga na praia de Boa Viagem. Se me faço entender, era de prender a respiração. Era a possibilidade que residia em nós projetada. Mas nada havia de mistura do feitiço que nos atiçava para a posse, que não tínhamos, porque grande e insuperável era o muro da disciplina partidária. Numa palavra. Ela, como sexo, era o socialismo. Então ela me fala sob a luz fantasmagórica da luminária do parque:

– O companheiro Célio não tem onde dormir.

– Sei – respondo. E olho para todos, que são Célio, Selene e Luiz do Carmo. Mas todos olham para mim. Eu sou a salvação escolhida. E gaguejo, numa pretensão de resposta:

– Olha, no meu quarto só tem uma cama. – Silêncio nos olhos fitos em mim. E continuo: - É um calor infernal. A gente sua em bicas.

Ela me responde:

– É bem melhor que dormir na rua. O companheiro está clandestino e pode ser preso.

– Sei. Mas como ele pode dormir? Só pago uma vaga.

Eu ainda não havia aprendido que no movimento clandestino as dificuldades se contornavam. Que haveria sempre um drible esperto. E que as dificuldades legais – o "moralismo burguês" – tinham que ser superadas pela esperteza. Aliás, esperteza, nada, apenas uma ação necessária para a ética da revolução. Roubo, furto, nada disso existia. Expropriação era o nome. E se fosse o furto para um indivíduo? Ainda assim, porque os indivíduos da revolução já estavam desculpados pelo uso irrecorrível de uma ferramenta para a vida clandestina: livros, carro, carteira de identidade, roupas, alimentos, todas as coisas de terceiros estavam sob a mira da sobrevivência do militante. E eu vinha falar que só uma pessoa podia dormir na sauna, porque eu pagava só uma vaga.

– Companheiro... – e a precoce revolucionária me fala didática, do alto da sua experiência provada. – Companheiro, ele sobe com você mais tarde, sem barulho. E qualquer coisa que acontecer é um amigo de visita. Antes que a dona da pensão acorde, ele já estará fora da pensão. Certo?

– Certo – mal falo. A clandestinidade tinha suas leis, todas fora da lei. Eu aprenderia.

Capítulo 7

Na música que Luiz do Carmo me lembraria em 2015, estava "*I wonder why*". No corpo sem vida ali perto do bar, a canção da qual eu sabia a letra vinha pela melodia. E pela sugestão do nome, *I wonder why*, eu gostaria de saber por quê. A nossa vida não estava respondida, nem nós, nem a revolução havíamos tido uma resposta à altura. O suicídio não respondia, como tantas vezes pensamos nele. O suicídio apenas abreviava a estupidez, como um fim estúpido mais curto. *I wonder why* voltava mais longa e agora não mais longe. Estávamos num cipoal sem resolução e sem revolução. E o corpo dele descia de repente, num choque, para assim dessa forma sermos despertados. Eu punha o dedo no lábio inferior, como se com esse gesto eu recebesse o gelo do uísque. Mas o gesto não era o que parecia dizer. Vinha de algo mais fundo. Qual a resposta? Ela não virá sozinha, andando até a nossa mesa, saindo do corpo inerte de Luiz do Carmo. A resposta é a que se busca. Ela é ou vem ou virá do perfil redondo e contraditório do terrorista. Ou do que a repressão chamava de terrorista, quando punha em cartaz as fotos de militantes que só desejavam abraçar loucos o mundo. A repressão sempre foi simplificadora na sua difamação. Na sua mentira de propaganda, que espalhava o terror do Estado brasileiro, os terroristas eram os jovens como Luiz do Carmo, que me perguntava, surpreso diante do absurdo material em que eu vivia:

– Como vais escutar Ella Fitzgerald sem vitrola?

Nós jamais poderíamos imaginar, sequer remotamente, que eu a ouviria na recuperação depois da sua morte. Os dias que vieram se construindo, que resultam nesta hora, foram todos surpreendentes. Mas nada se compara talvez à riqueza, à beira do inverossímil, daqueles dias no sobrado, no cruzamento da Av. João de Barros com a Visconde de Suassuna. Lá onde hoje é a Faculdade de Ciências Humanas de Pernambuco. Onde há curso de Direito, quanta ironia, para nós que não tínhamos nenhum, que vivíamos à margem da lei. Àquela pensão tenho de voltar. Não à primeira, da Princesa Isabel, mas à outra. A do cruzamento da Suassuna com a João de Barros.

"Quis Dona Maria Vitalina pôr naquelas linhas do sobrado um ar acolhedor, para que atraíssem os deserdados da sorte, os expulsos do convívio familiar. Chegavam", escrevi num conto seis anos depois de ali chegar, num intervalo de tempo que eram duas vidas depois de um terremoto. Lembro que uma senhora de esquerda, cuja casa eu frequentava para dar aulas a seu filho, ao ler o conto que publiquei no jornal Movimento, me perguntou incrédula em 1976:

– Como você sabe disso?

Baixei os olhos porque não lhe podia falar que conhecia mais do que o texto publicado, mas ainda não saberia dizer, falar. A razão do impedimento não era clara. O tempo ainda era prematuro. Agora, penso ter chegado o momento. O que não pude falar antes, sob a opressão da ditadura política e da inexperiência, escrevo a seguir.

O relato daqueles dias da pensão da João de Barros, do sobrado que eu chamava no conto de Pensão Paraíso com um sarcasmo angustiado, ganhará um novo nome. "A viúva e o mimeógrafo" deverá ser chamado.

– Eu vou deixar a porta encostada – com voz baixa, suspirei junto ao rosto de Eva. Foi mais que uma insinuação, uma proposta. Foi o desejo íntimo que veio à tona como um pensamento sussurrado, irreprimível. Ela era a viúva da pensão. Era uma possibilidade de vida num deserto habitado por machos. Loura, pele clara, voluptuosa de carnes e formas. Para os padrões de beleza das frágeis descarnadas, ela seria talvez gorda. Que fosse, o magro não é gênero de formas perfeitas. Existiam poucas mulheres na pensão, um número máximo de três, das quais duas eram as velhas proprietárias, para um conjunto que flutuava entre vinte e trinta homens. Eva era senhora absoluta. Desejada, vista por todos, ela não se fazia de coquete ou madona fatal, insensível e distante para os pobres. Se a comparo mal a um tabu religioso, Eva era a virgem Maria toda bondade, para ficar num terreno devoto. Mas não só bondade pura. Ela deixava entrever a bondade que é alegria, não só dos homens, mas das mulheres, de todos. É impossível não vê-la no campo da imaginação como a madona que em vez de roupas de santa vestia camisola, rosto e cabelos em cachos numa noite escura. A imaginação não é gratuita. Ela vem com o que é experiência. A santa vestida em camisola era a própria Eva que desencostou a porta do quarto, quando eu havia perdido a esperança. E tamanha foi a clandestinidade da hora, e o cuidado para não nos ouvirem às onze da noite, que não pudemos deitar na cama, cujo barulho seria um alarme. Havia ouvidos masculinos e tensão despertos para qualquer ruído que se assemelhasse a sexo, porque tudo era necessidade qual fio energizado descoberto. E nos amamos em pé, na difícil e ingrata hora da urgência. Ficou, além dos fios dos seus cabelos em meu corpo, além do perfume que impregnou a minha pele, um gosto de insatisfação que, em vez de acenar com o fim do caso, era uma ordem para a próxima vez. Àquela promessa não podia nem devia terminar naquele mergulho de piscina rasa. E nos abraçamos ambos carentes, mas com uma simpatia que falava para ela "Apenas começamos.", e para mim "Porra, como perdi esta oportunidade?".

A razão ia além da fisiologia. O imperativo ético, a infelicidade para mim naquela hora, estava fora da pensão, ali mesmo na João de Barros. Ali, próximo ao quartel do corpo de bombeiros, estava Olavo Carijó, que me esperava por não ter onde dormir. Também às 23h. Ainda com o sexo na alma, eu me vesti correndo e escorreguei como enguia as escadas para encontrar o companheiro que me esperava. E lá o encontrei, e sem me dar tempo para qualquer explicação, reclamou:

– Porra, cara, que atraso arretado.

E nem quis me ouvir. Era uma total inversão de papéis. O sacrificado era eu, mas me transformara no sacrificador. Tão indignado Olavo Carijó estava, que nos relatos transmitidos ele seria a própria alma da ética revolucionária, enquanto eu, um relapso pequeno-burguês. Eu não podia lhe responder àquela hora, enquanto passávamos pela frente do quartel de bombeiros, eu nada podia lhe falar que o sacrificado maior era eu, porque corria risco com a proprietária da pensão, e o mais grave, eu havia sacrificado a minha noite de amor nos meus primeiros vinte anos. "Amor, e onde fica a revolução, companheiro?", ele poderia ter respondido, sem que eu lhe falasse do que mais me amargurava, como uma iguaria queimada que deixara um travo. "Amor...". Mas em Carijó a redução para o falso conflito seria pior:

– Vai trepar na hora de fazer um ponto? Quanta irresponsabilidade.

E viria um discurso de regenerar até um devasso de pedra. Que vergonha insuportável pela infâmia causada. Alguns anos adiante, eu conheceria melhor os falsos imperativos éticos de Carijó. Ele era um daqueles companheiros que não se vexavam em provocar sentimentos de solidariedade para usufruto pessoal, só dele, porque afinal precisava e não podia arcar com as desgraças da vida, não é mesmo? Aquele sentimento, aquele pudor em não mostrar a íntima miséria, que atravessava os militantes dignos, em rebentos como Carijó não existia. Pelo contrário, ele constrangia para a caridade, mas com o nome de solidariedade entre socialistas, para assim rebatizar o comportamento mais vulgar. Mas ali, naquela maldita hora, em que ainda trazia em mim as secreções de Eva, eu era o desvio de me haver atrasado 10 minutos. Eu não havia atendido nem ao amor nem à consciência. Amante ruim, socialista pior. De cara amarrada eu caminhava em silêncio. Ao que Carijó me provocou:

– Você não se defende?

– Não.

Ao que ele me concedeu com extrema generosidade:

– E por que você se atrasou?

– Eu sou culpado.

E me encolhi no mais fechado de mim.

– Tá um calor arretado – ele falou com ar de senhor dos meus pecados e erros.

Tantas coisas para lhe responder. Mas como era possível falar o que o tempo não havia amadurecido? Quarenta e seis anos depois a pergunta ganha outro significado. No dia do enterro, com o cadáver saído do necrotério, quando a repórter perguntou "quem era Luiz do Carmo?", eu respondi que para ele ainda não havia soado o momento da justiça. E como sempre acontece quando um repórter não entende, o essencial passou despercebido. Não foi desenvolvido em perguntas o aprofundamento de significados. Passou ligeiro entre uma pergunta e outra. Entre um "Já chegou o café?" e um toque no celular que lhe mandava *WhatsApp*. Se a vida passa e os jornais não a percebem, que dirá de uma pessoa fundamental que não é celebridade? Mas o impossível ali eu recupero. Era irônico que, perseguido na ditadura como um terrorista, ainda depois, no tempo dos anistiados, Luiz do Carmo não conhecesse a justiça. Se antes havia tido a negação absoluta de direitos e de leis democratas, agora nos anos de governo eleito pelas urnas, quando podia ir e vir, discursar e escrever, ele continuava sem justiça. Mudavam-se os tempos, mudamos nós, e continuávamos mudos para todos. Pois o reconhecimento público não chegava. Em termos da existência de um artista da palavra, a pergunta era uma estação agressiva e, vá lá o eufemismo, desconhecedora. "Quem foi Alceu Valença?" a repórter não perguntava. Mas "Quem era Luiz do Carmo?" a pergunta cabia. Em seu favor, ela poderia dizer que seu hard de famosos merecia receber um upgrade. E o seu chefe, igualmente desconhecedor, a socorreria mais ferino com a frase "A memória dos jornais é bem seletiva". Na verdade, sorrio com amargura, Luiz do Carmo ainda não havia sequer sido captado pelo flash de um segundo da sua memória. E a culpa não era da jovem repórter, que era esforçada e atenciosa. Ela havia até mesmo sido aplicada num dos 5 Ws do manual do repórter, no Who, quando perguntou quem era o ilustre falecido. A culpa – se usamos a palavra redutora – era do conjunto da sociedade que esmaga a todos, que pulveriza tudo como um pozinho à toa.

A pergunta, em seu desdobramento, a seu modo fazia justiça a uma substância mais grave e disso não sabia. "Quem era Luiz do Carmo?" significava nesta minha recuperação: a pergunta crucial da sua vida, e de todos nós, não havia sido respondida. Antes de dizer a que vinha, ele havia sido supresso, arrancado do palco. No primeiro ato da peça, um deus, autêntico ex machina, por não saber a continuidade do destino o puxou para cima, para o sótão da cena. Ora, dirão, como assim?, como alguém pode ser puxado ao 65 anos sem cumprir os seus atos fundamentais? Penso que ele, com a sua retirada abrupta, descobriu que o destino de nenhum de nós ainda não se cumprira. E nesse caso, os 65 ou 70 anos fazem de nós a mais longa duração da juventude. É um ciclo de outro conteúdo para a puberdade tardia de Goethe, tão bem expressa na Elegia de Marienbad. Aos 65, de Goethe temos um gatilho que não foi acionado. A revolução não se fez. Os revolucionários se adaptaram à lógica do tempo a falar a sua língua, a da lógica dos humanos sem revolução. Temos broches de Lênin, mas fizemos de Lênin brocha. Isso dói, isso não devia ter sido escrito. Mas como não escrevê-lo se o sentimos?

Na injustiça a Luiz do Carmo há também uma terceira vertente, que mais óbvia pude notar. Ele era um escritor que vi nascer, como uma estrela antes da explosão no espaço escuro. Bem antes do *I wonder why*, eu queria saber a razão que reouvi em 2016. Nós não dos dizíamos que queríamos ser escritores. Mas queríamos. E nos dizíamos que desejávamos apenas construir a revolução. Apenas. Por que não nos dizíamos, por que não queríamos o mais fácil? Queríamos o ápice, apenas.

Havia na capa de *Cem anos de Solidão* a imagem de uma mão aberta para a leitura da cigana. Se tivéssemos enfiado a capa em nossa cara, talvez soubéssemos que ali estava o nosso destino. Quando García Marquez escrevera: "Muitos anos depois, diante do pelotão de fuzilamento, o coronel Aureliano Buendía havia de recordar àquela tarde remota em que seu pai o levou para conhecer o gelo. Macondo era então uma aldeia de vinte casas de barro e taquara, construídas à margem de um rio de águas diáfanas que se precipitavam por um leito de pedras polidas, brancas e enormes como ovos pré-históricos. O mundo era tão recente que muitas coisas careciam de nome e para mencioná-las se precisava apontar com o dedo", a começar daí, Luiz do Carmo fazia voar as páginas, que lia como um glutão. Eu via e não observava a imagem da mão à espera da cigana sobre o seu rosto, no corpo deitado na cama. Eu descia para o expediente no trabalho, e ali deixava Luiz do Carmo escondido da repressão e da dona da pensão, que de nada sabia, por dupla impossibilidade: soubesse, teria que informar à polícia a ficha do novo inquilino; E esse teria que pagar a ocupação de mais um leito. Mas o meu medo era o conhecimento da repressão. Que pagasse duas vagas e passasse a viver sem direito à cerveja, cinema, jornal, cigarro ou passagem de ônibus. Ótimo, tudo certo. Mas se o exército soubesse... E aqui entram a viúva e o maior risco. Pela união das piores circunstâncias, como uma paródia que gritasse "O azar, unido, jamais será vencido", antes de receber Luiz do Carmo, o caçado terrorista, eu ganhara o presente de um mimeógrafo. Sabem o que é o presente de uma roleta-russa, em que em vez de uma bala o escolhido ganha uma bomba? Assim foi a minha sorte com o cobiçado mimeógrafo. Na primeira lembrança dele, em 1998 cheguei a escrever:

> *"Naquela hora do fogo, cumpria as tarefas com as mãos ternas e espírito trêmulos. 'Tenso, eu estou tenso', ele se dizia e como um estado de tensão permanente é insuportável, do temor o seu espírito se evadia entrando em uma tela de cinema. Isso quer apenas dizer que ele, sentindo a segunda pele frouxa nos músculos tensos, vestia uma terceira pele, virando personagem de filme. Filme noturno, em preto e branco, em sala escura. O dia, o medo concreto, a ação do perigo real, tinha as cores da carne da gente de todos os dias. Ele, como um personagem que se estava vendo, emergia como um outro – estava em risco numa tela. Num filme à noite um jovem entrava e saía de carros que rodavam sinuosos entre becos e ruas escuras, concordava sem pestanejar em guardar mimeógrafo – um crime! Para a repressão isso equivalia ao flagrante do estouro de uma gráfica –, mimeógrafo que era guardado num lugar muito óbvio abaixo da sua cama. Nessa terceira pele estava um jovem que se punha à prova, ultrapassando o obstáculo da covardia".*

Mas vendo ainda mais distante, neste 2016, me vem um sorriso de compreensão, porque em 1998 eu ainda estava dentro de 1970. O trauma ainda não tinha a experiência dos mais recentes anos. Era um drama sem amargo humor. O acontecido na revisão de agora me fala: não sei por que razão, eu muito gostaria de saber, caiu para os meus braços a sorte de esconder um mimeógrafo a óleo. Mas a ironia não era possível naqueles anos. Disseram-me que eu receberia a mais alta incumbência de esconder uma peça valiosa para a luta do partido. Que era uma autêntica arma de militantes ilustrados, cultos, de intelectuais revolucionários, enfim, porque funcionava para circulação do pensamento do futuro. Que, atenção, absoluto segredo, ninguém, ninguém poderia saber do raro objeto, pois eu guardaria... Um mimeógrafo. Um mimeógrafo! Mas sem exclamação por que a voz não poderia ser elevada em razão da segurança. Que o objeto era uma arma-chave para o crescimento da subversão contra o capitalismo. Que... Não pensem haver exagero no tom desta lembrança, nem que houvesse qualquer engodo para estimular um incauto. Não, as circunstâncias eram mais graves que essa recordação permite entrever. Um militante do partido comunista em

Pernambuco em 2015 me falou que uma tentativa do Cabo Anselmo, para enlaçar a direção no estado, foi oferecer um mimeógrafo a óleo, "que estava sem uso na sua organização" segundo o Cabo Anselmo. E que tal fascinante oferta acendera uma luz de cuidado, perigo. E continuava o militante: "Pra você ter uma ideia do oferecimento, chegamos a montar uma verdadeira operação de guerra para trazer um mimeógrafo nosso, a óleo, da Bahia até Pernambuco".

Não sei se era o mesmo que caiu para os meus braços, mas é muito provável que sim, por que não nadávamos no ouro naqueles anos, nem depois. Pelo contrário, se nadávamos, o nosso ouro era o nome da mais difícil dificuldade. Então eu ganhei a mais feliz guarda, porque, afinal, tamanha responsabilidade somente era dada a um quadro de confiança. Se permitem, o quadro era da mais absoluta confiança porque não existia outro. Morando em uma pensão no Recife, com trabalho legal, salve. Melhor, se possível, salve-se. E assim foi.

Na Praça Chora Menino, eu devia ficar com o jornal *O Pasquim* às 20h. Então parou um fusca, cujo motorista me perguntou conforme a senha acertada:

– Onde fica o Cine Coliseu?

Ao que eu deveria responder, como respondi, esta pérola:

– É longe de Roma.

– Entre.

E fomos por ruas e becos, subidas, descidas e voltas para despistar possíveis perseguidores, até me deixarem na João de Barros com uma sacola, onde jazia a máquina dentro de um saco de papel. Não sei se pesava mais ao braço ou ao coração. Por que perto do quartel de bombeiros, sério, apreensivo, pus a mão no peito e subi as escadas. Lá, guardei-o no próprio saco de papelão, no único lugar que não dava na vista: debaixo da minha cama. Um espelho comprido, no entanto, que devia ter sido de um guarda-roupa, ia até o chão e refletia a minha rara prenda. Ponho a mão sobre a testa para me dizer hoje, "quanta precariedade". Tudo era frágil e grandioso, como se fossem carnívoros que se comessem mutuamente. Com tão pobres armas íamos derrubar a Ditadura e o Capitalismo, nessa ordem. Ao mesmo tempo, a derrota do capitalismo incentivava os pobres como nós, que não tínhamos um lugar na sua manutenção. Éramos os escolhidos por desejo e opção. Mas o diabo era isto: um caro mimeógrafo debaixo da cama a se refletir no espelho do quarto. Como uma meia furada no calcanhar que se expunha. Só a lembrança repõe a dimensão do que não víamos.

Nem ao espelho enxergávamos. Como era possível? Por que, observo agora, não mudei a posição do grande espelho? "Não, poderia despertar suspeitas". Certo, então por que não mudei a posição do mimeógrafo para um ponto onde não fosse visto? "Não, porque ao abrir a porta, seria notado". Então o espelho e o mimeógrafo estavam em sua melhor posição, a se denunciarem com nitidez. "Sim, é natural um pacote sob a cama. Segurança não é segurismo, companheiro", podiam me dizer. Perfeito, de acordo, e o maravilhoso objeto caía na cabeça, quero dizer, sob, onde eu me deitava. Mas o essencial é isto: eu não enxergava o espelho. Apenas sentia o peso de guardar o mimeógrafo. É nessa altura que Luiz do Carmo chega, caçado, para dormir ao lado da preciosa máquina. Em resumo, formava-se um aparelho terrorista para a repressão, se nos pegasse. Como escapamos naquele hibridismo do clandestino e legal?

Nunca será demais ou excessivo o tributo que devemos à generosidade da mulher anônima. Em mais de uma oportunidade, o seu coração nos fez abrigo quando tudo era terror de Estado. Penso na cozinheira da pensão, dona Severina, uma senhora negra, analfabeta, que lia como ninguém as necessidades dos fodidos. Mais e melhor que a Irene de Manuel Bandeira, "Irene boa, Irene preta, Irene sempre de bom humor". Maior foi Severina porque a sua bondade era ativa, não era aquela da criada perfeita, sempre a serviço dos patrões, que por isso entrará no céu, apesar de negra. Não, sob risco, na conspiração sem palavras e sem bandeira, muda, quanto devemos a ela? Severina lia em nossos olhos a angústia, e um sorriso se insinuava em seu rosto, quando nos olhava com olhos graúdos como se nos dissesse: "Eu te compreendo, futuro, se para a humanidade houver algum, eu te compreendo futuro camarada". Esta lembrança vem na escrita. A gente tem que escrever para não ser um filho da puta, ou um ingrato, pior que os gatos domésticos. Por quê? Eu pagava somente a minha vaga e alimentação. Almoçava lá embaixo, mas lá em cima, Luiz do Carmo estava trancado sem comer. Então eu comia até a metade do meu prato. E ao me levantar da mesa com os meus 50% deixados, eu falava para me justificar do modo exótico de comer:

— Levo para o meu lanche, mais tarde.

Severina doce, Severina bondosa, Severina indispensável, sorria com os olhos para minha desculpa, eu podia ver. A partir do terceiro dia do almoço pela metade, ela punha mais feijão e mais pedaços de carne em meu prato, "por engano". Na hora da refeição, a velha dona fiscalizava a quantidade de comida posta para os inquilinos. Severina atrasava pôr a minha refeição até que a dona saísse, e quando mais não era possível, escondia o excesso de carne sob camadas de feijão e arroz. Eu, percebendo a cumplicidade, comia rápido os meus pedaços, de tal modo que na volta da megera o meu prato estava equilibrado. Se pudesse fazer mais, Severina nos levaria para a sua casa, nos cobriria com a sua saia para esconder aqueles terroristas sem futuro, a não ser a morte. Que chegaria para todos, é certo, mas não tão cedo. Para mim, agora, a sua cara negra e redonda cresce. Com os olhos grados e um sorriso bom. Nela poderíamos ter a unidade com o povo tão sonhada, e não víamos, porque buscávamos o popular idealizado, macho, de armas engatilhadas como o exército vietcongue. Mas o popular estava no sorriso de Severina. Ela apenas queria ser nossa irmã naquela hora repleta de angústia. Ela apenas nos cobria como uma negra fugida abrigava os seus negros perseguidos. Enquanto nós, os perseguidos delirantes, procurávamos o popular sublevado. O engraçado é que tão criminoso me sentia pelo furto de comida sob a vigilância da senhoria, que eu fazia de conta que o almoço vinha a mais por acaso, embora repetido, e Severina fingia que errava a mão, sempre no mesmo prato. Na verdade, eu era o seu negro preferido, o filho especial da negra Severina, que para os outros era madrasta. Estrela Vésper riscava no céu até nós, e a sua luz era negra, num deserto branco de ossos.

Eu me perguntava: será que ela sabia o destino daquele "lanche para mais tarde"? Hoje, penso que sim, porque conheço o que os patrões dão o nome de "rádio corredor". Ou seja, a comunicação subterrânea, oculta, que os empregados e excluídos têm à margem do controle dos chamados superiores. Os conhecidos como subalternos veem, leem e conhecem a vida, mas como são tidos como cegos, surdos e estúpidos, podem melhor observar o que passa despercebido aos senhores.

No caso de Luiz do Carmo e do mimeógrafo, a comunicação era uma corrente fraterna. Talvez a unificação de tudo fosse Eva. Eu não podia deixar o prazer da sua companhia, e ao mesmo tempo não podia renunciar ao dever de abrigar um companheiro perseguido. Eu não iria mais repetir o desastre daquela primeira noite, em que para ajudar Carijó tive com ela um mau começo de amor, no sufoco de chegar à hora do ponto. Como tudo era urgente e adaptável às curvas do coração, eu lhe falei em voz baixa numa tarde de sábado:

– A gente não pode mais se encontrar no meu quarto.
– Por quê? Algum problema?
– É um segredo. Você promete não falar a ninguém?
– Sim, fale logo.
– No meu quarto tem um amigo, desempregado. Ele não pode pagar a vaga e tenho que escondê-lo da velha. Você entende?
– Sim. Mas por que ele não sai logo cedinho antes da velha acordar? Ele sai e procura emprego, não é melhor?
– Sim, sim... Mas ele não pode.
– Não pode?

E como uma mentira se sustenta com a construção de outra, eu acrescentei:

– Ele espera receber o dinheiro de uma tia, pra viajar.
– Para onde? Ele não tem parente aqui?
– Mas você pergunta, hem?
– Então acabamos assim?
– Não, por favor. Arrume um lugar para os nossos encontros.
– Pode ser no meu quarto. Eu lhe digo a hora em que minha filha estiver fora.

Isso tudo era falado, mais que conversado, entredentes, com intervalos em que levantávamos a voz quando alguém se aproximava. "A passagem do ônibus elétrico é mais barata". Então Eva soube da presença do amigo, que de terrorista procurado se tornara um rapaz sem emprego. O que se tornava mais próximo da verdade, porque Luiz do Carmo estava mesmo desempregado enquanto não o chamassem para a revolução. O certo é que o segredo vital para nós, eu, ele e o mimeógrafo, tornou-se uma fraterna comunidade. E o perigo, mais uma vez, quando repartido, perdia o seu terror. Passamos a brincar, eu e Luiz do Carmo, com as minhas saídas furtivas até o quarto de Eva. Ela, por sua vez, perguntava "Quando chega o dinheiro do amigo escondido?". Mas aquilo era a própria situação híbrida de subversão e legalidade em que vivíamos, de pessoas normais e terroristas, como a repressão nos difamava. Era digno de uma foto eterna a intimidade que se estabeleceu entre o terror Luiz do Carmo e a filha de Eva, a simpática mocinha Lúcia. Eles trocavam cigarros. De vez em quando, ela entrava no quarto para lhe pedir fósforos. Até o dia em que, o terrorista me contou, Lúcia foi ao quarto e o surpreendeu sem camisa, lendo. Antes de sair, deu um aperto no ombro dele e falou:

– Gordinho...

O que era aquilo? A mais completa derrota da propaganda da ditadura. Gordinho e a jovem trocaram sorrisos, o terror e a estudante linda e legal.

Não sei hoje se o sentimento da viúva, que me abrigou em um amor clandestino, se era dirigido somente a mim. Não sei se eu era o afortunado exclusivo, se me expresso um tanto vulgar. Pior. O vulgar mesmo seria escrever: não sei até hoje se a viúva era a amante de eleição coletiva na pensão. E para afundar na infâmia, um diabo, um satanás quer me falar: não sei se Eva possuía um sexo elástico, onde toda a pensão cabia. Chega. Para ser verdadeiro não preciso descer à animalidade mais chã. Isso é tão sério que minha respiração resfolega, assim como eu me sentia ao cabo de uma visita a Eva. Agora, nesta encruzilhada em que me encontro, dois caminhos me desassossegam. Em um deles, de aparência real, mas de um real mais cínico, quer me dizer que na pensão repleta de homens solteiros ou sozinhos, eu não poderia ser o único objeto de uma mulher desejosa e desejada. E que, portanto, em horários, dias ou semanas diferentes, cada um recebia a sua parte. Mas se este caminho eu tomo, percebo que uma festa assim seria um escândalo, que um diria ao outro, até para se vangloriar da fogosa macheza. Sim, pois estávamos no reino da mais porca realidade, onde melhor age a canalha de machos de propaganda. Pobres machos, na verdade, cuja única prova de virilidade é obedecer ao impulso de ereção, e disso fazer um atestado de qualidade. "Eu sou macho!". Por este caminho eu não atinjo a verdade do aconchego de Eva. Que outros haja chegado antes a seu peito, é possível e natural. Mas nada de ninfomania, da loba insaciável, como por algum tempo cheguei a pensar. De santa à cadela, sem mediação eram aqueles anos. Sem meios-tons. Vermelho puro ou negro profundo. Mas o maravilhoso é que Eva corria serena sobre os conceitos estúpidos.

A reflexão, o desvendamento da pessoa, que não temos no ato, recupero como um burro que entende a piada muitas horas depois. Mas o que resulta não é uma gargalhada. A memória ilumina o que não vimos. Em lugar de uma devoradora de machos, Eva possuía a fraternidade de uma pessoa que era mulher. Ela era igual aos melhores homens em liberdade de sentimento. Este é o segundo caminho mais próximo dela. Naquelas tardes em que não estava a sua filha no quarto, até mesmo naquela infeliz noite da primeira vez em que nos conhecemos, o meu primeiro alumbramento, de ofuscar a compreensão, foi ter uma mulher minha, abrasante, que amava sem os véus do pudor. O que antes era o idealizado da amada em versos, ou da puta com dinheiro, em lugar desses desastres Eva repunha o sexo sem culpa ou anunciado por trombetas. Ela comia porque desejava. Ela desejava porque era uma pessoa. Ela era uma pessoa porque era livre. Ela era livre por vontade irrefreável.

Mas eu sei por que a dúvida sobre o coração de Eva me alcançou. A razão, com uma pontinha de ciúme, era um professor de português que morava no térreo. Lucas, em dias e momentos normais, era o que todos chamavam de um senhor cidadão. Respeitável, respeitador, reservado até a timidez. Avesso a falas além de um bom-dia, caminhava sem ruído como se temesse acordar a paz da pensão. Pele clara que em muitos casos, em expansões fora do natural, ficava rubra ao ouvir uma frase divertida ou picante. Seus olhos claros, num tom que para uns eram verdes, para outros azuis, não traziam a marca da diferença ou de um impossível privilégio numa sociedade de mestiços. Por índole ou comportamento que se tornou natureza, por frases ou gestos, por essência do ser, enfim, os olhos dele nem se notavam. Digo, não eram objetos autônomos, tão secundários ficavam no conjunto do rosto, da fala, do homem do povo que trabalhava como professor. Era digna de nota a sua testa ampla, as bochechas gordas de papai noel, e os cabelos de uma precocidade brancos. Neles, sempre bem penteados, é que residia o fascínio para as mulheres, porque se contradiziam, davam um tom de maduro no jovem. Quantos anos teria? Quando em estado de graça, uns 20 anos. Quando sério, grave, silencioso, uns 60. Ao escrever que ele possuía 20 ou 60 anos, não há qualquer gosto pelo paradoxo. O ser de quem falo era uma expansão do contraditório, da mistura de contrários, do aparente antagonismo em uma só pessoa. Aquilo que buscaríamos ao longo das próximas décadas, a juventude nos anos maduros de nossas vidas, vinha com Lucas nas tardes de sábado. A mais longa juventude ele já expressava em seus cabelos brancos. Mas como?

Ao sair pela manhã, ele era O Professor, grave, em calça e camisa azul como um uniforme de operário qualificado. Com uma pasta modelo 007, cumprimentava gutural, quase áspero, "bom dia", a quem não podia evitar. Outro era o jovial Lucas, o rapaz, o menino, o jovem irresponsável das pensões da noite do Recife. Nas tardes de sábado, aí por volta das 15 horas, o magnífico Lucas estava bêbado. Nessas ocasiões ele era o jovem que vivíamos na clandestinidade, e que só poderia ser expresso nos anos democráticos. O transporte, a mágica em 1970, passava por Lucas do alto dos seus um metro e setenta. Não lembro o que ele vestia ou a cor da sua camisa naquelas tardes de sábado. Mas lembro do seu sorriso, da sua indignação, do rubor que lhe tingia as faces, com pudor ou raiva. Por Deus, o que era mesmo aquilo em pleno terror da ditadura? Na mesa, estavam garrafas pequenas de cerveja, que ele esvaziava pouco a pouco e muito a muito, alcançando a sua mocidade mais mágica:

– Eu prefiro beber as cervejas pequenas. É pra beber menos, entende? E tem lógica. Eu lhe provo – ele falava, em uma voz que brincava e se tornava eloquente. – Eu lhe provo. Em vez de acabar com uma garrafa de 600 ml, eu bebo só 300 ml.

Eu olhava a mesa da cozinha da pensão cheia de garrafinhas, cerca de 15 ou 20. Eu estava na minha segunda garrafa de 600 ml. Era claro o absurdo de beber pouco de Lucas, mas eu calava, em respeito à sua arrebentação de jovem. Ele voltava:

– Eu acho que já vou na quarta das bem grandes. O que eu posso fazer? As pequenas são mais gostosas. – E explodia num riso juvenil, franco. – Tem lógica, viu? As pequenas conservam melhor o sabor. Quando acaba, acabou. Aí eu peço outra. – E me olhava de frente, logo ele, em seu natural tão tímido. – Brinde. Vamos brindar a nossa amizade. Isso! – Bebia de vez. – Um brinde para o que é mais importante que a amizade. Um brinde para o futuro do Brasil!

Então, nesta altura, Lucas que não era Pedro nem João nem Mateus, começava a entrar no corpo e alma dos perseguidos terroristas. Desconfiado, eu já olhava de lado, para me certificar de se havia ou não testemunhas. Havia, Severina, que testemunhava. E como havia, tanto melhor para Lucas e mais uma rodada de pequenas cervejas:

– Dona Severina, bote uma grande aqui para o meu amigo. Por minha conta.

E ficava rubro, que um desavisado pensaria ser um reflexo do álcool nas faces. Mas não, era vermelho da substância do calor que viria:

– Em 64, quando houve o golpe, porque aquilo foi um golpe, viu?

Ele se virava para Dona Severina como um professor em sala de aula ou numa tribuna:

– A senhora sabia disso, dona Severina?

Ela sorria calada, na mais doce cumplicidade. Eu tocava o braço de Lucas para que ele mudasse de assunto. Era pior, porque mais indignado ele voltava:

– Eu estou discutindo História, com H maiúsculo! A gente vai esconder a História? A História é uma ciência. É pra ser conhecida, entende?

Então eu me envergonhava de mim e me resignava, envolvido pela eloquência que desprezava o perigo da delação. Eu podia até ser preso, mas estava escutando História. Lucas estava embalado, como se dizia. Em pleno curso do que ele era.

– Eu vi o mestre Arlindo Albuquerque ser preso. Um humanista, um homem que só deseja o bem, que só pensa em educação, ser levado pelo cós da calça para ser humilhado. Um homem que ama o Brasil, e saiu espancado como ladrão, do Serviço Social contra o Mocambo. Entende? A senhora acompanhe, dona Severina. E Paulo Freire? Paulo Freire é o maior educador do mundo. Eu sou professor, eu sei disso. E foi levado preso para o quartel do exército.

Ele olhava para os lados, e como se fosse falar um segredo indigno de ser calado, elevava a voz:

– Eu vou lhe falar uma coisa. Eu vi, eu vi, dona Severina, eu vi Gregório Bezerra ser amarrado feito bicho, arrastado em Casa Forte, espancado com cano de ferro na cabeça. Um homem já velho, de calção, espancado feito um bicho raivoso. Chegou a passar na televisão, no canal 2, dona Severina. Eu vi na rua, e vi na televisão o velhinho arrastado. Que força. Aquilo é um herói. Isso é História.

Fazíamos silêncio, eu e dona Severina, ele próprio, um tanto tranquilo me parecia, quando na verdade Lucas estava emocionado. Dos seus olhos em silêncio eu vi descer lágrimas. E me virei de lado, tão covarde, porque lá em cima estavam Luiz do Carmo e o mimeógrafo. O que eu podia fazer? Se fosse hoje, eu chamaria Lucas a um canto e lhe falava que parasse com aquilo. "Lucas, para" porque eu estava mergulhado até os ossos com os subversivos. Eu lhe diria "Lucas, tu és um patriota, mas serena, por favor". E ele me responderia, creio, "Eu sou apenas um jovem como vocês. Não olhe os meus cabelos brancos. Eu sou um jovem igual a vocês. Estão precisando de alguma coisa?". Mas era ontem em 1970. A gente nem esperava que para nós houvesse um 1971. Talvez nem chegássemos ao fim daquele 1970, porque as quedas de militantes eram crescentes, e a repressão feroz caçava jovens, humanistas, poetas, trabalhadores, porque todos éramos terroristas. Eu sei, eu falaria o que não falei, porque isto é cômico e trágico, o tempo anterior mata o melhor de nós. E sobrevivemos no reino das possibilidades que não se cumpriram. E ficamos com uma luz, ora em fade out, ora em cor imprevista. Somos personagens no palco, metade passado, metade não sabemos onde.

Mas naquele momento, atraída pela eloquência de Lucas, a dona da pensão aparece. Vem sem ruído, e a gente nem percebe que ela antes já nos rondava. De pequena estatura, mas nada frágil, chega a fazer medo. Nem tanto pela fortaleza e vastidão do corpo, mas pela cara, que é enrugada, fria e feia como uma carranca do rio São Francisco. Nós temos que escrever, voltar atrás para então descobrir. Noto agora que a dona da pensão era modelo, das carrancas do São Francisco. Ou seria o contrário, as carrancas é que seriam o modelo para o seu rosto? Ou mais precisamente, jamais haveria carranca num mundo de madeira, para espantar crianças, porque todas eram a onipresença da cara de dona Gina, a proprietária. Ela era dona de vincos no rosto, além daqueles quartos de solidão e carência. Desciam sulcos, melhor, marcavam-se fendas brutais à maneira de rugas grossas, como se rasgadas por goiva perita em esculpir o horror. Sabe-se que a matéria onde trabalha o artista, as ferramentas que usa e a tradição do meio da sua especialidade fazem o produto que ele oferece ao público. Assim, não se peça ao artista da carranca uma gradação ou delicadeza de traços. Nada nele da sua arte será etéreo, como almas penadas de Lula Cardoso Ayres que flutuam pelos portões e janelas do Recife. Assim também dona Gina. Nela, primeiro evitávamos o corpo. No mundo sem mulheres da pensão o seu feito não era pequeno. A rejeição às suas formas era, ainda assim, uma vitória da estética. Sem qualquer crueldade. Às pessoas velhas deve ser concedido um desconto na fatura, um acordo no departamento de reclamações, porque elas sofrem um desgaste do período que passaram expostas na loja. Perdoem se trato dona Gina como uma mercadoria de liquidação de fim de temporada. Mas não sou cruel, mesquinho ou pequeno, espero. Ela não era ferida por qualquer raio de bondade, e não serei justo se banhá-la do que em sua pessoa era ausente. Os seus modos de administração daqueles infelizes a quem chamava de "eles" para assim melhor situar a sua posição de dona de navio negreiro, iluminava a sua face. Pálida, bochecha de verniz, de olhos de assombrar.

Penso que ela era mulher para qualquer negócio. Em meu íntimo sempre a vi como a vitalina, não só pela esterilidade, coração seco, que tomava conta da mulher sem amor. Mas vitalina também pelo que lembrava de boneco de barro, do mestre Vitalino de Caruaru. Na sua evolução, ela ascendeu do chão da feira para a proa dos barcos do São Francisco. Mas sem aqueles dentões abertos das carrancas. Dona Gina deles não necessitava, porque usava chapa. E nesse lance de vista sobre ela é inegável que eu guarde até hoje a mágoa de ter sido um dos seus negros no navio que ela comandava. Pão duro e frio com pouca manteiga e um copo de café, às vezes requentado. Feijão com arroz e três pedacinhos de carne no almoço. Não fosse a liberta e bondosa Severina, eu passaria muita fome naqueles dias em que almoçava metade do prato. Lá em cima, Luiz do Carmo mastigaria a sua parte com o ritmo de um macrobiótico, apesar da fome. Inteligente forma de esticar a hora do fim, quando o prato estaria limpo e raspado.

É nesta altura que surge dona Gina, enquanto Lucas nos dá sua aula de História. A carranca vem macia, não sei até hoje o gênero de chinela que ela usava. Devia ser da marca da sovina espionagem que não se denuncia, apenas se mostra sob disfarce. Ela vem deixar ordens para dona

Severina, pelo que deseja mostrar. Fala duas ou três coisas irrelevantes e se deixa ficar na cozinha, alisando uma toalha, trocando a posição de um copo, olhando o nível da água no filtro. Até o momento em que, a um olhar de Lucas, ela sorri ocultando os caninos da carranca:

– Tudo bem, professor?

Ela o trata assim, a meio caminho da cerimônia, porque Lucas, afinal, eleva o nível social da sua pensão. Ele é um mestre, tem os cabelos brancos, anda com uma pasta 007, deve ter vindo de família decente. Nós, os indecentes, não possuímos os nomes distintos. Somos da vasta população do negreiro. Para o azar de Gina, Lucas está na sua hora de negros. Ele lhe responde:

– Tudo bem nada, dona Gina. A única coisa boa no Brasil é a cerveja.

Dona Gina põe as mãos nos quartos, como se estivesse divertida com um menino travesso.

– Bem geladinha, não é?

Ela está em pé. Lucas a olha até abaixo dos joelhos. Faz uma cara de enjoo, mas lhe responde:

– Dona Gina, gelada é a História.

Impossível. Eu me agonio, e lhe toco o pé, o braço, e naquela hora me ocorre:

– Você deve ter boas aulas no colégio.

– O mal de sempre. O problema é que às vezes bebo cerveja depois da escola.

Eu me agarro na deixa, para fugir do golpe de Estado no 1º de abril:

- Você tem história boa depois das aulas?

– Olhe. Outra cerveja, dona Severina. Bote duas, por minha conta.

– Precisa não... Aceito.

Luiz do Carmo deve estar lá em cima lendo, me ocorre. Eu posso beber e ouvir sem receio a história de Lucas. Ele ergue a cabeça, foge talvez do fartum da proprietária, e lhe pergunta:

– Posso falar, dona Gina? A história é imprópria.

– Fique à vontade.

– Olhe – começa Luca. – Foi numa sexta-feira. Eu larguei da escola e saí com os professores pra uma cerveja. A gente foi lá na Portuguesa. Vocês sabem, ali é aberto 24 horas. Fica juntinho dos jornais, sempre baixa jornalista ali. E aí, meu amigo, eu caí na besteira de comer o sarapatel da Portuguesa. O tempero até que era bom, gostoso que só. Eu estava com fome e me atolei no sarapatel. Comi com vontade. Santo Deus, eu não sabia. A gente não sabe o futuro, não é? – E a bruxa Gina se sentou para ver o futuro do mestre. – Aí, cerveja vai, cerveja vem, uma cachacinha... Olhe, acho que tem uma química entre cachaça e sarapatel. O resultado sempre é ácido. Aí, os colegas começaram a ir embora. Eu digo que vou ficar mais um pouco. Mentira. Eu já estava pensando em atravessar a ponte. Atravessar a ponte era o meu fim. A ponte me levava pra zona. Das putas, a senhora entende?

A bruxa era toda ouvidos. E a mais sagrada hipocrisia.

– Virgem, professor, o senhor foi para o baixo meretrício?!

– Dona Gina, eu vou. A senhora quer ouvir a história?

A bruxa consente com um silencioso movimento no queixo. Eu diria, com um insinuante piscar de olhos.

– Aí eu atravessei a ponte Maurício de Nassau com as maiores esperanças. Eu estava azeitado. A ponte se abria para o paraíso. Ah, doido. Quando eu estava descendo, eu já fui sentindo umas revoltas na barriga. Havia uma revolução lá dentro e os fundos quase abriam passagem. Exigiam, com urgência. Aí eu prendi a respiração e me agarrei com Deus. Na primeira pensão eu subi sem ver ninguém, me segurando. As mulheres dando em cima de mim, "E aí, gostoso, vamos dar uma?", que nada, eu voei como um raio para o banheiro. – E se virando para a bruxa. – Dona Gina, eu sou um homem higiênico. Quando arriei as calças e vi aquela desgraceira na privada, não tive dúvida. Subi na bacia. E me aliviei em pé. Sem tempo de tirar toda a calça. Deus é Pai. Ali, foi um jato só. – E Lucas arregalou os olhos azuis, cheios de assombro. – Dona Gina, eu senti o azedo da cachaça com o sarapatel. Que fermentação rápida, minha senhora.

– Não fale, professor. Eu já estou sentindo a catinga daqui. – E pôs os dois ganchos de dedos sobre o nariz. A hipócrita devia estar sendo verdadeira, porque no relato Lucas, o austero mestre, era um homem acabado.

– Mas não ficou nisso não.

– Deus do céu.

– Não. Depois de aliviado, procurei papel para me limpar. Diabo de papel mais fino, mas lavei as mãos. Puxei a cueca para cima, vesti a calça, aí eu já era outro homem. Renovado, fui procurar uma jovem pra fechar a noite. Aí, minha senhora, eu tive pena, encontrei uma fadinha. Ela era novinha, pequena, toda graça de um tipinho mignon. E muito gentil, sem qualquer grossura de puta. Dona Gina, eu era o escolhido dos deuses. Depois daquela porqueira toda, eu fui, eu era o escolhido dos deuses. Fomos para o quarto. Olhe, eu não estou exagerando. Depois daquela catinga escura, a cama para mim era um altar imaculado. Não tinha violinos no quarto nem anjinhos voando, mas eu senti isso, dona Gina. Aí, eu e ela nus, sentados na cama, eu não ia começar assim, sem mais nem menos. Ela estava um pouco afastada. Aí eu deslizei no lençol branquinho e dei um cheiro no pescoço dela. Dona Gina, a fadinha olhou para o lençol e soltou um grito:

– O senhor cagou a minha cama!

– Havia uma marca no lençol, dona Gina. Eu não havia me limpado direito. A fada virou um demônio e começou a fazer escândalo, a me matar de vergonha.

– Homem sujo, nojento, cagou a minha cama!

– A raiva dela mais gritou, toda numa nota só: cagou, cagou, cagou. Mulher da boca suja. Aí, minha senhora, eu não tinha mais explicação. A coisa já tinha desandado. Eu, que pensava estar arranjado, me desarranjei novamente. Acredite a senhora como há Deus no céu. Emocionado, comecei a salpicar uns jatinhos curtos de merda no quarto. Um inferno, uma gota serena. Me vesti e desci as escadas não sei como. Eu só ouvia os gritos de lá do alto da sacada da pensão, as putas unidas em coro:

– Cagão, cagão!

– Aí eu corri feito um doido. Até hoje eu ainda escuto: cagão, cagão!

– E você foi à zona depois disso? – perguntei.

– Não. Eu fiquei traumatizado.

E Lucas, o professor, se pôs ruborizado com um pudor tardio, mais do que do relato que do acontecido com ele.

– Está vendo, dona Gina? Isso também é história. – Então, ainda vermelho começou a rir, acho que da expressão horrorizada, limpa e hipócrita de dona Gina. Ao que ela se levantou, acredito que bem satisfeita, mas com ares indignados a sacudir o sujo na saia comprida.

Capítulo 8

É sintomático que nos escritos de Luiz do Carmo não existam os dias na pensão onde esteva abrigado. Salvo em um conto, creio que ele não conseguiu até o fim da vida se distanciar daquelas horas. Foram momentos-limite em que sua existência poderia ter sido encurtada. Oficiais do exército tinham invadido a sua casa, a foto dele havia sido posta em cartaz de "terroristas, procuram-se". O que podia fazer um jovem naquelas circunstâncias, a não ser ficar escondido, no modo mais precário, diante da próxima queda e morte? No entanto, o que não foi narrado em contos, estava na raiz da formação que dirigiu o seu tempo de paz. Lembro que me fazia bem, e confortável, quando entrava no quarto e lá no primeiro andar eu o encontrava com o livro Cem anos de Solidão. Bem nem tanto pela qualidade do romance, mas por vê-lo envolvido em completo e absoluto silêncio a devorar um livro. As páginas voavam, de voo mesmo, não só pela rapidez com que eram passadas, mas com o bater de asas que pareciam se agitar no espaço do quarto, onde as palavras eram pássaros. Então, se naquela imobilidade ele estava bem, todos estávamos seguros. Isso significava que ele não teria vontade de sair, de ir ali na esquina e dar um salto até o centro da cidade, ele não sairia do quarto, porque estava fora da ansiedade ou angústia. Parece incrível, neste agora, que nem conversávamos sobre o romance de Gabriel García Márquez. Assuntos mais graves se impunham. A conjuntura nacional, até quando ele estaria escondido no quarto, o dia do próximo ponto. E encomendas que me fazia, compras fora da mesa da pensão, além de cigarros. A nossa dieta era tão pobre, que nem lembro de pedidos de frutas ou de refrigerantes. Ora, refrigerantes. Penso que se a repressão baixasse, apenas encontraria o mimeógrafo, bolacha e cigarros. Além de dois terroristas indefesos. O fato é que, enquanto os fascistas não vinham, Luiz do Carmo estava defendido nas horas pelo romance de García Márquez.

Revi agora o magnífico trecho que encantava Luiz do Carmo: "Muitos anos depois, diante do pelotão de fuzilamento o coronel Aureliano Buendía havia de recordar aquela tarde remota em que seu pai o levou para conhecer o gelo. Macondo era então uma aldeia de vinte casas de barro e taquara, construídas à margem de um rio de águas diáfanas que se precipitavam por um leito de pedras polidas, brancas e enormes como ovos pré-históricos. O mundo era tão recente que muitas coisas careciam de nome e para nomeá-las se precisava apontar com o dedo". Penso agora sobre quantas coisas eram tão recentes para nós, que precisávamos apontá-las com o dedo. Aquela inexperiência básica, que mais tarde seria chamada de ignorância, que nos momentos de raiva, de renegação do passado insultávamos como "a cegueira absoluta", era o ser num mundo que não esperávamos. Imaginem jovens, adolescentes, vindos de um meio popular, que são empurrados para um tsunami ou terremoto. Eles de nada sabem de tsunamis, terremotos, por informação, leitura ou vivência. Mas estão no curso da tormenta. Em termos mais claros, concretos e práticos, como diriam, eles falam do que desconhecem, mas falam, dizem ter ideias, conceitos, que mais francos seriam se os apontassem. Falam em revolução.

– O que é mesmo a revolução?

– É virar o mundo de cabeça para baixo, companheiro.

– Mas isso é a subversão, camarada. Ainda não é a revolução.

– Que seja. A subversão leva à revolução.

– E como será feita a revolução?

– Com a subversão, ela já se fez no mundo, mas será completada pelas armas.

– Você tem arma?

– Tenho um 38. Meio velho, mas atira e mata.

– Ah, sabe atirar?

– Já dei uns tiros.

– E com o seu revólver você derrubará o governo.

– Não venha me empulhar. Com o meu revólver e as massas derrubaremos.

– E as massas, onde estão as massas sublevadas?

– Você é do contra mesmo. As massas vão ser educadas. Na luta!

O leitor já percebe que esse diálogo se trava entre duas épocas. Fala de hoje para 50 anos antes. Daí o ridículo que nos envolve. Se continuamos na construção absurda, eu deveria perguntar que poder seria levantado para substituir a ditadura. Antes da resposta de "o poder do povo", eu receberia o mais profundo estranhamento. "Você é do contra mesmo". Mas se eu perguntasse como seria esse poder do povo, por certo viria a descrição do paraíso bíblico, uma negação absoluta da carnificina e barbárie do fascismo, primeiro. Uma negação radical do capitalismo, em segundo lugar. Ou seria em primeiro? As respostas se misturavam, ou se tornavam distintas, de acordo com o plano teórico de cada grupo organizado em um programa, rodado em mimeógrafo. Os nossos ideais eram muito mais altos que as nossas chamadas condições materiais, à beira da miséria. Miséria de tudo. Entre o sonho e a base real, que distância magnífica. Mas se nos perguntassem o que era a ditadura, nós sabíamos muito bem o que ela era. Sem conceitos, sem precisar apontá-la com o dedo, porque, pelo contrário, ela era quem nos apontava como os inimigos a serem exterminados. A ditadura era o terrorista. Mais que o terror de Estado, coisa e conceito difuso. A ditadura era o terrorista, pessoa encarnada no militar, no policial, que nos matava. Mas não sabíamos o que era a vida, a realização mais íntima, a felicidade, isso não nos perguntassem, por que não saberíamos sem apontá-las com o dedo. Não as víamos em nenhum lugar. Se as encontrássemos, nós nem as cumprimentaríamos, porque éramos estranhos e estrangeiros mútuos. Mas se nos perguntassem o que era a morte, isso nós bem sabíamos. Até mesmo a experiência familiar, aquela experiência "alienada", que mais tarde conheceríamos como o nosso sal, origem e destino, não nos bastava a morte mais íntima na infância. Nós sabíamos o que a morte era pela proximidade, pelos relatos, pelas denúncias, pelos exemplos multiplicados como um cerco, com a nossa pessoa em um lugar circunscrito cada vez mais apertado. O que vale dizer, a nossa compreensão era negativa. O bem seria o contrário. Mas isso era ainda um todo vago. Pois o que é o contrário do amor? O ódio? Se amargamos o ódio, saberemos o que é o amor? Se conhecemos a ditadura, a negação do homem livre, saberemos o que é a liberdade? Não sabíamos. A vida nos chegava pela exclusão. Tínhamos a febre, mas não tínhamos a sua pacificação, a serenidade do que é bom. Não perguntem a um faminto, não perguntem jamais a ele o que é comer bem. Ele não sabe. Ele sabe a fome. Por experiência, por necessidade urgente, o bem para ele é empanturrar de sólidos o estômago. Pedras para digestão com fartura.

"Todos os anos, pelo mês de março, uma família de ciganos esfarrapados plantava a sua tenda perto da aldeia e, com um grande alvoroço de apitos e tambores, dava a conhecer os novos inventos. Primeiro trouxeram o ímã". As páginas voavam nas mãos de Luiz do Carmo. *Esse fenômeno da percepção que tudo abarca veloz, um grau máximo de concentração, eu não compreendia nem julgava possível. Muita coisa devia lhe escapar, eu me dizia. Muitos anos depois, no aniversário da Anistia, um militante socialista me contou no Rio que, todas as vezes, de medo de voar, "punha o cinto antes do pouso do avião e em poucos minutos resolvia uma página inteira de palavras cruzadas".*

– Como? – eu lhe perguntei.
– As ideias me vêm todas. Eu nem sinto o avião descer.

Em outro momento preciso, eu soube que Milton Nascimento, quando estava num carro com Mercedes Sosa, o carro estancou sobre os trilhos de uma estrada de ferro. Não conseguia dar partida, e um trem apitou na curva. Enquanto os demais não sabiam o que fazer e gritavam, Milton elevou o som do carro onde ouvia Mercedes Sosa. "Eu ia morrer escutando-a" foi a explicação de Milton Nascimento. Aquele sentido máximo, aquela concentração que vencia num encanto a dificuldade, era do gênero da leitura de Luiz do Carmo na pensão. O momento do gênero da família do medo e tensão. As páginas de *Cem anos de Solidão* voavam. Ele falaria depois que lia Gabriel García Márquez enquanto eu lia Marcel Proust. Nisso havia brincadeira e verdade. Ele queria me elogiar com a frase, porque eu devia ser um leitor sofisticado, ao mesmo tempo que revelava a sua índole mais direta e prática. Mas eu antecipei Proust do tempo perdido porque não podia ler de imediato García Márquez, do qual todo mundo na esquerda falava. Mas o subversivo, o terrorista buscado Luiz do Carmo não me deixara, pela ânsia e posse neurótica do romance. "O amigo caçado tem prioridade", eu me dizia. Então me refugiei no *Em busca do tempo perdido*. Quanta ironia do instante, percebo agora. Ler Proust naquelas horas tinha a mesma sublimação da queda pelas armas da ditadura. Vejo-me com o livro de capa vermelha, furtado da biblioteca da EMETUR, *No caminho de Swann*. Como aquilo tinha a ver com o terror dos assassinatos, com a urgência do age ou desaparece? O que o levante das massas contra a ditadura tinha a ver com o mimeógrafo debaixo da cama? Mas eu precisava tanto ler Proust, para saber mais do que o dedo apontava, para comer Madeleine, enquanto comia sardinha enlatada com aguardente. No bar tocava Waldick Soriano, tudo o que eu precisava, eu dizia batendo com a mão na mesa. Mas precisávamos tanto dos nossos panfletos, que organizavam nossos desejos, enquanto os torturadores nos quebravam os ossos. Tanto que precisávamos daquele mimeógrafo, como se fosse pistola, fuzil e metralhadoras, que não tínhamos, mas saberíamos usar, tanto que precisávamos. E vinha um imenso paradoxo. Nós éramos os terroristas cujas bombas vinham a ser Marcel Proust e García Márquez. Nada que nos impedisse de envergar a farda do exército revolucionário, se a história fosse outra, se o país fosse outro, se a ditadura fosse de outra natureza e patente. Ou se o lugar fosse outro, quem sabe o Vietnã em 1970.

Naquela hora e aflição, enquanto o mundo que deveria ser liberto e comunista demorava e ainda não era, nós julgávamos que ele viria como uma força da natureza, mais certa que a lei da gravidade para todos os corpos, "O capitalismo virá abaixo numa insurreição popular, como o apocalipse da humanidade". Naquele interregno havia tardes e noites insuportáveis de vazio, havia horas em que nem o álcool mais embrutecedor, nem os longuíssimos circunlóquios de Marcel Proust preenchiam a angústia. Seria uma intuição de que o paraíso não chegaria nem cedo nem jamais? Naquelas horas brilhava nas trevas a estrela de Eva.

Há quem pense que a carência de tudo era a causa "determinante", para usar uma palavra das discussões da época, a causa fundamental para o que amávamos então. Assim como a economia determinava a história, a política, a sociedade, enfim, todo o universo material e espiritual, porque assim nos teria ensinado Marx – e sempre conforme o jargão simplificador das nossas encarniçadas discussões –, assim também a nossa carência de afeto seria a essência do que amávamos. Quando ouvíamos *Tenderly* com Ella Fitzgerald, ou os agudos do pistom de Louis Armstrong, quando ali nos encantávamos com a música, que nos deixava como almas penadas de carinho a flutuar, isso devia ser consequência do determinante, o coração que era só fome. Escapava de nós, digamos, a dialética do subjetivo e do objeto, para usar uma categoria mais filosófica. Mas não. Penso que o surgimento de Eva estava além dos argumentos da simplificação e do sofisticado. *Stars fell* on Alabama, penso, cantava na surdina. Desde a primeira noite, quando não foi possível tê-la plena, naquela agonia em pé, encostado à parede de tabique. Amor apressado, veloz, porque lá fora me esperava para ter uma dormida Olavo Carijó. Maldito. Por que sempre haverá um dever na hora da mais sublime felicidade? É como uma punição, um freio ou uma interdição dos poderes ocultos do sagrado evangelho, de Deus, não se poder abandonar ao prazer, ao amor livre e liberado. É como se não pudesse haver um justo e honrado momento em nossas vidas para um Summertime. Numa manhã, acordar cantando e abrir as asas, voar pelo céu, mas até essa manhã não há nada que possa nos ferir, será? Ainda assim, naqueles minutos concedidos pela carência, guardo a sua delicadeza e graça ao tocar a porta do quarto onde eu ainda estava sozinho. Tocou a porta, que cedeu. Não julgava que ela viesse, não acreditava que o convite feito numa voz cheia da coragem dos bêbados, falada entredentes na pia do corredor, "deixo a porta encostada", numa ousadia que não sei onde fui buscar, mas sei, foi a ousadia da necessidade, eu duvidava que ela aceitasse o convite feito sem as flores da corte cavalheiresca. Gutural, com a falta de educação dos brutos: "deixo a porta encostada". Apesar disso, ela acedeu, acendeu e ascendeu para mim.

Quando a porta se abriu, Eva apareceu com a camisola rósea. Uma camisola rósea, eu vi, que me pareceu ter o melhor gosto da noite, e nela estava a mulher de rosto redondo, suave, cabelos claros, e um sorriso entre quem se desculpa e se doa. Se eu fosse um homem livre, teria coberto o seu rosto e pescoço com uma torrente de beijos, como primeira bem-vinda. Na segunda, num espaço de minutos, teria descido para os seios, para o ventre, para o seu sexo úmido, que me prendia na mais feroz indecisão. Devia ir à sua boca de lábios superiores, no alto, ou saudá-la nos superiores da vulva? Se eu não fosse o escolhido para abrigar um companheiro perseguido, se eu fosse apenas um jovem livre e solto no mundo, sem referências, como um astronauta longe da Terra, no espaço das trevas, eu levaria a estrela para a minha cama, o ninho sobre o capim, e lá seríamos o melhor encontro de um jovem sozinho com o carinho da fêmea surgido.

É ocioso, além de triste, falar do que poderia ter sido ou feito na primeira noite. Chega a ser mórbido, de sabor meio amargo, falar das possibilidades que não se cumpriram. Então me dirijo ao próprio instante que foi e se foi, apesar do compromisso abaixo da escada, lá fora. Abstraio num esforço os impedimentos que pesavam sobre aqueles minutos. Tento abstrair, porque nos abraçamos em pé, nos abrasamos sem um instante de descanso, penetrei-a enquanto era penetrado pelo calor dos seios, da sua face, das suas coxas, que se levantavam para mim num esforço de operação acrobática. Aquela cena escandalosa do cinema em que um casal urra e resfolega alto, como se o amor precisasse de sonoplastia, não se deu. Houve uma devoração em silêncio. Com gestos sufocados, ou espasmos de pernas sem voz, numa compreensão mútua de que o instante único fosse o mais íntimo segredo. Naqueles minutos em pé, sentidos numa eternidade do tempo do incêndio, penso que tivemos a intuição de que a experiência era irrepetível. Penso também que o reflexo do raio, da luz de flash que ilumina o artilheiro no futebol na pequena área, e que ele não perde, nos tomou naquela noite. Diferente de quando tantas vezes somos acometidos por reflexos falhos, retardados, que para serem reflexos, por se deterem no exame do visto, perdem a sua oportunidade. Do gênero da moça que nos envia de repente um beijo antes de fechar o portão da sua casa, e de tanta surpresa, ao tentarmos responder já será tarde, porque ela fugiu, arrependida do impulso generoso. Assim como tantos carinhos súbitos, entrevistos na forma de bens repentinos, que nos alcançam, mas atentos à conveniência, aos reparos dos burros e malditos costumes, deles não tomamos posse. De tão fugazes, nem os detemos, porque não realizamos o breve na ocasião da brevidade, como um poema que não foi possível porque seria uma haicai, ali não. Aquela primeira noite com Eva, ao contrário de toda experiência, possuiu a felicidade, em sonho, do que nunca mais seria repetido. Creio ter ficado com cabelos seus em meu corpo e na boca. É claro, disso não tenho a consciência. No máximo, a intuição. No mínimo, a obediência à necessidade. E aqui a memória se confunde com outros encontros em seu caminho. Teriam sido os cabelos de Eva que perduraram em outras mulheres, como uma pista que nos acompanha, ou terão sido os seus que resistem na lembrança?

    O fato é que mais sobrevive e marca a gente o abrasar, os beijos, o seu rosto e cabelos, os seus lábios, o pescoço, os seios, a camisola que era só a cortina bela, transparente do palco. Aquela cor rosa, na luz frágil da lâmpada incandescente que deveria ser de 40 *watts*, dá a cor do ambiente do quarto, como se as paredes se cobrissem por ela. Eva, a sua camisola, em pé, com os olhos que choravam, descia para a melhor posição do coito. Naquela hora, não havia ainda a intimidade para que ela pegasse o meu sexo e melhor o dirigisse para dentro de si. Era como se ela o evitasse, santa entre as santas da delicadeza, ainda que o buscasse para melhor acomodação no seu íntimo. As suas bochechas eram um quadro ainda não pintado da madona. E se a memória filtra para o seu rosto, seios e pescoço, como se fosse anfíbia, sereia, é porque seleciona o mais agradável, que não era no instante o mais buscado, o fogo do vai e vem da penetração. Por quê? Atento à hora do ponto com o companheiro lá embaixo, mas sem perder o momento tão raro, não houve a felicidade do que seria e deveria ser o clímax. O clímax foi antes, em mais de um sentido. Nos momentos que antecederam o chamado gozo seminal é que se deteve a felicidade. Depois, porque depois seria o cumprimento do dever, e se não o cumprisse não seria um homem, fugiu a alegria. Para ser homem no sentido moral, deixei de ser um, no sentido restrito de macho.

    No entanto, o desastre que me dirigiu para o ponto com Olavo Carijó não destruiu a relação com Eva. Tanto no significado dos dias que se seguiram na pensão, quanto no da recordação. Aquilo foi bom, aquela primeira noite foi maravilhosa, eu a teria repetido, se pudesse, mesmo com o cumprimento do dever lá fora. Houve um encanto, um prazer que não cessa, que tem crescido porque ali houve uma ação que jamais seria repetida, ou seja, o encontro da necessidade com o seu impedimento. O limite, no limite do tempo mais precioso em que o jogador lampeja o gol e não o perde. O flash repentino em que se vislumbra o amor. E dele nos penetramos, numa ação rara de força e ousadia. Como negá-lo pela frustração do seu clímax? O ponto mais alto foi antes, como uma vida invertida em que o gozo da maturidade foi o choro do bebê. E por obediência ao gênero do que houve, fecho o capítulo antes do seu fim.

Capítulo 9

Em Macondo, o cigano Melquíades assim explicava a maravilhosa atração do ímã: "As coisas têm vida própria. Tudo é questão de despertar a sua alma". Mas o que dizer da alma das pessoas? Como elas se despertavam atraídas em 1970? Se estas linhas fossem um poema, os versos seriam a enunciação dos seus nomes, assim como se fez em relação aos blocos de carnaval do Recife no frevo. Anunciado Zacarelli, Luiz do Carmo, Selene Genaro, Célio, Lucas, Olavo, Eva, Lena, Zé Batráquio, Celinha Educada, Artur Sem Távola. Se fosse um ensaio, que não usasse a maravilhosa mistificação de Melquíades, deveria ser composto um texto onde se harmonizassem a política, a história e documentos de arquivos particulares e públicos. Mas estas linhas desejam ser a narração da experiência viva cujo filtro é a memória. O êxito ou a derrota virá da organização deste relato.

Quando penso em Anunciado Zacarelli, penso em Luiz do Carmo. Quando evoco Luiz do Carmo, vêm Selene, Olavo, Batráquio, Celinha, Lena. É um mundo pleno de história que exige uma mirada orgânica e organizada na exposição. Começo então por Batráquio. Quem olha para trás possui a ilusão e a arrogância de ser um Deus que olha o tempo. Mas o destino já vai cumprido e se cumprindo. Nenhum poder tem este Deus sobre as pessoas que a sua vista alcança. Zé Batráquio hoje é cego. E como desgraça pouca é bobagem, ele vive com uma só perna em uma cadeira de rodas. E como desgraça pouca é bobagem, as pessoas mais sensíveis devem imaginar o inferno dessas perdas no espaço fechado de uma família. Mas não falo dessas desgraças poucas com o fito de atrair a piedade dos corações. Zé Batráquio possui a mais funda repugnância a qualquer piedade que venha para a miserável condição. Ele não é um coitado, o que vale dizer, uma pessoa inferior a nós, os felizes. Os felizes e mesquinhos, como é costume entre as pessoas contentes com a sua única e exclusiva felicidade. E que às vezes acordam, coitados, para os coitados que jamais serão eles próprios, porque os felizes são da natureza dos imunes às desgraças, porque são de um gênero super, os superfelizes. Zé Batráquio rejeita semelhante piedade.

Eu o vejo com a graça de quem alcança o ano de 1970. Zé é um mulato claro, de 26 anos, bem-apessoado, namorador e sério. Quero dizer, sério de um modo ora irritante, ora digno de risos, para os que não somos sérios como ele. Jovem de esquerda que se nutriu nas páginas de Os Subterrâneos da Liberdade, de Jorge Amado, ele, Batráquio, num plano ideal quer ser um daqueles comunistas românticos, bravos, santos revolucionários. Mas no plano real, da formação mais íntima, é um jovem suburbano de Água Fria, o que vale dizer, com a tradição crua dos subúrbios do Recife. O choque desses dois espíritos em uma só pessoa tem resultados cômicos. Assim, em sua alma nobre, com a jovem que escolheu para namorar – aliás, com a jovem pela qual foi escolhido -, ele não ri, não sorri, pelo menos na presença de estranhos, os próprios companheiros. Ciúme absoluto, distância segura dos maldosos concorrentes. Com os estranhos, os companheiros, quando está com ela, conversa apenas assuntos familiares, proletários ou artísticos. Da arte que julga engajada, é claro. O problema, o feroz e irreversível problema, é que Zé Batráquio por vezes se encontra com Anunciado Zacarelli, o companheiro anarquista, anárquico, pequeno-burguês e decadente, na avaliação dele, Batráquio. Como numa noite de sábado, quando vão a uma festa na praia de Candeias. O que devo falar antes, da festa ou da bela Terezinha, a sua torturante namorada? Falemos dela.

Terezinha é uma jovem negra, de classe média, do curso de História. A sua cor, bem sabemos, ocupou um peso importante no coração de Zé. Descendente de negros, tendo despertado para o racismo brasileiro por experiência e leitura, ele estava destinado a ter uma amada negra. Mas não só. Nele resiste uma percepção inteligente, racional, que o fez pular as armadilhas do ideário de Ação Popular, que destinava os militantes até uma prática total com o povo: no trabalho, nas festas, no amor. Com o seu brilho, Zé pulou ágil como um sapo, quase diria, saltou a emboscada de namorar uma jovem de subúrbio porque é popular, e mais que popular, proletária. Pulou o sapo ereto para a jovem classe média, mas negra. E progressista, o que vale dizer no jargão da época, que oferecia potencial de crescimento para as ideias socialistas, depois do conhecimento de uma teoria simplificadora, que tomamos como sendo o mais autêntico pensamento de Marx. Ela, a progressista, possui um corpo que Zacarelli chama de belíssimo, no conjunto de pernas de colunas que sustentam a fêmea. O que aumentava o valor da progressista. Ideias socialistas não as possuía ainda, mas ia tê-las, assegurava-nos Batráquio, porque ela ia receber a sua segura orientação. Segura em mais de um sentido, de condução sem sobressaltos e de segura, apertada nos pulsos. Como se lhe dissesse: "Não fujas, meu amor, não olhes de lado, não sorrias para esses anarquistas que citam Lênin". O nome da assim defendida é Terezinha de Jesus, um Jesus que Zé, em acordo com os companheiros, agora companheiros, excluem, deixando só o Terezinha. É com voz embargada, à beira das lágrimas, que Zé fala de alguma boa ação da namorada, "Terezinha, Terezinha...". Esse nome ele o pronuncia como um cristão em estado de fé. Imaginamos que até nos momentos de êxtase, que ele se reserva como se não existissem, vêm cheios de fé, da unção diante do altar, "Terezinha...". Os olhos cintilam.

O diabo é que os companheiros, os maus companheiros do mal, digamo-los, quando se encontram no Bar Savoy, falam:

– Terezinha, Terezinha... – e imitam o fom-fom da buzina do Chacrinha.

Zé Batráquio sorri. Ele sorri para que acabem logo com a brincadeira. Mas olha para os cantos com miradas de pistoleiro que vai sacar o revólver, porque no calor da cerveja os maus companheiros podem desviar para um tom picante, errático, erótico: "Terezinha, ai, ai...". Então antes desse desenlace fatal, que pode gerar a morte de um mau companheiro, Zé corta com uma frase que chama o respeito:

– Ela é a minha companheira. Estamos juntos na luta contra a ditadura.

E Terezinha se protege do tom que seria desenvolvido até o cúmulo e cume da maledicência. No entanto, o conflito entre o respeitoso respeito e as ideias libertárias, anárquicas, não se resolvia pela repressão. Estava escrito. Numa noite de sábado, seguem para uma festa Zé Batráquio, Anunciado Zacarelli, Terezinha e a testemunha que vos fala. A casa ficava na praia de Candeias, que à época era pouco habitada, mais povoada por matas e coqueiros. Um lugar ideal para serenatas e encontros de subversivos. No caminho, na estrada de barro que conduzia à casa da festa, seguíamos à frente eu e Zacarelli, para não atrapalhar o casal em sua intimidade. "Alguma devem ter", dizia-me Zacarelli. Então íamos à frente de Zé e Terezinha, que atrás, não sabemos se encantados pela lua ou pelo cheiro bom do mato, cochichavam à maneira de conversar. Autênticos pássaros do amor. Súbito e de repente, como uma aparição do diabo, vemos ao lado da estradinha um outro casal no capim alto. E com demonstrações mais apaixonadas, resfolegantes, escandalosas, do que seriam permitidas pela moral e os bons costumes, em desacordo clamoroso com o namoro nos romances mais idealizados e idealizantes. Para quê? Zacarelli era um jovem que gostava de viver perigosamente. Ele não perderia aquela oportunidade de um confronto de ideias, claro. E por isso corre de volta, com os olhos arregalados, como se anunciasse terra à vista ou a última boa-nova dos céus:

– Zé, Zé, olha ali.

E Zé Batráquio, despertado da particular afeição com a respeitável namorada:

– O quê, o quê?

– Um cavalo com a espada desembainhada. Fodendo!

E Zacarelli fala para Zé ao mesmo tempo que passa de relance por Terezinha, sem controle:

– Olha o tamanho da espada – e com o braço magro aponta na direção do assombro. Era uma arma de ofensa, evidente, não tanto para a égua, mas para os princípios teórico-práticos do marxismo da virtude. Cruel, sabendo a quem e ao quê atingia, Zacarelli se alegrava mais que o membro do animal em vigorosa ação: - É um espetáculo, rapaz. Que força viril, bicho. Olha, olha...

Enquanto o macho montava em fúria, Terezinha se negava a ver o maior espetáculo da terra. Mas era impossível, para ela mesma, conter um risinho cúmplice, bem comportado, diante da cena que não podia ver em sossego. Zé, por sua vez, estava rubro como é possível um mulato ficar à pálida luz da lua. Se ele estivesse em 2016, teria um enfarte fulminante, depois, claro, de fazer o mais amplo ataque ao cavalo, à égua, a Zacarelli, até mesmo a este narrador. Estaríamos todos fulminados. Mas para o bem da continuação da história, estávamos ali. Ou seja, naquela desconfortável hora, Zé Batráquio olhou para a frente, sério, grave, bochechas como um balão cheio, prontas a explodir. Mudo, os músculo enrijecidos, ou como os chamaria Zacarelli se estivesse aqui, "com os músculos mais duros que a espada do cavalo". Com o braço esquerdo sobre o ombro de Terezinha, com a mão direita no bolso em ponto de sacar, em silêncio absoluto. Determinado a ver nada, com o especial foco a não ver o alazão fogoso no mato. Zacarelli, que gostava do perigo, mas era sensato, também caiu em silêncio, e de repente adquiriu um ar pacífico, amistoso, solidário – com o quê?, não importava –, mas com aquele ar que possuem os santos. O narrador, por minha vez, não viu nem escutou mais nada. E fomos em frente, enquanto o casal lá no mato relinchava de gozo e dor.

No outro dia, de ressaca, veio a explosão que o companheiro Zé guardara na véspera. Caminhávamos pela Avenida Beberibe, rumo à Encruzilhada. A me fingir sem memória, pois havíamos bebido, não?, puxei assunto sobre os filmes de arte no Cine Coliseu. Desastre, foi a deixa:

– Olha, eu vou logo te avisando. Eu não vou mais admitir qualquer desrespeito a Terezinha. Está entendendo?

Eu me virei para ele com uma aparência, acredito, da maior incompreensão. Do que ele falava?, quis fazer crer. Penso que jamais houve um culpado tão inocente de tudo. Para não atingir as raias do cinismo, evitei um "eu?!", mas a minha cara deve ter sido essa, quando lhe respondi:

– Sim, mas... – E avancei até uma concessão digamos honrosa, para a minha segurança: - Você está certo.

Mas a raiva, a ira, a cólera, a fúria só quer um pretexto. Adiante, no seu crescendo, ela se autoalimenta como uma irreversível descida veloz na ladeira. E Zé Batráquio era a própria queda e ascensão da ira:

– Está entendendo?

Eu ia responder, "Batráquio, eu não tive a culpa", mas um resto de decência me freou. E Zé Batráquio:

– Até ontem não estava. Estava? Não estava! Aquilo não se faz com um companheiro. Aquilo não se faz com ninguém. Aquilo...

Eu sabia, "aquilo" era o inominável ato do cavalo montando a égua. Ele não lhe dava o nome, tamanha era a sua repulsa, como o filme que vimos no Coliseu, de Polanski, Repulsa ao Sexo, talvez. Estivesse Zacarelli presente, e fosse tão cínico quanto heroico, replicaria que não pôde impedir que um vigoroso macho metesse a pica na égua. Haveria de avisar ao cavalo, "senhor alazão, contenha seus impulsos, porque Zé e namorada estão passando?". Mas eu não era Zacarelli nem herói. E contraí as sobrancelhas em sinal da maior desaprovação "àquilo".

– Bicho, aquilo é, é... – Batráquio procurava a palavra abjeta para o objeto que expressasse aquilo, e o reflexo daquilo sobre a pura Terezinha. – Aquilo é uma indignidade! - Achou, e por achar a palavra, a raiva tomou conta de si. – Uma indignidade, bicho. Uma indignidade para mim e Terezinha. – Parou, olhou para mim, e viu Zacarelli em minha pessoa, eu senti. – E vou avisando. Eu vou quebrar o pau! Vou botar pra quebrar. – E reconhecendo que eu não era Anunciado Zacarelli, o anunciador daquilo. – Pode espalhar a notícia.

Ele seria capaz de nos matar por uniões indecentes. No entanto, era curiosa a contradição. A coerência interna das pessoas, quando falsa, não se harmoniza em dois momentos diferentes da sua vida. A continuidade de espírito que nos faz comprar o mesmo livro que já havíamos comprado 30 anos antes, e não nos lembrávamos, cai por terra quando olhamos uma frágil moralidade em dois momentos. Aquele Zé que se indignava porque teríamos atingido a pureza do seu amor, aquele José de esquerda cristã, militante grave e sério, era o mesmo que me contaria, anos depois, a sua iniciação sexual no subúrbio:

– Era uma onda arretada. Tinha Dadá Carne Frouxa, que era uma prostituta boa, bondosa, sabe?. Vê só. Ela cobrava mais barato, bem barato pros meninos lá do Alto do Pascoal. Aí a gente fazia fila, rapaz. Aí os moleques começavam a gritar pra quem tinha entrado na frente: "Tá demorando, Dadá. A fila tá grande". E o cara que tinha entrado respondia: "A gente não pode nem gozar, porra". Era um quartinho com uma cortina de saco na porta. A cama era uma esteira no chão. Mas era bom, sabe? Os meninos perguntavam a quem saía: "ela te beijou?". Aí o cara dizia: "beijou, chupou, deu o cu". E o gaiato respondia: "tão rápido? tu nem entrou na boceta". Os meninos cobriam na vaia. Arretado era Dadá reclamando lá no quarto, quando ouvia a zona: "olha o respeito, eu quero respeito nesta casa". Pode?

E caía na gargalhada ao contar. Dessa vez, quem não ria era eu. O costume bárbaro de usar os tidos como párias, que sobrevive até mesmo entre os oprimidos suburbanos, que Zé amenizava como uma recordação lírica da infância, me deixava a ponto de vomitar. Está bem, o "lírico" aí correu por minha conta, mas era desconfortável, sinto. Entenda-se. Não era que Zé eludisse, ou tentasse apagar uma recordação crua da infância. Aconteceu, acontece com os traumas. Mas aí é que estava o problema, não havia trauma. Ele contava a recordação com evidente prazer, quem sabe como um traço antropológico em que se revelara macho. E não só, compreendo-o. Ali, no costume bárbaro de usar a mulher como quem usa um buraco coletivo, havia uma glorificação do atraso, porque era popular. Era como se tudo que viesse do povo, dos oprimidos, fosse bom, saudável e merecedor de recomendação. Mais que recomendável. O erro e a barbárie – não vistos como tais – deveriam ser praticados por toda sociedade, porque, afinal, eram do povo. Bem sei, agora, era um traço da política de massas de Ação Popular em sua primeira fase, cristã. No entanto, porém, mas, contudo: quanta inumanidade sacralizada.

Zé Batráquio me contava a aviltação e eu calava. Por quê? Um sentimento de que o sexo era manifestação da pessoa íntima entrava em colisão com a festa de meninos suburbanos. Eles estariam errados? Sim, Zé podia me responder, e os bacanais da burguesia, e os filhos que burgueses plantavam nas mulheres do povo e não os reconheciam, são mais justos? Se aquela festa de meninos era um erro, devia ser um bacanal dos pobres. E depois, Dadá Carne Frouxa era safada mesmo. Ela gostava de ver as bilolas duras dos meninos, ela ficava rindo das imitações de metidas deles.

– É interessante – eu consegui falar. – Mas ...

– Mas o quê?

– Nada. É interessante...

– Tu queres ser contra uma manifestação popular?

Aquilo me doía, de uma forma ou de outra. Eu não queria ser um daqueles meninos, mas eu não podia, por todas as minhas forças, ser contra o povo da minha infância. Raiz.

– Muito interessante – eu respondia, entre o vômito e a mágoa. No abrigo da covardia.

Escrevo sobre ele agora e o vejo na cadeira de rodas em 2016. E me dá vontade de sair do livro, agora mesmo, e correr até a sua casa para jogar damas com ele, procurando armar o tabuleiro na sua mente, pela posição

das pedras nos 64 quadradinhos. Que desvantagem desleal. Eu vendo as pedras do jogo e ele ditando as jogadas. Sei que ainda assim ele poderia ganhar, para a minha felicidade. Ao me ver encurralado, eu diria:
– Assim é foda.
– O quê?
– Pra onde eu for, eu perco uma pedra.
– É? E eu tenho culpa?
– Tem. Zé, você está roubando.
Então ele ia soltar uma gargalhada, e eu comovido ia repetir:
– Isto é um roubo. Perdi. Ladrão!
Ele ia rir até as lágrimas. Seria a minha derrota mais confortável e desejada. Mas a sua vitória, jogando sem ver o tabuleiro, não é uma imaginação utópica. Sei, pela compreensão que o revê ao longo dos anos, que seria mais um feito da sua inteligência. Ela é que explica o Zé Batráquio, bárbaro na infância popular, e o Zé sério, no seu amor ideal por Terezinha. Ambos se unem no mesmo militante, cujo intelecto contorna a barbárie anterior, mas por sentimento cai em novo equívoco. Ele contaria esta piada, nos últimos dias de amargo humor: "A mulher casa esperando que o homem mude, enquanto o homem casa na esperança de que a mulher não mude. Ambos se enganam". Nesses últimos dias, o amor deixara a idealização da companheira. Mas em 1970, na altura dos 26 anos, ele agia como se fizesse uma oposição superior ao menino que fodia um buraco humano:
– Ela era uma prostituta – ele falava a Zacarelli, em outro discurso sobre o sexo. Ao que Zacarelli, sem saber o motivo de tal redução, voltava:
– Prostituta não é uma pessoa?
Era, tanto a pessoa na prostituta, quanto a mulher de nível mais alto em Terezinha. Mas aquela era uma idealização conservadora, com acentos de amor cavalheiresco, superado desde o tempo do Dom Quixote. E isso, essa elevação da fêmea no Nordeste brasileiro, os companheiros, os maus companheiros, não perdoavam. Não havia sido à toa que no meio do caminho aparecera um fogoso alazão a foder a égua. Já antes de tão escandaloso incidente, os maus companheiros se vingaram, sem que estivessem em concerto ou em planejada conspiração, quando o apelidaram de Zé Batráquio. Não o chamavam pelo qualificativo em sua frente,

é claro. Mas às costas, mal ele tomava distância, virava Batráquio. Por quê? Zé Batráquio nascera José Aníbal Magalhães de Barros Filho. Para um nome tão grande e honroso, os maus companheiros, mesmo na hora da infâmia, o poupavam do batismo vulgar Sapo, e acharam por bem e melhor deixa-lo na qualificação geral de batráquio. Mas por que o animal da família dos anuros? A infâmia, a "calúnia", como a classificava Zé, só queria um pretexto. Dizia ele que na verdade o batráquio era outro, não o próprio sapo, mas um companheiro de características mais próprias, afins ao pulador, que tinha a desgraça de ser parecido com Zé. Isso ele ia dizer, mas corrigia para a semelhança ardilosa que vinha de um nome, do verdadeiro sapo, parecido com Zé Aníbal. Daí a confusão, o clamoroso equívoco, a "pura safadeza", como ele falava. Mas não. O mal, visto pelos maus companheiros, vinha das seguintes características: em seu natural, Zé Aníbal tinha uma papada, genética, dos portugueses da família dos Barros havia muitas gerações. Isso passaria despercebido se ele não exibisse o queixo sobressalente quando estava com raiva. Nesses momentos, para não explodir em golpes de judô e luta livre suburbana, Zé se fechava, mudo. Mas quem o tocasse perceberia os músculo rijos prontos para o ataque, um ataque súbito de sapo, falavam os infames. Na verdade, fora até da infâmia, da raiva, do ódio, Zé Aníbal se punha também com as bochechas inchadas, a cabeça meio inclinada para baixo, o que lhe realçava o papo nas laterais. Os canalhas, que tudo viam com os olhos dirigidos para a canalhice, ao vê-lo com as bochechas de balão e a papada cheia de raiva, cochichavam: "é um sapo". Mas os canalhas eram covardes, e sensatos chamavam-no de sapo pelas costas, como se fossem moleques cruéis a lhe jogarem sal por trás. Mais infames e debochados, com falso respeito a ele se referiam como "Zé Batráquio". Mas apelido à parte, tinham por Zé o mais extremado carinho, ternura, como um dia o saudou Luiz do Carmo numa reunião:

– Chegou a minha alegria!

Eu agradeço aos deuses estar vivo para lembrar esse tempo, por ter sobrevivido até agora, com o simples dom de lembrar o que vi. Falo de Zé Batráquio com a percepção de quem o viu e quem o vê na cadeira de rodas, cego, em dias recentes. Ele agora, sem perder a antiga agilidade de espírito, apesar da queda é capaz de escrever poemas como nos versos:

*"Vivo a semear o sonho
De todas as crianças terem o direito
De brincar e sorrir*

Vivo a semear o sonho"

Luiz do Carmo comentou para esses versos: "Zé, você escreve com sentimentos". E com isso ele expressou, de modo mais sintético, que onde outros escrevem com palavras, o que tem o sentido de também escreverem mentiras, porque muito se falseia também com palavras, em vez de apenas usá-las, Zé Aníbal fazia do sentimento o seu meio e fim. Certa vez, na cadeira de rodas, sem nada ver, a não ser aquela visão que lhe chega pelos ouvidos e memória, ele adaptou um acontecimento distante e científico em uma mensagem:

"Eram quatro horas da manhã, e até as cinco, durante uma hora ouvimos o novo som que os cientistas ouviam do cometa. Depois de alguns dias estudando os sons, entendemos o cometa que passava pelo alto das praias. Ele nos desejava um bom natal e um novo ano de solidariedade e amizade".

A sua preocupação é com a sorte de outros. Que não são outros, são pessoas a quem ele fez íntimas. Zé, escrevo sem falsa ponderação, é um guerreiro impenitente, um vietcongue que Giap teria prazer de contar, porque ainda combate com alegria onde outros afundariam abatidos. Ele não se dá conta da sua excepcionalidade. Ou não quer se dar, para manter longe de si a piedade. Ele se entrega à defesa da felicidade de outros. Em um dia do seu aniversário, não pude ir porque precisava assistir a um importante jogo de futebol. Ao me desculpar a ele no telefone, tive a resposta:

– Eu soube que vai ser um jogão. Boa sorte.

E de confortador passei a confortado. Eu é que deveria ser feliz com a vitória do meu glorioso time. Não penso que foi ironia, porque sei de viva experiência que foi manifestação de fraternidade, da parte dele.

Se dou um desconto no seu altruísmo – que tempos hoje, "desconto no altruísmo" – se lhe desconto a solidariedade, sei que tenho o agradecimento por não lhe ter faltado em momentos cruciais da vida. Daí que, digamos de modo mais canalha, daí a consciência da gratidão. No entanto, mesmo aí, nesse passo, essa é uma consciência que só possuem os grandes. Os pequenos, os mesquinhos, nem se lembram do que receberam, ou dão de ombros, porque fazer o bem deve ser ação de otários. E como otários devem ser esquecidos. Depois de usados, é claro. Essa não é a natureza de Zé Aníbal ou Zé Batráquio.

Antes da cadeira de rodas, ele está em um táxi comigo, onde vou na frente porque estou empregado, em vida legal no Recife. Nesse 1971 pago a corrida da Universidade Católica até a Churrascaria Coqueirinho, no subúrbio de Água Fria. Carregamos panfletos, que deveremos passar para Alberto, a simular um encontro de amigos na sexta-feira em um restaurante popular. O motorista que nos conduz é um senhor negro, de braços de pugilista, corpulento que mal cabe no seu assento do fusca. Ele me olha, passa uma vista em Zé, e nos pergunta em voz grave:

– Estudantes?

– Sim, Somos universitários – responde Zé no banco de trás.

– De onde?

– Daqui da Católica – Zé tenta enganar.

Não gostei nada, não gostamos nada da inquirição do motorista. São tempos em que os tiras se espalham em uma forma fácil de sobrevivência. Eles estão entre alunos, professores, motoristas de táxi. É o cerco à subversão que oferece prêmio até a quem não é do quadro regular da polícia. Os delatores ganham privilégio de carteirinha de auxiliar da repressão. Por isso queremos logo chegar em Água Fria, sem muita conversa. O bom seria descer do carro, mas essa é uma atitude mais suspeita ainda, depois do exame inicial do brutamontes:

– Estudam em que curso?

Passou do limite. Eu nem posso olhar para trás e ver como Zé responderá por nós:

– Relações Públicas. – Não poderíamos jamais declarar que estivemos em uma sala do curso de Ciências Sociais. Para a ditadura, Ciências Sociais, Sociologia, são o mesmo que socialismo, comunista.

– Hum, é bom, não é?

O motorista quer assunto. Ele continua a nos pesquisar. Estará desconfiado de que carregamos panfletos sob a camisa? Como ele sabe que estamos em linha contra a ditadura? Devemos ter emitido sinais que não sabemos.

– É bom – respondemos, já angustiados, enquanto o táxi roda pela Encruzilhada. Parece que o homem deixa de propósito o carro na velocidade de 40 a 50 quilômetros por hora. Há uma contradição flagrante no motorista. Pelos músculos, que parecem treinados para a porrada, ele nos faz adivinhar a sua violência. Mas pelas perguntas, está mais afeito a tarefas da inteligência policial. Ele nos amacia como um chefe de cozinha amacia a carne antes do fogo.

– Muita estudante, muita gente boa no curso?

Zé, que é bom em saídas de embaraço, já começa a pigarrear, ganhando tempo. Eu tenho a respiração suspensa. E calafrio a cada pergunta que o peso-pesado faz a virar o rosto grande para mim. Tamanha é a nossa defesa, e pânico pelos documentos subversivos sob a camisa, que não contra-atacamos devolvendo-lhe perguntas. Mal respondemos, aliás, Zé responde:

– Gente boa, assim, como em todo canto.

– Hum... mas tem umas gostosas, não tem? - Aonde esse cara quer chegar? Ele pode arrancar o volante com um soco. Agora, nem Zé responde à continuação do round do interrogatório. – Eu sei, tem. Eu vejo cada lapa de mulher bonita. Gostosa mesmo.

– Tem muita mulher feia também – Zé responde. O táxi parece diminuir ainda mais a marcha. Nós temos que descer antes do ponto, é claro, para melhor segurança. – Ali na esquina, pare por favor.

Ele conduz o carro até o lugar indicado em velocidade suave. Sem acender a luz, o pugilista dirige a sua grande mão para mim Vai pegar nos panfletos, parece, mas a mão toca a minha perna. Dá-me um peteleco que recebo como um golpe. E fala:

– Bonitão assim, tem que conquistar gata, né não? - E dá um leve e poderoso beliscão em minha coxa.

– Susto arretado – foi tudo que Zé Batráquio me disse ao sair do táxi. E não comentou mais, porque grande havia sido o nosso papel no heroico engano.

Capítulo 10

Anunciado Zacarelli era dono de uma brilhante força intelectual, eu poderia dizer. Mas como escritor não devo abusar de adjetivos. Narro fatos, tenho que organizar a memória do que pude ver. Devo dizer: em Zacarelli se cruzavam o cômico e o dramático. Ele foi o matador de mortos na juventude e o indivíduo que se levanta do leito da morte para uma nova vida nos anos maduros. Entre um e outro caso, de matador de defuntos ao ressurreto do túmulo houve o mesmo traço do jovem que sobrevive ao se dirigir para um objetivo mais longe, ou mais alto. Tenho diante de mim a noite em que ele, afoito, pede a direção do carro de Alberto, que era dono da única e potente vemaguete conhecida por nós em 1970. Na verdade, nesse carro houve a união de duas afoitezas, a de Zacarelli e a de Alberto, dois incautos na noite da Avenida Presidente Kennedy em Peixinhos. Zacarelli, o maduro militante de 21 anos. Alberto, o melhor motorista do Recife aos 17 anos, segundo ele próprio argumentava, depois de viradas no carro, por imprudência de terceiros, é claro. Mas nos ocupemos por ora de Anunciado, o Zacarelli, cujo nome veio de imigrante pobre da Itália.

Não sei se foi a cerveja, que bebíamos até o ponto de sentir um fogo contínuo no peito, não sei se foi o nome da avenida onde estávamos, que se chamava e se chama de Presidente Kennedy. Com tantos vultos dignos e mais ilustres no Recife de Solano Trindade, e de Matias da Rocha e Joana Batista, a dupla de compositores do Vassourinhas, engolíamos a custo o abuso da homenagem ao presidente dos Estados Unidos. Aquilo dava uma revolta na gente, uma raiva, de tal modo que batizávamos aquele lugar como "Avenida Presidente Gringo". Não sei se foi isso ou tudo junto, mas do encontro de cervejas e revolta, Zacarelli pediu a direção ao mais ágil motorista do Recife, que chamávamos de Alberto. Este, tão rápido no pensamento quanto motorista, cedeu-lhe o volante. Esclareço, para quem não conhece, que se tratava de um DKW-Vemag, Vemaguete, cujas marchas eram o que chamávamos de "royal", ou seja, o câmbio era no próprio volante. Se para iniciantes é complicado passar a marcha em um fusca, imagine-se em um sistema da realeza do câmbio para quem nunca dirigiu um carro. "Nada, é até mais fácil", respondia Alberto, e fazia movimentos na mão que mais pareciam truques de mágico. Como obra de um prestidigitador, do nada o carro mudava a velocidade.

Estávamos nessa altura do espetáculo, Alberto com rápidos ensinamentos a Zacarelli, e eu sob os efeitos da cerveja na companhia, quando o novo motorista, o maduro Zacarelli, assumiu a direção. Na reta, no asfalto da avenida o carro deslizava na segunda marcha. Zacarelli gargalhava pela facilidade do passeio no tapete:

– Genial, bicho. Genial!

Alberto concordava com os dentes cavalares, contente da sua cria, que vinha a ser o magro e longo Zacarelli no volante:

– Eu não disse? É a coisa mais fácil do mundo.

Súbito e de repente, mais veloz que a mudança de marcha quando usada pelas mãos de Alberto, surge um grupo de pessoas no asfalto. Grupo caído do céu, diria. Mas em vez de uma "visão do último trem subindo ao céu", descia. O farol do carro, que Zacarelli não sabia como ou porque era aceso, ilumina as pessoas caídas à vista de repente. Zacarelli comentará dias depois:

– Era um quadro de Portinari, bicho. Aquele dos retirantes, saca?

Mas não na hora, na precisa hora das 21:30 da noite. Agora, Alberto lhe grita, enquanto o carro se aproxima do que seria um Portinari:

– Buzina, Zacarelli.

Como não sabe ou não tem tempo, reflexo e agilidade para tanto, Zacarelli grita a pleno pulmões:

– Ei, ei, ei! Cuida...do!

Bum, acho que ouvi. Mas não foi bum. Foi outro som mais áspero. Dirá o novo motorista:

– As pessoas do quadro pularam, bicho. Pularam como assombração.

E Zacarelli e Alberto viram. Eu não pude ver porque estava com os olhos fechados. Mas eles viram: um objeto coberto por um lençol branco, tendo ao lado algumas velas no chão. No entanto, os meus olhos fechados puderam ouvir: cróquite, cróquite, cróquite, tum! Alberto gritou:

– Era um defunto, Zacarelli.
– Cara, como é que botam um defunto na frente do carro?
– Corre, corre, Zacarelli.

E de fato, o quadro moveu-se: os populares corriam para alcançar o carro, que mal recuperado do susto, do choque, não conseguia correr. Com força não ia além dos 20 quilômetros por hora. Zacarelli diria depois que aquilo era uma cena do filme *Os Boas Vidas* quando o carro quebrou, e os operários queriam espancar os *playboys*. Mas isso foi observado dias depois. Ali, na avenida presidente gringo, não. Alberto grita, ao ver populares reais correndo para cima do carro:

– Na royal, na royal, Zacarelli. Muda a marcha.
– Eu não sei!
– Tira a mão que eu pego. Enfia o pé no acelerador.
– Onde fica o acelerador?
– Deixa!

E com efeito, Zacarelli. obediente e desesperado, levantou os braços. O carro bate na calçada. Então Alberto, o melhor motorista do Recife, faz a vemaguete retornar à pista, e muda a royal e mete o pé esquerdo no acelerador. Por cima do pé de Zacarelli, que nem reclama do pisão.

O carro seguiu. O álcool virou vapor. Mas o mais impressionante para mim era a lembrança do som dos ossos que se partiam no corpo do chão.

– Será que ele estava morto? – perguntei.
– Morto, morto, morto – respondiam Zacarelli e Alberto, não sei se eufóricos ou agitados. – Morto, bicho. Ninguém acende uma vela para um morto vivo.

Fazia sentido, a certidão de óbito era a vela. Ou a certidão do assassinato do carro que atestou por cima. Pelo desassossego, nos importava mais o desastre, o desrespeito acidental ao morto, que o crime, ter matado um homem, ainda que involuntário. De qualquer forma, não contamos a história aos quadros da direção, para não amargar o pior processo de culpa: "Liberalismo, anarquia. É assim que se comporta a vanguarda do povo? Em cima de um trabalhador morto. Não se justifica!", ouviríamos. Pior, seríamos massacrados até que expiássemos toda a culpa.

O curioso é que Zacarelli, se ouvisse a sentença condenatória do crime "cerveja, diversão e acidente", uma tentação, pensaria que o mais desejável seria cerveja e sexo em um harém de amor. Ele, na sua história de adolescente evangélico, de mãe e costumes severos, sonhava com o marxismo que fosse uma total libertação. Assim, o paraíso que sonhava, em lugar de um coro a cantar para a glória do Senhor, era um inferno sem forno de materiais em ebulição. Ou um inferno repleto de mulheres doces, quentes, fogosas dançando, não tanto nuas, mas que se desnudassem para ele, isto é, assaltadas para a nudez, mulheres cuja primeira delícia eram as vestes mínimas a serem tiradas pelas mãos dele, o amante. Elas, num salão em sombras, somente sob a luz do fogo, a cada peça tirada suplicariam, "desvenda-me", e o desvendamento seria ao mesmo tempo o decifrar pela penetração dos olhos da inteligência e dos órgãos mais sensíveis. Cerveja e diversão, camarada? Por que o inferno com tão pouco? Bom, ótimo eram mulheres, muitas, quatro, seis, oito por dia, todos os dias, todas as horas. Elas não lhe saíam do pensamento, elas o perseguiam com suas promessas, elas o sufocavam com as suas coxas, que se abriam. Como era possível um homem viver com tamanha queimação na carne, um ardor cujo único lenitivo é a vulva, as vulvas? O camarada sabe lá o que é isso? Se sabe, não me condene pelo mal que sente em si mesmo. "Eu quero a boceta, a boceta, a boceta. A única e todas. As da rua de baixo, da rua de cima, da rua do meio, de todas as ruas. A fornecedora da verdadeira paz que não tenho em mim. Eu quero a boceta, eu quero a boceta, eu quero todas, camarada".

Assim o brilhante Anunciado Zacarelli vivia a libertação sonhada que jamais falou a ninguém. Nem a ele próprio, para ser mais preciso. A sua leitura humanista de Marx – "do mais humano, belo" – não lhe permitia semelhante redução. Mas as pessoas são pelos atos ou potenciais.

– Isso é metafísica. É pura ilusão. Em potencial todos somos até criminosos – poderia ser dito.

Acontece que a metafísica também é um terreno da arte. Devo dizer, a ilusão e o que está além do visível também possuem existência legítima, pois não detêm a negação absoluta do real. Todo o percebido e sonhado é domínio da realidade. Assim, o que Zacarelli não dizia gritava, no conjunto da sua pessoa ali, em 1970, vindo de antes, na adolescência, e depois, nos anos mais maduros da sua vida. Havia a necessidade de um socialismo pleno, total, absoluto, socialismo como uma libertação que não respeitasse os limites mais anárquicos, porque a prática de todos os dias era a pátria da privação. "Anárquico?! Legítimo, bicho" ele me diria. Por que não? Onde se inscreve que o sonho, o delírio, o desvio da norma não tenha legitimidade? "A fantasia é humana, meu amigo. Eu quero a terra de todas as bocetas. Falei". Eu quero a terra de todas as mulheres que não pude ter, ele queria falar, enquanto sorria calado a ouvir as recriminações dos companheiros. *I wonder why*, daquela canção de Ella Fitzgerald, ele poderia cantar, mas agora com um sentido diferente do que haveria no falecimento de Luiz do Carmo. "Eu queria saber por que me acusas, camarada, se trago em mim a mesma doença que te aflige". Eu queria saber o meu sonho de desvio, poderia dizer.

No entanto, o mundo é duro, camarada. Pune com ferros o que o coração da gente mais deseja ter. Havia em Zacarelli uma originalidade tamanha, que se manifestava no cômico. Ele não era um comediante, como as pessoas mais de uma vez o tomaram. É que o vulgo, o vulgar da gente não compreendia o lírico, o amoroso apaixonado que cheirava calcinhas das primas no banheiro. Ele absorvia o perfume, digo, o fartum que houvesse, assim como um carnívoro se embriaga com o cheiro da carne. E quanto mais suada, mais era verdadeira. Os que achavam ridícula tal absorção, apenas sorriam da própria carência, que não se manifestava de modo tão "genial", como ele falava. Havia também, é certo, ocasiões em que se expressava rumo ao bestial, mas sobre isso devemos lançar a luz de um eclipse. Até mesmo no cômico há limites, digamos, embora saibamos que não há limites para o que é humano na miséria. Ou seja, não julgamos comediantes os homens que no campo de concentração raspavam as suas gamelas de sopa, catavam fiapos de miolo de pão, ou até mesmo, quando náufragos, bebem a própria urina. Aí, não, trata-se de pessoas no limite da sobrevivência. É certo. Mas não devíamos nos espantar se um jovem de feroz sensibilidade, sem namorada ou amor, cheirasse calcinhas ou acariciasse fêmeas de toda sorte. Sorte, que azar, digamos. Trata-se da natureza que também sobrevive no seu limite. E tão astuciosa quanto o gênio que se expande na miséria quando nada tem. Noto agora, é característica natural do gênio afirmar-se na carência, como um drible de Garrincha num espaço mínimo, como uma bicicleta inventada por Leônidas quando não possuía tempo de matar a bola no peito, virar-se e chutar. Ou quando Einstein prevê a curvatura da luz antes de observá-la com telescópio. Vale-se do que se tem. Assim, na hora da mais extremada angústia, falava pelo cômico o gênio de Zacarelli. Como na final de Copa do Mundo de 1970, a que assistimos no Bar Savoy.

Um carrasco de nome Boninsegna havia driblado o nosso goleiro, e sem piscar havia enfiado o gol de empate da seleção da Itália. Zé Batráquio, o tático, assumiu então as suas características de sapo, porque inflou as bochechas e mal olhava para a pequena tela, como se estivesse na iminência de coaxar. Todos o seguíamos, com movimentos na bochecha à sua imagem e semelhança. Na verdade, à direita, à esquerda, acima e abaixo da ditadura, todos no Savoy ficaram meio sapo, de papo inchado, carrancudos, raivosos. Zacarelli, ao ver a geografia humana ao redor, susteve a frase na garganta, "futebol é alienação", e achou mais prudente, e natural, ficar em terra de sapo de cócoras com ele. Em silêncio, todos se danaram a beber, que os garçons de Savoy serviam bem na alegria e na desgraça. Mercenários, tiravam partido da pátria em qualquer circunstância.

Acabado o primeiro tempo, quase todos no Savoy tiveram a mesma ideia, porque se aglomeram no banheiro. Ambiente para lá de carregado, elétrico. Zacarelli, magro e desengonçado, entra no círculo ácido do mijo. E até hoje ele não sabe por que razão, e até hoje ele oculta dos seus o momento raro do perigo que passou, e que soubemos depois do abismo. Na volta do banheiro, em um corredor estreito e infernal, ele esbarra em um popular irado, nervoso e tenso. Esbarrou por acaso, por maldito azar, mas o popular, essa categoria ótima para uma tese, mas bem arisco ao vivo, assim não entendeu.

– Tá cego? – E empurrou o nosso amigo contra a parede.

Zacarelli, alto para os padrões do Recife, lutador de judô em aulas clandestinas, porque assim faria a segurança nas passeatas, reagiu ao empurrão. Ou seja, empurrou o popular de volta, como quem cumprimenta e vai embora. (Não era sua intenção saber o valor prático das aulas orientais que recebera, naquela hora e em outras.) O que faz, o que fez? O popular lhe responde com um mais vigoroso empurrão. Zacarelli volta, como se a parede do estreito corredor fosse um elástico, que lhe desse um exemplo da terceira lei de Newton. E volta com o impulso da sua pequena massa inercial, somente para dar um instante breve de resposta ao segundo empurrão. Nisso, e como prova insofismável de que a toda desgraça corresponde outra maior, surge um indivíduo tão alto quanto o nosso amigo, porém mais volumoso em carnes, vontade de brigar e músculos. Que vinha a ser o amigo do popular irritado. E fala a Zacarelli:

– Ei, magro, é briga, é?

Zacarelli olhou de cima a baixo, e da direita para a esquerda o homem-guarda-roupa. Sabemos nós, à distância, que os manuais de filosofia ensinam que só se deve correr quando houver possibilidades de espaço e circunstância. Mas o que não se encontra em nenhum manual, nem nos melhores livros, foi a resposta de gênio que achou o nosso amigo, naquela hora de angústia, agonia, desespero e aflição. Acreditem e creiam, porque em pleno intervalo do jogo final da copa do mundo, o nosso amigo gritou, com os braços erguidos e levantados:

– Viva o Brasil!

O amigo do popular, espantado com aquele golpe baixo, de gênio, reagiu como bom patriota. Abraçou Zacarelli como se abraça um companheiro de torcida.

– Viva! Viva o Brasil!

Assim foi. Mas é preciso ferir a página. Nos anos pós-ditadura, sem medo da sólida reputação de historiador, sem temer portanto o ridículo em que poderia cair, porque é um homem de academia, Zacarelli tem-se preocupado com a imortalidade. Sim, vocês leram bem, a Imortalidade. Não como uma preocupação erudita, teórica, de exegese histórica do mundo das ciências ocultas, das sociedades esotéricas, ainda que, pude ver, ele não as despreze antes de com atenção examiná-las. Uma vez submetidas a escrupuloso exame, pode até nelas acreditar, se as conclusões lhe forem interessantes, creio. É, de fato, divertido que ele possa vir a acreditar em bruxas, magos, feitiços e predições as mais cabalísticas na idade maior. Mas será uma crença com um risinho no canto dos lábios, que insinua para os amigos: "Pode ser, pode não ser. O que você acha?". E a cada resposta incrédula, ele pondera:

– Mas é preciso tudo examinar. Sem preconceito, entende?

E se põe a enumerar casos em que a cigana acertou, acerta ou teria acertado. Devo dizer que o próprio narrador deste livro aqui e ali se convence, em razão do brilho da argumentação de Zacarelli. Ou melhor, o narrador cai numa atitude que é pura interrogação, que se traduz num "será possível?", tamanha é a revelação que acomete os sobreviventes à média de vida. Será mesmo possível? Pois é preciso examinar, como nos persuade Zacarelli. Ele nos fala com mãos, gestos, incendiado no ponto de vista que o acompanha, como uma interrogação em forma da língua de fogo do Pentecostes. Como o lembro agora.

Estávamos no carnaval, em um domingo onde tudo era sol, frevos, bebida, promessa de amor rebelado em corpos de mulheres cheias de cores, miçangas, fantasias, que pareciam clamar "dizes o que desejas". De repente deve ter ocorrido a Zacarelli que toda festa ia acabar, mais cedo ou mais tarde, quem sabe se mais cedo, como um fim inesperado, pois todo fim de gozo é inesperado. Maldito, não importa se ao fim de um padecimento, em que a morte chega com data de calendário. Zacarelli, sem palavras, olhou a rua, viu as moças que passavam aos gritos, aos risos, e sorriu um sorriso triste, que caberia no frevo-regresso que canta "adeus, ó minha gente, o bloco vai embora...". Mas ele não ia se abater pelo aviso do fim da linha do trem, da entrada em um túnel jamais visto, quando a viagem é presente e os vagões cantam os frevos mais lindos e guerreiros de Pernambuco. "Rejeito", ele se disse. Então ele se virou para mim e falou, num êxtase em meio à felicidade que passa:

– Sabe, rapaz? Os cientistas vão descobrir a imortalidade.

A minha cabeça recua como se houvesse levado um direto, antes do nocaute. Devo tê-lo olhado com um ar de quem espera a revelação do mais íntimo segredo de todos os tempos. O mais simples seria lhe dizer "fale baixo, se nos escutam, quebra-se o encanto". Ao que Zacarelli, com a prática de expositor em congressos de história, faz um recuo digno da ciência:

– Mas ainda não descobriram, entende?

"Calma", ele quer me dizer. "Calma". Se o calmo é o silêncio, eu estou calmíssimo, porque nem falo.

– Note – ele continua. – A ciência é um processo. Revolucionário.

Um processo que abala todas as crenças do homem comum.

Me ocorre, distante, se antecipo aonde ele vai chegar, que para o senso comum o homem é imortal. Ele parece ouvir a restrição, num recurso de telepatia.

– A ciência abala até mesmo a própria ciência. Entende? Olhe, você sabe, Einstein abalou a física newtoniana. Abalou e fez a superação, entende?

Entendo e olho a rua onde as pessoas que vão morrer não sabem que são imortais. Elas pulam e dançam tão felizes que nem imaginam o futuro. Eu contraio as sobrancelhas, preocupado. Zacarelli estará louco? Devo me perguntar, eu próprio estarei louco em ouvi-lo com esperança?

– Não importa se muitos pensam que a imortalidade é idealismo. Na história dos manuais, o idealismo sempre foi posto como uma oposição ao materialismo. E como toda ciência é materialista, o idealismo era a anticiência. Burrice. Essa oposição é que é metafísica. Lênin já havia observado – ou foi Lukács? – que muitas vezes o idealismo era mais rico que do que muita formulação metida a materialista. Entende? Se a história fosse como nos manuais, Hegel não seria o filósofo mais criador antes de Marx. Essa é a verdade. É histórico, está na história das ideias. Agora...

As pessoas na rua nem nos veem ainda, mas saberão que traçamos o seu, o nosso futuro, uma voz do diabo me sussurra. Não estaríamos ali, mais uma vez, tramando o porvir da revolução assim como nos anos da ditadura? Me ocorre agora. Ali, como em Olinda, nesse carnaval conspiramos pela boa-nova do socialismo mais radical: a imortalidade comunista para todos e todas as classes. E na ditadura, como agora, os alienados de nada sabem. Antes, das denúncias de torturas e assassinatos. Agora, para a redenção definitiva, me parece na hora, e mais concentrado escuto Zacarelli.

– A história da ciência é também a história do prolongamento da existência humana. Toda ciência é para o homem, em última análise. Sim, temos os desvios da bomba atômica, mas isso é da fase imperialista do capitalismo. Nós lutamos pela antibomba, compreende?

Compreendo, e com os olhos em lágrimas balanço o queixo pelo achado poético e verdadeiro. Nós somos a antibomba. Nós lutamos pela antibomba. Vida, nós te queremos eterna. Que venha a morte, não passará. Por nós, não, maldita, não passarás. Assim como este carnaval, que será eterno enquanto nossa necessidade e o povo do Recife e Olinda existirem.

– Agora, note bem, a história da medicina é não só a luta contra a dor, é a luta para vencer a morte. E olhe que os limites da vida têm recebido uma dilatação. Entende? Em nossa infância, homens com a nossa idade seriam velhos. Olhe para nós. Somos velhos? Não!

Somos eternos e não o sabemos, tenho vontade de lhe falar. Mas me calo, porque Zacarelli está irrefreável:

– Nós somos jovens. Mais jovens que antes, quando tínhamos 20 anos. Por quê? Porque agora temos a consciência, o sabor experiente que não era possível naquele tempo.

Os nossos minutos hoje são mais valiosos, eu sei. Ou de outro modo, os nossos minutos têm uma duração que antes não tinham. Eles são de um gosto percebido e dilatado no pensamento. Um segundo não é mais um segundo. Um segundo é uma hora. Um segundo é um século. Nós somos portadores dos segundos que duram séculos. Como não seremos imortais? Que importa outros falarem que temos apenas uma quantidade finita e curta pela frente? Eles de nada sabem, teremos séculos mais duradouros e intensos. Séculos assim formam uma nova imortalidade. E o nosso marujo do alto da gávea anuncia:

– A imortalidade é possível. Entende? Os cientistas buscam e já estão no bom caminho. A imortalidade virá, sem dúvida.

Então passam por nós jovens, que arregalam os olhos e sorriem. Parecem nos perguntar "ouvi imortalidade?". Zacarelli deles não toma conhecimento. Alienados, bárbaros, nada sabem. Então eu, até para refrear a emoção, falo:

– Bernard Shaw dizia: "não lutes contra a morte, não conseguirás".

– É uma piada – Zacarelli me responde. – Shaw era um homem do seu tempo. Estava limitado às relações do séculos XIX e meados do XX. Nós estamos no XXI. Temos informações que antes não existiam. Isso quer dizer, por exemplo: a ciência caminha para a descoberta da imortalidade. É claro, é tudo muito rudimentar ainda. Mas pode ser alcançado ainda em nossa geração.

– Se ela já existisse, só os ricos seriam imortais.

– É claro. Mas a ciência é revolucionária, entende? O povo, os pequeno-burgueses podem tomar a imortalidade da burguesia. Matando a burguesia. Será um bem que não se contabiliza, não se declara no patrimônio, mas que será expropriado com sangue. Isso. Cortemos as suas vidas para a nossa não ter fim. Eles não são vampiros? Vamos matar os vampiros.

Zacarelli respira fundo, me vê e dirige rápido os olhos para as moças lindas que passam. Teremos sempre o usufruto da sua beleza. Mas uma voz do diabo me insinua: o que faremos da imortalidade? O que plantaremos no lugar do que é efêmero, que retira do próximo fim o seu gozo? Como teremos a saciedade sem a fome? Seria a imortalidade o paraíso sem o seu contrário, uma duração eterna do que é fluido e fugaz? Será como uma estrada que leva a lugar nenhum, uma reta de asfalto infindo sem marcos e placas de cidades? Zacareli tem diabos mais camaradas:

– Teremos uma nova sociedade. Será uma revolução nunca vista. E até lá, meu amigo, quem sabe? Os sinais estão claros. Os idosos hoje trepam como se fossem jovens, percebe? Aliás, trepam melhor que os jovens, essa é a verdade. Os velhos de antes não somos nós.

– Então somos jovens?

– Sim - e sorri. – Mas de outra maneira. Um jovem mais bonito, eu diria.

Olho para Zacarelli, tento me ver, e concluo que devemos ter sido jovens muito feios. E tão feios, que ficamos bonitos. É a única possibilidade para a nossa inesperada beleza.

– Entende? Somos mais bonitos porque não temos mais aquela ansiedade, aquela ignorância de tudo. A nossa cara melhorou muito.

Não mais temos a mesma miséria, me digo. Eu sei e me calo. Há nas relações de amizade palavras que não se dizem, que estão organizadas no ser dos amigos, que se comunicam pelos olhos, pela sabedoria do vivido, que será insuportável repassar. Seria como se perguntar "seu nome? onde você nasceu? quantos anos tem?". Mas é uma realidade mais complexa. Além do óbvio dos registros de cartório, há momentos que não precisam ser falados, porque amigos não se machucam, não se ferem com golpes. Amigos têm uma relação solidária, para não dizer empática. São comuns, ainda que vivam vidas diversas. Não se devem falar, "naquele dia isso te aconteceu", porque é mais próprio falar "isso nos aconteceu". Mas o que lembro, quando Zacarelli fala "não somos mais ansiosos" num plano abstrato, é comum de fato, sem empatia.

De repente, estamos na churrascaria Coquerinho, em Água Fria. O garçom Topo Gigio já nos conhece, e nos trata numa mistura de simpático e condescendente, porque sabe que não passamos de estudantes fodidos. Ele se engana, temos a certeza, porque somos rapazes de futuro, do dia em que o Brasil for socialista. Esses somos nós. Mas estamos fodidos. Quero dizer, estamos sem namorada, ainda que amemos umas inacessíveis a nosso carinho e afeto. Me dá um frio na espinha agora, pois ganho a clareza de que não saberíamos o que fazer com elas, se conquistássemos o seu amor. Elas eram então a nossa imortalidade. Mas na hora, para melhor falta, temos a fartura de dinheiro nenhum. Corrijo, pouco dinheiro, o suficiente para o luxo de duas cervejas, que bebemos como a mais pura e preciosa bebida do Olimpo. Devagar bebemos, e filosofamos do alto dos nossos 20 anos. Discutimos sobre tudo e todas as sublimes coisas, enquanto atravessamos o pântano das nossas angústias familiares, e ocultamos o desespero de algumas madrugadas, quando lutamos para não acabar com a própria vida. Agora, não, é domingo à noite, voltamos do cinema de arte Coliseu. Há como uma breve serenidade, o álcool é pouco e parte da nossa angústia se transferiu para o filme, onde vimos o personagem de "Obrigado, tia" a se debater.

– Que interpretação – nos falamos, como se disséssemos "ele interpreta próximo do que somos". Mas são onze da noite e estamos com fome. No entanto, se comêssemos, não restaria dinheiro para tomar cerveja, que aguça a nossa fome. Súbito – e as coisas naqueles anos, para a nossa alegria ou dor, sempre acontecem de repente –, na mesa ao lado um casal se retira. Um casal todo formal e digno, com aquela dignidade respeitosa com que os homens suburbanos tratam as suas namoradas em público. Mas o que importa ali é que o indivíduo forte, bem nutrido, com o braço no ombro da jovem indefesa abandona a mesa. E deixa um bom pedaço de churrasco com fritas a dar língua para os filósofos. Estamos sentados eu, Zacarelli e Gabriel, que ainda não havia aparecido neste livro, mas nos acompanhava uma vez ou outra às sessões do Cine

Coliseu. Incrível, ao lado de nós estava um pedação de carne deixado pelo feliz casal. Estavam fartos, e doavam para os pobres um razoável e apetitoso churrasco. E como cheirava bem o churrasco da Coqueirinho às onze da noite. O certo é que o casal nos doava, talvez por educação falsa, em que um se exibia ao outro para mostrar que tinha melhor comida em casa, como íamos saber? O real mesmo é que deixaram, partiram, e nós ficamos com a nossa fome, com o estômago espicaçado pelo desejo e doce acidez. Eu olhei e vi a carne com cheiro de alho e adornos de ervinhas que deviam ser coentro. Vi e calei. Zacarelli viu e nos olhou de volta. Gabriel, mais natural, sem censura até por desvio psicológico, explodiu:

– Deixaram. Deixaram um churrasco! É mais de meio churrasco.

– É resto, Gabriel – eu falei, com a maior hipocrisia nos lábios e olhos lacrimejantes.

– É resto, mas está bom – ele me respondeu. – É resto num prato em que eles não comeram. Está num prato isolado, está vendo não?

– Não é nosso – eu hipócrita, mais hipocritamente falei. Diante disso, falou Zacarelli, o guru das propostas mais desviantes dos bons costumes:

– Já está pago, bicho. O casal pagou. Isso volta para ser servido ao próximo cliente.

– Certo, mas não é nosso – resisti.

– É do restaurante a mercadoria já paga? Essa carne é uma mais-valia arrancada dos pobres. Devíamos expropriar.

– E tem que ser logo, antes que o garçom Topo Gigio apareça – Gabriel falou.

– E quem pega? – enfraquecido falei

– Quem estiver mais perto, claro – Zacarelli respondeu.

– É só você se virar – Gabriel, o gordo e impulsivo, me falou. – Depressa. Topo Gigio já, já chega.

Então o soldado disciplinado obedeceu ao coletivo da fome. Eu me virei, e como não tínhamos um só prato em nossa mesa, eu trouxe o próprio da outra, ainda morninho da generosidade do casal feliz. E nos entortamos no sabor, educados. Minto, como leões que dilaceram a presa. Os nossos caninos eram ágeis, eficientes, à semelhança das feras experientes.

– E se Topo Gigio chegar? – perguntei.
– Diremos que o casal de enamorados nos fez um gesto de boa vizinhança – Zacarelli respondeu.
– Era bom pão. Um pão na serra caía certinho – falou o gordo Gabriel.

Eu lhe mostrei uma cara de reprovação que falava: "ó desgraçado, ainda reclamas?". Mas nada disse, porque a hora era de comer. Com a boca cheia, chegávamos a ser ruidosos. Mastigávamos com estalos nos dentes e na língua. Chegávamos à sofisticação de mascar as pelancas, os restos nervosos da carne assada. Resfolegávamos como amantes vorazes no furor do sexo. Aqui e ali, batíamos na mesa de modo involuntário, mas com a força da natureza que soava "aqui estou". Se fôssemos um grupo de pagode, cantaríamos: "quem mandou, quem mandou / você me dar amor ô ô / quem mandou, quem mandou?". Gargalhávamos sem razão de gargalhar, se é que se pode chamar sem razão o conjunto de três jovens que comem felizes num domingo. Ríamos alto, de quê, não sabíamos. Talvez da nossa esperteza, da nossa rápida incursão no prato inimigo. Podia ser uma primeira experiência de sobreviver na selva, do campo e da cidade. A guerrilha, ora, a guerrilha, eram favas contadas. Pode vir, os 3 guerrilheiros do churrasco te comem. Venha! Quem mandou, quem mandou, você fazer amor, ô ô.

Estava escrito e não sabíamos. É do gênero da felicidade durar menos do que esperamos. Em lugar da alegria sem fim, pior, em vez da demência que dá a satisfação de haver comido num ato aventuroso, veio o que na necessidade de comer não imaginamos. De repente – sempre o maldito "de repente" – senti uma sombra atrás de mim. Melhor, não foi bem uma sombra, porque era noite e o lugar em que nos encontrávamos era pouco iluminado, algo assim como um covil ideal para ladrões ou namorados. Não foi uma sombra. Foi um peso da atmosfera, a pressão de um olhar denso nas costas, a presença do Deus vingativo dos fundamentalistas. Eu o senti, sensitivo como todo malfeitor. Um repentino silêncio caiu sobre a nossa mesa. E pude ver que os olhos arregalados de Zacarelli se dirigiam para um ponto mais alto, atrás de mim. Então eu me virei, desconfiado adivinho do mal vindouro. Nada mais, nada menos, o casal havia voltado. Na mesa vizinha, estava levantado um colosso de Rodes, que nos fitava. A noiva também, em pé, receosa do que viria acariciava o muque do amado. Se levássemos uma surra estaríamos bem surrados. Isso podia ser o mínimo mais desejado. Mas a punição era outra. Estávamos em flagrante pecado, pior que Adão e Eva ao se descobrirem nus na carne do paraíso. Eles, Deus e sua escolhida, nada falavam. Então em nossa mesa conseguimos murmurar:

– E agora?

– Você, que está mais perto, devolve – me soprou Zacareli.

– Eu?! – me espantei. E Gabriel, como o bom ladrão que acusa o mau:

– Foi você quem pegou.

Então eu, o delinquente disciplinado, me levantei com os despojos dos três ladrões. Já me levantei com o reflexo e a percepção acesa para me abaixar de um murro do colosso. Sem olhar para o punidor, mas de olho atento nos punhos do inimigo, depus o prato com os restos na mesa do seu dono. E gaguejei:

– A gente pensou que vocês tinham ido embora. Nós apenas beliscamos.

Então o indivíduo de Rodes, antes de me abater, aplicou a mim e ao coletivo este corretivo:

– Podem ficar.

Então antes que ele quebrasse o prato de churrasco na minha cabeça, voltei com o prato! O leitor perdoe o ponto de exclamação, mas ele vem a calhar para a cena. Voltei com o furto depois de receber o desprezo do proprietário. Aquilo significava "este meu sobejo deixo de esmola". Desnecessário é dizer que perdemos a fome. O prato recusado, onde ainda existiam pedaços de carne agarrados a um osso, ficou imóvel, como o osso de Santo Antônio no altar. Não lembro nem quero lembrar como saímos daquele inferno. Deixamos o covil, caminhamos calados, até que Zacarelli falasse:

– Eu apenas sugeri. Foste impulsivo, entendes?

– Entendo – respondi. – Você agiu como o diabo. Apenas mostrou o tesouro.

– Mas onde fica o teu livro arbítrio?

Ao que Gabriel, como um bom poltrão, comentou:

– Mas que tava bom, tava.

Ao que perguntei:

– E por que vocês ficaram calados, enquanto eu me fodia sozinho?

– Nós estávamos tensos – respondeu Zacarelli. – Foi tenso, bicho.

-Ao que Gabriel, repetiu:

– Mas que tava bom, tava. Não se pode negar.

Segunda parte

Capítulo 11

Sinto as mãos trêmulas. A primeira vez em que me tremeram assim, eu lia Crime e Castigo, na altura em que Raskolnikov assassinava as duas irmãs, uma delas agiota. Eu estava na pensão deitado e ambicionava também aquela libertação louca, matar a velha dona que me oprimia. Era como se ela fosse a ditadura, era como se ela fosse o próprio sistema capitalista, era como se ela representasse todos os desacertos da minha vida. Então eu, que desejava matá-la, vi Raskolnikov levar adiante o projeto, matar a primeira mulher, a agiota, e matar a segunda. Eu tremia quando ele estava na iminência de consumar a segunda morte. Mas agora, não. Quarenta e seis anos depois, tantas águas passadas, quando vi as águias envelhecerem, até envilecerem, tornadas vis como se cumprissem um destino da espécie, agora, não. Vejo as águias encanecerem, acompanho os fios brancos de suas cabeças se tornarem frágeis, quebradiços, e me falo e percebo que algumas não piscaram no alto. No píncaro do tempo, não decaíram, como se fossem uma revolta contra a biologia, contra a organização da vida que se desorganiza e se desintegra quando chega ao fim. Parodiando Goethe no poema Um e Tudo, eles foram atravessados pela alma do mundo, e com ela lutaram sem descanso, como se vivos pudessem ter a eternidade. Tomaram outras formas, é certo, mas mantiveram a permanência do ser da juventude. Como? Não sou um filósofo, e assim não posso escrever "uma análise concreta de uma história concreta", para usar frase dos anos de 1970, que parecem vir de longe. São anos de outro século, de outras vidas, de outros costumes, de outro país. Até de outra humanidade, eu diria. Para os mais jovens, seria como entrar em uma sala do cinema para ver um encantador filme em preto e branco. "Eles eram assim? Meu Deus, que doidos". E como não sou um filósofo, tenho que falar desses companheiros de jornada como um escritor. E por isso as minhas mãos tremem. Em lugar de gelo ou de as amarrar, livro-as pela crueldade, que pode ser remédio para a ternura que me embaraça. Mas como ser cruel com o objeto que nos assalta e se revela como uma perseguição? Então que sejamos verdadeiros, apenas. Isso é o máximo dos máximos que poderei sonhar.

As pessoas têm cheiro. Sinto o cheiro de bacalhau de coco na panela. As pessoas têm afeto. Penso no Gordo e, ao lado do cheiro de bacalhau, sinto lágrimas nos olhos. Quantas vezes, depois que ele se foi, quando eu ia a lugares mais confortáveis, "de rico", como pensávamos, mas que hoje podemos frequentar, ambientes onde se escuta boa música ao vivo, com queijo do reino à vontade, uísque, vinhos que se bebem sem a preocupação do custo, quantas vezes nesses lugares eu me digo "como era bom que o Gordo estivesse aqui". Mas ele não se encontra e fico sem um amigo para conversar, um apresentador desse mundo que ele saberia desvendar como ninguém.

Tantas coisas que sei e não gostaria de falar. Mas devo, é preciso ir em frente, ou a história será morta. Por isso falo com a mão na consciência.

O Gordo para toda a gente era O Gordo. De nome José Luiz, somente para os familiares era Zé ou Zé Luiz. As razões de ser chamado de O Gordo eram mais e menos óbvias. Nas mais, era obeso, com 115 quilos em um metro e setenta de altura. Jovem ou homem maduro, de 20 anos para uns, de 30, trintão, para outros, a sua pessoa somava ou multiplicava fascínio, graça e paradoxos. Essa é a razão menos óbvia da ignorância de toda a gente vê-lo como um gordo apenas. Assim chamando-o, reduziam-no a uma peça balofa, capaz de falar gostosas piadas, num prolongamento do comediante da tela de cinema, ou de esquetes no palco.

Mas não só de fala, servia de piada também. "Lá vem o Gordo", e os risos afloravam fácil nos lábios, porque se projetava antes dele uma barriga imensa, braços carnudos e um andar de palhaço no circo. Ou de elefante amestrado, para continuar no circo. O Gordo tinha consciência do seu papel. Homem fino, inteligente, percebia que era visto por muitos como um idiota, um conjunto de carnes para fazer rir. A esses massacrava pelo conhecimento de música e história de Pernambuco, do Recife. Então subia para um lugar mais alto, suspenso contra a lei de gravidade sobre os verdadeiros idiotas:

– Em matéria de ballet moderno, para mim tem mais valor a dança das pastorinhas dos cordões do pastoril. - Silêncio na mesa. E ele: - Conhecem pastoril?

E se punha a falar, com as cores além dos cordões azul e encarnado, sobre a evolução da dança, da música, no palco e no tempo, à qual juntava os trejeitos do Velho, dos modos dos pastoris profanos. Dele assim falando até a classe média gostava, enquanto recebia orelhas de burro que eles haviam reservado para o Gordo. E na mostra da sua cultura ele não mentia, nem inventava sofisticação, viagens a países, relações de amizade ou luxos em que os falsos ricos são tão pródigos. Ele falava do que bem sabia, pelos anos de experiência popular.

– Conhece?

Quando o Gordo fazia essa pergunta, que sempre era respondida com um contrariado "não", ou pior, com uma saída vaga que dizia "sim", que logo seria destruída com nova pergunta do Gordo, "conhece mais o quê?" e o contrariado esperto se desmontava e desabava no chão comum dos ignorantes, quando o Gordo perguntava "conhece?", brilhava a noite e mais claro ficava o dia, porque desciam sobre a mesa do restaurante lições fundamentais da história do povo do Recife. Vinham deliciosas histórias que os livros nem por sombras registram até hoje.

Ele morava na Rua da Lama, em Afogados, lugar discriminado até entre populares de subúrbios. Ali diziam morar os marginais, os perigosos ladrões, os assassinos mais violentos, a gentinha, a gentalha, como assim se desclassificavam os negros. Ainda que de pele mais clara, numa mistura cabocla que o deixava com o físico de Balzac pela gordura, cabeleira e verve, o Gordo não negava a sua origem dos desclassificados. Ele não punha qualquer desvio aristocrático com um José Luiz de Bragança, se fosse possível. Pelo contrário, num recurso que somente me iluminaria nos anos maduros, ele fazia de uma deficiência uma nova força. Do aleijão, no conceito de toda a gente, fazia estilo de arte como o Aleijadinho. Ou seja, ele revelava o mundo popular com os olhos mais livres para todos. A discriminada pobreza, nascimento, era a sua beleza. Mas não por um afago demagógico, ou caridoso, dos bem-nascidos. Ou mesmo por apelos, sentimentais, piegas, declamados. Não. Se houvesse uma só característica que o distinguia, somente uma, seria o repúdio à corrupção da sua tragédia. Ele a retirava com uma piada ou frase raivosa, como pude ver em muitas ocasiões.

Na fase em que era tido como rico pelos miseráveis de infância, porque trabalhava na Caixa Econômica Federal, cujo nome de empresa pública pronunciava de modo irônico, escandido, em tom de locutor que anunciasse maravilhas, ele reencontrou um famoso assaltante. Contava o Gordo que entre eles se passou o seguinte diálogo:

– Zezinho, o que tu faz agora?
– Caveira, eu trabalho num banco... é isso.
– Mas que banco, Zezinho? É de feira?
– Não, rapaz, eu trabalho na Caixa Econômica Federal.
– Mas menino... Na Caixa. Tu é o caixa?
– Não, eu trabalho atrás dos caixas, selecionando cheques pra compensação.
– Tem que ter muito estudo, né, Zezinho? Tu te formasse em quê?
– Eu me formei em História.
– Hum... História. Daqueles livros grandes de história?
– Mais ou menos. Naqueles livros tem muita história mentirosa.
– Hum... Zezinho, a gente podia virar barão, ficar muito rico. Eu com a minha experiência e tu com a tua leitura. – E baixando a voz. – Ninguém pegava a gente. Zezinho e Caveira, quem pode?

Era claro que o Gordo, ao contar histórias reais da sua vida, dava um duplo golpe: o destino semelhante que teria se não fosse um homem educado, e a simpatia por sua gente, dos conhecidos de infância. Mas nos ocultava que meses depois Caveira havia sido morto, "numa briga de marginais", para usar a frase do jargão da polícia, que assim fala dos assassinatos de ladrões rebeldes. Ele nos escondia o destino ulterior de Caveira não só por motivo do humor que contava, mas porque não desejava atrair olhares piedosos para a sorte da sua gente e dele mesmo.

Olho agora e percebo que o Gordo foi uma pessoa que cresceu para nós no ocaso da ditadura. Corrijo. Isso é frase sonora. A percepção do que ele foi é que surge depois do fim da ditadura. Ainda assim, sem a grandeza da sua pessoa, que antes era tecida em gracejo e comédia. Só a superficialidade o confundiria com pessoas e personagens que surgiram no ocaso da ditadura. Muitos, até, com relatos heroicos, aumentados ou falsos. Desses ainda não nos ocupamos, a iluminação é para o Gordo. E são luzes da noite, da madrugada, até a manhã, cuja intensidade solar era maldição para os vampiros, boêmios que não queriam a realidade tão cedo.

Estamos na Velha Portuguesa, o bar preferido por todos, porque não fecha nunca. 24 horas por dia, de domingo a domingo. O dono, que a tudo comanda a partir do caixa, noite e dia, os garçons falam que ele não dorme. Ou melhor, falam: "quando ele está muito cansado, vai pra casa dormir. Mas sonha que estão roubando ele. Dá um pulo da cama e volta". E de fato, não poucas vezes, o português foi visto a entrar no restaurante às três ou quatro da madrugada. Cara inchada e desconfiado do que aconteceu ou podia acontecer, porque maior que a vigilância insone é o engenho humano. Mas os refletores do palco vão para o Gordo. Para nós, na Rua Diário de Pernambuco, em toda a Portuguesa ele é a pessoa mais ilustre. Na verdade, a presença mais procurada. E quem somos, em 1976 e 1977? Militantes em infinita gama e multiplicidade, dos socialistas aos anarquistas, dos amargurados aos revoltados, dos fodidos, desempregados, aos funcionários de empregos públicos, não importa, todos queremos estar ao redor do Gordo. Cercado assim, ele não é o pontífice. Ele é avesso a tal destaque escandaloso, embora goste muito de se ver procurado, amado, querido, ainda que sem mulher, namorada ou companheira. Delas falará quando a madrugada for alta, quando for beber a saideira em outro bar, quando tiver um só confidente, então ele falará como se fosse ao último homem, falará ainda assim, nessa maldita hora com um filtro, porque maior é o peso dos costumes e preconceitos, e a bravura do Gordo nada tem de idiota. Mesmo com o último e final amigo saberá cumprir o papel do homem dentro do ideal de esquerda. Mas não agora, ainda, às onze em ponto da noite. Na Portuguesa, não. Agora, ele é o único e extraordinário Gordo, o verdadeiro Balzac do Recife.

Borboletas voam sobre nós, eu diria. Pássaros também, beija-flores que bicam as luzes no teto, se fossem possíveis, ainda que se pendurassem em papelão, origamis sobre nossas cabeças. Mas o que brilha acima é a chama do Pentecostes, o fogo do espírito santo, se houvesse uma santificada eloquência nas mesas que juntamos. E por que o Gordo é Balzac cheio do espírito santo, enquanto feliz gargalha mostrando os dentes de pobre, onde presas se atropelam na boca? Vejo-o agora, percebo-o e essas presas feias são um realce da sua humanidade, que amamos. Sabem todos que temos admiração pelos defeitos de quem amamos? As falhas, em vez de empanarem o nosso afeto, se tornam características do que nós destacamos na pessoa amada. Assim é o Gordo que nos fala entre copinhos de cachaça, xícaras de caldo de carne. Que sabor possui a união da sua fala, álcool e chambaril:

– Eu cumpri a função de ponte no Diretório Acadêmico de História. Eu fui o intervalo da democratização. Eu fui apenas a estrada para a volta da esquerda ao DA. A verdade é essa.

Mesmo os que não alcançam a sua metáfora do que ele nos fala, sorriem. Conhecemos, por intuição ou experiência, que da sua fala só podem vir o humor ou a mais espirituosa graça. O Gordo cruza com esforço as pesadas e grossas pernas, deixando um pé em cima do joelho esquerdo. Sem outro aviso, sabemos então que virá um caso observado à sua maneira:

– Nadinho é contrabandista. Aliás, Nadinho é meu amigo. Então, nem contrabandista ele é, certo? É um amigo que me quebra o galho, quando preciso de dinheiro emprestado. Ele nunca se negou. Nadinho é sertanejo, matuto, mas de besta não tem nada. Ele é muito sabido, vivo que só ele. Negocia com tudo que é mercadoria importada, eletrônicos, antes da novidade chegar "nas boas casas do ramo". Nos negócios, Nadinho é vanguarda. No comércio, é. Agora, outro dia, a gente estava bebendo. Nadinho é noivo há uns oito anos. Aí eu perguntei no bar: "Nadinho, com esse tempo todo de noivado, você ficou só pegando na mão dela? Não avançou o sinal não?". Eu perguntei porque a gente conversa muita intimidade. E ele me respondeu assim: "Que é isso, Gordo? Ela é minha noiva. Eu tenho o maior respeito. Eu só como o cuzinho dela". Mas Nadinho falou isso sério, não foi piada não. É assim.

O Gordo fuma, nós fumamos. Fumar é um dos poucos atos em que nos sentimos cidadãos nesses anos. Fumar é ter consciência de que somos uma pessoa. Se não olhamos a marca dos cigarros, temos o mesmo direito que os bem postos na sociedade: iremos todos igualmente para o inferno. Mas por enquanto somos o direito de fumar, o céu. Entornamos a cachaça, sorvemos o cominho e a gordura do caldo de chambaril. O Gordo continua:

– Júlio – aponta para mim –, eu bebo com os colegas da Caixa porque eles são meus companheiros de infortúnio, viu? Se eu não for com eles para o bar, vai ser pior o ambiente de trabalho para mim, entende? Agora, é um saco. Quando a gente pensa que acabou o expediente bancário, ele volta no bar. Uma vez, no meio da cerveja, a gente conversava sobre a segunda guerra mundial. Aí, não sei por quê, eu achei de falar sobre a Linha Maginot na França. Eu falava dos obstáculos criados pela Linha, quando Batista me interrompeu. E ele me disse: "Já entendi o que você está explicando. É como lá na minha seção. Eu criei uma Linha Maginot com as pastas AZ no meu birô. Dali, ninguém passa".

Ouvimos, escutamos, e não conseguimos segurar o riso. O Gordo ouve o que falamos e sorri também. Escrevo agora e sinto a dor de refletir sobre a fugacidade do tempo. A consciência de que passamos, como tudo. Mas agora, antes, o Gordo ri, escancarando aqui e ali os dentes entramelados que se ocultavam. Nós nem os notamos, a não ser na recuperação daquele instante. Eles não fazem qualquer desdouro do que o Gordo conta. Até realçam a sua identidade, a origem do homem genial criado na Rua da Lama, no mangue. Como poderiam ser dentes feios no Gordo que nos fala da sua avó, dona Bangue?

– Vocês não sabem quem é dona Bangue. Não foi por acaso que ela casou com Sucupira, o velho do pastoril. Casou assim, não é? Casou porque vive. Ela fala: "com tanta gente safada por aí casada só no papel". É analfabeta de pai e mãe, como se diz. Mas eu estou pra ver uma pessoa tão sábia quando dona Bangue. Foi operária comunista, fazia greve e distribuía jornal do partido. Um dia eu perguntei a ela: "Como é que a senhora espalhava um jornal que nem sabia o que estava escrito?". Aí ela me disse: "Zezinho, eu sabia tudo, eu lia tudo". Mas como? perguntei. E ela: "Os camaradas nunca traíram a confiança dos operários. Eles não iam trair uma operária analfabeta, está me entendendo?". Agora, quando eu, cheio de historinha falava alguma coisa contra essa crença, ela me respondia: "Vá viver, menino. Você não sabe. Lê, mas não conhece". Não é arretada essa velha? Uma vez, numa festa lá em casa, um colega saiu com a minha sobrinha, que é moça bonita, até a praia perto de onde eu moro. De noite. Na volta, a minha mãe falou pra dona Bangue: "O rapaz estava tão agitado, saiu e voltou manso". E dona Bangue: "Sabe não? A cobra perdeu a peçonha". Ela é assim.

Na mesa da Portuguesa, Luiz do Carmo fala que certa vez, numa feijoada na casa do Gordo, comeu e quando acabou o prato, ficou envergonhado de pedir mais. Aí dona Bangue passou por ele e falou para o neto: "Zezinho, bote mais feijão pro seu amigo". Eu disse que não queria mais, que estava satisfeito. E ela: "Bote, Zezinho. Tá vendo não? Ele tá com a mão dentro do prato. É sinal de que ainda tá com fome".

– Que observação, Gordo – Luiz do Carmo fala. – Sem que eu dissesse nada, ela me entendeu.

– Ela é assim – o Gordo responde. – Ela é uma mulher que vê as pessoas. Ela fala de vez em quando que eu não era pra ter nascido em minha família. "Por quê?", minha mãe se ofende. E dona Bangue: "Ele gosta de ler, de estudar, de ouvir essas músicas de sexta-feira santa". É assim que ela se refere às composições de Bach, de Chopin. E dá o diagnóstico no fim: "Esse menino nasceu com alma de rico". Aí minha mãe concorda. Com isso, dona Bangue quer dizer que os pobres não estudam, não viram gente de ciência. Ela está errada?

Agora sei, olhando à distância, que o Gordo, como muitos dos pobres que viemos dos subúrbios no meio do século XX, éramos e somos como abortos, ou seres teratológicos nascidos em meios tão miseráveis. Somos produtos de alguma deformação ou de mal raro que acomete os pobres a cada três gerações. Onde a natureza errou? Onde acertou por rota desviante das possibilidades genéticas? Mas o fenômeno, claro, não é biológico, é da história. Dialético, diria Luiz do Carmo. Ainda não sabemos na noite da Portuguesa. Sentimos uma comunhão de jovens pobres nesse diagnóstico de "alma de rico", da fala da avó do Gordo. Mas é uma comunhão estranha e incômoda. Nós não queremos ter alma burguesa, não desejamos ter a visão de mundo da burguesia, apenas achamos de direito, legítimo, tomar e desapropriar o que eles acumularam em séculos de exploração, desde as costas dos nossos ancestrais. Mas dona Bangue era certeira na sua crítica material, não fosse a substância fina contida no substantivo "alma". Ela queria dizer, imaginamos, que tínhamos vindo de pessoas ricas reencarnadas. Daí os nossos gostos de outra classe. Mas se por isso queria significar civilização, o que diremos das suas tiradas certeiras, argutas? "Luzes dos mestres", dona Bangue responderia, penso. Na hora, o Gordo fala com mais propriedade sobre essa luz:

– Dona Bangue não estranha a minha paixão pelo frevo. Esse é um gosto que veio dela e do velho Sucupira. Mas ela acha que uma coisa é o frevo e outra é Bach ou Vivaldi. Pra mim não é. É por gostar de Chopin que adoro frevo. É por querer o frevo que tenho fome de conhecer a música clássica. O gosto veio dela e eu desenvolvi em gostos que ela não entende. Mas me deixem falar uma coisa. Eu já vi, eu já vi com estes olhos que a terra há de comer, eu já vi dona Bangue chorando ao ouvir uma sonata de Beethoven. Eu lhe perguntei: "A senhora gostou?". E ela, toda chateada: "Gostei não! Isso me dá é um aperto na garganta. Só os espíritos de luz podem explicar". E eu insisti: "Mas por que a senhora sente esse aperto?". Ela me respondeu: "É da outra vida que eu tive, menino. Do tempo em que eu não era escrava. É a saudade do tempo em que eu era gente". Isso porque ela estava chorando com Beethoven. Dona Bangue é assim.

Na mesa da Portuguesa, estamos encantados. Eu, Luiz do Carmo, Zé Batráquio, todos. O Gordo nos encanta. Não tanto pelo indivíduo físico que ele é. Mas pela história que ele encarna, em linha direta da ascendência popular que sobrevive nele. Um popular sem popularesco, um popular que não é a negação da inteligência, da sensibilidade. Pelo contrário, um amor pelo povo que é uma visão distante da presunção da burguesia, que se julga a escolhida dos deuses. Mas os populares que se encontram no Olimpo ainda não foram cantados. Se me expresso mal, muito mal, o Gordo é um Homero não realizado. É um poeta sem poema, um autor de versos livres. Escrevo dele agora, dele, não, sobre, e tenho em minha mente a sua pessoa na hora do crepúsculo da alma. Quando todos no bar forem embora, naquele instante em que os últimos ônibus saem do centro do Recife, o Gordo será visto deitado na calçada, lá no quem-me-quer em frente ao cinema São Luiz. Um conhecido o abordou, pediu para que ele saísse dali, pois era perigoso, "você pode ser roubado". Ao que o Gordo respondeu, espirituoso até na hora na queda e amargura:

– Jesus protege os bêbados e as criancinhas.

Isso tem o gosto de fel, hoje vejo. Naqueles dias, quando não tínhamos os cabelos brancos, nem a ciência experimentada do futuro, achávamos de grande humor essa frase de um poeta à margem do Capibaribe. Mas nós estamos no gozo da aurora que virá, na Portuguesa às onze da noite de uma sexta-feira, e o Gordo nos ensina os frevos imortais, de compositores que até hoje ninguém escuta ou fala. Jones Johnson, Toscano Filho, Zumba, Sérgio Lisboa, Nino Galvão. A sua fonte são as memórias de dona Bangue, do velho Sucupira, da infância que ele guarda nos discos vinis da Rozenblit. Tesouros. E fala num saber que desconcerta, mas não humilha, porque o pagamento será a sua lição. Como agora, num domingo em sua casa.

– Você já ouviu Jones Johnson?

– É algum americano, Gordo?

– É não. É um grande compositor de frevo do Recife. Você já ouviu "A mamata é boa"? "Você sabe"?

– Sei não, Gordo.

– "Você sabe" é um nome de frevo, Júlio. – E o Gordo gargalha até as lágrimas.

– Hum... – falo, gutural, num tom de "eu, pecador confesso, que nada sei, mea culpa, mea culpa, mea maxima culpa".

– Não sabe, mas já deve ter ouvido. Escute aqui.

E na sala vem a revelação de um frevo quente, complexo, popular e erudito ao mesmo tempo. Com o calor do Recife maior que o quadro Frevo, de Lula Cardoso Ayres.

– E este? – o Gordo é incansável na lição. – Você já deve ter ouvido "vou formar a turma pra tomar banho na beira do mar... um banho de maré tomei".

– Sim, claro. Quem não ouviu? – falo, como se falasse "pensa que somos zeros absolutos?". Ao que ele volta:

– Isso é Banho de Conde, sabia? – é um "sabia" que ele nos pergunta retórico, porque nunca sabemos. – Sabia? Pois, em Olinda a turma do Elefante canta esse frevo com "um banho em Pitombeira eu dei", e a turma do Pitombeira canta "um banho em Elefante eu dei". Sabia?

Então nós, que somos intelectuais, puxamos a conversa para o que sabemos, ou pensamos saber na Portuguesa :

– Gordo, quem é maior compositor de frevo, Capiba ou Nelson Ferreira?

Essa é uma discussão que rende mais cervejas que outra metafísica: "quem é maior, Dostoiévski ou Tolstói?". Capiba e Nelson Ferreira conhecemos melhor que os clássicos russos, porque escutamos frevo desde a longínqua infância Então o Gordo, árbitro superior, fala:

— Os dois são grandes. Mas eu gosto mais de Capiba.

Isso, para muitos de nós, é um escândalo. O Gordo, o popular, ousa gostar mais de Capiba, um pequeno-burguês, um alto funcionário – enfatizamos o "alto" – do Banco do Brasil, em lugar de Nelson Ferreira, um gênio mulato. Absurdo. Nelson Ferreira é maior, eu falo, sob o calor da cerveja e convicção:

— Olhe, Nelson Ferreira é completo. Ele é o Pelé do frevo. Ele toca, arranja, compõe tudo, do frevo de rua ao frevo de bloco e frevo-canção. Até propaganda do sabão bem-te-vi ele fez. O que pode ser maior que a Evocação número 1?

E o Gordo calado, a sorrir. Parece que os golpes não ferem o Olimpo da cultura popular. Voltamos:

— E não é só a Evocação número 1. Todas as evocações de Nelson Ferreira formam uma obra. Elas sozinhas justificam uma vida, entende?

O Gordo sorri, e responde:

— As Evocações são lindas. A gente não pode viver sem elas. Mas olhem Capiba, olhem o que ele compôs de frevo-canção. É para a imortalidade. Quantas vezes no carnaval, quando bate na gente uma fossa, uma lembrança triste, quantas vezes a gente não escuta Capiba falando o que a gente não consegue falar? "Eu bem sabia que esse amor um dia também tinha seu fim ....." E "Você diz que gosta de mim, mas só pode ser brincadeira de berlinda, por que você mente tanto assim?..." Hem? E Modelo de Verão? "Até as viuvinhas do artista James Dean vieram incorporadas e hoje as coisas estão pra mim". E olhe que Capiba fora do carnaval é muito bom ou melhor. Quer melhor que Maria Betânia? "Saudade do beijo que nunca te dei". E Cais do Porto? "Aquela luzinha que lá longe apaga e acende fazendo um sinal, quem sabe, pra mim...". Isso dá uma revolução no peito. É aquele aperto de garganta em dona Bangue. Olhe, eu nem posso falar muito.

O Gordo, emocionado, vira a cabeça. E pede socorro ao garçom:

— Me dê uma vodca. Dupla. — E volta para nós, com os olhos rasos d'água. — Capiba é maior.

É claro, o que em nós é infância, quando valorizamos Nelson Ferreira, pelo mundo perdido que não mais podemos ressuscitar, no Gordo é mais outro sentimento, o clássico que veio e lhe fala da falta de amor, da ausência de carinho, nestas noites de bebedeira. Então Capiba é maior por razões estritamente sentimentais, assim como as nossas, mas em outro ponto. Seria como uma mágoa de quem sofreu o desprezo, que não se apresenta de cara nua e limpa, hoje o sabemos. A Portuguesa não tem radiola de ficha, "se tivesse, virava cabaré", fala o dono, mas as vozes bêbadas aqui e ali se levantam. Nas mesas vizinhas entoam Nelson Gonçalves, "os cafonas", eu falo ali, mas o Gordo comenta "olhe, nem sempre é cafona, ele também canta coisa boa", ao que eu respondo "mas essa A Volta do Boêmio, Gordo, é dose". E ele chama o garçom: "Mais aqui".

Há fregueses, clientes, loucos, alguns afortunados, para os solitários, que trazem mulheres de caras cansadas, com vincos e ar de quem não dorme há 24 horas. É um deserto tão grande na noite, que as poucas e raras mulheres se tornam rainhas, "da bagaceira", como um garçom nos fala, entre o escárnio e o desejo. Seria algo, naquela altura da madrugada, como o chambaril gorduroso, nadando em óleo, mas sem o qual a nossa fome não terá sossego. "Rainhas da bagaceira" bem-vindas. E elas vêm e zombam de velhos jornalistas, que descem da importância de chefes de redação no Diário de Pernambuco e no Jornal do Commercio. Zombam deles pelas costas, quando saem para o banheiro, em voz alta: "Véi chupão". Nós ouvimos isso e ficamos à beira da revolta. Como podem falar dessa maneira de um intelectual do Recife?

Para ali vêm políticos, como um senhor hoje mergulhado no mais decadente conservadorismo, que na época se apresentava como uma das vozes da esquerda. Nas mesas agrupadas em torno dele, todos o disputam, e esperam a voz do oráculo. Querem que ele resolva uma divergência partidária. Ele, que não é bem um teórico, que apenas confunde eloquência com insultos, ele, cujas análises políticas são a vulgar retórica na tribuna parlamentar, ele ouve, ouve, e quando não pode mais continuar no silêncio, fala à polêmica:

– Todos estão certos. – E entorna o seu uísque.

Nós, os pobres, vemos à pequena distância a celebridade. Mas estamos com o Gordo, que eles não têm. A Portuguesa é iluminada como um grande salão de festas. À esquerda de quem entra, o comprido balcão, onde se encontra no caixa o português, que a tudo vigia. No teto, há mata-inseto elétrico. Por Deus, como podem sobreviver as borboletas brancas, que em nosso delírio vemos esvoaçar sobre o Gordo? Elas seriam mortas numa eletrocução do lirismo.

– Uma carapeba passou voando!

Se um louco gritasse tal aparição, nós acreditaríamos, e levantados de nossas mesas íamos acompanhar a evolução da carapeba no ar. E não exagero, nem abuso da imaginação. Há fenômenos maravilhosos nas carapebas que voam e borboletas brancas como línguas do pentecostes sobre a cabeça do Gordo. Temos realidade tão tocante quanto Ella a cantar, ou Nat Kin Cole em *Stardust*. Não "*sometimes I wonder why I spend*". O Gordo nos fala em voz baixa, mas em palavras que vencem o burburinho e o barulho em volta, no vozerio de gente, de garrafas, de copos que se chocam e gritos "Garçom!". Talvez defendido por isso mesmo e por nossa atenção, o Gordo nos fala, com esforço para não ceder às lágrimas:

- Eu também já amei como um louco, sabe? Aquilo que Drummond escreveu, "eu também já fui brasileiro", eu digo, eu também já fui apaixonado. Eu também já tive o meu coração infantil. Todo o mundo pensa que eu sou o gordo folclórico. Baleia, elefante, barrão.... eu sei. Outro dia, um amigo quis gozar comigo: "que buchão danado tu tens, Gordo". Respondi a ele: "Eu não tenho outro, amigo". Aí ele se calou. Eu vou dizer a vocês: não pensem que a mulher é uma pessoa diferente, linda, ideal, só prazer. É não. Ela é material, suja, igualzinha a nós. Somos feitos do mesmo barro. A gente, quando fica apaixonado, é que fica idiota. Imbecil. Eu também já fui imbecil. Eu achava que a minha boa conversa, que o meu sentimento, a minha poesia, sabe?, a gente fica todo besta pensando que fala poesia, enfeitiçado, eu achava que isso fazia de mim outra pessoa. Eu acreditava que com a minha sensibilidade eu saía do meu corpo. Que a minha alma pura me fazia um homem novo. Eu pensava. Mas além de feio, eu sou mesmo é gordo e pobre. Só tenho isso contra. Pra piorar, apareceu pra minha amada um rapaz branco, classe média, formado em medicina. Só deu o Gordo nas paradas de sucesso. Primeiro lugar na rejeição. Aliás, eu não fui nem rejeitado. Como é que se rejeita o que não foi nem visto? Imaginem uma baleia que ama. Imaginem um elefante de poesia. Pra barrão, lavagem é luxo.

O Gordo cala, olha de lado, põe a mão gorda em meu ombro, e fala:

– Mas eu não sou isso não, meu amigo. Eu sou José Luiz, neto de dona Bangue, filho de Ana Rita, está entendendo? Eu sou um homem. Eu sei mais que todos esses cretinos juntos. Eles vão morrer. Eu também. Mas o meu mundo não morre. O meu mundo é imortal, vocês estão entendendo? É. – E abre os braços, cantando com voz embargada: - "Vem conhecer o que é harmonia nesta canção, o Inocentes apresenta um lindo panorama de folião... Vem, meu bem, alegria que o frevo contém é a do meu coração". Eu sou isso. Puta que pariu pro barrão!

Nós ficamos perturbados. Assim como o bocejo de um indivíduo se torna bocejo coletivo, a nossa vista é lente onde bate uma chuva coletiva. Pigarreamos. E gostaríamos de falar. Então entramos mais ferozes na aguardente, que dá força aos fracos e demência à insuportável lucidez. Ali, de um gole só, cachaça que nem arde mais na garganta, de uma talagada, voltamos a ser machos. Muito pobres machos. O Gordo somos nós. Aquele mundo imortal é nosso, há de ser nosso, é expressão do mais caro pelo que lutamos. Pátria, amor, socialismo, caráter, sangue, aquela povo que nem de nós toma conhecimento, somos. É trágico que nosso drama não seja valorizado, ora, valorizado, não seja sequer conhecido pelos mais íntimos em nossas casas. A irmã do Gordo me disse um dia, como se o desculpasse, que "o meu irmão é meio fraco pra sexo". Com isso ela quis dizer "ele é incapaz de saber o gozo do amor". Eu não lhe havia dado tal intimidade, esse à vontade para falar do meu amigo, mas ela tomou a dianteira, enfiando mais o punhal como uma desculpa: "ele não gosta de mulher". Era não só trágico, acendia uma revolta, aquilo só podia ser vencido pelo assassinato de uma criança indefesa. Nós cremos no povo, porque somos povo, arraia-miúda, nos batemos por ele até mesmo quando de nós não toma conhecimento. O nosso amor não é mercadoria de troca, se os mais próximos não o desejam, há de haver um povo que o desejará, como dona Bangue, avó operária que nos compreende. Como naquele dia em que a mão no prato significava pedir mais feijoada. Mas a fala da irmã do Gordo vinha como uma traição.

Agora, refletindo, é que compreendo o motivo do nosso amigo se levantar da mesa onde bebemos, e em posição respeitosa cantar alto o

Hino de Pernambuco. "Salve ó terra dos altos coqueiros...". Foi eletrizante. O bar inteiro se levantou. Foi de embriagar, ao delírio, ver a pequena multidão de bêbados cantando em uma só voz, todos em pé, num coro comovente, toda a Portuguesa sob a regência do Gordo:

> *"Coração do Brasil, em teu seio*
> *Corre o sangue de heróis – rubro veio..."*

E no fim, o silêncio. Ainda não era moda tudo aplaudir em qualquer ocasião. Pelo contrário, era mais costume o afeto calado, que se manifestava em bomba ou silêncio. Quando acabou aquele instante cívico no álcool, todos nos sentamos. Por que o Gordo cantou o *Hino de Pernambuco* na madrugada? Cantou para o povo que não traía quem o defende, penso.

Capítulo 12

Há uma raiz que brota e não a cultivamos. Ela é maior que as nossas forças para soterrá-la, vem, cresce e rebenta. É a nossa cara de infância. É a nossa cara de juventude. Nós não somos esses senhores que andam por aí sérios, graves, portadores de condecorações e votos de louvor. Não. Nós somos os anteriores. Nós somos os filhos de Maria, Dagmar, Ana Rita. Não passamos de filhos sem mãe que nos metemos nessa cara de importantes senhores na superfície. Essas roupas, bens, cargos, lustres e lixos não nos dizem respeito. Falamos grosso e somos frágeis. Levantamos cacetes, falos, coxas e seios, mas não passamos de crianças que perderam seu colo e remédio. O melhor de nós é o que sobrevive a essa pele de rugas. E volta à tona em irrupção súbita, vulcão silencioso e ativo. Ainda que sentimento, não é sentimental. É alma fina alma, que sempre houve e se ocultava. E retorna em ataque vitorioso de guerrilha. Em lugar de derrotados, aqui nos subjugamos para melhor honra. "Refreia a natureza e ela voltará com força", dizia um ditado antigo.

O enterro de Luiz do Carmo foi um ponto de clivagem. Em vez de uma ruptura, o que seria esperado, pois uma separação e um fim ali estariam enterrados, em lugar de um abatimento depressivo, arrasado, porque ali se expressava o nosso encerramento próximo e inexorável, um fim dali a poucos dias, em vez de afundar no vizinho término, houve um movimento contrário, rebelde, revoltado. Sinto um cheiro forte, de inebriar, sinto um cheiro de álcool das usinas de Pernambuco. Sinto um cheiro de leite materno. Sinto o gosto da coalhada do subúrbio de Água Fria. Sinto e vejo as coxinhas do bar Savoy. Sinto os olhos azuis de Soninha, que não eram azuis, e a minha timidez e fundamental ignorância assim os tomavam, porque os confundiam com a sua maquiagem. Sinto o cheiro do Capibaribe, no quem-me-quer, em frente ao Cine São Luiz. Sinto inteiro o Recife. Isso quer dizer, além do sentimento: vemos e recuperamos a "noiva da revolução" nos trilhos dos bondes que um dia passaram no Recife Antigo. Isso quer dizer mais que o desabafo íntimo, na saída do enterro de Luiz do Carmo, na fala "vamos vender caro os nossos últimos dias". E mais porque retornamos ao anterior, ao que estava sepultado e ressurge no sepultamento do camarada do Carmo, "presente", gritamos, mas presente em um sentido que vem de longe, soubemos depois. Aqueles valores adormecidos, que não eram só políticos, eram históricos de uma geração, exigem a sua voz. E gritamos, num sentido interior: presente, Luiz do Carmo, o nosso mundo não é morto. Então vieram lépidos, loquazes e luminosos os seres que eram pessoas. Os loucos também, porque não há quem passe incólume por anos de insanidade. Luiz do Carmo, o próprio, deu um salto do caixão para a vida. Ele se põe firme diante de nós. Não como um desafio, mas como um convite gentil, inescapável, "me acompanhem na minha vida, na vida, amigos. Olhem e atentem para o que puderem ver".

Não sei se é um fenômeno geral. Mas às vezes parece, a nossos próprios olhos, que não extraímos o sumo ao falar do que observamos. São necessários olhos de outros para contar a emoção que sentimos. Então acompanhem, porque melhor que minha voz Luiz do Carmo saberá dizer: "Do barulhento bordel restou a sala da frente, alumiada por um candeeiro fumacento. Prateleiras mofadas, furadas por cupins, sob uma dezena de garrafas de cachaça, sortindo a vista de três homens e uma mulher. O vendeiro, com a barba desigual, os cabelos soltos, coçava o rosto com força, raiva. Engoliam com tremor convulso nas mãos, na garganta. A mulher, velha, perdera a inquietação de ocultar rugas com ruges inúteis; distraía-se com a bebida, no exame da rua abandonada. Os olhos luziam, corados, a cada gole. Tinha o juízo enfermo, e putas com pó de arroz no rosto dançavam na sua frente". Uma escritor assim não falece. Um personagem com essa densidade viva não é uma caricatura, aquela, que jaz no caixão, como se fosse o nosso fim, como se fosse um displicente ponto final.

Então posso vê-lo sozinho em seu apartamento no Janga, enquanto o mar lá fora é verde mais perto, azul distante, e o convida a sair para beber no bar mais próximo, onde tem companheiros que a ele se chegam por espertaza. E ele se nega a sair, apesar da vontade de tudo largar e cair no veneno das horas no álcool. Gosta, é atraído pelo bar diante das ondas, que é bom. Mas ele sabe que no seu trabalho é melhor. E por isso em silêncio compõe o que ultrapassa aquele instante e o faz pular fora do caixão:

> *"Em pleno carnaval, os subversivos conspiram em Olinda. Cariri desceu a escadaria do Guadalupe, seguiu para o Varadouro, mas entrou à esquerda para o Largo do Amparo; entrou na Estrada do Bonsucesso, parou lá embaixo. Os dois seguiram, discutindo os termos da carta. A multidão espremeu-se na descida estreita. Os dois foram empurrados, jogados por foliões sublevados. No calçamento disforme, uma burrinha, provavelmente com fome, carregando um homem com roupas de mascate. 'Lá vem Cariri ali...' Os bêbados pulando em grupos de quatro, seis, segurando-se nos ombros; uns caíam, levantando-se com a ajuda dos outros; pisados nos pés, nas mãos, colididos nas costas. Os termos da carta...".*

A vida é o que resiste. Que contradição mais estranha, eu descubro e me digo: a vida, tão breve, é tudo que resiste. Mas que paradoxo: se ela está no tempo que se dirige para o fim, se ela é naquilo que deixará de ser, como resistirá à Irresistível? – É que existe uma resistência na duração do momento, pela intensidade, luz ou cintilação do breve. É como o brilho da estrela distante que recebemos agora, "agora" ainda. Mas esse agora simultâneo não há. O que vemos já não mais existe, tamanha foi a distância que a luz percorreu no espaço até atingir a nossa percepção. Mas isso é do terreno da física, mecânico, do reino dos trezentos mil quilômetros por segundo. O que escrevo é de outra natureza.

A resistência, que é vida, se faz na brevidade pelas ações e trabalho dos que partiram e partem. Mas nós, os que ficamos, não temos a imobilidade da espera do nosso trem. Nós somos os agentes dessa duração, o trem não chegará com um aviso no alto-falante, "atenção, senhor passageiro, chegou a sua hora". Até porque talvez chegue sem aviso, e não é bem o transporte conhecido. O trem é sempre de quem fica. E porque somos agentes da duração, a nossa vida é a resistência do fugaz. Nós só vivemos enquanto resistimos. Nós alcançamos a imortalidade, isto é, o que transcende a sobrevivência ao breve, porque a imortalidade não é a permanência de matusaléns decrépitos, nós só a alcançamos pelo que foi mortal, mortal, e sempre mortal não morreu. A paixão é isto, o trompete de Louis Armstrong, a voz de Ella Fitzgerald, aquela pergunta de Luiz do Carmo em frente ao Cine São Luiz, "como vais escutar Ella se não tens vitrola?". E eu apenas olhava o Capibaribe, e apertava o disco de Ella contra o peito, e me falava "eu a tenho perto de mim, não importa onde irei escutá-la. Ela é a minha negra de peixe-de-coco. Vai ser a senhora da noite, das horas malditas". Aquilo que num poema Goethe gravou:

> "Deve mover-se, obrar criando / Tomar sua forma, ir-se alterando / Momento imóvel é aparência. / Na eternidade em disparada / Que tudo arruína / Que tudo arruína e leva ao nada / Somente o ser tem permanência".

Assim pula do caixão o Gordo, não bem porque o trem chegou cedo na estação e lhe anunciou "a tua vez, Gordo", mas pela intimidade da sua presença, que cresce nos momentos em que estamos tristes, prosaicos, estúpidos. Ele me responde e nem adivinhávamos que ali estava eterno. Lembro que saíamos eu e ele da Portuguesa, eu e ele os últimos dos amigos naquela hora. Era de manhã, os ônibus começavam a passar, eu estava desempregado e o expediente do Gordo começava às 15 horas. Havíamos ficado no bar até que os ônibus voltassem às ruas, falávamos, numa desculpa para a dissipação começada às dez da noite. Mas havia outro motivo. Como haveríamos de suportar o dia seguinte sem música? Como haveríamos de nos aguentar na mesa tendo como únicos cantores a nossa própria voz? Então pela madrugada, para nossa ventura, havia aparecido Café, um senhor músico, tocador de cavaquinho. Chamavam-no Café, já se vê, pela cor da pele. E na ocasião, para nossa felicidade, Café se acompanhava de uma cantora negra que era tudo em uma só pessoa, canto, feminilidade, voz, graça, generosidade, simpatia. E Café era o rei, ele pensava. Mas a sua companhia é que tomava todo o reino.

Eu fiquei, eu estava enfeitiçado. Bebíamos, solicitávamos frevos, sambas de Nelson Cavaquinho, e Café executava solos, acompanhamentos que rivalizavam com o virtuosismo e beleza da cantora. Sabem aqueles valores do povo que não sobem ao estrelato, e quando sobem têm o desprezo que se dá à ganga do minério? Então adivinham o mundo da cantora. Não sei se era a cachaça, a necessidade de companheira, não sei se era o buraco no peito onde cabia toda e qualquer arte, ou se era a união dessas carências, o certo é que fiquei encantado e perdido. E de tal modo ela nos deixou, que na saída de manhã, tão logo ultrapassamos a porta da Portuguesa, também ultrapassei as medidas do pudor que cercavam a minha amizade com o Gordo. Havia alguns assuntos que evitávamos nos falar, e desses o mais evitado era a necessidade de mulher naquelas madrugadas. Com isso, evitávamos também o mais sensível e dolorido, que podia nos matar de vergonha quando a lucidez voltasse. Então, num estado lúcido – pois há uma hora em que a maior quantidade de álcool não nos derruba, pois o ritmo e frequência das doses fizemos mais suaves –, então na lucidez falei para o Gordo, com o mais prosaico e estúpido de mim:

– Que negra bonita, Gordo! Você notou? Que negra bonita.

– Notei. - Então parou, e naquela manhã que se abria irritante para os nossos olhos vermelhos, ele me falou pondo um acerto terrível no dia: - Júlio, nós somos racistas.

E eu, ainda estúpido:

– Por quê, Gordo? – E a minha surpresa queria apenas dizer: se estamos elevando a grau de excelência a beleza da cantora, por que somos racistas?

– Por que destacamos ela ser negra? A cantora é uma mulher, uma mulher bonita.

– Você está certo – admiti, amargo, porque o meu espanto anterior se revelava como um "apesar de negra, é bela. Que coisa mais impressionante".

E seguimos silenciosos a partir dali, porque o dia se tornava mais pesado que o andar do Gordo, ao se dirigir para o ônibus.

Penso agora que esse momento é o ser que resiste à morte. No meio do cotidiano, "do nada", como se fala hoje, veio uma iluminação que dura até esta linha e deve ultrapassá-la, se não me engano. Que lição veio dali, sem trombetas ou ênfase. Para completá-la, eu poderia escrever: uma aula genial do Gordo, daquele jovem pesado e tido como apenas engraçado, que espanto. Mas não, eu o conhecia, não preciso artificializar a escrita. A surpresa vem da descoberta de um resto de racismo em mulatos socialistas, flagrados no instante mesmo da sua manifestação. Na verdade, o Gordo sempre nos surpreendia. Ele sobrevive e resiste como o lembro na cozinha da sua casa em Rio Doce.

Chegávamos aos domingos ali. Aprendíamos, sentados pelo chão de cimento, que o melhor da espera do almoço era a espera. Isto porque enquanto não vinha a grande hora ouvíamos frevos de Capiba, de Nelson Ferreira, de Edgard Moraes, de João Santiago, e bebíamos cachaça, e cerveja, e cachaça, que explodia, para os desatentos, nesta alegria:

> "Eu quero entrar na folia, meu bem
> Você sabe lá o que é isso?
> Batutas de São José, isto é
> Parece que tem feitiço
> Batutas tem atrações que
> Ninguém pode resistir
> Um frevo desses que faz
> Demais a gente se distinguir.
> Deixe o frevo rolar
> Eu só quero saber se você vai brincar
> Ah, meu bem, sem você não há carnaval
> Vamos cair no passo e a vida gozar"

Por isso o Gordo nos convidava. Existe coisa melhor que uma solidão compartilhada, uma "solidão socializada", como poderíamos então dizer? Mas naquela hora não dizíamos isso, nem isso queríamos ou mesmo conseguiríamos ver. Ele nos chamava para algo mais solar, dominical, feliz.

– Domingo, lá em casa, bobó de camarão. Feito por mim!

Ficávamos a olhar a promessa maravilhados. De que não era capaz o nosso Balzac? Bobó de camarão é um prato baiano, e o Gordo, um genuíno pernambucano, ia nos dar mais uma prova da sua versatilidade. Bobó de camarão, feito por esse leitor de Kazantzakis, por esse extraordinário conhecedor de frevos, por essa autoridade na arte de rir do próprio sofrer! Por isso, como se fosse por isso, chegávamos e chegamos. Na sala, tocava Luiz de França. Aguardente no terraço, para todos. Menos para o Gordo, que se demorava a vir.

– Cadê o Gordo?

Está na cozinha, a sua mãe nos responde. Então Luiz do Carmo se levanta, para ver com os próprios olhos a oitava maravilha dos nossos domingos, o Gordo em ação. E vê, e vê diante de um imenso caldeirão, o nosso amigo com uma colher de pau em uma das mãos e na outra um livro de receitas. Que decepção: tudo no Gordo era conhecimento maduro, solidificado. Isto não batia: com um livro a copiar a receita do prato, logo ele, o Gordo, que era a anticópia por natureza. E por isso, Luiz do Carmo lhe faz a censura:

– Cozinhando com um livro, Gordo?

– Sim... Mas o autor é marxista.

Às vezes dói a lembrança, nos momentos em que chove na alma e sentimos frio, porque estamos expostos à noite, no frio da tarde que escurece, como no dia em que levamos o corpo do Gordo para o túmulo. Ali estávamos eu, Zacarelli, Batráquio, Luiz do Carmo. Chovera e sentia um gelo em mim, uma geleira que era empatia, porque ele partira tão cedo, que parecia ser o exclusivo da morte. Vindos da mesma geração, estávamos no começo da volta da democracia, e o Gordo partia na idade de 34 anos. Naquela altura, julgávamo-nos eternos, no sentido vulgar de atingir muitos anos de vida. Mas me doía tanto aquela súbita partida, porque me deixava a impressão de que ele estivera a nos pedir ajuda antes, quando se desesperava à sua maneira, a saber, entornando vodca, cerveja, cachaça e uísque em poucos minutos, e falava: "Eu quero ficar embriagado. Eu quero ficar bêbado", e o desculpávamos como se ele fosse portador de uma depressão temporária, porque perdera a mãe, a fundamental senhora Ana Rita. Aquilo havia de passar e logo o Gordo retornaria à sua melhor forma, dizíamos, como se uma perda tão orgânica se desse como um dia que se vai e vem outro. Se eu houvesse sido um homem de coragem, se todos houvéssemos sido homens de coragem, teríamos abraçado o cidadão Zé Luiz e perguntado a ele: "Gordo, em que podemos te ajudar?". Ele ia responder suicida, sei à distância: "Em nada!", e completaria lembrando o samba de Paulinho da Viola, "sei perder e ganhar". Mas não deveríamos ouvir aquela recusa, de orgulho e desespero, porque à surdina já falavam dele o inacreditável, falavam que no fim da noite, bêbado, sujo, emporcalhado de vômito, alguém o vira passar com um jovem garoto de programa. Acabo de escrever o que não queria. Se nos dissessem então o que cochichavam, teríamos respondido: "Eu não acredito!". Assim mesmo, com ponto de exclamação, porque julgávamos que a honra de um homem sobrevivia somente na heterossexualidade. E não posso, neste romance da vida, escrever que pudéssemos reagir, de modo público, fora do nosso tempo. Mas de modo privado, como os verdadeiros amigos sabem ser, podíamos ter perguntado a ele, como um médico que busca a cura em perguntas: "Por quê, Gordo? Você perdeu a esperança do amor?" E se ele nos respondesse que havia posto em lugar do palhaço que se tornara, quando vomitava na casa de antigas amadas, quando era a alma da festa para todos como o Gordo cômico, ele poderia ter respondido, imagino, que estava sobrevivendo em nova forma, que era autodestruição, porque nesse novo papel em que pagava jovens, ele próprio não se aceitava. Não se via ali naquela hora de tormento, quando tudo se negava. Então, mesmo assim, se houvéssemos sido homens, teríamos dado a ele a nossa mão, com esta resposta: "Meu amigo, não gosto desse caminho. Mas se não houver outro, saiba que sou seu amigo, agora, sempre, e respeito o seu afeto". Mas o mais provável é que reagíssemos com incredulidade, e até com raiva, a quem nos viesse contar semelhante "descoberta". Seria algo como a reação a um indivíduo que viesse nos contar que a nossa mãe era puta. A resposta mais elegante seria um soco no sujeito que nos falasse.

Os sorrisos, as insinuações sobre ele sempre vinham de pessoas alheias à nossa convivência, quando o apontávamos. Perguntavam-nos, com um risinho canalha e acanhalado: "Ele é ...?". Esses estavam, desde esse momento, expulsos da nossa simpatia. "Não, ele não é, claro que não. É o modo dele ser", respondíamos. E assim ocultávamos, do nosso próprio coração, o que talvez o Gordo mais nos escondesse, o que poderia ser a danação do seu desespero, que se somou ao motivo do falecimento de dona Ana Rita.

– Eu quero me embriagar. Eu quero ficar bêbado até cair no chão.

"Eu quero perder a consciência" isso nele se tornava claro. "Eu quero me matar", isso era evidente. E ali eu evitava censurá-lo – as relações eram dessa maneira, traduziam-se para a amizade o regime da ditadura, sinto agora. Eu evitava a censura, como seria meu desejo a seu prévio obituário, quando ele gritava: "Eu quero ficar embriagado!". Mas não posso nem devo evitar a palavra, porque hoje ultrapassaria em sentimento o seu sentimento. Era censura, que eu não quero fazer, mas a razão era nada humanitária. Não, vinha da defesa por um acontecimento anterior. Na Portuguesa, uma noite, depois de ouvir o Gordo contar que muitas vezes, ao fim do expediente no bar, se encontrava com os garçons no Gambrinus, lá na zona do Recife Antigo, eu não me contive. Aquilo era demais, não era prática de vida de quem se associa à dor dos explorados. Que anarquia. E o Gordo, na maior serenidade, sorria:

– Lá me chamam de rei dos garçons. O lugar principal na mesa é meu. Olhe, eu não sou só o rei. Sou o sábio também. Os garçons do fim da noite me ouvem como se eu fosse a reunião de Sócrates, Platão e Dostoiévski.

– Que é isso, Gordo? – eu lhe perguntei. – Isso tem um preço alto. Você paga a conta na mesa. Com esse modo de vida, como você retornará à leitura dos clássicos? Como é que vai poder estudar, produzir?

E o Gordo em silêncio, com os seus olhos escuros, negros, brilhando. Mas em silêncio. Eu pensava que ele estava convencido dos próprios erros. Afinal, ele compreendia que tinha de mudar de vida. E por isso continuei:

– É absurdo que um socialista se estrague dessa maneira, Gordo. Olhe os exemplos de disciplina de Gregório Bezerra, Prestes, João Amazonas.... Eles jamais iriam cair nessa de Rei dos Garçons.

Então o Gordo falou uma daquelas frases fundamentais, improvisadas e imprevisíveis, que desarmavam as melhores pregações revolucionárias. Virou para mim o seu corpanzil, abriu os fortes braços e me falou:

– Pra você eu digo a mesma coisa que a voz falou para Saulo no caminho de Damasco: "Saulo, por que me persegues?".

A mesa quase veio abaixo de risos. Só me restou conter a catilinária para o Rei dos Garçons:

– Gordo, com você não há quem possa.

Essa era a razão de evitar qualquer reparo à vida do Gordo. A sua presença de espírito, a verve popular, de velho do pastoril, de homem culto, nos respondia de modo arrasador. Como sempre, de tão insultado desde a infância, quando era muito pobre e obeso, e morava na lama, o Gordo reagia contra a correção de costumes com finura e humor. Aprendera há muito o escudo que desarma. Mas isso acabava por tornar invisível a sua angústia. Desespero, para ser mais preciso, quando lembro do seu corpo antes de morto, prévio tumular, deitado na calçada à margem do rio, em frente ao cinema São Luiz. "Jesus protege os bêbados e as criancinhas", falou para um amigo. E esse gozo de resposta de um embriagado no chão da cidade foi um novo "com o Gordo ninguém pode". Ou como ele falaria em outra noite, ao lhe pedirem conserto de vida: "Sou eu e Gabriela: eu nasci assim, vou morrer assim". Mas nós não sabíamos que a dor era tão funda, quero dizer, tão direta para o túmulo e tão cedo. Ele emitia avisos de suicida, penso. E o nosso egoísmo os desconsiderou, também penso. Todos queremos viver e por isso achamos um desconforto, insuportável, esses irmãos caídos na calçada, que não querem viver. Então, se assim querem, que desapareçam logo, porque não aguentamos mais os seus gritos de náufrago. E se têm respostas espirituosas, nem estão morrendo. Divertem-se, digamos. Estão passando uma fase boa de criatividade. E vamos em frente, que precisamos casar, manter família, criar filhos, não vamos ficar ajudando a levantar quem caiu. Depois, quando emitem um último suspiro, alguns de nós, hipócritas, perguntamos "o que houve? por quê?". E os ainda mais hipócritas, mas cheios de palavras evangelizadoras de salvação, comentam: "Se ele tivesse ido pelo bom caminho...". O que vale dizer "bem feito!". Mas um esforço genuíno de companheirismo, de camaradagem, não houve. Pior, nem temos vontade de refletir sobre os brilhantes e queridos companheiros que caíram. E vamos cuidar de negócios mais sérios. Egoístas estúpidos ficamos. É como se o drama de companheiros não trouxesse luz para o nosso próprio destino. É como se fôssemos feitos de outra natureza, tão diferente daqueles bêbados que caem e se largam na calçada.

Até hoje, quando estou numa festa, num encontro de músicos que tocam choro, frevo, quando estou num lugar confortável, rico de música e alegria, eu me digo "como era bom se o Gordo estivesse aqui". Essa felicidade para o espírito musical do Recife, nessas casas onde há mesa farta, bebida à vontade, não tínhamos por absoluta impossibilidade da junção de três riquezas: bebida, comida e música a um só tempo. O simples existir já era uma luta. Existir já era um luxo e troféu de guerra. Lembro que ao coçar a mão direita, o Gordo dizia "é dinheiro, é sinal de dinheiro que vem", e a partir daí procurávamos motivo de coçar a mão. Uma boa superstição já ajudava um bocado. Ele continuava, quando na mesa se questionava se ele acreditava nessas coisas:

– Eu não sou supersticioso. Eu respeito as coincidências.

E vinham casos de confirmação ocorridos com dona Ana Rita, com dona Bangue, que tinham determinados sonhos e jogavam no bicho. Tiro e queda. Houve muita galinha que a família comera com a superstição do sonho.

– No meu quarto tem um quadro de São Jorge. Dona Bangue me deu. Eu seria um sujeito mal-educado se não acreditasse em dona Bangue. – O Gordo olha para um canto, olha para outro, e confessa: - Quando eu estou bêbado, eu rezo pra São Jorge. Eu sou neto de dona Bangue, está entendendo?

Estávamos. Nós também possuíamos as nossas coincidências. Como desemborcar chinelos em casa, como não usar bens de pessoas mortas. E não falávamos. Que coisa mais irracional, quem já viu intelectual materialista com superstição? Mas todos nós também tínhamos cá dentro um quadro de São Jorge.

E de repente aquele gênio bom sumiu da nossa convivência. Eu me pergunto às vezes como ele seria se estivesse vivo. A memória o deseja em seus melhores dias. E por isso o vê chegando em um bar da Rua da Saudade, o Antônio Maria. Ali uma vez representamos na mesa, eu, ele e Luiz do Carmo, O Inspetor Geral. Eu fazia o criado, o Gordo, claro, era o impostor, e Luiz do Carmo, o governador da província. Representar Gogol era uma forma de nos dizer "somos filhos da humanidade desse louco". Ele nos une e dá uma direção. E como era boa, doce e ácida a cerveja bebida com Gogol. O garçom, os clientes nas outras mesas, ficavam entre a censura e a curiosidade. Nem imaginavam que Gogol era uma saída para a repressão, era a voz de um subversivo que podia falar em 1975. E a literatura, ali, tanto lá quanto hoje de outra maneira, era uma subversão que fazíamos com todo gosto, como uma subversão quase tolerada, porque os escritores falariam do etéreo, das nuvens, que nada podem contra as armas e torturas do Estado. "Deixem esses frescos inofensivos". Mas acompanham o que representamos, ainda assim. E por isso estávamos no bar com Gogol. Quando eu lia uma fala, o Gordo gargalhava, porque o ator frustrado se esmerava no tom do criado, entre cervejas, sem tira-gosto.

    Lembro que numa das melhores fases de nossas vidas, depois da bebida jantávamos no fim da noite. Havíamos descoberto um frango enorme, "do tamanho de um peru" segundo Luiz do Carmo, no restaurante Janaína em Olinda. Uma vez por semana, na madrugada do sábado, descíamos do Recife para o Janaína. Melhor dizendo, atacávamos no Janaína. A nossa horda de quatro famintos, eu, Luiz do Carmo, o Gordo e Torquato do Moura, mal nos aguentávamos à espera do "maior galeto de Olinda". Nem queríamos saber se era o melhor, ou apenas bom, porque a fome não é sofisticada. O galeto era grande, assado, fundamental e insubstituível. Eu não sei o que faríamos da vida sem aquela maravilha mais desejada que a última mulher no deserto. O que faríamos? Na sua falta, pela primeira vez, seríamos os terroristas pintados pela repressão. Indivíduos maus, perversos, que explodiríamos os mais santos lares, igrejas e concentrações de gente educada. Nada sobrava, assim como não sobravam nem os ossos do imenso galeto. O que era aquilo, uma galinha matriz? Nós não queríamos saber de qualquer explicação ou origem. A grande ave pousava real, isso era o que importava. Real, devo dizer, porque real era o que mastigávamos, engolíamos com ferocidade. Não sei se o leitor já viu um faminto às duas da manhã. O mais seguro é dele manter distância. Ele é uma fera disposta a qualquer coisa, tiros, facadas, bombas. Se possível, fite o seu rosto. Ele é só boca e olhos, com a mesma hostilidade com que os cachorros defendem uma carcaça. Mas diferente dos cachorros que rosnam, quando notam a aproximação de um estranho do seu osso, nós executávamos o galeto em silêncio. Uma vez, nos perguntaram por que comíamos sem falar. E eu, no calor daqueles anos, respondi franco:

    – Não podemos falar com a boca cheia.

Mas havia naquele quarteto um silêncio de novas feras. Compúnhamos um quadro cujo nome não era percebido. Idealizados, seríamos os socialistas também comem. Difamados, os quatro cavaleiros do apocalipse. Entre o ideal e a infâmia, éramos jovens pobres que lutavam para manter a dignidade, que era pesada, cara, nada feliz. Os discursos mais edificantes pregam tal virtude como uma paz na alma. Nada mais falso. Seriam mais verdadeiros se pintassem a dignidade como uma ordem da consciência. Não é bem a paz, é uma convulsão no cérebro, bem distante do conforto. Aquele pensamento que mistura verdade e ilusão, quando fala que a filosofia não ensina uma pessoa a ser feliz, mas a ser digna da felicidade, oculta que a dignidade é que é o busílis. Ela é o oposto do caminho suave e florido. E dela escapamos por vias furtivas, porque muitas são as dores e espinhos a vencer, e por isso aqui e ali tentamos um intervalo de sombra, de relva mais macia. Então é curioso como naquele instante de ferocidade avançávamos no limite da brutalidade e da civilização. Caíamos na mais brutal ausência de voz, com os pescoços curvos, as bochechas repletas a se moverem rápidas, e de tal forma que, à margem do oceano atlântico, numa mesa ao ar livre, em caminho que avançava em ponta para o mar, nós nem ouvíamos o rumor das ondas. "O mar estava escuro", podia falar o Gordo. E mais: "Júlio, por que me persegues? Nós sentimos o mar pelo gosto do galeto". Mas onde a fronteira civilizada? É que mesmo naquela hora de satisfação primária, os olhos da fome acompanhavam a divisão que deveria ser justa para todos na mesa. Não sei como e qual o metro da medida, mas se dava desta maneira: quem pegasse uma coxa, que até então havia sido evitada, pois a deixávamos para o outro, quem arrancasse uma coxa não deveria comer a segunda; quem cortasse um pedaço do peito, esperava que os demais pegassem a sua parte. Aliás, nem havia esperar, tudo se passava num raio. Num minuto, havia carne para todos. No outro, desaparecia a carne. Mas de forma organizada, se é possível uma hierarquia civilizatória entre quatro feras na floresta. Então pedíamos uma porção extra de arroz e feijão, a que juntávamos toda farofa, para assim vivermos em paz com a consciência. O que enchia o estômago devia esperar a divisão comunista. Aos quatro o que era dos quatro. Mas penso se naquela hora de voracidade, se algum mendigo aparecesse pedindo comida pelo amor de Deus, poderia receber gestos mudos de que fosse para longe, mas depois da mastigação irrefreável ganharia o comentário "o lúmpen explora a caridade".

Vejo-os, vendo-nos. Mas com um olhar reflexivo, porque à mesa não víamos rostos. Apenas havia em todo seu despudor a galinha crocante com as coxas levantadas. Se não falo agora do mar próximo, do Gordo e de Luiz do Carmo cortando com os dentes o galeto do Janaína, posso ao menos falar do que escuto, o ruído maravilhoso do assado que estala, se parte, e mal tem tempo de ser degustado na língua, porque a fome é brutal. O sabor é visto como o voo da mulher-bala no circo. "Foi, sumiu". Mas os olhos que não veem, porque estão encandeados pelo total e único objeto da madrugada, podem ser recuperados pela memória.

Torquato do Moura, que antes havia sido mencionado de passagem, aparece melhor na cena do galeto do Janaína. Nesta altura em que a ditadura agoniza, ele está mais magro, ainda não é gordo, rosado. "Mas esse meu peso de hoje não é porque eu esteja melhor, passando bem. É a idade, meu amigo", ele me fala, com um tom no "meu amigo" que não é amistoso. Pelo contrário, é repleto de ira e revolta. Na verdade, pelo tom geral do seu sistema nervoso, ele está com frequência indignado. Escrevo isso e sei que ele responderá, no instante em que conhecer estas linhas:

– Pra você, a minha indignação é porque fiquei doido. Pelo que estou vendo na sociedade, fiquei mesmo. Pra você, tudo é normal. Pra mim, não, meu amigo.

Antes que ele me cite Brecht, "não aceites o habitual como coisa natural", eu o provoco:

– Então me esclareça. Por que você é mais indignado que o povo do Recife?

– Por quê? – ele volta. – Não seja desonesto. Quer me botar contra o povo?

– Mas você quer ser.

– Olha... e sou mesmo, viu? Eu tenho consciência. O povo é alienado, certo? Se não fosse alienado, a gente já tinha feito uma revolução. Agora, se você é igual à maioria alienada...

– Me esclareça em quê o mundo todo é alienado, se puder.

– Já olhou o chão onde você pisa? Está cheio de buracos nas calçadas.

Pra mim, que estou quase cego, corro o risco de quebrar minha perna. E ninguém fala nada.

– Mas você me enxerga perfeitamente.

– Você é que não se enxerga. Eu corro o risco de uma queda, tenho que andar me arrastando. Mas solidariedade já era, meu amigo. Eu já fui empurrado na Rua da Concórdia porque estava atrasando o passo de um apressadinho.

Nesta altura da vida de Torquato, mais se acentuam os traços da original independência, esquisitice para muitos, como uma ilha de loucura nas convicções de esquerda. E ninguém nota que a ilha é um continente no drama de todos que "não deram certo", marginalizados na nova conjuntura de uma demência conservadora. Se vivesse no começo do século XX, Torquato seria fuzilado como o Policarpo Quaresma de Lima Barreto. Mas ele é Torquato, agora no século XXI, com as mesmas ideias de 1970. Para os historiadores seria um modelo perfeito. Para quem o vê sem os óculos do método, uma pessoa de surpreendente humanidade. A voz áspera, desagradável mais ainda pela altura acerba, pelas críticas muitas vezes míopes, injustas aos que "deram certo na vida", oculta uma sensibilidade exposta como um nervo à luz do dia. É um paradoxo que um indivíduo tão brutal de modos possua uma alma de criança. Ele arrota vantagens heroicas, mas é indefeso. Frágil, frágil, frágil de marré deci. E por ser tão atingido, o nervo exposto se agita, intratável, raivoso. À beira do cômico, aqui mais uma vez no limite do drama. No amor, por exemplo, ele não é bem o lendário conquistador, vitorioso, invencível sempre, que salta de seus relatos de proezas raras. Mas ele tem um repertório de humor, quando os amigos recontam dele casos inacreditáveis. Luiz do Carmo foi testemunha de alguns, como estes.

Ao fim de uma magnífica exibição do filme *O Encouraçado Potemkin*, no Teatro do Parque, Torquato procurava sair entre a multidão de jovens, no térreo do teatro. Caminhava no tato, de cabeça baixa, mais ouvidos que olhos para ouvir as "besteiras dos estudantes desinformados", do gênero "eu pensei que Lênin fosse o líder da revolta do encouraçado...". Súbito, ouve um grito: "Torquato, Torquato!". Ainda que o seu nome não seja exclusivo, ali, ao fim do Encouraçado, no Teatro do Parque, só existiria um, ele, o Torquato do Moura. E pela paixão da voz, ele dizia, pelo calor sensual, amoroso, era dirigida a ele mesmo, o Casanova pernambucano. E a voz continuava suplicante, fêmea, acima da multidão: Torquato, Torquato. Então ele ergueu a cabeça à procura da maravilha no primeiro andar do teatro. E por trás das grossas lentes, que então usava, ocultadoras dos seus irresistíveis olhos, ele não pôde ver a jovem – era uma encantadora jovem – que aflita o chamava. "É uma peste", contou a Luiz do Carmo. "Só podia ser uma gostosa das minhas fãs. Por que ela não desceu? Ela não sabe que eu sou cego?!". Ele completaria que meses depois encontrou a dona do grito, que era uma linda estudante de Direito, um corpo de violão. "Me procurou, acho, pra eu lhe passar a palheta".

– Ô Torquato, em vez de um violão, o corpo não seria um violoncelo? - perguntou Luiz do Carmo.

– Não, a fofinha era leve.

Mais leve que o arco é a palheta, contaria do Carmo, por trás do fenômeno da natureza. A esta altura, ele merece uma aproximação desde o nome. Pela voz dele próprio.

– Eu era Torquato. Tem muito analfabeto que não me entende, a começar pelo meu nome. Já teve jovem que me perguntou se era apelido. Eu disse a ele, "rapaz, nunca ouviu falar de Torquato Neto, não? Um compositor da porra, nunca ouviu Soy loco por ti, América?" Eu tive de esclarecer: "o meu nome não é uma homenagem, porque eu nasci antes do compositor. Torquato, meu amigo, é nome de nordestino, do agreste e do sertão..."

E sem lembrar a coincidência de Torquato ser também um personagem cego de José Lins do Rego, continuou:

– Aí eu disse: "Torquato é um nome sem a moda da Globo. Hoje, só dá Francisco Cuoco, ou Tarcísio Meira, está entendendo? Antes, na feira, era comum se ouvir 'seu Zé, dona Maria', quando não se conhecia a pessoa. Hoje é 'moço, moça'... pois eu sou do tempo do Nordeste, macho do mandacaru. Sem rima. Mas sou de Caruaru, da terra de Álvaro Lins e do Mestre Vitalino. É muita tradição. Até na safadeza. Caruaru foi a primeira cidade do interior do Nordeste a ter estudante fumando maconha. Agora, tem uns invejosos, que me apelidaram de Torquato do Moura, por causa do Alto do Moura. Se fosse pra me fazer uma homenagem, podiam me chamar de Torquato do Bacamarte. Sempre de pé, pra cima, tá me entendendo? Mas meu nome é mesmo Torquato Ferreira da Silva. O ferreiro das gatas do Recife. É ferro na boneca, meu irmão".

Nesse tempo do falastrão do amor, Torquato contava o que não era memória de um tempo heroico, pois falava apenas imaginação. Os seus amigos mais íntimos, como Luiz do Carmo, às vezes o flagravam esquecido de si. A falar como em um monólogo para o espelho.

– Me aconteceu uma coisa estranha com ela.

Ela vinha a ser a namorada a quem havia apelidado de Guerra Civil, porque na cama ela não possuía regras de qualquer sorte. Trinta dias por mês, todos os meses, sangrentos ou bárbaros, por cima, por baixo, por fora, à margem, era luta. A jovem absoluta morava no edifício Irã, e por isso os amigos a rebatizaram de Guerra Khomeini. E continuava Torquato a falar diante do espelho:

– A gente trepava tanto, tanto, que eu perdia o sono. Eu sou assim, quando trepo demais, perco o sono. Aí, teve uma noite dessas que pra poder dormir, escorreguei pra um colchonete no chão. E de tanto me revirar, de madrugada caí no sono. Mas fiquei atravessado, com a cabeça debaixo da cama e o corpo de fora. Pra quê, rapaz? Fui acordado de manhã com os gritos de Guerra: "Meu amor, cortaram sua cabeça!". Ela ainda estava delirando. – E completava: - Será que ela tem a fantasia de cortar a minha cabeça? Tenho que ter cuidado.

Luiz do Carmo, quando nos contava essa revelação do espelho, realçava o cômico, ou risível de Torquato, não bem na performance do macho do mandacaru. Mas era sintomático em Torquato, nos relatos de sexo, que ele não falasse de amor, afeto, como se o sentimento fosse estranho à fornicação ou um luxo. Isso não entrava no cardápio dos pobres, que desejavam comer um galeto grande, do gênero do instinto primário que nos levava ao Janaína. Nós atacávamos a comida com a mesma fome de amor, que não sendo possível se tornava a sua caricatura: um banquete para o estômago vazio. Nós o traçávamos selvagens nos dentes. Mas como era bom, ainda assim. Fazíamos do galeto o que ele de nós fazia. Carne e boca, devorada e devoradora, em lugar do extremo romântico adorada e adorador.

Se a Torquato escapava o amor, às mulheres do seu caminho escapava

Torquato. Havia nele o risível que tomava conta até do que expulsava o riso. Os que riam dele, de modo claro agiam à semelhança de quem não compreendia uma situação fora de hora e lugar. Seria como um palhaço, ou alguém tido por um, de cara pintada todos os minutos do dia. Se nos filmes de Chaplin há o violino e a humilhação que comovem, mas não afastam o riso, em Torquato as ações pareciam ser todas cômicas. Assim, escapavam da imagem prévia os atos de tribuno popular. Um tribuno, é certo, onde faltava o público, ou estava presente um público de modo desatento. Na fase dos seus 73 anos, quando o azedume nele cresceu na proporção em que cresce na maioria dos velhos, ele reagiu contra uma lei municipal de aparência humanitária. Nos ônibus do Recife começou a rezar a piedosa ordem: os idosos teriam o direito de viajar de graça. A isso perguntou Torquato:

– Se é lei, por que não obriga? Eles apenas dão o direito, que o velhinho pode usar. Mas não era pra ser assim. Devia ser: os coletivos são obrigados a não receber dinheiro dos velhinhos. Até nisso – e começava a surgir nele o tribuno – a lei é do sistema capitalista. O capital não é obrigado a fazer. Vivemos no mercado livre, não é? O velhinho, se quiser, paga. Tem esse direito.

Era um modo torto de ver uma conquista social, falavam os amigos por trás do tribuno. E um deles, este narrador, meio inocente chegou a lhe perguntar:

– E você, paga?

– Pago – ele respondeu de imediato. - Pago!

– Entendo. – E ousei: - Você não gosta de ser visto como um velho.

– Não é isso não, maldoso. Eu não gosto é de *apartheid*!

– Mas como assim? – voltei. E ele:

– Eu estou vendo que você é um jovenzinho... Ou então é mais cego que eu. Você nunca viu que os idosos ficam espremidos na frente do ônibus? Muitas vezes, tem assento desocupado depois da catraca, e os velhinhos em pé, lá na frente. É uma discriminação humilhante. Isso é *apartheid*, entendeu?

Era, é verdade. Hoje, quando muitos de nós temos carro, um símbolo de status que rejeitávamos na juventude, perdemos o conhecimento da vida real dos "alienados", os outros, que não têm a leitura dos clássicos de Marx. E nas poucas vezes em que usamos um ônibus não percebemos o *apartheid*. Para quem saiu dos anos em que pagávamos tudo, em que não tínhamos sequer o dinheiro de pagar uma passagem, ter o direito de não pagar é uma conquista social. É verdade, mas não para o tribuno popular chamado Torquato. Ele, quase sem enxergar, vê pelo faro, pela revolta de quem está dentro da categoria dos pobres, "dos oprimidos", como fala. Diferente da vista dos conscientes que viajam sentados nos próprios carros. E fala:

– Essa lei virou esmola para mendigos. Eu não quero a caridade dos burgueses. Detesto *apartheid*.

Para tal opinião, temos um sorriso, "este é Torquato". O fato é que a sua "incompreensão da realidade", como às vezes o analisam os amigos, desanda para um sectarismo que é comovente ou cômico, sem transição ou nuance. Naqueles malditos anos 70, sob a ditadura Médici, um grupo de estudantes universitários resolveu agir, numa ação que julgavam ser a luta da esquerda. Fundaram um cursinho de vestibular para os jovens estudantes da favela. Na cabeça dos universitários, isso era também um vestibular para o conhecimento dos muito pobres. Ver os miseráveis, como os julgavam, em suas pessoas de cérebro tábula rasa onde podiam gravar as teorias da melhor consciência. E nessa pedagogia já estavam inscritos os limites. Por um lado, os novos bandeirantes de esquerda se exibiam, estavam na luta contra a ditadura, numa exibição que respondia à cobrança dos mais engajados, o que estás fazendo? Ora, estamos trabalhando direto com o povo. Falamos com ele, não estamos distribuindo panfletos para a classe média. Não estamos falando com os mesmos, o que leva a nada.

– E a luta armada?

– E a luta com a consciência do povo?

Mas por outro lado, havia que ensinar com cuidado, a prática não era chegar assim e começar a meter o pau no governo, não, ninguém era doido, entende? falavam num esforço da dialética. A favela já recebia um trabalho da Igreja de Dom Helder Câmara. Portanto, já espionada, seria um campo minado. E por razões de segurança, para driblar a infiltração de agentes policiais entre os estudantes da favela, havia que ir com calma, devagar, devagar e divagando. Estranho é o caminho da dialética em uma ditadura. O que seria um "trabalho de conscientização", acabou por ser um mero cursinho de apostila, amorfo, inofensivo. Uma santa ação de pobres intelectuais para os mais miseráveis. Mas esqueceram de avisar a Torquato. Nas aulas de geografia, avesso à estranha dialética de segurança do coletivo, ele comprou o trabalho pelo preço anunciado. E quem seria louco de lhe falar que a libertação dos pobres não era pra valer? Então ele "entrou de sola", como se diz. E um belo dia foi visto, ouvido, flagrado por outro professor, a falar autênticos vietcongues no ensino de geografia:

– Absurdo é decorar nome de rio, tipo de rio, clima, relevo, nomes de cidades. Isso é conversa pra boi dormir. Em tudo, em tudo, o que existe é a luta de classes.

O professor-testemunha, escondido, não acreditava no que ouvia:

– Do Rio Amazonas ao Rio São Francisco tudo é luta de classes. Vocês estão entendendo? O pensamento burguês quer encher o ouvido da gente de folha. "Ah, porque as árvores, a vegetação, o semiárido..." esqueçam. É tudo mentira. Isso é a ciência do colonizador, instrumento de dominação do povo. "Qual o clima do sertão do Nordeste, meninos?" Aí respondem: "Semiárido, professor", e a gente se fodendo. Entenderam? Como é que vocês vão aprender comida fina se não têm nem feijão em casa? Na minha aula, não. É por dentro, feito talo de macaxeira. Agora, vamos aprender que a decoreba da geografia é uma grande embromação. Pretexto pra foder os pobres, estão entendendo?

O professor-testemunha, aterrado, correu para o coletivo dos companheiros:

– Torquato está acabando com a gente! É um louco. Ele está gritando na sala que não existe geografia. Só existe a luta de classes. É um bárbaro. Nós vamos ser todos presos.

Então, para bem da segurança, o professor Torquato de Moura foi demitido pelo grupo consciente. Sem direito a qualquer pagamento, que dinheiro não havia, só a solidariedade aos pobres.

– São uns carreiristas – responderia Torquato, dois anos depois, ao ver os ex-mestres da favela donos de cursinhos para a classe média. – Oportunistas. Fugiram dos pobres cobaias. Agora devem estar fazendo a consciência da pequena burguesia.

A isso, quando sabiam o que Torquato falara, os antigos professores solidários com os pobres respondiam:

– Ele é um louco. Um cara to-tal-men-te desequilibrado. Fala, fala, e não faz nada.

Ao que Torquato voltava, ao saber da queimação de que era vítima:

– É? Quem não faz nada são eles. Estão de carro bacana, ganhando os tubos, pra construir a revolução. Dos bichos. Os fodidos que eram conscientes subiram ao paraíso, meu amigo.

Ao que respondiam os subidos à pequena e precária elite:

– Aqui é trabalho, muito suor. Subi com meu trabalho. Por que a esquerda só tem que passar fome, pedir esmola pra comer e dormir? Olhe, quer que eu lhe diga? O destino desse cara é o suicídio. E não vai ter ninguém no seu enterro.

Ao que se vingava Torquato, sempre através dos mensageiros:

– E eu quero traidor quando eu for embora? Eles que tomem cuidado. Podem ir embora antes do Torquato aqui.

E continuavam a se enviar recados, por maldade ou provocação, os integrados e o apocalíptico. Que mandava:

– Eles gostam de queimar o meu filme. Falam mal de mim em tudo que é lugar. Sabe por quê? Eu sou a consciência avançada do proletariado.

Ao que respondiam:

– Eu vou incluir Torquato no meu currículo. Vou escrever: "eu odeio Torquato". E ganharei mais qualificação. "Odeio Torquato" vale título. - E o grupo de professores, agora donos de cursos, gargalhava a contar as proezas do "último revolucionário".

Mas é preciso pegar a realidade como se pega um peixe vivo, que se revolve escorregadio. Ele se agita enquanto o rio flui. Devemos pegá-lo como se pega a vida. Quero dizer: naquilo que Torquato acusava havia verdade. Ao mesmo tempo, naquilo que os ex-revolucionários acusavam, apesar do veneno, também havia verdade. Ou seja, enquanto os novos integrados fugiam da revolução, Torquato ficava à margem dela. E só agora a mim mesmo esclareço: do rio, ele é o peixe vivo. Torquato e o Gordo, este mais dramático ou trágico, eram personagens do outono, vindos dos tempos heroicos. Onde antes eram fundamentais pela resistência nos anos da ditadura, depois dela se tornaram secundários, como se fossem pessoas de restos de brasa. De modo mais preciso, a falta de engajamento em uma organização comunista não lhes apagava o brilho naqueles tempos medonhos. Eram necessários como apoio e ressonância dos que circulavam clandestinos. E quantas vidas e movimentos salvaram. Mas hoje a continuidade da sua não-militância partidária os deixava outonais.

– O que é outonal? - sei que ele me perguntaria. E responderia: - Outonal é a mãe. Outonal é o partido, tás entendendo? Ele é que não é mais aquele da revolução. A rima é outra, rapaz. Virou o partido da acomodação.

E como sempre numa briga, falam-se verdades em um modo raivoso, mesquinho. Mas a acusação de Torquato é reflexo, por um lado, da própria luta quixotesca. Ele quer combater uma organização de comunistas com a voz de um só, a dele, a voz da sua revolução. Por outro lado, ele seria o comunista que se abriga em uma reta, supondo que a reta dê sombra a um homem. Tão fina, frágil e infinita, como abrigar um ser em conflito? Para ser mais exato, abrigo em um traço a nanquim. O que vale dizer, Torquato se tornou o revolucionário das pequenas causas. Largou o atacado da transformação social para ficar no varejo das mudanças impossíveis na ordem capitalista. A saber, tudo que é objeto de lucro se tornar uma troca entre pessoas, que se tornam mercadorias.

Quando perdeu a cadeira de geografia à luz da luta de classes, foi travado o seguinte diálogo, aos gritos:

– Torquato, se fosse Geografia Humana – lhe falou o coordenador do cursinho na favela -, ainda era possível. Mas Geografia Física ...

– Pra você que é burro, é impossível

– Eu sou burro?! Fale, fale agora da extensão do Rio Capibaribe na luta do proletariado.

– Pra você, jumentinho, os rios foram criados por Deus. Pra mim, não. Eu sou materialista.

– É? Então explique o Capibaribe do ponto de vista das classes sociais.

– Vai ler. Vai ler João Cabral. Bando de analfabeto. E com vocês eu não trabalho mais!

– De acordo. Até outro dia.

– Até nunca mais. Nem olhe mais pra minha cara.

Quando assim perdeu a cadeira de geografia, perdendo também o estímulo de estudar na graduação, ele mudou para o curso de História. Ali, depois de inúmeras brigas com os reacionários das mais diversas orientações, "a reação é um criadouro de praga de toda espécie, rapaz", ao fim da luta conseguiu o canudo.

– Só o diploma. Saí pior do que entrei. Só de história de Pernambuco eu sabia mais que os professores doutorados em Paris. Cambada.

O certo é que com essa graduação obtida com suor, pressão alta e muitos "ora porra", outra história da História, ele se fez professor da rede pública. E o conflito mudou de patamar. Se antes era vítima da opressão de quem ele chamava doutores da burguesia, agora sofria com o descaso, a incúria e a preguiça dos colegas professores. "Eles não são servidores públicos. O povo pra eles é uma vaca pra mamar", denunciava em pequeno comitê de amigos. Em uma reunião de mestres, que melhor se deveria chamar de reunião de socos verbais, houve o seguinte round de boxe:

– A minha crítica principal é que os professores não estão fazendo nada pra melhorar a consciência dos alunos – começou Torquato.

– Consciência?! O colégio não é célula de partido comunista – reagiu um professor "que devia ser policial", segundo Torquato. E continuou o "policial": - Nós somos professores de escola pública. Nosso único dever é cumprir a grade curricular.

"Ao ouvir isso o meu sangue ferveu. Fascista". E Torquato voltou, ao seu modo sereno, mas no limite da explosão:

– Grade curricular, professor? O senhor ensina português, não é?

– Sim, sou concursado e tenho título para a função. Cumpro o meu dever.

– Sei. O senhor já falou da obra de Solano Trindade para os seus alunos?

– Isso não está no programa.

– E Graciliano Ramos?

– *Vidas secas*. O exigido para o vestibular.

– O professor precisa é ser reciclado. Nem o senhor mesmo conhece Solano Trindade. Eu tenho a certeza.

– É? E o senhor precisa aprender ortografia. Me perdoe a franqueza.

Já vi caderno de aluno que copiou o seu resumo do quadro.

"Ele era um policial, com certeza. Me fiscalizava até nos cadernos dos alunos", nos contou. "Aí eu explodi":

– Eu posso até haver cometido um cochilo, professor. Mas ninguém vai me acusar de desconhecer a glória da Revolução Pernambucana. O senhor sabe qual é?

– Sei. A intentona comunista de Gregório Bezerra. Isso é doutrinação, professor.

Pelo relato de Torquato, os demais professores acompanhavam tensos o debate, no mais clamoroso silêncio. Mas concordavam com o "policial" de português, com quem dividiam o julgamento sobre os alunos, "que não queriam nada com a vida". E por isso concluímos à margem do que Torquato nos fala: ele, num movimento típico do iluminado que se isola, cavou mais uma vez o seu abismo:

– Eu sei por que o mestre pensa que a Revolução Pernambucana foi a Intentona Comunista. Sabe por quê, mestre? É porque o senhor precisa ler um livro. Só um. Um só, mestre, entendeu? Aliás – e se virou para a diretora, enquanto a mão girava sobre a assistência muda -, o livro mais lido aqui é o livrinho da Avon. É o best-seller dos mestres.

O diabo, se explodisse numa nuvem de enxofre, não faria mais efeito. A plateia silenciosa se transformou e reagiu aos berros:

– O senhor devia ter vergonha na cara! – E outras mestras:

– Calúnia! Nós só damos uma olhadinha quando tem promoção de batom.

– E de perfume também. Com esse salário que o Estado nos paga...

– Eu vou fazer uma denúncia à Secretaria de Educação. Nós temos no colégio um caluniador.

– Um subversivo! – gritou o professor de português.

– Eu sou um servidor público – reagiu Torquato. – Não venha com acusação de policial da ditadura. Pra cima de mim, não, meu irmão.

– Você não passa de um doutrinador comunista.

– E você é uma múmia de 1964. Múmia!

– Eu vou denunciá-lo ao Secretário.

– É? Olhe, não puxe denúncia que eu tenho muitas a fazer. De você e de muitos aqui.

– Então fale. Seja homem.
– Vocês roubam merenda dos alunos. Roubam galinha. Fazem a feira, eu já vi.

A gritaria foi geral. Fosse uma caricatura, diria que um galinheiro entrou em polvorosa. Então a diretora, que a tudo assistia calada, tentou pôr ordem:

– Professor Torquato, tenha modos.
– Eu? Os professores roubam e o mal-educado sou eu?
– Se o senhor presenciou um roubo – voltou a diretora – e não denunciou, é cúmplice. Agora, é tarde. – E se levantando: – Reunião encerrada.

A partir daí, os professores evitaram qualquer fala com o subversivo, o terrorista que posava de defensor da escola pública. "Até o vigilante, um fodido, deixou de falar comigo". E Torquato ganhou uma transferência para o alto, um promoção para o Alto José do Pinho, no cume de uma ladeira periférica do Recife. "E com certeza, já fui transferido com o dossiê pronto. Os professores lá do Alto me davam um gelo, me marginalizavam. Eu passei a ser marcado como 'o criador de problema' ". E com efeito, os detratores, se não acertaram, o acertaram. Como um tiro de espingarda de chumbo, espalharam que onde estivesse Torquato, estaria o conflito. Isto é, os problemas o acompanhavam, porque ele expulsava a paz da conformação. Revelava a falha, e o próprio ato de revelar era um conflito, que ele não resolvia pelo fácil caminho da negociação, do silêncio. Não bem porque fosse incorruptível. As más línguas, que se assemelhavam ao método do espião da moral, já o haviam flagrado em dedicação nada pura ao sexo feminino. Ora com uma bonita aluna, ora com uma jovem empregada doméstica. Mas isso era um terreno indevassável, insultado por ele como a maior indignidade cometida contra a sua ética, uma acusação desonesta, maldosa, sujeita a reação furiosa e discursos de Catão.

– Pensa que eu sou pervertido feito você?

Como esta escrita é o resultado do que vimos e calamos, duas possibilidades ocorrem. Não são hipóteses maldosas feitas para desabonar e desdourar o último espartano do proletariado. Mas se ele não fosse tão explosivo no rebate, bem que compreenderíamos o inferno de afeto que pode machucar um homem sozinho, sem amor. E o inferno do coração jamais levará alguém pelo caminho civilizado, ou à estrita observância do imperativo ético. O povo fala com muita verdade que a fome é herege. Assim como toda necessidade bruta. Em um reino primário, Torquato atingia as raias do ridículo. Nem precisamos dizer que somente nele. Então o poupemos do dia em que, abrigado no quarto vizinho a militantes recém-casados, não pôde dormir. Insistentes e altas eram as súplicas de sexo da companheira na cama, depois da parede. E Torquato se virava de um lado para outro, sozinho. Atormentado aos apelos de "mais, mais, mais", pois a desesperada não se saciava. Então ele, sem poder se levantar, porque o ruído de seus movimentos eram denúncia do que testemunhava, e ao mesmo tempo incapaz de fugir ao clamor da bela camarada tão próxima, pegou a meia do sapato e com ela cobriu o pênis, que assim pôde ser vencido diante dos mais, mais, mais. A esse acontecimento infeliz, Luiz do Carmo dizia que Torquato fecundou as meias e pariu um par de botas.

Mas isso, claro, havia sido no tempo ruim, que unia a miséria material à miséria humana. Depois, não, Torquato melhorou muito. Não precisava mais de meia de sapato, diziam os infames. "É a inveja, meu amigo", ele respondia. E para não alimentar a infâmia, não se deve lembrar o sentinela de costumes, pouco depois. Isto é, na fase intermediária da pobreza, que antecedeu ao exílio de bibliotecário de escola pública, função onde se marginalizam os mestres criadores de problemas, antes, ele morou em casas de companheiros socialistas. E sempre na defesa dos oprimidos, e sempre atento à contradição que sobrevivia até entre militantes contra a ditadura, ele passou a ser o melhor amigo das mulheres dos amigos. Ao ouvir tal qualificação, a sua cabeça deve recuar como a de um galo, indeciso antes da bicada. "O que virá disso, um elogio ou uma agressão?". Nem tanto ao mar, nem tanto à terra, galo defensivo. A característica observada quer apenas dizer que se tornava manifesta uma irrestrita solidariedade às companheiras dos companheiros. Ou seja, lavar pratos, arrumar a casa com elas, e noite adentro ouvir as suas queixas contra os opressores maridos, que nele confiavam. E de tal sorte era fraterno, que se punha contra o dono da casa, uma instituição que continua de pé, mesmo entre militantes socialistas. Não lhes dizia sequer uma palavra à mesa, enquanto comia o alimento comprado com o trabalho do opressor. "É um direito da minha convicção", ele falava. "É um absurdo", respondiam os ditadores das companheiras. E por não viverem na sociedade do futuro, Torquato era convidado a sair das casas, entre lágrimas e sentimentos abafados para as companheiras, ternuras que não deveriam prosperar.

Houve, é certo, o limiar, o limbo do amor com uma das confidentes sozinhas, que estavam sem atenção dos companheiros. Estava escrito, brincar com fogo e se queimar são a mesma coisa. Ela, a pretendida ideal, possuía nome, beleza e determinação de classe. "De família burguesa, mas bem consciente", ele contava. "Sei", era nossa resposta, e não deixávamos de ver: branca e loura, com os traços da aristocracia do açúcar de Pernambuco, com educação religiosa e aparência de louça fina. Mas essa contradição entre origem e destino, que tantas vezes notamos em dirigentes comunistas, que amavam mulheres com as características exteriores dos opressores, não era ser justo. Não devíamos esperar que as companheiras fossem à semelhança da musa do quadro de Delacroix, "A liberdade guiando o povo". Justa dialética, resmungavam os quadros organizados abaixo, ante as belas rebocadas para a luta. "Tamanha flexibilidade não têm com os militantes da base", murmuravam entredentes. "Não vem ao caso", poderia responder a direção, "tratar do espanto dialético do amor". É certo, porque importa agora falar que nessa doce armadilha quase cai Torquato, numa tarde em que se aproximou do rosto da linda sozinha. Ele esteve na iminência de um beijo, e se não perpetrou o crime de abuso de confiança – existe confiança no amor? –, foi porque num instinto feminino a bela se furtou. Mas não temos certeza do que houve. Sabemos que estavam na cozinha lavando os pratos, lado a lado, e tão próximos, que ele sentiu a temperatura do pescoço da buscada. No instante preciso em que ele tangenciou o seu rosto, num recuo ela virou a face:

– Tenho que olhar o fogão.

Se ele fosse poeta, se possuísse as palavras da lírica, logo ele, o Torquato do bacamarte, teria falado a ela de orquídeas e beija-flores. E mais eloquente de solidões e afetos sufocados que não alcançavam nem a existência da clandestinidade, ou da felicidade do amor imoral. Mas ele nunca falou desse momento nem a si mesmo, porque a compaixão seria um bem amargurado, no gênero do "quem já viu pobre ter sentimento? como é que um fodido ia ter vez?". Preferiu, claro, sussurrar a ilusão de que era também amado, mas a bela não teve a coragem do beijo. Mas como a paixão é do gênero de sentimentos que se denunciam, os amigos a conheceram pelos indícios de culpa. Mais de uma vez insinuaram que ele curtia um amor utópico, ou uma intentona amorosa. Os mais safados completavam, de tanto lavar prato o seu amor virou pratônico. E para quê? Ele reagia como um ator de circo:

– Isso é uma canalhice! Não admito a insinuação. Eu sou amigo do marido. Eu sou amigo dela. Só um porco não entende.

Mas os porcos, práticos em ver o sentimento alheio, bem entendiam. Aquela reação, indignadíssima, era prova. Ele havia sido atingido no osso exposto, e por isso gritava:

– Eu não vou conversar com canalhas!

Quanta diferença para o beijo que não se completara na tarde.

Capítulo 13

Ninguém podia imaginar o turbilhão que viria dos anos da Pensão 13 de Maio..
Um mês depois da morte de Luiz do Carmo, voltei à pensão. Melhor dizendo, voltei ao prédio onde ela havia existido. Que distância entre a memória e o presente. Fala-se mal, e com justiça, dos crimes dos fundamentalistas que explodem templos e monumentos milenares. Bárbaros, fanáticos, cegos que destroem tesouros da humanidade numa repulsa à civilização. Mas o que falar dos crimes cometidos pelos bárbaros do capitalismo que tudo destrói? Eles avançam com bombas e sem bombas, todos os dias, sobre o coração da cidade. Escrevo agora e desfilam ante os olhos os fins do Bar Savoy, da Portuguesa, do Teatro Marrocos, do Cine Império, do Cine Coliseu, do Olympia, da Pensão 13 de maio. Enquanto nas imagens dos fanáticos os templos desabam entre nuvens de pó, os prédios onde vivemos a história da cidade não caem, mas se tornam cadáveres irreconhecíveis. As pessoas, quando falecem, guardam no corpo uma coerência da transformação, que vai das faces decompostas até os ossos, onde tudo que é externo se simplifica. Ainda assim, os esposos ou amantes dirão "estes ossos são da minha amada". Reconhecem-na, mesmo ali, numa recriação em que a memória são cores, face e pessoa vivas. Diferente dos prédios que a especulação, o descaso, as mudanças sociais destroem. Para o que foram não há sequer um cemitério no Engenho Massangana. Nos prédios, mudados pela guerra econômica, há um insulto, uma agressão, que é tanto mais profunda quanto violentadora é seu novo uso. Para quem ali viveu horas e dias da juventude, é um bulldozer no prédio, à semelhança do que o prefeito Augusto Lucena fez com a Igreja dos Martírios, quando mandou a escavadeira bater contra as paredes da igreja.
No que chamamos Avenida Princesa Isabel, a aparência exterior da Pensão 13 de Maio ainda está de pé. No entanto, e esse "no entanto" é tudo, em seu lugar existem agora dois restaurantes, digamos. Um, no

térreo, no mesmo lugar onde havia uma sala e um piano, que a bela filha de um inquilino tocava, resiste entre cheiros de carne guisada. Outro, em cima, é um self-service onde comem pequeno-burgueses e comerciários. Subi até ele. Fui à janela e vi o resto da avenida, que continua quase intocada. Mas me voltando para o interior, procurei os quartos, as divisões. Nada. Eu não vi, mas senti por intuição as ratazanas sobreviventes entre as mesas e o ambiente limpo do balcão. Seriam os ratos os guardiões da memória? Eles resistem no DNA dos descendentes que me atormentavam no sótão? Pergunto ao novo dono se existe acima de nós uma água-furtada. Ele me olha como os cidadãos saudáveis olham os assaltantes ou loucos. Corre sobre mim, de alto a baixo, a sua diferença e me responde: "Eu não sei". E não posso nem devo lhe dizer que procuro Selene, Zacarelli, Batráquio, Luiz do Carmo e o jovem que fui ali. Escreveu Manuel Bandeira ao evocar a casa do avô na Rua da União, que fica na esquina.

> *"Onde estão todos eles?*
> *— Estão todos dormindo*
> *Estão todos deitados*
> *Dormindo*
> *Profundamente"*

Mas isto não é o poema de Bandeira. Isto é uma narração de revolta, que exige o retorno do que fomos. E por isso desço e procuro a água-furtada onde um dia me escondi. O lugar onde à noite ouvi Ella Fitzgerald sem vitrola. Aquele, onde ouvi Ella somente ao alisar a capa do disco, que girava em mim. E por isso vou ao muro do Parque 13 de Maio e nele subo, eu, este senhor que não pula mais de qualquer altura, eu, este senhor que deseja a vida de antes retornada, com esforço vou à grade sobre o muro e busco o pássaro da juventude. E o encontro numa pequena elevação do telhado, oculto da vista do público, das pessoas que na calçada estranham um senhor obeso arfando. Eu te achei, nós te achamos, pássaro.

Selene é a mulher mais linda do universo. Zacarelli nos diz que é uma experiência mágica, de siderar, ver as suas calcinhas. Recuamos ante a frase do herege. Ele é um iconoclasta, gosta de ser um, é capaz de mentir que viu a boceta da musa. Mas na resistência máxima, no limite, sorrimos ao que ele diz ter visto. E desviamos para comentar o radiante céu do Recife. "O dia é de sol", e fitamos o alto. Mas o céu são as coxas de Selene. As nuvens são as calcinhas. Hoje, escrever assim é fácil. Ontem, pensar nas róseas coxas da liderança sequer podíamos. "Camarada", Célio nos apontaria o dedo acusador, "camarada, isso é um desvio antirrevolucionário". Célio é um ortodoxo. Tem o nosso respeito, ele pode nos levar até à desgraça de uma expulsão do partido. Mas ele não pode contrariar a lei da natureza, "nem Stalin pode, entendeu, camarada?", pensamos. Nem Stalin pode reprimir o tesão que nos assalta. Stalin não criou o remédio eficaz contra o desejo legítimo de ter Selene, foder Selene, comer Selene, morrer e matar por Selene. "Para isso, Stalin é impotente, entendeu, Célio?". Quem dera tivéssemos assim respondido. Ah se pudéssemos voltar ao passado para dar uma resposta com a experiência de hoje. Ah se pudéssemos voltar ao homem que não pudemos ser, romper tudo, costumes, dogmas, o que vale dizer, beijar quem não devíamos, e acima de todas as coisas, foder quem não podíamos, quando o inferno moral era a nossa punição. E porque somos todos covardes, todos, até mesmo o herege Zacarelli, que age somente na frase – Zacarelli é um intelectual, um gênio precoce já nesses anos, ele tem o gosto das ações retóricas – até mesmo Zacarelli que nos fala o que todos vimos, como se a visão fosse um luxo só dele, "eu vi as calcinhas de Selene", até mesmo ele é o indivíduo mais comportado e formal, tímido, quando fala a Selene:

– O que devemos fazer, companheira? Eu não sou hábil no trabalho de massa.

"Mas tem a clareza de falar que viu os fundos da companheira", pensamos ao ver a respeitável consulta. Pensamos, e com ardor retiramos do cérebro a lembrança, porque no reino da interdição mental vale o princípio jurídico "repetir uma difamação é também difamar". E afastamos com um gesto, que deseja espantar uma afronta ao tabu como se espanta uma mosca: "Quanta infâmia. Voltemos à luta dos povos". Então Selene, à luz da lua do Parque 13 de Maio, responde rápido sem se deter na dificuldade, que para ela também não é pequena:

– A prática é o critério da verdade, companheiro. Na própria dificuldade você encontrará a resposta. Não há leis. Mas um princípio geral: o trabalho com a massa começa onde a massa está. Nas suas condições concretas, materiais.

Concordamos. Zacarelli cruza os braços sobre o peito e com ar de contrição, respeitoso, ouve e repetirá adiante que o fundamental é a análise concreta de uma situação concreta. E não nos dávamos conta de que, de tanto serem repetidas, verdades se tornam fórmulas rígidas, matemáticas como a fórmula de Bhaskara para resolver equações do segundo grau. Inflexíveis, com a gradação de um dogma. Na prática mesmo, esquecíamos da análise concreta, porque a situação concreta possuía mais formas que uma gelatina, imprevisível. Escorregava como enguia, ou moreia. Alguém já tentou segurar com as mãos uma enguia viva? A realidade prática é pior. Então, como é que se fazia uma análise concreta para um vizinho, que na então favela de Brasília Teimosa fumava um cigarro de palha, tão cheiroso que o leitor socialista de T S Elliot lhe pediu um para provar? E o vizinho, homem que saíra do campo, lhe deu um cigarro, e então o leitor de Elliot e Proust, por não saber que tal cigarro não se tragava, tragou-o e foi à parede a tossir feito um cachorro? Como ter uma análise concreta para a situação concreta que faz um militante entrar num casamento popular, quero dizer, casar com uma jovem do povo porque era do povo, e amargar por toda vida o trágico erro? Mas a fórmula sobrevive, companheiro, para os que a seguem como se deve seguir a fórmula de Bhaskara. Como um teorema de Pitágoras, embora o triângulo seja outro, vivo, dinâmico, social. Onde a hipotenusa? Onde os catetos, transformados em patetas? Isso, que a longo prazo acende uma revolta, a médio prazo é de sorrir. Mas a curto, não. Agora, à luz da lua no Parque 13 de Maio, como é que se pode fazer uma análise concreta das coxas da companheira que se cruzam diante do coletivo de jovens?

Pensávamos então, porque também pensávamos até mesmo no alumbramento, que Selene se dava pura, alheia ao furor que despertava nos militantes. Ah, o romantismo não morreu no século dezenove. Nós, os revolucionários na ditadura, tínhamos o direito de amargar o mundo ideal da pureza. À luz da lua, Selene era tão pura quanto Iara, que marcava ponto na praia de Boa Viagem por razões de segurança. O que era justo e necessário. Mas para insegurança dos militantes surgia em biquíni que fazia saltar o seu corpo moreno. Por questão de segurança. E as ondas vinham, cresciam no mar, enquanto ela orientava sobre panfletos que saudavam a Semana de Arte Moderna, ao mesmo tempo que faziam denúncia de mortes sob tortura. Era o cinquentenário da semana de 22, mas pouco era percebido além das formas do corpo, desviantes. Como dominava a dirigente. De sal e sol devia ser a sua pele. E se lhe falasse "a camarada é bela"? Iara devia me responder, creio: "Bela é a revolução. Voltemos a ela". E para não receber o corretivo contra o arroubo pequeno-burguês, havia que ver e calar, até este outro século. Um silêncio de 44 anos, que mesmo agora sinto a dificuldade de falar tudo. Há um pacto não escrito na esquerda que reza: há limites para a revelação. Com mais poder que um dogma religioso, é mais inflexível que o postulado matemático. "Daqui não passas, ou vais ser um réprobo, um renegado, um traidor", assim fala o princípio não escrito. E por quê? – Há um impedimento ético, anterior à razão analítica. É uma ordem do coração, do afeto, da radical fraternidade que manda não falar nada contra os dignos camaradas. E até hoje, quem o faz perde a honra. É um círculo, doce para quem está dentro, amargo para quem está à margem. No entanto, devemos continuar com o amor e a verdade.

À margem do imperativo, é claro que Selene, Iara, e tantas dirigentes não estavam alheias a paixões que desencadeavam entre os jovens companheiros. Sabiam disso e tantalizavam. Sabiam e machucavam os pobres corações dos camaradas.

– Discordo, companheiro – me responderia Selene hoje, porque me atrevo a levantar a hipótese de que lhe agradava a sedução. – Este é um discurso machista. Como é que nós íamos nos apresentar? De burca ou de hábito de freira? Tínhamos coxas, pernas, beleza, éramos muito jovens. As militantes estavam na rua, não num convento. As dirigentes não podiam ser culpadas da carência afetiva dos companheiros. Nós também tínhamos as nossas, e neste mundo machista as reprimíamos, porque senão nos chamavam de putas. A última das últimas qualificações que jamais seríamos. Abra a sua compreensão, companheiro. Nós dirigentes carregávamos um triplo fardo: comunistas numa sociedade de classes, mulheres numa sociedade machista e lideranças que pagavam com a própria vida.

É a velha Selene de volta. Melhor, a jovem Selene retornada, sempre rebelde. Na hora em que recebo a sua mensagem, a vontade que tenho é de lhe responder com um agradecimento protocolar, que é forma respeitosa de absorver a pancada. Ou de lhe responder com um novo silêncio, a mais de 40 anos do alumbramento que nos dava. Mas nesta linha serei mais livre que o indivíduo reverente. Há um pensamento de Machado de Assis que pode iluminar o ponto de vista de um jovem que se encantou por Selene. O gênio brasileiro escreveu que uma pessoa saudável não deve exibir saúde a um doente. Isso vale dizer, de modo prosaico, que não devemos mostrar músculos e força a um homem enfraquecido. Ou se deliciar com churrasco diante de um paciente submetido a dieta de chá. O que traduzo desta maneira: Selene não devia agitar os jovens com a sua flamante feminilidade. "Eu não tinha culpa", ela falou um dia a Luiz do Carmo. Poderia ter acrescentado "eu não tenho culpa da carência de vocês". É verdade. Ela não sabia que éramos tão expostos, ou frágeis à paixão que subia das suas coxas às estrelas. Da atração animal ao transporte do amor que move o sol e as outras estrelas, como Dante cantou. Ela não sabia, penso, do tamanho da devastação. Mas bem sabia do seu encanto sobre nós, pois que não era demente. Havia sinais claros em nossos rostos, falas e gestos que nos mostravam tontos. Aquilo era um desassossego. Mas aquilo não era aquilo – era ela própria, Selene. Então o ideal era que ela não fosse ela, e nós não fôssemos quem fomos.

Luiz do Carmo, três anos antes de falecer, escreveu sobre Selene à distância de 42 anos de um encontro clandestino em um sítio: "Apareceu na porta, quando os outros conversavam nos fundos do quintal. Enrolada num lençol branco, cabelos soltos, fadiga nos olhos. Fala-lhes baixo, com autoridade. Apreciam-lhe o discurso, bebem como um unguento noturno o seu juízo sem tropeços....". E depois que a liderança faz uma chamada à ordem revolucionária nos indisciplinados: "Não evitam, quando ela se vira para entrar, olhar o lençol fino por onde se vê o contorno de suas coxas, interrompido pelas nádegas. Demora dois minutos o transe. Entra deixando um rastro de fêmea que não se deixa capturar na controvérsia. Larga-os confusos. Ilumina-os a luz rala da cumeeira. Conversam um pouco para não se dar por vencidos".

Cito Luiz do Carmo e passo quase uma hora imobilizado. Sem escrever, somente a navegar no pensamento, que vai do passado aos dias que se aproximam, na semana em que escrevo este livro. Os amigos que nos acompanham desde os tempos mais difíceis, e agora não se encontram ali no bar, no comício ou no centro do Recife, deixam uma falta e uma presença. Quando estou mais feliz, num encontro de músicos que tocam choro, numa festa onde interpretam o frevo, eu me digo e me falo: "O Gordo podia estar aqui. Como era bom se estivesse". E no entanto está, porque vejo o sorriso na face do Gordo próximo, sinto um toque em meu braço quando o bandolim sola um choro de Pixinguinha. Então escuto o Gordo, que me fala: "Nós estamos no céu". Mas olho de lado e só escuto pessoas que não se dão conta do meu amigo que me sorri e não se vê. Assim também com Luiz do Carmo. Ainda ontem, uma artista me pediu um trecho escrito por ele para a citação em uma peça de teatro. E lhe enviei estes dois, que estão no seu romance.

"À meia-noite desceram para o Maconhão, de táxi. Muita gente, dentro e fora do bar. O salão escuro, fluorescente nas prateleiras de bebidas, brilho indeciso nas luzes da radiola e estrelas pingando raios lá fora. Nas mesas, sonhos anarquistas de felicidade impossível". E também: "O mar bramiu feito uma orquestra. O militante dormiu, sonhou com a parelha acenando-lhe adeuses felizes. Tinha asas azuis nas costas, um bebê de rosto indefinido nos braços". E morreu dormindo no bar onde se avistava a praia.

Então na cena do palco esta semana ele ressurgirá, todos vão saber do escritor que sem estar na plateia vive na fala da atriz. É uma ressurreição compensatória, eu sei. Mas pensando bem, não será essa a verdadeira ressurreição? Viver, sobreviver no melhor da própria humanidade, não é assim que devíamos entrar no céu, como o Gordo me descobre no instante da música de Pixinguinha? 1 x 0 no jogo sem fim, um a zero para os humanos que continuam na memória, um a zero nos atos que os recuperam. Assim como vi Selene quando chegou na festa da casa de Alberto.

Era uma jovem franzina, baixinha e elétrica, que desembarcou, surgiu, caiu como um meteoro no centro da festa. O batom e o ruge lhe eram estranhos e inimigos. Tinha uma blusa indefinida enfiada numa saia, curtíssima. Voz nasalada, fanhosa, subida a tons histéricos. Isto à distância. De imediato o que impressionou foi o rompante do diabinho de saias, que sem um motivo aparente, sem mediação, explodiu, dizendo em voz alta o que por medo e timidez era sensato reprimir no peito:

– Eu sou subversiva! Podem dizer, disso eu não abro mão: eu sou subversiva!

Em atos como os de Selene busco uma vitória, à semelhança do choro de Pixinguinha. Fecho os olhos para melhor ouvi-lo, ainda que não toque agora. Mas ele vem aos ouvidos pela lembrança, pela intensidade do seu movimento. Assim como o primeiro beijo. Assim como o orgasmo que dura além do momento na memória do gozo da felicidade. Assim como dura o trauma também, cuja pancada e dor vão além de um instante no passado. Assim como a humilhação de um chute no traseiro, de uma rejeição, de um amor que não foi possível e permanece, ainda que a gente faça de conta que não. "É passado, já passou". E nada passou nem ficou sepultado. Então vem, e vejo agora que a sobrevivência do acontecimento não é uma revolta romântica. Nem uma luta quixotesca e inglória contra a morte. O fim, o tudo acaba não é a dissolução de tudo. O fim não é exatamente o último segundo do viço da orquídea. O fim não é nem mesmo a destruição feita pela bomba atômica. Nós seremos os grãos de pó que escreveram estes dias.

Capítulo 14

1973

Há momentos na vida que fazem um corte. Há momentos na história que fazem uma incisão, em que o próprio real é dividido. Essa é a razão de ter escrito lá no alto 1973. Ali, a seu modo trágico, houve um novo ano. Pelo menos em duas oportunidades escrevi sobre a aproximação desse golpe mais fundo em 1973 no Recife. Primeiro em Os Corações Futuristas, depois em Soledad no Recife. Essas foram aproximações de pessoas/personagens naquele 1973. Importa agora vê-los mais perto, em torno da matança.

Se havia um traço comum nos socialistas da luta armada, era a sua permanente alta voltagem. Quero dizer, uma entrega absoluta à revolução que viria, "que virá", afirmavam, sem espaço para outra manifestação de vida. Era como se não mais houvesse carnaval, religião, festa, sexo ou futebol. Eles sabiam dessas manifestações "alienadas", claro, mas as desprezavam de modo prévio, ou então, se impossível o desprezo, como no sexo, adaptavam-no sem mediação ao amor à derrubada da ditadura. Se alguém desavisado tivesse a leveza de propor a vulgaridade "falemos sobre mulher", poderia ter a resposta "falemos sobre a revolução". E tudo, nos atos e na fala, com o mais desabrido tom, à margem de qualquer segurança em pleno regime de terror do Estado. Falavam alto e aberto como se estivessem em um treinamento de guerrilha em Cuba, ainda que andassem nas ruas do Recife ou estivessem em sala de aula na universidade, lugar onde se infiltravam policiais.

Vargas não fugia à característica dos guerrilheiros e apoiadores da guerrilha urbana. Ou dos que poderiam ser guerrilheiros. Um dos que a repressão batizava com o nome geral de terrorista. Vargas, na realidade, se chamava Getúlio Vargas dos Santos Silva. Mas se apresentava a todos e em qualquer lugar como Vargas. Nisso ele adotava o cognome de um "revolucionário latino-americano", porque odiava o nome Getúlio, e nesse ódio seguia uma rejeição ao pai, que impusera à mãe esse nome, assim como à história de Getúlio Vargas, o ditador do Estado Novo. Desde a leitura de Jorge Amado, em Os Subterrâneos da Liberdade, lhe nascera o conflito. O pai, operário gráfico, adorava Getúlio pelas conquistas trabalhistas, numa adoração que alcançara a santidade quando Getúlio se suicidou. "Suicídio nada, meteram uma bala no pai dos pobres", dizia. Mas para Vargas, o revolucionário latino, não. Para ele, Getúlio era a ditadura, a que matava o pai operário, "mas operário sem consciência, atrasado, servidor do patrão". Então ele fazia avultar o Vargas, na mesma medida em que evitava o Getúlio, ditador e pai irmanados. Pior, ser chamado de Gegê era um insulto, porque o compreendia como um decréscimo de virilidade, que apesar de fascista sobrevivia no Getúlio. Então ele era Varrgas, com R duplo e acento castelhano, o revolucionário que descendia em linha direta de Che, Fidel e Camilo Torres, nunca o Getúlio Vargas, filho de seu Nestor, um trabalhador vendido, como Vargas o interpretava. Eu o conheci assim, no Pátio de São Pedro, numa sexta-feira do carnaval de 1972.

Naqueles anos da ditadura, o Pátio de São Pedro era um dos lugares da esquerda no Recife para conversar, misturado a populares e jovens de modos de ser alternativos. Com um belo casario, com a igreja de séculos, ali existiam bares para todos os gostos e paladares. Nas pedras do chão colonial, iluminadas e cheias de moças, rapazes e intelectuais, o Pátio era uma ilha de Cuba na imaginação dos que não conheciam a ilha. É espantoso, é trágico que não víssemos o controle policial sobre os santuários da esquerda, que julgávamos ser do nosso fechado conhecimento. Mas se não víamos o Big Brother a nos vigiar, não era por cegueira ou estupidez. Era a obnubilação que domina os necessitados. Hoje sei, quando releio Os Sertões e contemplo com uma dor os sertanejos sendo mortos pelos soldados na tocaia, que os esperavam na vizinhança da única fonte d'água à margem do arraial. Morriam à bala antes de matarem a sede. Assim éramos nós em nossas ilhas que julgávamos a salvo da ordem fascista, no Cine Coliseu, na Livro 7, ou no Pátio de São Pedro no Recife. Ali estaria o ar livre, a exceção de um ambiente de sufoco e angústia. Mas ali nos olhava bem a repressão, que nos esperava com acenos de hippies e jovens descolados, alternativos, até mesmo de falsos socialistas, de cabelos grandes, sandálias e bolsa a tiracolo. Nesse espaço deparei com Vargas pela primeira vez. Em Soledad no Recife, esse encontro passou por um filtro. Mas agora narro a experiência anterior à página do livro.

Mesmo a olhos inexperientes, Vargas parecia um homem destinado ao sacrifício pela revolução. Isso vale dizer, ele deixava na gente a impressão de pureza de princípios e dedicação inteira a um comunismo ideal, que chegaria sem demora. Esse espírito de ardor revolucionário pude ver em outros militantes comunistas, mas nestes era de um modo discreto, quando não silencioso, em meio a homens comuns. E nisso, claro, havia uma diferença além da pessoa, porque vinha dos partidos e organizações que não adotavam a chamada guerrilha urbana. Mesmo nos comunistas mais velhos havia que se preservar para a grande marcha, como ensinava o camarada Mao. Nos jovens da guerrilha, de vanguarda, não. Havia que se incendiar a cidade, levantar um, dois, três Vietnãs, como pregava iluminado Che Guevara. A pessoa de Vargas, o seu heroísmo, o sentido da sua grandeza, eu só irei conhecer quase um ano depois. Agora, ali no Pátio de São Pedro, ganha vulto um indivíduo de traços ásperos, rosto com marcas de varíola, falando alto, sempre disposto a levar adiante uma contradição, apontar um "desvio" na conversa. Olhando bem, essa era uma característica nossa, naqueles anos. Éramos jovens, pensávamos saber tudo, ter lido todos os livros fundamentais, que nos faziam discursar sobre a filosofia de Spinoza, e dos gregos ao surrealismo. Sempre com a última palavra, do ponto de vista das massas sublevadas. Mas Vargas era pior quando não estava a nosso favor, a nos flagrar uma "vacilação" pequeno-burguesa, como nos acusava.

Lembro que em dado momento, depois de um dia na brutalidade burocrática da Celpe, fiquei enternecido pelo sabor da cerveja, pelo encanto das pedras do chão do Pátio de São Pedro. Tão belas e harmônicas com o casario em torno, com a Igreja de São Pedro, eram as moças no conjunto de fêmeas acendendo os pobres corações, que senti vontade de abraçar o mundo, e não me contive:

– Como era bom que todos pudessem beber cerveja.

Para quê falei? Por que a poesia ideal da necessidade, por que uma cervejada socialista sem o mercado real? Ao ouvir tal declaração utópica, Vargas respondeu contundente:

– Bom era se houvesse pão para todos!

O céu de Vargas era mais essencial, sei agora. Mas ali eu não sabia ainda do inferno de onde ele vinha, nem, menos ainda, do subterrâneo do inferno que o aguardava a menos de um ano. Em frente ao Pátio de São Pedro eu não podia sequer imaginar o testemunho da advogada Gardênia um ano adiante. Qual a cara da repressão? A polícia não estava ali, acreditava, na noite enquanto bebíamos. Escrita e vista assim até parece absurdo. Então pensem numa avião em queda. O pensamento grita porque não crê e nem deseja que o avião vá explodir. A tragédia não é a perspectiva do resto de esperança, ainda que sejamos arrastados para a dor final. Então Vargas me fala, me contraria com o "bom era que houvesse pão para todos". Eu lhe respondi, creio, com um "sim, pão é básico, mas cerveja também era bom que houvesse para todos", mas se falei tal "impropriedade", foi para não perder o sonho ou a discussão. É mais provável que eu tenha me flagrado em um desvio das obrigações socialistas, e com um sorriso sem graça nada tenha respondido, ou até mesmo falado com uma admissão covarde, porque não era o que eu pensava, "sim, isso é que é o fundamental". A realidade das horas naquele instante me leva a acreditar na última possibilidade: "sim, pão é que é o fundamental". Isso devo ter admitido como um ex-herege diante da Inquisição. E que desvio advogar o álcool, o alcoolismo, reivindicar farra de cerveja para a construção do novo mundo. Havia um quê de moralismo evangélico, que digo, havia um quase fundamentalismo na defesa do homem retilíneo da pregação de Vargas. Nós nem nos conhecíamos, entre nós havia apenas amigos comuns, e ele já descia contra a utopia de um pequeno-burguês, que só queria beber, mas revolução que é bom, nada.

Vargas era desagradável. Não digo que fosse muito, porque estava do nosso lado, e quem está no mesmo front não pode ser vizinho do inimigo. Meu Deus, as palavras vêm com uma carga, num fluxo que fala com significados íntimos. Quando escrevo que Vargas não podia ser muito desagradável, porque afinal não era um vizinho do inimigo, eu me traio, e trair também é palavra que me toca de modo oculto. Quero dizer, nem eu nem Vargas sabíamos o quanto ele era vizinho do inimigo, o quanto a traição estava em marcha plena. Não sabíamos, quase ninguém sabia, e por isso com os seus rompantes Vargas era só um pouco desagradável. A história do seu caráter me ensina depois que ele seria um herói, sacrificado em batalha silenciosa. Mas no Pátio aparecia para mim o homem que me corrigia com um "bom era pão para todos". Um golpe baixo no fígado. Eu olhava para o mulato claro, rosto marcado com restos do que pareciam feridas, bigode crespo, de olhos negros que chispavam. Eu via e virava os olhos para o pátio, para as jovens em algazarra de hora de recreio na escola. Pareciam cantar pássaros como no Dom Sebastião Leme, em Água Fria. O Pátio de São Pedro não tem árvores, é noite, mas o clima é de festa num grande quintal de subúrbio. Quintal de luxo, cercado por casas seculares que nos saúdam, vindas de antes da Revolução Pernambucana, passando pelo tempo do bravo Frei Caneca. Então o doce perfume das jovens, o estimulante álcool dos copos de batidas de frutas e o acridoce aroma da cerveja fazem paralelo ao suor de Vargas na mesa. A verdade impõe a lembrança, mas reflito melhor e esqueço. Devo dizer, os meses seguintes a esse encontro fazem insignificante o suor de Vargas na noite. Eu próprio não cheirava bem, quando tudo cheira pior, decomposto dali até as próximas quedas. E não só pelo quadro geral de catinga de açougue, de sangue de gente que se assemelha a sangue de carne bovina pendurada, mas pela história, que é o melhor perfume de toda a gente.

Aquela cutilada de Vargas em mim era mais que Marx simplificado em vulgarização. Aquele reducionismo da necessidade era trauma amplificado. Vargas sobrevivera a uma tuberculose na infância. Mais que sobreviver, ele descendia de tuberculosos cuja pobreza tornara o mal genético. Ele, como todos os pobres, têm uma herança que se reproduz em doenças que são sempre a falta do primário, do elementar. Isso vale dizer, a tuberculose em sua família, no lado paterno, era uma característica do ser biológico. Um gene adquirido, um bem que se recebe por falta. Mas como um jovem inteligente, curioso, que lia para conhecer o mundo, ele percebeu que a doença era a desnutrição herdada, que se confirmava em cada geração, transmitida pela miséria dos indivíduos sobreviventes.

Eu olho para Vargas nesta sexta-feira de carnaval, no Pátio de São Pedro à noite. Tantas luzes em volta e estamos ofuscados. Nada sei. Nele, dele sobreviverá um herói que não é narrado nos livros de memória da ditadura. Livros onde às vezes se conta uma versão épica, magnífica, que não é fiel às ações dos que não morreram sob tortura. Aquelas trevas em que desceram, sob os limites extremos da resistência, também são trevas de esquecimento, de ocultação da moeda a que foram obrigados a trocar. Era natural, é da natureza humana. Isso quer dizer que são menos dignos ou heroicos? Não, isso quer dizer que são guerreiros sem a qualificação da Ilíada. Ou seja, são humanos. Eles não puderam subir a valores mais altos que a sobrevivência no limite. São heróis da natureza de que todos somos feitos. Mas o que dizer de alguém como Vargas, que me fala nesta noite? É simples, absurdo, cheira mal e me dá lição de que bom é o pão para todos. Eu nada sei, e ninguém sabe até aqui, o heroísmo de que será capaz por uma razão fora do manual marxista que ele vulgariza, com o dedo na minha cara. Ele é o herói sem Olimpo, devo dizer, o herói sem Homero, sem um só narrador. Mas acima da nossa altura, penso, pela ação que desenvolverá a menos de um ano. Agora, nesta noite da sexta-feira de carnaval, não. Com a cerveja que dá um calor do peito, com a batida de limão, o militante de oculto nome Getúlio parece não gostar de mim. E continua a inquisição:

– Você já leu Trótski? Nem mesmo Isaac Deutscher? Nããão?!

– Eu vi Lênin – me defendo.

– O quê? *O Estado e a Revolução? Que fazer? Imperialismo, etapa superior do capitalismo?*

E fala uma enxurrada de títulos que me deixam mais tonto que o álcool no Bumba-meu-Bar. Estou diante de um leitor voraz, penso, que conhece tudo e qualquer obra marxista e a revolução russa. Eu não sei ainda que Vargas alia o fervor ideológico à profissão de vendedor de livros. Um vendedor diferente, que dirige os olhos para os clássicos do marxismo. Então eu lhe falo que conheço Lênin a partir de uma coletânea de textos dele sobre literatura.

– Eu sei qual é – ele me responde. – É muito pouco – fala, como se me dissesse, "ainda se mete a discutir política?". – Tem que ir na fonte.

– Sim, mas....

– Mas o quê?

Se estivesse em terreno mais próprio, eu diria que leio muito, mas a minha direção vai para a literatura, o romance, o conto, a poesia, que passo noites a ler Scott Fitzgerald, Hemingway, Proust, Manuel Bandeira, Drummond, que leio Marx nas citações dos livros de estética de pensadores como Lukács, mas o terreno é desigual, sei, como falar de cerveja em terra onde falta o pão? Isto é, falo do luxo do espírito em uma guerra. A urgência é a derrubada da ditadura, é a revolução armada, e lá venho eu com essas frescuras pequeno-burguesas. A batalha não é no Parnaso, no excelso das nuvens. É imoral, é uma covardia a ocupação em tais delicadezas enquanto companheiros são massacrados. Como é que alguém pode ser morto por ler *Em busca do tempo perdido*? "Isso é um escapismo", talvez ele me respondesse. E no entanto, a urgência não lhe deixa perceber que o aprendiz de escritor pode ser útil à revolução, e um dia, quem sabe, vai escrever a história deste dias. Nesse futuro possível, passará por cima da mágoa deste momento, até descobrir o herói Vargas, que ninguém vê. Mas nós estamos na mesa do Bumba-meu-Bar em 1972, não sabemos o que virá.

Nesta altura, nesta página me divido entre o presente da sexta-feira de carnaval de 72 e o amante da luz de 73 até aqui. No texto mais simples, serei duas faces, do riso e da tragédia. Ou aquela dupla face do deus Jano, uma voltada para trás, outra para a frente. Mas na vida, o deus Jano é unificado na face da história, compreendida nas faces do romance. Um dos erros em nós era pensar que o caminho a trilhar fosse único. Que o de Vargas excluísse o meu. E o que me parece mais grave, o de julgar o mundo da literatura como um desvio, uma vergonha. Era compreensível, eu sei, que na iminência do seu fim, Vargas não entendesse prioridade mais absoluta que os problemas da revolução. Era compreensível que na busca das formas concretas, como uma alma penada e vagando aos 21 anos, eu me perguntasse "qual o sentido da vida?". Metafísica, responderia Vargas. E penetraríamos numa encarniçada discussão sobre a essência e o circunstancial. Mas na sexta-feira eu nada lhe posso falar do que me oprime, enquanto ele falará da opressão geral, pois seguimos em caminhos que se abrem numa encruzilhada, em que por acaso, por um triz, eu sobreviva ao instante desta noite. E de tal modo é marcante a direção trágica de Vargas, que por método de ferro nada falei até aqui sobre as outras pessoas em nossa mesa.

Já saímos do Bumba-meu-Bar, viemos para o Aroeira, que no Pátio de São Pedro acolhe também a esquerda. Estamos ao redor de uma mesa redonda, sentados em bancos, Vargas, eu, Nelinha e Alberto. Comecemos por Nelinha. Ela mal fala, isto é, ela pouco fala em comparação a Vargas, seu companheiro e marido. Mas é evidente a concordância entre eles pelo sorriso cúmplice e olhar amoroso que dirige ao homem que admira. Vargas, por sua vez, aqui e ali mostra o quanto ela é apoio e senhora de cuidados para ele. Depois do que soubemos adiante, se eu pudesse definir o quanto a ama, eu diria que ele oscila entre o carinho e a extrema atenção, para o que ele julga ser uma pessoa da natureza da orquídea. É como se Nelinha tivesse a aparência exterior do mais fino cristal e a organicidade frágil da orquídea. Daí que o amor por ela vai do zelo à paixão. O desvio de algumas feministas da mais recente geração diria que ele não percebe em Nelinha, neste 1972, a natureza de uma igual, tão ou mais forte quanto ele. Engano injusto e apressado. Se soubessem o terror cruel que Vargas não quer para ela, se soubessem o horror que ele evita para a mulher amada, teriam pudor e vergonha por não perceberem um amor tão cuidado. Nesta noite, a fragilidade que será defendida contra o poder do Estado, como uma cidadela na guerra, possui um bucho imenso, grávida há cerca de 8 meses. E não perguntem se víamos Nelinha, o rosto, a face da mulher que cresce em beleza quando porta a gravidez. Não, víamos o bucho frágil de Nelinha, que mesmo ali pressentíamos a tormenta. Como viria, qual a cara da repressão e da tortura? Nelinha era um contraste absoluto às intervenções bélicas de Vargas:

– Che é o revolucionário dos nossos dias. Ele é a tradução da América Latina para os clássicos, hoje. Só partidão não vê. – E me apontando o dedo: - Você é partidão?

Assim, em interpelação direta, de dar vexame. Eu respondo:

– Não. Eu não tenho partido.

– Não tem?! Eu não estou entendendo. Como é possível um socialista sem partido? Algum deve ter.

– Não... pois é, ainda não tenho.

Vargas olha para Alberto, como a lhe exigir explicação, uma vez que o mundo não admite semelhante vacilação, "que só serve aos opressores", seu olhar diz.

– Ele é um companheiro de AP – Alberto fala. – Militamos juntos no mesmo partido.

Eu fico sem palavras. Aquilo, se por um lado me salva por momentos da condenação de Vargas, por outro me condena frente aos ouvintes das mesas próximas. Cruzo uma vista raivosa para Alberto, que entende e me responde:

– Ninguém sabe o que é AP. É Ana Paula, rapaz. Estamos falando de Ana Paula – e sorri, achando muito engraçado o codinome da Ação Popular Marxista Leninista do Brasil.

Mas é nada engraçada a ligeireza com que ele disfarça a sua imprudência. Ele fala como se a direita fosse um feixe de porrada. Como se não houvesse infiltração, ou o que o regime batiza com o pomposo nome de Serviço de Inteligência. E por eu me achar petrificado, ele repõe:

– Besteira. É carnaval. Será que não se pode mais falar de Ana Paula?

– Segurismo total – concorda Vargas.

Eu me mordo. Alberto, já vimos, é o militante dono de uma desastrosa precocidade. Ou de um desastre precoce. "Genial e irrefletido", diria Zacarelli. Nós, que ainda não percebemos a extensão da sua imprudência, o vemos como um gênio, um jovem dos melhores do Brasil. Os sinais da sua precocidade são patentes. Aos 19 anos discute filosofia como se fosse um intelectual experimentado em muitos estudos e pesquisas. É capaz de sustentar a linha justa da revolução segundo AP, ao mesmo tempo que contraria na prática as normas da organização, que a esta altura chamamos de partido. Como agora, neste noite da sexta-feira de carnaval com Vargas, cuja militância vem da VPR. Mas não só pela conversa, a direção falará adiante. É a própria amizade com Vargas, pois AP tem como norma de segurança não manter contato com os companheiros foquistas, como os chamamos, ou da guerrilha urbana, da luta armada, como esses militantes aguerridos se veem. A razão da norma, falam os dirigentes de AP, é que os foquistas atraem a repressão, porque são liberais, irrefletidos, militaristas em vez de soldados da insurreição popular. Por sua vez, os foquistas veem os subversivos da linha de massa como um bando de reformistas, covardes. Mas os partidos não percebem que as pessoas dos militantes são um caráter que se alinha às vezes com organizações impróprias. Assim, Alberto desde os 18 anos era uma

natureza foquista, apesar da filiação ao trabalho de agitação popular.
– Está explicado, é de AP. Segurismo total - Vargas fala.
– Isso não é verdade – Alberto responde. – Pelo menos com AP, não é.
Aguento o insulto. E não falo, nada posso falar na mesa, das tarefas inseguras, de risco que tenho vivido. Em parte, eu sei por quê: não poderia falar, evidente, das novas tarefas para as quais serei exigido daqui a menos de um ano. Nem dos desastres amorosos que cometerei em razão da política de massa de AP. Todos cometemos erros, até mesmo os partidos socialistas, que podem ser criticados à distância pelo espelho retrovisor, porque na hora, não, têm o dom da infalibilidade. Mas para todos é impossível esse conhecimento em fevereiro de 1972. Ora, conhecimento, não possuímos nem mesmo a perspectiva de conhecer. No momento, sentimos apenas um desconforto, um mal-estar, enquanto a discussão levanta a voz. Olho para dentro do bar Aroeira que aparece em penumbra, em contraste com as luzes de fora no Pátio de São Pedro. As mesas redondas têm cor negra, um verniz escuro, e nem posso dizer, como um supersticioso, que as mesas fazem um luto prévio. É superstição, eu sei, mas pressinto e fico numa estranha associação entre o que se discute e a cor da mesa. Como podia adivinhar? Se por acaso erguesse a voz do meu pressentimento, receberia de volta a cláusula pétrea dessa hora: "e daí, não vamos fazer nada?". Então os presságios, as intuições também se calam. Olho para o fundo do Aroeira, recuo da indistinta penumbra, e na volta desse percurso do olhar encontro a Igreja de São Pedro. Tão bela, tão insensível ao drama dos homens.

"O que fazer, meu Deus?", é o que me dá vontade de falar. Mas eu sou um jovem ateu que afirma ser materialista, um marxista sem ter lido Marx, em resumo, para Deus e para os homens sou nada esta noite. Eu só queria um lugar sozinho para amargar no meu canto a minha nulidade. E nada posso falar, nem de mim para mim. O tempo é de interdição absoluta. Isto é a ditadura mais feroz, a que nega um homem a si mesmo, a que nega até a mais íntima confissão, porque será imprópria, descabida, uma heresia e pornografia cabeluda, pior que foder a boceta da Virgem Maria mãe de Jesus. Então eu me calo e levanto os olhos para a Igreja de São Pedro. Deus, a noite, a felicidade e a beleza, tudo ilusão.

– Vamos beber – ouso falar.

– Calma, rapaz. Precisamos estar lúcidos para a luta – Vargas responde.

A depressão se anuncia, sinto. Não sei se acontece somente comigo, se é um fenômeno isolado, mas quando não estou com amigos, quando não estou "na luta", ou seja, em reuniões, pontos, panfletagem, estudo do marxismo em textos mimeografados, em resumo, quando não estou em atividade, caio na mais funda depressão. Eu me deito lá na pensão e vejo o teto baixar, baixando, os objetos em volta ficam cinza, e pouco importa se o sol lá fora brilha em céu azul. Um desconcerto e desacordo sem fim. É como uma angústia imóvel. Vem à semelhança do expresso nos versos de Camões, "Que dias há que na alma me tem posto / Um não sei quê, que nasce não sei onde / Vem não sei como e dói não sei porquê". Um vazio, isto, um vácuo de substância cujo significado imagino saber agora. É a solidão, o estar só e sozinho num drama sem palco onde passa longe a solidariedade. E me falo ou perambulo nas sombras: "O que estou fazendo? O que tenho feito? Quem sou eu? Eu sou eu? O que sou eu? O que é o quê? Quê, quê, que é isso?". Vem como a primeira desconexão que senti num estado febril na infância. É um estado em que não adianta beber, sair para o cinema, pegar um livro. Talvez coubesse o amor, se fosse possível num mar letárgico. Talvez o sexo, que se parece com o amor na manifestação externa dos abraços e beijos, mas cuja duração acaba no orgasmo. E mesmo aí seria paliativo, apenas um sexo furioso, de agressão, de movimento com raiva, incessante, incessante, para não deixar espaço ao pensamento. Então, num esforço extraordinário consigo virar o rosto para a parede e fico imaginando desenhos, formas, pessoas, bichos, nas marcas de umidade da tinta cal. "Eu não posso viver assim", me digo. "Antes a morte que este apodrecimento em vida". E vejo um outro pegar um copo d'água e pôr na boca um analgésico. Esse outro, que vem a ser a pessoa que se desprende de mim, volta à cama e afunda. "Sou um miserável sozinho". E me vem a impressão íntima do soneto Só de Cruz e Sousa. Estamos iguais no frio sepulcral de desamparo, mas não há estrelas do infinito acenando carinhosas para mim. Sou negro igual a Cruz e Sousa, sinto a desesperança do soneto igual, mas o que me amarra nu e chagado é o desencontro entre a minha tendência e o que exigem de mim. Estou no front de emergência, de atividades práticas, mas eu preferia estar entre bombas fazendo outra coisa. Outra. Qual? O quê? O que é o quê?

– É muito melhor compositor. Não acha? – Vargas me questiona.

– Hum. Quem é maior? – respondo sem entender a pergunta.

– Caetano Veloso, é claro. Está dormindo? – Ele volta.

– Eu? Nada. Sim, Caetano Veloso é bom - falo.

– Ele não é bom. Ele é o melhor compositor da música popular brasileira – Vargas responde.

– Não, aí é demais – falo. – Olhe, já é uma batalha gostar de Caetano. Mas ver Caetano como o melhor é demais.

– Eu gosto de Caetano Veloso – Alberto fala. – Ele tem umas coisas boas.

– Boas?! – Vargas se exalta. – Ele é o melhor compositor da música brasileira.... – "de todos os tempos", ele ia dizer. Hoje percebo que se conteve com uma modéstia do Barão de Itararé, que ia se chamar de Duque, mas baixou o título para Barão. E continuou Vargas: – É o melhor! Caetano Veloso é o melhor compositor do tempo da revolução.

Olho em volta e percebo que nas mesas vizinhas se faz um silêncio. Todos nos escutam, concluo. Assuntos de música popular, no Brasil, são os que mais despertam interesse, depois do futebol. Mas na ditadura falar na altura da voz de Vargas, usando a palavra "revolução", é demais. Nelinha lhe toca o braço e sussurra "cuidado". Ele sorri:

– Tranquilo, minha santa. Estou falando de cultura.

– Estamos falando sobre música, não tem problema – Alberto fala.

– E tudo é revolucionário, não é? – Vargas completa. – O cinema de Glauber é revolucionário, a juventude é revolucionária, tudo é revolucionário. Menos Chico Buarque.

Todos riem. Ocorre o que às vezes se chama brincar com o perigo. Zombar do abismo. Mas na hora o que me ocorre é o cometimento de uma injustiça.

– Eu não acho – falo. – Chico, para mim, é o melhor compositor de música popular brasileira hoje. Ele tem uma poesia que não tem Caetano. Chico é de fazer música, não é de dar espetáculo. Caetano é escandaloso, entende?

– A revolução é um escândalo! – Vargas quase grita. Alberto ri, Nelinha sorri para o companheiro, que se vê estimulado. – Chico é o compositor de Carolina, Januária na janela. É o poeta dos olhos verdes das meninas. Isso é revolucionário? Preste atenção: a música de Chico é o passado. Ele é um compositor de 1960 pra trás.

– Olhe... – eu queria dizer, se compreendesse então, que Chico ligava a tradição à música de 1970, assim como Paulinho da Viola fez essa ligação com o samba. Mas há um tempo em que possuímos o sentimento, mas não encontramos as palavras, que ainda não nos chegaram pela experiência. Então arquejo, como um náufrago, diante da catilinária. – Olhe, você quer poesia melhor que ... – e tento cantarolar "se uma nunca tem sorriso, é pra melhor se reservar..." – que "a dor é tão velha que pode morrer", hem? – E baixo a voz: - Chico é a esquerda do futuro.

– Ele não é nem do presente – Vargas responde. – Que dirá do futuro. Preste atenção, muita atenção: "sei que um dia vou morrer de susto, de bala ou vício". Escutou? Esta é a música de agora, dos jovens revolucionários de hoje.

– Isso não é de Caetano. É de Gil, Torquato e Capinam – falo.

– De Gil? – Vargas responde. – Não importa. Está no disco de Caetano. Ele fez da música um hino revolucionário. Isso é o que importa.

– Hum, sei - falo, mas ainda não sei. Vou do rosto de Vargas até Nelinha, sigo para Alberto, retorno a Vargas. – É bom também – admito, a fórceps.

Olho para Vargas e me pergunto "será bom mesmo?", e o que vem a ser o conteúdo da pergunta eu não me digo nem quero ver. Se eu soubesse na noite o que soube depois, eu diria "esta música é o anúncio da morte". Esse ritmo alucinante, à caribe, é enganoso e leviano. Pregar a revolução com palavras e música é uma coisa, Vargas. Fazer a revolução é outra coisa, eu diria, se soubesse em 1972 os acontecimentos de 1973. Mas ainda ali, percebo agora, eu seria injusto até a estreiteza e maledicência. Então os artistas não podem expressar o sentimento que corre na gente? Então é justo acusar de leviano, de traidor da revolução, quem escrever como homem poético o homem prático? Só a raiva, no que tem de embrutecedora, verá a canção da luta armada no Brasil dessa maneira. Se assim fosse justo e real, o que dizer de Lorca, de Víctor Jara, até mesmo de Neruda? Então eu, que de nada sabia, escuto Vargas cantarolar "estou aqui de passagem, sei que adiante um dia vou morrer de susto, de bala ou vício". E para ser mais preciso, em meio à intuição do horror, se põem acordes do frevo lá na Dantas Barreto. Meus olhos correm do rosto de Vargas, vão até a barriga de Nelinha, tão desamparada me parece na tormenta. Me dá uma vontade à beira do irreprimível de acariciar o fruto que virá no temporal. Vargas, que é vigilante insone da mulher, flagra o meu olhar nesse instante. Mas o macho vigia da sua fêmea é derrubado pela humanidade que pressente nessa ternura solidária. Assim sei, assim soube, porque a sua voz baixa o tom, e me fala como a um camarada, um irmão de jornada:

– Companheiro, desculpe. Pensamos diferente, mas você é um companheiro. Estamos juntos, não importa o que fazem de nós. O companheiro me desculpe.

– Que é isso, rapaz? Não foi nada. – Comovido pela gravidez de Nelinha e pelo descobrimento do Vargas que vem, fico embargado. E como sempre, tento corrigir a emoção com uma frase que me salve: - Eu também gosto de Caetano Veloso.

– Eu também gosto de Chico Buarque de Holanda. - Vargas me responde e sorri: - Que revolucionário.

– Sim – falo – Mas não na forma, na altura de um Caetano.

Todos gargalhamos. Então Alberto puxa desafinado, à sua maneira desafinado, "Apesar de você". E mesmo com os sons do frevo que se aproxima, cantamos juntos "amanhã vai ser outro dia, amanhã vai ser outro dia". Se em algum lugar houver um minuto de fraternidade, no Pátio de São Pedro houve esse instante. Estávamos juntos desde a proteção da gravidez de Nelinha.

Capítulo 15

Aquele encontro com Vargas foi a última vez em que o vi. Melhor dizendo, a última em que estive ao lado da sua pessoa. No entanto, de lá até hoje venho revendo-o pela dimensão da ternura que o tomou nos últimos dias de vida. Nesta altura, me ocorre uma lembrança de Hemingway no conto magnífico "A vida curta e feliz de Francis Macomber". Com Vargas, se coubesse num conto, deveria ser escrito um de nome "A vida curta e triste de Vargas no terror". Mas não só para ele. De muitos, que atravessaram na militância clandestina aqueles anos, poderíamos falar de uma Vida Curta e Triste sob o terror de Estado. E de todos podemos dizer que tínhamos vida dupla, uma oculta e outra legal. Sendo mais preciso, tínhamos uma existência legal e uma vida clandestina. Na primeira, mantínhamos uma dolorosa e sufocante aparência de ser, em si mesma uma farsa que representávamos sob ameaça de morte. Na segunda, éramos quase livres, pois mantínhamos um espaço de humanidade, de pessoas apesar da opressão. Uma vida, enfim, que sorria para nós como prometida amante. Era, portanto, na sua negação legal, um suplício de Tântalo. Quando queríamos pegar a flor vermelha, papoula, narcótica e doce, ela se afastava. E quando apressados íamos tomá-la nas mãos, a morte nos imobilizava. Isso conduzia também a uma dupla moral. Os que nos submetíamos à tortura da sobrevivência em trabalho alienante, onde amargávamos ser jovens bobos e calados, estranhos, contribuíamos para os clandestinos que levavam a vida gloriosa. Natural e necessária a contribuição. Natural a glória, porque estavam no front. Mas os da retaguarda estaríamos a salvo se os da frente caíssem? Quase nunca. Se não se vê uma ironia nesta frase, digo que o terror era democrático. A sociedade sem classes que sonhávamos, em uma versão macabra o terror fascista realizava. Onde antes a tortura e o assassinato de presos haviam sido exclusivos de negros e pobres, agora atingiam a todos. Em uma só fila, com faces idênticas, todos éramos terroristas. Assim nos chamavam em infame versão os terroristas de Estado. No entanto, de terror era a vida de animais caçados.

Penso em Selene, que Luiz do Carmo recuperara em atos de sonâmbula vagando à noite, num sítio de encontro de estudantes. Ao contrário da vida clandestina com que os legalizados sonhavam, Selene atravessou tormentas que não foram pequenas. Já não falo das vezes em que esteve na iminência de cair, como chamávamos a captura e prisão de combatentes, quando escapou por um triz de aparecer como terrorista morta nos jornais. Falo de tormenta íntima, em que esteve a ponto de enlouquecer. Isso, claro, se esquecemos os momentos em que foi à loucura e voltou à meia razão. Selene, murta, vista então como arbusto, anunciou em mais de uma oportunidade o futuro que teria. A sua instância de ser hoje, quando caminha isolada em atmosfera que os ateus chamariam de mística, já despontava naqueles dias de angústia. O sentimento da gente a recorda como louca e luminosa. E a reconstrução se dirige mais à luz amarela, de sol, enquanto esquecemos o que nela pareciam ser crises de loucura. Isso não víamos, ou se víamos nem desejávamos saber, porque de uma forma ou de outra estávamos no mesmo trem de loucura. Mais de um de nós a quis como mulher, ao mesmo tempo que recuava em respeito à coragem da militante. Penso que só mesmo um canalha, uma infiltração policial, teria avançado sobre a fêmea, como mais tarde agiu o Cabo Anselmo com a musa eterna Soledad Barrett. Com absoluta certeza, Selene e Soledad agitaram o coração e as veias de mais de um militante. Mas eles não teriam a ousadia, aqui entendida como desrespeitosa afoiteza, de avançar sobre a mulher que abrigava ideais da maior luta. Como poderia um quadro do partido levar para casa a liderança? Iríamos às últimas em sua defesa, que era também a defesa do nosso coração de socialistas jovens, ingênuos, poderia ser dito, mas ainda assim a melhor juventude, no sentido ético, daqueles anos. Os mais afoitos de nós, quando não puderam evitar, viram as calcinhas de Selene.

Alberto havia ido mais longe, viu Selene nuinha no banheiro em plena madrugada, na granja de Igarassu onde fizemos um encontro clandestino. Mas isso ele falou somente a Luiz do Carmo, que terminou por divulgar a visão do felizardo em um conto.

"Levanta-se. Cruza a porta de trás semiaberta, inculpando os ou-

tros. No banheiro, depara-se com ela nua, com gestos vagos nas mãos. Dá meia-volta e estranha que ela não o tenha visto ou sentido a sua presença. Ela anda sem rumo, com os olhos fechados, movendo os lábios. A penumbra não esconde o tufo de cabelos no ventre. Ele, duro, segue-a com a vista".

Mas ainda assim, o que seria erótico se apaga na visão de um sonambulismo de Selene. Bela, mas digna de cuidados médicos, não bem de ser abraçada e beijada. Muitos de nós a víamos assim, numa festa na casa de Alberto:

Ela, na sua pregação, não se fazia de rogada. Fazia da vida pessoal e do próprio corpo uma ilustração, que desejava que fosse uma só unidade do agir político. Alma e carne resolvidas na crença. Mas a sua era uma crença que não se desenvolvia nem crescia em silêncio. O processo era falado, desmontado em público, atingindo as raias do exibicionismo. E ficava um pouco como o mágico de circo, não pela verdade do desejo de realizar sua convicção, mas pelo artifício, do show. E no entanto era exatamente essa exibição o que mais encantava o público que a ouvia. Uma onda de calor.

– Pra quem não sabe, companheiro, é fácil criticar a minha minissaia tão curta. Mao já expôs com genial simplicidade: "Quem quer conhecer o sabor de uma fruta, deve pô-la na boca e mastigá-la". Isso qualquer camponês entende. Tão simples, não é? - E depois de uma pausa: - O companheiro tem cigarro? - Cigarros aparecem. Selene pega um, acende-o. E continua, senhora do seu elemento: - Você não pode ficar à beira de uma piscina tomando lição de nadar. É a mesma coisa do sabor da fruta no pensamento de Mao. Por mais teoria que você tenha, você nunca vai saber o sabor da maçã se um dia não botá-la na boca. - E aqui Selene enche os pulmões, para falar mais alto. - O comprimento da minha saia é um fruto que colhi da minha prática. Olhando para as minhas coxas, ninguém nota os meus joelhos. Vejam.

Com efeito, quando os olhos desceram, vale dizer, quando se despregaram do seu rosto e de suas coxas e foram até os joelhos, notaram cicatrizes correndo numa segunda pele, como uma solda irregular, em montículos, avermelhada.

– A saia curta desvia os olhos da repressão – Selene fala, triunfante. Ninguém riu. Apesar do ambiente de festa, ela conseguia pôr um acento de gravidade no que dizia, ainda que as conclusões se avizinhassem do cômico. - Vocês estão vendo essas feridas? Foi na Mackenzie, quando nós enfrentamos os fascistas do ME. Eles jogaram ácido na gente. Tive até sorte, vocês não acham?

O que não víamos então, enfeitiçados, era que uma pessoa não é uma excelência do ser. Isto é, que o magnífico se mistura ao pior de alguém. É tudo orgânico. Neste ponto, a vontade que tenho é de recuar com as mãos sobre os olhos, enquanto penso: "Deus do céu, dá-me a paz". Mas devo dizer, a visão retrospectiva que a memória faz, à qual se unem as experiências vividas em outras pessoas, permite ver que em mais de uma oportunidade Selene encarnou a fêmea desamparada. Por cálculo arguto e certeiro como um tiro de atiradora de elite. Não vem ao caso um julgamento moral. Penso até mesmo que era legítimo. Mas na hora, abatidos pelo tiro fino da mulher indefesa que nos pedia proteção, nem víamos o cérebro que dirigia a necessidade. Para nós tudo era espontâneo, ali estava um carinho que pedia colo. A mulher que nos pedia, ou sugeria pedir, não víamos como uma pessoa que necessitava. Antes da necessidade, vinha o seu encanto. Se assim éramos homens frágeis, o que devia ser a mulher? Se a militante Selene falasse hoje, diria:

– O que desejava o opressor histórico? Que em condições desiguais, em estado de miséria, rogássemos: "Ó seu filho da puta, preciso de grana pra comer. Mas eu só dou a quem eu quero". Era assim que devíamos pedir?

É certo, ninguém pede com tais rompantes. Seria o fim. Mas não estávamos todos no limite? A ética entre nós não era bem um dever exterior. Vinha como o próprio modo de ser. No entanto, Selene, com a sua graça, no bar ao lado da pensão onde eu me fodia, pediu com a voz mais desamparada e doce: "Você me paga uma sopa?". E com que olhos suaves, suplicantes, devastadores. Eu quebraria todo o bar se não lhe servissem o que ela precisava. Os bem postos hoje estimam que o pedido fosse mínimo, insignificante. Não veem que nas condições apertadas, devo dizer, nas condições em que tudo era necessidade, a satisfação desse pedido, imprevisto, era o mesmo que cortar o prazer de fumar por um dia. Estava fora do orçamento. Mas, pelo contrário, satisfazer à líder indefesa estava dentro de qualquer salário, inclusive o pago a um escriturário na mais baixa letra do início da burocracia. Ora, salário pouco já era um luxo.

Havia em Selene, quando contava histórias da sua vida, uma capacidade que beirava invenções fabulosas. Eram autênticas fábulas, nos parecem hoje, pelo colorido, detalhes, lances imprevistos, fugas entre tiros, que pareciam mais contos de uma leitura viciada em Alexandre Dumas, pai. Se não, como ver o relato da ocasião em que a polícia foi pegá-la em casa, e ela desceu do primeiro andar em corda de lençóis? Ou terá sido de um hospital em São Paulo, quando desceu por lençóis com as pernas cobertas de ataduras, que cobriam as feridas abertas pelo ácido? Não sei, pode ser uma peça pregada à lembrança. O certo é que ela fugiu de um pavimento mais alto em cordas de lençóis. Como se fossem uma variação das tranças de Rapunzel, que em vez de lhe trazerem um príncipe, levaram-na a descer. Mas isso não é o mais sério a destacar. Importa agora contar, com a viva experiência, aquela que vai além dos ouvidos, que eu próprio flagrei um instante maravilhoso em sua vida. Devo dizer, não é à toa que seja lembrada na ficção de mais de um escritor como uma estrela que impressionou em várias cidades do Brasil. Isso é fato. Assim como também são fatos a sua coragem, impulsividade e expressão feminina. Relatos, não importa quão rocambolescos, de fugas por um triz, como se de corpo fechado ou escutasse avisos sobrenaturais. O que era anúncio de conversas com espíritos, quando atingiu o ocaso da sua militância. Mas importa agora a Selene em 1970 e 1971 no Recife.

Naqueles dias de sol, de céu azul, também havia noites prematuras antes da hora do crepúsculo. Eram antecipações em que o ambiente da alma ficava escuro, ainda que lá fora a luz fosse tropical, brilhante, em um convite à praia. Horas de obscurecer o ânimo, de vontade de chorar, de se ir embora sem volta. Não é preciso estar mortiço o campo visto da janela, paisagem coberta por neve, para dentro da gente cair uma depressão sem remédio. Há sempre uma hora grave, soturna, até mesmo no coração de meninos. Que dirá de jovens em 1970, quando as horas podiam ser as últimas, quando o instante sem dor era um lapso da repressão, que viria certeira com a pinça que escavava o abscesso. Nessas horas em que o sol inundava as ruas e muitos sentiam festa, Selene às vezes esteve perto de se matar. Nesses instantes ela jamais soube o que a salvou, se foram os deuses, um deus, um orixá, ou o mais primário instinto de sobrevivência. Ela não sabe. Sozinha estava na casa de uma freira, progressista, valorosa, como ela contava, na Vila do Ipsep. A boa religiosa partia para ensinar em um colégio deixando Selene a olhar o relógio, revistas, em manhãs, tardes sem pontos políticos a cumprir. Esse "ócio", vácuo, essas genuínas horas mortas vinham insuportáveis. Se o ser de todos nós se cumpre em atividade, como podia viver Selene cujo objetivo se cumpria na agitação?

    Era penoso, torturante, olhar-se a si própria no quarto. Sentava-se e tentava uma sessão de autoconhecimento em frente ao espelho. Ela fitava os olhos refletidos até que as névoas os cobrissem, enquanto se perguntava: "Quem sou eu? O que eu desejo?" E vinha depois uma angústia em ondas, sem repouso em mar alto. Então os discursos de todo poder ao proletariado, que ela sentia com um significado que incluíam todo poder à mulher, todo poder aos negros, tudo para os oprimidos de todo o mundo, então até o que era flama, ou calor, sangue, parecia esquecido, ou quase apagado, no frio que vinha e a deixava imóvel, anestesiada em si mesma. Ela era uma Selene menina sem infância, agora crescida, mas anterior à revolta estudantil em Fortaleza, quando afrontou a direção do colégio onde estudava. Ela era ali, sozinha, apenas a Selene a fraquejar entre o tédio e o pavor. Existiria isso, essa região entre a náusea e o terror da repressão próxima? Ela sabe que não será poupada. Mas o terror mesmo vinha antes da eliminação, das delações abjetas que poderia fazer sob intensa tortura. Iam até lhe arrancar os bicos dos seios, ela sabia. E num ato instintivo, punha as mãos no que ainda era dela, sozinha no quarto antes. Pior, sabia que o poder de destruição poderia lhe esmagar o crânio, com torniquete medieval de fazer saltar os olhos das órbitas. A "coroa de Cristo", como aplicaram adiante no martírio de Aurora Furtado. E Selene escurecia os próprios olhos, que os tinha, antes. "Nunca vão me fazer isso... Nunca?". E ali, na hora soturna, mais vontade tinha de gritar. Não passarão? Estava vencida, deliquescente, líquida, nada.

    "Deus, por que me fizeste tão fraca?". Ela, antes da câmara de experimentos da tortura, da noite que ia chegar, repetia um sentimento comum em mais de um militante na queda, antes e durante. Depois, não, saberemos mais adiante que foram heroicos. Ela não se dizia, logo ela, militante pública, de transparência revolucionária que gritava para ser ouvida por todos, que não possuía o sentimento que uma vez a militante Joana, outra brava e sofrida mulher, dissera: "a melhor resistência é entrar na tortura preparada pra morrer". Existia uma preparação para a morte? Para Joana era mais simples: bastava entrar para a tortura sem qualquer esperança de sobrevivência. "Aí você não tem o que negociar, entende? Morrer ou morrer". Mas havia, e mesmo Joana tinha conhecimento, as margens de negociação com a morte: lenta e longa ou rápida como um tiro no crânio. Havia que negociar com os torturadores, que desejavam o máximo de informação com o mais extremo sofrimento. Depois de exaurir com a negação do ser, pisar no que fora uma pessoa. Passar por cima do molambo que gemia era uma satisfação da dor arrancada. Assim como em cima de Odijas Carvalho. Assim como em Pauline, depois. Assim como em Dora. Como uma vingança pela bravura, que era uma ofensa à covardia do torturador.

Então Selene, como uma antecipação do que viria, naquelas noites prematuras, ali diante do espelho queria a morte. Já, quando ainda era bela, "que eu morra bela". Na imagem refletida não enxergava tal beleza. "Mas devo ser, muitos companheiros me querem". Não lhe ocorria que a sua atração vinha de outro território, menos físico, enquanto se buscava nos traços do espelho. "É tão passageiro, logo deixarei de ser bela. Então eu serei só espírito. Entrarei numa nova aura". E esse futuro sem corpo e sem carne era uma quase alegria. Mas numa abstração de Selene sem corpo, ela seria ainda ela? Então se pegava nos próprios ombros. Quem era Selene? Um ser, uma alma, uma torturada ou uma subversiva? "Eu sou tudo. E sou nada". Que morra logo. E passava as mãos nos cabelos assanhados. "Que agonia, meu Deus. Deus?! Sim, qualquer coisa, qualquer luz, qualquer iluminação. Deus, seja lá o que for, eu não posso continuar. Eu sou uma mulher fraca, sou nada. Eu tenho pavor de rato, Deus. Como posso enfrentar a repressão?". E um calafrio passava pelo ventre, porque eles, os torturadores, os ratos, os ratos!, sua boca se entortava em nojo e terror, "eles correm em cima do corpo. Eu não quero!". E sem palavra, só com o sentimento, ela se expressava muda, eu quero a morte. Eu quero a morte. Eu a quero, menos agora.

Então Selene ia até a porta da casa, fechava-a. Então Selene entrava no quarto da irmã, fechava-o. E mergulhava em sombras, entre o céu e o inferno. Até a exaustão, até o choro sem consolo. "É uma pervertida", diria um moralista do evangelho, se a visse deitada sem ar, à beira do grito. Mas o moralista não sabe: ali havia uma perversão, se perversão fosse o gênero de amor para uma alma sozinha. Que vagava sem paz. Até sumir. Em dias assim, Selene perdia o ponto à noite. E justificava no ponto seguinte:

– Estava muito doente,

– Doente de quê, companheira?

E para não dizer doente de falta de amor, de ausência de solidariedade, de companheiro, de ombro, de braço, e para não responder com um soneto de Camões, que então não sabia, dava como resposta:

– Eu estava com febre. Veio e foi embora.

Capítulo 16

Na véspera do meu aniversário, sinto a presença de suas vidas. Tão necessárias que sem elas o mundo seria um amontoado de pedras somente. Mulheres de Sol, ou mulheres à semelhança do sol, eu diria. Quantas? Uma, duas, três ... infinitas? Em número, não, mas infinitas pelos significados que vêm ganhando. Passo a mão sobre os olhos e escrevo com a lembrança. É curioso, é revelador o quanto elas crescem à distância. Em vez de se apagarem como estrelas perdidas na noite, ganham mais luz de significações, desde as mais incultas, ignorantes de escolas ou de livros, até as de ótimas letras ou ciências, que viviam nos próprios corpos o conhecimento. Penso em Maria, em Dora, Carmem, Zizinha, em mulheres do povo que o tempo sem registro comeu. Desorganizadas, sozinhas, alheias e alienadas de ideias comunistas, mas que ainda assim viveram a política, sem disso terem consciência. Elas crescem para mim na quadra desta maturidade, que chega depois dos sessenta e seis anos. Fundamentais como o ar, leite materno, chão, manga, água, canto de pássaro na manhã, e não nos dávamos conta da sua importância. E quando as descobrimos, nos dizemos "eu sou apenas um homem pequeno, bruto, cego, surdo e sem todos os cinco sentidos", porque delas vivemos sem ter a percepção.

Mas me refiro agora a outras mulheres, determinadas por coragem e convicção política, que nos encandearam na primeira juventude. Luminosas na altura dos nossos 20 anos de idade, na ditadura Médici essas mulheres nos encandearam quando nascíamos para a juventude e nos encandeiam até hoje. Nesta maturidade recente, que muitos julgam como o tempo dos idosos, pois não sabem das estações de ardor que mudam e não morrem, nestes anos da compreensão do que antes vivemos, a força das luminosas sempre está voltando. Retornam, quando menos esperamos. Retornam, até mesmo quando procuramos outra história, outro assunto, outra direção. Assim como hoje, ao ver fotos do acervo do jornal Última Hora. Ao lado de um registro fotográfico do pintor Portinari no ateliê, fui assaltado pela imagem da atriz Vanja Orico na rua, tentando parar carros do exército em 1968. Mas o que era aquilo? Uma luz que pensávamos estar esquecida, luz oculta, aprisionada no quarto escuro, retornada com mais brilho que a fita de Vanja no cinema. Ainda ontem, por exigência da escrita deste capítulo, li resumos biográficos das militantes estupradas sob tortura e mortas na ditadura. Enquanto era ferido pelo específico da brutalidade sobre essas bravas, naquela hora limite da extrema abjeção, sujas de esperma do torturador sobre os seus corpos nus, tristes ideias me chegaram. Na primeira delas houve a confirmação de uma velha suspeita: as imagens das vítimas torturadas e mortas são pornográficas. Aqueles rostos desfeitos, desfigurados, aquelas expressões de museu do horror sempre foram a expressão mais eloquente da pornografia, ou seja, o ato de abstração de humanidade. Até antes das imagens, havia uma pessoa. Depois, um animal abstrato, arrancado de qualquer amor, ou ilusão de amor.

Então, ao ler os relatos dos últimos minutos de pessoas nuas e seviciadas, confirmei o que eu não buscava: a tortura é também um ato pornográfico. Isso quer dizer, rouba da pessoa qualquer humanidade, e depois serve-se do corpo com o domínio que julga absoluto. Julgavam os torturadores ter o domínio total, porque o depósito último do ser pisado vomitava, e o espírito, a pessoa, voava, assim como A pequena vendedora de fósforos, de Andersen, cujo espírito subiu para um lugar onde não mais havia egoísmo, fome e humilhação. Mas a humanidade resistia, em uma história mais fantástica que o fantástico dos contos de Andersen. Ali, todas eram tornadas patinhos feios, mas seus espíritos batiam asas, como um cisne, para além dos limites da degradação.

No entanto, chegou até a mim também o que não era bem uma triste ideia. Foi como uma insatisfação, porque os relatos lidos se uniam como uma coleção dos derradeiros instantes, e de tal forma que pareciam fazer uma segunda pornografia. As vidas, a iluminação das suas histórias vivas, não estava ali. Assim como no livro "Capesius, o farmacêutico de Auschwitz", onde a denúncia dos crimes nazistas termina por se vulgarizar, porque humanos passam a cumprir apenas o papel de um joguete, um fantoche que um dia foi carne. No relato do livro, falta-lhes o drama, o problema, a tragédia, além do fato de que foram jogadas em fornalhas e câmaras de gás. A simples, se houver alguma simplicidade no monstruoso, a simples menção de pessoas empurradas para fogueiras e salões de asfixia em si é trágica, sabemos. Mas a repetição dos casos, sem que se fale das suas vidas antes, é uma segunda brutalidade. Os justos dos anos 70 diriam que é uma injustificável e criminosa omissão. Mas hoje dizemos que é sucumbir ao torpor burocrático, que se conforma a uma adaptação do horror. E não pretendo ir até o exagero de falar que de igual maneira agiam os médicos-legistas quando falsificavam causas mortis, nem mesmo como os de hoje, quando descrevem com fórmulas prontas um estado cadavérico. Não. Pois quero dizer de modo mais preciso: importa mais a luz das suas vidas. Então lhes digo, sem qualquer retórica, que eram mulheres de Sol. Que são do Sol, ao revê-las por força da memória que as revisita nos momentos em que o coração menos espera.

Escrevi a palavra "coração" acima por excesso de pudor, descabido como todo pudor na hora da verdade. O pensamento é outro, porque devo dizer e falar: revejo-as com a mais íntima pulsão, como em uma puberdade renovada.

Joana era o sol desde o reflexo da luz no corpo. Bonita, agradável, atraente. E aqui entra em cena o jovem Antônio Maria, um satélite ao redor de Joana. Ele, na primeira vez em que a viu, não ficou de súbito encantado, como reza a literatura cortesã mais enganosa. Pelo contrário, viu nela aspectos de criança masculina, pela liberdade nos gestos, na fala, no comportamento, enfim, que não podia ser de mulher apaixonante. Nada em Joana, para ele então, levaria a crer que portasse uma sensibilidade fêmea. Ele não sabia, pobre Antônio Maria, que Joana era dona de uma inteligência feminina, aguçada, experiente, madura, apesar do rosto infantil, moleque. E como falava, com que certezas falava, com que modo peremptório falava. É que Antônio Maria, que em mais de um significado devia ser chamado de Antônio, o coitado, ou Antônio, o bobo da corte, ou mesmo Antônio, o ingênuo romântico, não possuía ainda a percepção de que estava diante de uma agitadora comunista, que não fosse a impulsividade, seria direção no comitê central. Ou já era e ele não sabia? É possível que sim, porque o outro nome de Antônio então devia ser também Antônio Inocente, o que de nada sabia.

"Não quero nem preciso saber", ele diria, ainda que ardesse de curiosidade, se lhe viessem falar sobre Joana. O certo é que ele estava encantado, mas de outra maneira: estava suspenso sob a admiração a Joana, a mulher voluntariosa. Ele não sabia, pobre Antônio, que ela possuía outro V, de Voluptuosa. Então ele, quando longe estava de saber, caiu no laço em que não atentara, porque ela não era a musa dos seus sonhos, pois nada em Joana mostrava finura, delicadeza, educação, elegância, perfume e modos eróticos. Mas o amor só quer disfarces e armadilhas. Admiração é um passo fundamental de quem lhe cai no laço. Ele não sabia, o bobo. Estava fascinado pela mulher nada elegante, nada fêmea ao caminhar. Em diferente moda, ela se vestia com uma mistura de soldada e freira. Mas ele estava encantado pela mulher livre, que falava pensamentos gerais em lugar da análise específica, concreta para o caso concreto, diria anos depois. Mas agora ele escuta:

– A prática é o critério da verdade. A literatura tem que falar para o povo. Quem é Prôste?

– Proust.

Antônio a "corrigia" na praia, ao que ela voltava:

– Eu não sei francês.

– Adiante. Pelo menos sabe que ele é francês – ele fala, e se arrepende do que acaba de falar.

– Eu não tenho vergonha de não saber francês. Eu teria vergonha de não ser útil a meu povo.

Joana feria assim, de passagem. Nada poderia doer mais em Antônio que não servir a seu povo, a sua última e primeira identidade. Então ele engole o Prôste e o mais que houver. Estão na praia de Boa Viagem, onde vieram cumprir um ponto. Joana lhe vem trazer orientações para o trabalho de agitação na universidade, onde ele acaba de entrar no curso de Direito. Joana é magra, pele branca, com sardas pelos ombros, costas. Ela usa um biquíni um tanto folgado, que ele desconfia ser um gosto da disciplina partidária. Sabe de nada, Antônio. Joana usa um biquíni emprestado de uma amiga menos magra que ela. Daí a folga, as nádegas que não se realçam. Como seriam? Se oriente, rapaz, preste atenção no trabalho. Joana é direção, não está aqui para namorar, seduzir. E quem é você? Um quadro de base, ora. Metido a importante, só porque é um jovem intelectual. "Metido, uma porra. Metido, uma porra", ele se fala.:

–Sim, você está certa. Servir ao povo é fundamental – responde grave, embargado.

O mar é cheio de sargaço, iodo, sal, de espuma boa que vem bater na areia. É sábado, as tarefas são urgentes, mas Antônio Maria só pensa na festa à noite em Brasília Teimosa, onde encontrará amigos e amantes da cultura. Festa em bairro popular, com gente de esquerda, deve ser o céu, pensa. Antegoza. Joana então lhe fala mais perto. O rosto quase toca no seu. Ele se assusta, recua e percebe: ela o estranha com um ar divertido, como se há muito não o visse. Ele não sabe, mas ele é de um gênero de homem que a companheira Joana bem conhece: "É dos meus. Tímido e bom-caráter. Deve ser incansável na cama. Interessante", pensa e afasta o pensamento.

– Esqueceu alguma coisa? – ele pergunta, olhando-a como um cachorro manso, desconfiado, indeciso entre o carinho e a fuga.

– Nada. É tarde, só isso. – E num impulso, sem razão, pega um bocado de areia e lhe joga em cima.

– O que é isso? O que foi? – ele responde, limpando os grãos de areia do rosto suado. Ela sorri e lhe fala:

– Quem está na praia tem que tomar banho, certo?

– É, mas assim...

– Nós não podemos despertar suspeitas. Vamos dar uma entradinha no mar.

Ele falaria depois que esse "dar uma entradinha no mar" teve uma entonação de malícia, que ela mais encorpou com uma piscada de olho e um sorriso. E repetiu:

– Só uma entradinha, vamos?

E de modo vexatório o companheiro Antônio Maria, o jovem que lia Proust e T. S. Eliot, sente que o mais carnal nele se ergue. "Que e isso? Que é isso?" E para nada dizer, fala:

– O mar está bonito.

– Muito Vamos?

Entram na primeira onda. Joana, como um peixe, mergulha e some. Pouco depois reaparece. E ordena, ou estimula:

– Mergulhe. Vai ficar olhando?

– Companheira, eu não sei nadar – fala, embaraçado. Ao que Joana ri:

– Como é que um revolucionário não sabe nadar? Até os cachorrinhos sabem.

– Companheira, eu não sou um cachorrinho. Eu sou um quadro avançado.

– Sei... Venha. – E sem ouvir a diferença entre Antônio e cachorro, Joana se levantou da água e pegou no seu braço. – Venha. Fique só no rasinho.

"Meu Deus, eu sou apenas um homem. Por que me fizeste tão fraco?", pensa, enquanto Joana aperta a sua mão e o puxa. "Jesus, eu sou apenas um homem. Só um". E para evitar o vexame, mergulha. Mas estava escrito: darás um desastrado mergulho no fundo que é raso. Antônio cumpriu a profecia, e para maior ridículo voltou arrastado pela onda.

– Meu Deus!

Antônio nem lembraria depois, para se evitar a vergonha, que entrou na ponta da onda para sumir, ocultar a elevação animal do corpo, que para ele representava um desvio ideológico com a companheira. Que sorri e gargalha dele.

– Deus do céu ... – e sorri mais alto ao ver a cabeça de Antônio Maria com areia e sargaço.

Risível com os olhos cheios de sal, vermelhos, nos banhos de areia em pleno mar da praia de Boa Viagem. Ele não sabia nadar, mas quis deixar boa impressão em Joana, e por isso mergulhou de cabeça no raso. Antes morresse afogado. Mas ele não era louco, louca era Joana ao incentivá-lo para que mergulhasse fundo, com acenos de sereia "vem, vem, e te mostrarei o paraíso do oceano". Então ele caminhou dois longos passos e recuou um, como Lênin ensinou, e meteu a cara na areia, como Lênin jamais havia falado. Joana riu muito, gargalhou como uma louca no poema que ele não escreveu, danou-se a rir ao vê-lo com a cabeça entre algas, levantado das ondas um pouco acima da cintura. Joana ria, era bem audível seu riso, apesar da distância. "Que bom, meu Deus", ele se disse na ocasião. "Por outros motivos, é claro", ele me responderia, se soubesse do perfil traiçoeiro que lhe faço nesta recordação. Ele não compreende que o melhor do homem às vezes é o seu ridículo. Que há uma fronteira tênue entre o mais comovente e o risível. Como no poeta negro Miró, que desperta gargalhadas no público ao dizer que vive de poesia, vive de escrever poemas, e por isso é um homem-livro. Ou o indivíduo apaixonado, como Antônio ficaria depois, ao procurar mulheres que tivessem a letra J, do nome de Joana. Em perdida esperança, ele procurava o conteúdo de uma entidade mágica, um feitiço da letra para o nome, e do nome para a pessoa, uma subversão completa da dialética, ou dizendo melhor, a loucura absoluta. Mas então, quando Joana sorri e volta nadando até ele, e lhe pega a mão para com ele descer, como se quisesse escondê-lo, para lá no fundo do mar se abraçar a ele, sem planejamento anterior, apenas ação de jovens que se encontram e se querem, então ela não vê, ou faz de conta que não, que o toque da sua mão e riso deixam Antônio excitado, e por isso ele desce o corpo sob a água, mas ela desce a mão até a cintura que ele oculta, então Antônio sente o inapelável cerco, a envolvente armadilha onde já se encontra preso. Se ele não fosse um homem tímido, falaria a ela: "Vamos brincar de amor? Você pula em cima de mim e eu abraço você. Se você não me largar, a gente se beija. Vamos?". Isso era tão descabido e fora do tempo, que não se atrevia. Mas eles não sabiam que a sorte estava mais que lançada, era um traço de linha em desenvolvimento. O amor possui um terreno escuro onde nos movemos sem guia. Se o tivéssemos, evitaríamos os passos que podem levar ao abismo. No entanto, tão irrefreável é o seu desejo, que mergulhamos nas trevas como se andássemos na luz.

Na saída do mar, estão fisgados. Caminham pela areia como se nada de extraordinário houvesse acontecido. "Somos dois militantes", Antônio se diz. "Eu sou direção, é preciso disciplina", Joana em silêncio lhe responde. E continua: "Brincar só um pouco é bom. Isso também faz parte da disciplina". Mas saem de mãos dadas, sem se darem conta. Antônio descobre o imprevisto e recolhe a mão. Ao que Joana lhe fala:

– É preciso fingir que somos namorados. Faz parte da segurança, sabia?

– Certo – e Antônio abobalhado, indeciso, retorna a mão para a cintura de Joana.

Ele olha de passagem para o corpo da direção. Não é bem uma mulher esculptural, um corpo lindo, lido e cantável em verso. Mas as sardas, o movimento que ondula na areia, a fala, a naturalidade para o risco que correm, as bandeiras de luta ... e a eloquência, o que dizer? Ela se volta para ele enquanto caminham, ele tão cerimonioso e cheio do mais alto respeito, e sorri dele, para ele, como se o conhecesse há séculos. "Esta mulher tem o diabo no couro", ele se fala. É doce o perigo que o seu corpo exala. Além da zona de abismo que toda relação traz, pois se for simples e pacífica não haverá graça, Joana é o particular perigo da militância, onde a pegarem levam junto o companheiro ao lado. Mas enquanto olha o seu corpo abrasado, com gotículas de água salgada, e ela discorre sobre assuntos gerais, o possível perigo, em vez de afastá-lo é um acréscimo de atração. "Como ela fala bem", Antônio se encanta. Joana fala um duplo discurso, enunciando ao mesmo tempo palavras externas e um sentido íntimo, que fala com olhos risonhos. O que menos há de prestar atenção é no que os outros na praia escutam. Antônio, perturbado, seria capaz de escutá-la horas a falar de tudo com um discurso em língua desaparecida. Para ela, ele está dizendo em desejo: "Que chatos são os outros. Nós podíamos estar agora em outro lugar, só nós dois, com uma cerveja e uma cama. Era bom". Assim, quando ela fala para outros ouvidos na praia:

– O Sílvio Santos, na televisão, eu não aguento O povo fica pregado na cadeira todos os domingos, é uma anestesia. Não é? – Ele responde:

– É. Vamos lá?

– Vamos. Lá onde? – Ela pergunta com o sentido do segundo e oculto discurso. Sorri, divertida.

– Hem? A gente podia ir andando.

– Não quer dar mais um mergulho?

"Meu Deus", ele se fala. Mas responde:

– Vamos.

E descem a areia até o mar. Ele, como uma tartaruguinha que acha o seu caminho ao romper a casca do ovo. Ela, como a guia da natureza, a razão de ser das tartaruguinhas. Joana, sem a graça das musas cantadas em prosa e verso, ondula os quadris com a inteligência e intuição aprendidas desde que a mulher existe na face da Terra. Antônio é mais uma vez envolvido, em parte por demência exclusiva, em parte pelo que é frágil em todos os homens. E nesse particular, Joana era caçada e caçadora, carente e querida.

Capítulo 17

Antônio Maria e Joana acabam de entrar na Pérola, onde "baixam", conforme falam. Passam ali meio por acaso. A diferença é que dessa vez o encontro não é mais político, partidário, nada de Ação Popular. Mas ela, a direção, sempre na direção, havia convocado o encontro.

A Pérola é uma sorveteria misturada a bar, no centro do Recife. O ambiente é repleto de luz, em contraste com as paredes escuras. Ou escura é a sua lembrança? O certo é que, em um belo instante, enquanto fala de assuntos gerais na mesa do bar, mas com um entusiasmo que trai a generalidade, Joana põe a mão sobre a de Antônio Maria. Primeiro como a pedir que ele pare a farsa do falante universal, depois como um súbito pouso de carinho, um instante de paz no discurso disperso. Ele, num choque, deseja retirar a mão sob o afeto, mas seria tão covarde o recuo, que a deixa. Então Joana lhe fala:

– Eu não quero te ver bagunçado. Eu não quero te bagunçar.

– Bagunçar, como assim?

– Bagunçar os teus sentimentos.

Cuidado inútil, porque ele já está bagunçado. Mas não possuía ainda a consciência da queda, que lhe foi revelada pela força das palavras "bagunçar, bagunçado". Ao ouvi-las, fica. Com o sentido de Blue Moon, você sabia a única razão por que eu estava ali, you knew just what I was there for, ele poderia cantar, se soubesse a "língua do imperialismo". Mas resulta uma qualidade que só poderá compreender anos mais tarde. Apesar das falas preparatórias de ação, de arranjos posteriores na vida e na política – e nesse particular as mulheres são mais práticas que os homens -, apesar disso, o bagunçado a que ela se refere não é bem mudar de cidade, largar o emprego, acompanhá-la na clandestinidade. A sua palavra se dirige para o reino ideal dos sentimentos, do amor.

– Eu não quero te deixar bagunçado.

O curioso é que a frase de Joana, a revolucionária, a direção, deixa o entendimento de que ela própria não esteja. Assim ela fala, mas a sua mão repousa sobre a de Antônio, e mais que a mão, os olhos clamantes dizem "eu mesma já estou". Então a palavra lhe dá um choque de maior voltagem, e Antônio retira a mão sob os dedos de Joana em um impulso. Houve um silêncio. Um travo na voz, um nó perto do embargo, uma virada de rosto até a porta, até as paredes espelhadas do bar e sorveteria Pérola.

Há um quadro de Manet, um bar no Folies-Bergère, que se fosse mais escuro teria a parede da noite no bar Pérola. Parede espelhada, sombria, ar de bas-fond no centro do Recife. Aliás, toda situação com Joana, a partir daquele "bagunçado", transformador da real bagunça, que poderia ter permanecido em sentimento platônico, assim como a sonâmbula Selene havia sido "amada" por tantos, toda a situação com Joana se tornava bas-fond, num fazer o que não era recomendável ou sensato. Um inteiro complexo, complicado, de enredo de linhas e caminhos, que ela resolvia com riscos que tudo simplificavam. Àquele silêncio, ela reagiu:

– Ô, ô, pra que essa cara?

– Eu não tenho outra.

–Eu sei que tem. E uma cara bem atraente, sabia?

"É uma desgraça", Antônio se fala, ela continua no comando. Então ele fala, na falta de melhor silêncio:

– Quem vê cara não vê coração.

Para quê? Joana lhe dá um tiro de misericórdia:

– Mas você é transparente. A sua cara é o seu coração.

Antônio vira o rosto para a porta do bar. Não sabe se foge da sentença condenatória. Está numa absoluta perturbação. Teria o amor o dom de surgir quando tem o nome enunciado? Entre eles, ali, o amor se chama "bagunçado", que parece então desatar. Ou seria a fala da palavra a expressão do que já existe, e vagava como uma alma penada sem parar no céu ou no inferno? O fato é que Antônio, um leitor da poesia lírica, e que vê na mulher a musa de uma consciência que usaria palavras da tradição culta, está derrubado por uma palavra quase chula, vulgar. Mas com uma luz que lhe arde o peito, um doce na boca que luta com o amargo. Então lhe parece agradável o gosto do fel. Se aquilo era o amor, não sabe. Talvez nem ela, a direção, saiba. E desta vez, com o rosto voltado para a porta, o silêncio se prolonga. Até o ponto em que ela o quebra:

– Por que você não me olha?

– Nada, estou pensando.
– Um cruzeiro por seus pensamentos. Eu pago.
– E se o preço for alto, você paga?
Então ela põe as mãos sobre as de Antônio. E fala:
– Eu sou pobre, pobre, de marré. Mas posso comprar fiado?
Era o diabo. Saíram, melhor dizendo, desceram da Pérola e foram andando. Em vez de tomarem a direção do ponto de ônibus, seguiram sem rumo. E sem plano prévio decidiram ir a pé até a casa de Joana, que ficava próxima ao Aeroporto do Recife. Isso devia dar uma distância de 11 quilômetros se conseguissem caminhar em linha reta. Mas não, subiam e desciam calçadas, as ruas se inclinavam, faziam a volta em praças, paravam nos semáforos. E a repressão, e a segurança diante de um ponto tão demorado e móvel? Não se davam conta. Era como se tivessem a percepção de que estavam perdidos, de terem perdido a chance da salvação, e por isso caminhavam juntos como se fossem amantes de uma longa data. Joana se tornava, passo a passo, mais bonita, parecia, poética como se estivesse embriagada. Mas ele estava, pois o calor no peito estava aceso e a emoção vinha num circuito desconexo. Por quê? Talvez fosse bom nele um ser que o olhasse com Joana, para que iluminasse o ridículo onde caía aqui e ali. Ela lhe diria, anos depois, que ele falava as coisas mais obscenas em voz alta, na rua. "Obscenas?", perguntou. Ela, "sim, nordestino já fala alto. Mas você quase gritava: 'acho que todo glutão é um tarado. O prazer de abocanhar é um ato de sexo' ". Se isso ele falou, não se via assim. Lembrava-se de confissões líricas. Se passavam pelo sexo, provinham da carnalidade. E se passavam pela carne, abstraíam-se na idealização, assim como as santas devem ser mulheres no céu.

Antônio lembraria que até a Rua Imperial, e depois no bairro de Afogados, houve mais de um convite mudo para que estacionassem seus corpos, que se tocavam num longo arrodeio, porque faziam voltas e mais voltas. Até Afogados, com seus acenos de casas de encontros, que não se chamavam motéis, mas hotéis ou pensões, que viam pelos cantos dos olhos e rejeitavam como um lugar indigno, ele recordaria que até ali faziam críticas aos comportamentos desviantes do socialismo, da luta revolucionária. Eles, os justos e inflexíveis diante dos erros dos que agiam mal. Assim salvos do mau caminho seguiam.

Depois do sinal, quando subiam a ponte Motocolombó, lhe pareceu receber tediosas lições de O que fazer?, de Lênin. Joana falava das frases leninistas com entusiasmo. E ele, por gentileza ou cálculo, assentia com a cabeça, antes de conseguir falar:

– Como o pensamento de Lênin é claro. O quanto ele é profundo – ele falava, olhando para Joana, a dirigente em forma de calorosa mulher. Queria apenas dizer "como Lênin por sua boca é agradável de se ouvir". E continuou: - Você cita Lênin muito bem.

Então, sob as luminárias da Motocolombó, viu pela vez primeira Joana enrubescer. Ela respondeu:

– Nem sempre. Essas coisas eu já sei de cor. É só adaptar ao Recife. – E se pôs a rir e lhe deu um tapinha. – Né não? – E o empurrou de leve com o ombro. Ao que ele respondeu comovido:

– Mas você adapta muito bem.

– É? Então me dê a mão e vamos juntos.

Desceram a ponte e começara a caminhar pela Imbiribeira. Era como se não houvesse pela frente mais de seis quilômetros. Às 10 da noite caminhar por aquela avenida era bom. Logo ali, no começo, ele e amigos já haviam passado momentos do mais fundo desespero, à semelhança do narrado em Os Corações Futuristas.

"Carlos bebe, todos bebem, numa infelicidade contínua.

– Eu seria capaz - Carlos fala –, eu seria capaz de beber todo o álcool que é mágoa.

Os olhos marejam. Baixinho, escondidos, marejam nas sombras. Seus pensamentos procuram um pensamento leve, menos perfurante. Choram baixinho.

João vomitou muito naquela manhã que se abria na Imbiribeira. Samuel lamentou não ter um revólver, uma metralhadora, uma bomba. Canhoto desejou que o seu pau borrasse de gala o céu estrelado. Carlos foi até o fim do uísque e não se embriagou por mais que desejasse. Madrugada e noite noves fora saíram abraçados. À espera de que o dia lhes recompusesse os dois lados do cérebro."

Agora, não, andar pela Imbiribeira era bom. O sol era longe, um horizonte onde pensavam não haver mais tormenta. Havia um cheiro de suor entre eles. Estavam sem tomar banho, no calor do Recife sob poeira e temperos fortes, havia 15 horas. Deviam não cheirar bem, mas existia um olfato íntimo que era filtro, onde cheirava mais alto o sentimento. O que mais se desejavam numa fascinação, que embriagava com doçura. Joana era amor e suor. Mas não era bela, se a víssemos à fria luz da fotografia. Vale dizer, no que a fotografia faz imóvel. Dizendo melhor, até mesmo em filme ela não teria a beleza de erguer uma paixão. É que as fotos, os filmes não totalizam, pegam as pessoas como formas exteriores. Joana era deselegante além do normal. Mas que graça nas suas roupas que não a vestiam. Ela seria modelo se o vestido fosse a sua pele, se o tecido industrial reproduzisse integral o calor, a pulsão nervosa das suas mãos, que latejavam. Se assim fosse, ela seria elegante. Mas para que desejava uma modelo, quando a mulher era o futuro e a passarela a Imbiribeira? Os outros de nada sabiam do cheiro do abacaxi trescalando nas noites da infância, em frente ao mercado público. Abacaxis apodrecidos, diriam os burgueses, por não conhecerem o doce além do ponto. Então os dois seguiam caminho, passando pela casa de Tonhão, deixando para trás o desespero de uma madrugada ali. "Desespero pequeno-burguês", diziam-se agora, sem o conhecimento de que entravam em uma nova forma desesperada. E para que desejavam saber do pesadelo que viria, e num crescente virá, para que adivinhar os próximos passos da repressão fascista, se o horizonte era a promessa de um alvorecer para a humanidade? Os sonhos vinham grandiloquentes, e de tal modo, que a eloquência era falar na voz do desejo. E com o gosto do sentimento íntimo, Blue Moon podiam cantar. "Eu ouvi alguém me sussurrando 'por favor, me adore'. E quando olhei para a lua, ela se tornou dourada". Se soubessem a canção, comentariam: "olha, eu prefiro a lua azul mesmo. Esse de ouro aí é muito capitalista pra mim". Mas não sabiam, e por isso falavam de tudo, de outras pessoas, entre risonhos e críticos:

– Você viu como ele é oportunista?

"Ele", no caso, é seu ex-companheiro. E Antônio se move solidário, para eliminar a concorrência:

– Total. Como é que um indivíduo pode ser tão canalha?

– Canalha eu não diria tanto. Ele possui também qualidades.

– Sim, é possível – Antônio recua um passo. E avança: – Mas um sujeito digno não pode ser oportunista, não acha?

– É, um oportunista, esperto, com suas contradições.
– Mas como foi que você se apaixonou por ele?
– Eu era muito jovem – Joana responde, na maturidade dos seus 22 anos. – Eu era muito imatura.

Mas agora, não, enquanto caminham há duas horas rumo ao que não sabem, agora, não, ela é madura. Meu Deus, o quanto a juventude pensa que sabe. Eu seria capaz de trocar o que aprendi até hoje pelo que pensava muito conhecer aos 20 anos. Ou melhor, pelo fabuloso e risonho conhecimento, devo dizer. Penso no que soube depois, jovens sendo trucidados, homens encolhidos em posição fetal, na cela escura e sangrenta à procura do abrigo do útero da sua mãe. Penso também no heroísmo raro, mais que a limitação da vida, em bravas pessoas. Penso na mais longa duração da juventude, resistente nos cabelos brancos, no coração a pulsar regenerado, no peito renascido para o amor. Como um broto que rebenta na árvore envelhecida, penso. E, no entanto, eles que de nada sabiam vão pela Imbiribeira, palmilhando a Estrada do Sol, de Jobim e Dolores Duran. Seguem tensos e felizes, imortais, porque são jovens, e portanto superiores à repressão da ditadura. Como poderiam os profetas falar dos milagres de Nosso Senhor Jesus Cristo? Eles jamais viram o que os jovens brasileiros no terror de Estado julgavam ser. Invencíveis, sábios, mais fantásticos que o gênio das Mil e Uma Noites. Silenciem os mitos dos tempos heroicos da Grécia. Silencie o coração de toda natureza. Eram os jovens, e o mais era bobagem com nome de ciência, arte ou filosofia. E com que certezas. Antes do marxismo, tudo e todos seriam os primitivos, da pré-história. Depois do marxismo, eles, os revolucionários que tocavam fogo na ditadura. E sem que falassem tais obviedades, caminham na Estrada da Imbiribeira. Como heróis em férias dispõem-se falar humildes de si mesmos.

– Ali, naquela casa, morava Tonhão.
– Ele é bom, de esquerda?
– Não é bem de esquerda. Mas toca violão, tem bom gosto musical.
– Deviam ganhá-lo para a revolução.
– Sim, mas Tonhão é difícil. Você não o conhece. É o cara mais simpático e irresponsável do mundo. Ele é capaz de furar um ponto fundamental, depois de passar uma noite na farra do Azuladinho. Naquele bar

que nós passamos em frente, em Afogados.

– Vocês são muito localistas. São muito presos ao lugar.

– Mas o Recife é nossa pátria. O que você quer?

– Um revolucionário é de todo lugar. Faz de todo lugar a sua pátria.

– Pois é. A gente começa pelo Recife.

– Um tanto provinciano, você não acha?

– É a terra da minha mãe. Esta é a minha província.

Ao lhe ouvir a voz modificada, Joana olha para Antônio. Ele vira o rosto para o outro lado da Imbiribeira. Acha que em algum lugar deve haver as terras da Internacional e da infância, unidas em um só corpo. Mas esse lugar há de ser desvendado, descoberto para a história da fraternidade. Joana fala:

– Você me largou agora. Me dê a sua mão.

Então ele lhe dá a mão e no encontro dos dedos sente menos desconforto com um internacionalismo onde não cabe a cidade do coração.

– Fale de você – Joana lhe pede.

– Não, é melhor ouvi-la. Fale de você.

– Em que você pensa quando vira o rosto? Dou um cruzeiro por seu pensamento.

– Vale nem isso... Uma angústia às vezes toma conta de mim. Ela me enlouquece. Eu fico a ponto de dar um tiro nas nuvens. De querer derrubar tudo em volta de mim. Como não posso, fico a ponto de me matar. Sumir. "Eu quero virá arcanfô" feito na poesia de Ascenso Ferreira. Isso é normal?

– Olha, se não é normal, é bom. Eu também fico a ponto de me matar. Mas quem fala é você.

– Eu fui ler Kafka. Foi pior. Kafka é muito realista com aquele mundo absurdo. Tem coisa mais absurda Tem coisa mais absurda que gostar de poesia no mundo capitalista? Eu fico a ponto de pegar a secretária velha.

– Que é isso? A secretária velha não é mulher?

– É, mas é corcunda.

– Mas que absurdo. E se seu fosse assim... – e Joana se curva – era menos mulher?

– Não, era Joana, a corcunda. Era até melhor, porque só eu ia te amar – responde, num ato falho.

— Sério? Pois agora eu vou ser Joana, a corcunda. Beije aqui as minhas costas. — Antônio lhe obedece, apesar do ridículo. E Joana: — Mas só as costas?
Assim estavam, quando avistaram um carro, um fusquinha da polícia. Joana se endireitou e lhe disse:
— Segure firme a minha mão. Não olhe.
Sentiram que o carro diminuiu a marcha por longos segundos. A respiração ficou suspensa até deixarem de ouvir o barulho do motor. "Será que nos esperam adiante?", Antônio pensou. Mas Joana repôs a tranquilidade:
— Besteira da gente. A repressão politica não usa carro oficial da polícia.
— De qualquer forma, caminhamos firmes para o fuzilamento — Antônio tentou gracejar. Mas Joana descarou a brincadeira:
— Como tem que ser. Morra com dignidade.
— Mas já ouvi dizer que García Lorca borrou as calças na hora do fuzilamento.
— Isso é conversa da direita. Ela sempre avacalha as vítimas de crimes. Lembra o que falaram do corpo torturado do Padre Henrique? Disseram que ele estava de calcinhas, morto pelo namorado. São uns canalhas.
— Espalharam que o trabalho do padre com jovens era coisa de homossexual.
— Ainda que fosse, e daí? O padre não foi morto porque seria gay. Ele foi morto pela repressão política. O mais é deboche fascista.
— Verdade. Eles querem reduzir pessoas a preconceito sujo.
Ele poderia dizer, se falasse hoje, que as pessoas fazem do mundo o seu espelho. Que reduzir gente a coisa é tarefa de quem é coisa também. Que fazer do homem um escravo é condição de quem se faz indigno de ser homem. Ou reduzir a mulher a sexo é possível aos reduzidos a igual condição. Que o homem, enfim, é o demiurgo do próprio ser, para baixo ou para cima. Onde ele toca se copia. Claro, se ele soubesse nesse tempo anterior, quando todos estavam no limite. Entre o abismo e a revolução. Mas estavam em 1972, de nada sabiam, deles próprios ou do ano crucial que viria em 1973. Ele pegava a mão de Joana um tanto sem jeito, porque ela era direção, ele, base. Ela possuía mais responsabilidades, e havia de ser defendida — ele preferia dizer protegida — dos assaltos da

repressão. Mas quem a defendia naquelas circunstâncias? Ele, o que não sabia a defesa de si mesmo. E por isso a pegava na mão, como se a conduzisse, na reinterpretação do morto carregando o vivo do bumba meu boi. Ela o guiava, mas ele era o guia formal. É fácil imaginar que, se estivessem armados, ela seria a primeira a atirar. Talvez a primeira e única atiradora. "Eu não sei atirar, Joana", ele poderia dizer, se sobrevivessem a um cerco. "E por que não aprendeu?", seria uma boa pergunta de Joana. "A minha arma é o que sinto, o que expresso", responderia. Absurdo. Se sobrevivessem, ele não poderia falar que a sua arma era a escrita, que tal sonho ele jamais e a ninguém contava. E assim caminhavam, o macho protetor e a fêmea protegida. Por que Deus autoriza o ridículo em toda a gente? Será que para nos dizer "quanto mais ridículo, mais humano"? De sublime e ridículo é feito o nosso barro, e por isso eles se conheceram naquela noite.

Sempre achamos ótima a cena final dos filmes de Chaplin em que ele segue sozinho depois de toda aventura. Isso comove, pensamos no homem só e tão sentimental, heroico e enxotado, como em Luzes da Cidade quando surge a ex-cega e se espanta diante do mendigo: "Você?". O vagabundo, digno de pena e de esmola, é o meu herói? Noto agora que caminhavam, Antônio e Joana, como dois Carlitos. Ou melhor, como um Chaplin de fundos rasgados que conduzia a sua cega antes da cirurgia. Ou seria a aparente cega que conduzia o salvador? De forma fria e realista, ela desejava Antônio, porque o desejo tinha o nome de Joana, a caçadora. Na ocasião, ela o queria pleno, mas ele não conhecia o jogo do caçado. E caminhava a seu lado sem saber o próximo passo, a não ser pôr um pé atrás do outro. Ele pensava em levar Joana para casa, dele, mas não tinha uma sequer, nem dinheiro para alugar um quarto, um apartamento, esses luxos. "Como levar Joana para mim?". E por não ter a resposta, caminhava sem rumo para a casa de Joana, enquanto ela se perguntava "até onde ele irá sem propor o fundamental?". Ela olhava para os lados como uma leoa, uma felina à procura da praça de combate, o ponto ideal para o ataque. E o guiador na guia guiado. Então atingiram um lugar na Imbiribeira onde crescia o mato, em um terreno desabitado. Ali, o proprietário havia levantado um muro precário, frágil, em que a delinquência da rua fizera buracos. E por eles, na penumbra da noite, se divisava um capim alto, arbustos e algumas árvores. A meia altura estava escrito "Abaixo a ditadura". Então Joana, apontando a frase, do outro lado da avenida comentou:

– Os companheiros já estiveram ali.

– É verdade. Não perderam tempo.

– Eu sou capaz de pela letra descobrir quem pichou... Vamos ver de perto?

Então começou a cair uma chuvinha fina. Atravessaram a avenida e foram até a frase. Joana se aproximou mais, a ponto de alisar o relevo das letras.

– Cuidado – Antônio lhe disse. – Se passa um carro da polícia, vão procurar saber o que estamos olhando.

– Sério? – E com a face risonha, molhada pelo chuvisco. – Onde vamos passar a chuva?

Ao lado da frase "Abaixo a ditadura" havia uma abertura por onde passaria um homem. Por ela entraram em direção a um descampado da mata escura. Começou a chover mais forte, chuva franca, aberta, desimpedida. Mas demorou muito tempo para que existisse depois aguaceiro mais acolhedor. Havia trevas, cheiro de bosta ao redor, que nem sentiam, porque tudo era perfume. Roçaram em urtigas, mas o ardor e a queima os encontraram imunes ao fogo que viesse de fora. Joana, a estremecer, sussurrava doce:

– Me abrace mais, estou com frio.

Antônio não podia vê-la, mas a compreendia com a visão dos cegos, porque o corpo de Joana era quente, de visgo de jaca, e tremia numa ondulação que era ritmo. A boca, ofegante, procurava oxigênio na de Antônio, no rosto, no pescoço, no peito. E aquela união que parecia ser tão difícil, que parecia exigir os maiores torneios e contorções dialéticas, se fez simples e verdadeira, sem qualquer artifício. Ela própria desceu a saia, o supérfluo, e se abriu como a pétala vermelha encontra o seu beija-flor. Ali não havia o lugar para técnicas de um kama-sutra. Era o carinho que fazia a sua ciência. Era o ser da carência que ensinava o caminho por onde iam e vinham. Era até mesmo o não-ir, o não-vir, o não-poder que cantava um Blue Moon que não sabiam cantar. Mas a canção veio conhecida no meio da mata escura, como se fosse a última nota de amor antes da morte. "Você me ouviu dizendo uma oração por alguém que eu pudesse cuidar. Então ouvi alguém murmurar 'por favor, me adore' ". E não deixaram de obedecer à ordem do coração. Houve minutos que duram além de 1972. Antônio não lembraria bem o que falaram adiante. Não lembraria aonde foram depois. A lembrança era da noite escura. E da felicidade, a partir de quando Joana decifrou a autoria da letra da pichação "abaixo a ditadura". E ele acreditou, atraído mais uma vez pela criação que vem das palavras. Assim como antes, lá no bar Pérola, quando o amor lhe desceu na frase "eu não quero te bagunçar". Então a bagunça o bagunçou de fato.

Capítulo 18

"O que foi que eu fiz?", Joana se perguntava sozinha no quarto, quando o sol bateu lá fora. As juras de amor não resistiam à manhã do outro dia. "Não seja leviana! – Eu?!". As vozes de ataque e defesa lhe vinham. E de modo mais claro, como se estivessem na escolha de dois abismos, ela não sabia onde agarrar, se no ataque, se na defesa. Quando se gritava – ou lhe gritavam - "Não seja leviana", era o mesmo que dizer "Vá fundo no amor que você escolheu. Não recue". Isso não era de todo mal. Recordava deliciada, "foi um bem. Eu fiz o que queria", e pulava outra vez o muro sem desejar saber do erro de obedecer à pura vontade. "Fiz o que queria". E não se dizia, por razões de modéstia, que ela escolhera a caça e o campo de ataque. Mas sabia, porque um sorriso lhe preenchia o íntimo. No entanto, ao reagir com "Eu, leviana?!", voltava o dever da disciplina partidária, que punha os interesses coletivos acima dos individuais. "Não sou leviana. Apenas obedeci num momento à ordem do coração. Posso corrigi-la. Tenho tempo". Podia anular as consequências da noite passada, e lembrou a pílula anticoncepcional. "É mais fácil acabar no começo. Feito aborto cedo... Eu, leviana? Joana, a questão é prática. O afeto se subordina à tarefa revolucionária. Certo? - Certo". Mas responder assim era muito difícil. Para ser coerente, nem devia ter começado. "Eu comecei? Eu?! – Sim, você. Lembra? Esperta, disse que não queria vê-lo bagunçado. – Mas era verdade. Eu não queria deixar o seu sentimento bagunçado. Eu vi nos olhos dele, nos gestos". Lá na Pérola, lembrava, num tique muito dela, ficou a acender e apagar o isqueiro várias vezes. E Antônio pôs o dedo em cima da chama para que ela não continuasse. Queimou o dedo e não sentiu, porque o fogo que ardia estava nele. E ficaram em silêncio com o isqueiro calado.

Vontade lhe dera de atritar a pedra do isqueiro e encostar a chama à face de Antônio. Ele explodiria. A paixão já estava no seu elemento e gás. "Eu não comecei. Tudo começou sem a minha vontade". E assim se falando, ela excluía a participação da agitadora do caos, da agente de mudança que era. "Ah, as coisas acontecem feito furacão de repente. Isso mesmo. – E tu és peteca, pra lá e pra cá? – Mas nem sempre temos o domínio do sentimento. Se dominasse, a gente só se apaixonava na hora certa. Não tem hora certa para o amor. Vem de repente. Não tem adivinho nem sábio para o amor. – Muito bem, menina. Se não tem hora certa para o amor, também não pode ser continuado a qualquer custo. Tudo que começa tem fim. Acabe". A isso Joana mordia o lábio inferior. "O que começa acaba. Simples, não é? Na dor dos outros tudo é fácil. Mas o camarada observe ..." e o seu dedo apontava a parede do quarto e via coisas loucas, "liberais", anárquicas, imorais cometidas pelos camaradas em inúmeros casos, casamentos, aventuras. "Para vocês, o tipo romântico. Para mim, a disciplina. – É oportunismo justificar um erro com outro. – Eu não estou justificando! – Simples. Não devia ter começado. Mas se começou, acaba".

Então voltava a lembrança da noite, como se fosse única, em muitos sentidos. A noite mais recente era exemplar em relação a outras com outros amantes ou namorados, que se foram. O amor seria isso, único, porque no seu momento é um indivíduo irrepetível na multidão? Quantas vezes havia amado antes amores únicos? Seria uma natureza leviana? Não se pode pular de galho em galho como os pássaros ativos. "Que o meu coração seja um pássaro livre – Pessoas são pássaros? São mais complexas, elas têm responsabilidade. Ser pássaro é coisa de maluca. – Como se pode ser tão insensível? Há em muitas lideranças um conceito primário. São literais, ao pé da letra. Ser como um pássaro não é ser um pássaro. É poesia. – A camarada peça então a sensibilidade da poesia aos vietcongues. – Ho Chi Minh é poeta. – Sim, mas do gênero revolucionário. Ho Chi Minh é fiel à revolução. Miremo-nos em Ho Chi Minh, não nos pássaros. – Meu Deus..." E Joana punha as mãos sobre os lados do rosto. Então ela sentia, com um início de prazer, o calor das próprias mãos. "Meu Deus, estará em mim o amor que procuro em outros?". E com isso queria se dizer meio culpada: "Como me fazem bem as minhas mãos". E para não mais se ferir, contornava o terrível pensamento de que não bem amara ontem, pois viveria em um desejo, uma carência insuportável, que a levava a fazer sexo até com marcianos. O amor seria um objeto do próprio ser, que se satisfazia com instrumentos. "Meu Deus".

O tormento da consciência era de tal forma, que ela revolvia a ferida, transformava a possibilidade longínqua em fato irrefutável. "Serei assim?". E senta o calor do dedos no rosto, e os molhava em lágrimas, e nisso alcançava um suspeito prazer, porque sorria ainda que chorasse. Mais que do próprio tato, sorria na lembrança da noite em suas mãos, porque nelas tivera o rosto, o pescoço de Antônio, quando os seios não eram mais só seus, eram dele também. "Serei uma pervertida por sentir prazer como se me bastasse? Ou terei uma vontade irrefreável de amar, de ser amada, sempre? – Na hora da luta, isso é individualismo. É preciso superar a fragilidade. Vamos lá, pássaro da noite... acabe com essa aventura".

E no entanto, por mais que ouvisse a voz retilínea da disciplina implacável, sentia no peito o calor da noite quando se abrigou do frio, da chuva, quando até se encharcar havia sido bom. Apesar do vento, do escuro, do perigo, da queimadura de urtigas, do mato áspero, que compunham o cenário do encanto. Todo o desconforto era o dado indispensável do real para os abraços, beijos e sexo. Sim, por que não dizer sexo? Sexo, sexo, sexo, e falou o que evitava em pensamento, sexo, mas com a necessária ressalva de "com afeto". E assim, com esse movimento ela evitava cair no chão do escracho, pois a redução do céu ao horizontal não era boa. A recusa de ver o sexo pelo sexo, ou fenômeno da carne pela carne, não fazia só um recuo moralista. Era, quem sabe, uma consciência oculta do que sentia antes, e por isso previa um desastre. O aviltamento de humanidades degradava também o autor da infâmia. E no desenvolvimento levava o infamado a pequenas ou grandes tragédias. Mas agora no quarto ela apenas rejeitava a visão do sexo como pura carnalidade. Ia se dizer "não sou amada", mas mudou por se saber fêmea fêmea, que adorava a poesia do sexo entre as feras. Não só carne. Era uma pessoa de afeto que abarcava do reino mineral ao humano. Mas como falar "sou água, terra, capim, leoa, puta e guerreira"? Como falar no tempo do preto ou branco, vermelho ou azul, onde e quando não havia gradação de cores ou possibilidades?

Então ela passava de um cigarro a outro, corria páginas na leitura de romances, arrumava roupas no quarto, tinha que se manter ativa para não se perfurar com o que não tinha resposta. Mas súbito parava e descia até a cama, e se anulava com os olhos apertados. "Vamos ao que interessa. Eu não devia ter feito. – Você acendeu nele um sentimento. – Mas em mim também. Eu o quero como companheiro. Para sem... Sempre é idealismo. Para até quando for possível. – Entendo. Até um prazo de validade, como um amor descartável. – Camarada, a vida de todos nós é descartável. De uma hora pra outra posso virar cadáver". Essa resposta ela não queria. O objetivo, o rumo era viver a vida como se fosse o último dia. O que devia ser afinal o lema de toda a gente, até mesmo a alienada. Mas sabia, claro, que entre toda a gente havia uma discriminação na ditadura. Os militantes socialistas, os quadros dirigentes, eram os preferidos da morte. "Isso não interessa. Vamos ficar imobilizados? Ao trabalho, Joana. – Acabe o que não devia ter começado. Acabe o que começou de modo tão irresponsável. Acabe. É uma determinação". Mas como isso a violentava. O mais difícil não era falar "companheiro, tudo acabado entre nós. Sigo viagem". Ia falar, imaginava, daria as costas e seguiria em pranto. Lágrimas depois secam. O difícil era desrespeitar uma pessoa e nessa pessoa um sentimento. "A revolução não é o passeio por um jardim. A companheira entende. O coração é revolucionário, o companheiro poderá entender. O amor não se sobrepõe ao Partido". E sentia correr sobre o corpo um dedo acusador. "São deveres de um verdadeiro comunista: primeiro, a dedicação absoluta ao Partido; segundo... – Pare. Eu sei dos meus deveres. Eu sou uma revolucionária". E se erguia da cama, e se queria forte, mas frágil, frágil com a insinuação de uma dúvida sobre o dever e caráter de um revolucionário. "Sei que sou. Mas é preciso definir as coisas. Não use as palavras de um modo militarista. – Companheira, pense no vietcongue. Pense num guerrilheiro do Vietnã recitando Vinícius de Moraes: 'De tudo ao meu amor serei atento....' – Sim, o que é que tem? O guerrilheiro é menos revolucionário por gostar de poesia? – Companheira, ele teve a família destruída por bombas. O napalm destruiu o que ele possuía. E você me vem falar de amor e poesia? Companheiros têm sido empalados, destruídos. Não seja estúpida".

E sorria vitorioso o quadro da disciplina que ela imaginava. Então ouviu distante uma melodia, e por ouvi-la, mais estúpida se sentia. Over sentimental. I'm getting sentimental over you. Ela se deitava e queria dormir para não mais acordar. Mergulhava do mais alto ponto do desespero, Joana, a voluntariosa. No profundo precisava ver o rosto que podia ser dela, um rosto só olhos, condenados, mergulho sem asas. Então ela jogava areia e água salgada em Antônio com uma outra que poderia, quem sabe, ser feliz. Mas só quando o mundo fosse socialista. Até lá, muita areia. Agora, não. Amar é um sonho de verão no Recife.

Para Antônio se tornava impossível entender as chamadas razões objetivas da separação. Como todo apaixonado, para ele o mundo inteiro era o seu sentimento. A humanidade se dividia em dois grupos: os que amavam e os que não, os medíocres. Para a sua paixão ele seria capaz de qualquer desatino, até mesmo o que considerava exílio ou desterro. Importava mais partir ao lado da maravilha Joana, aquela que seria a mais fêmea feminilidade. Ou aquela que encarnava uma febril inquietação.

– Você é um idealista – Joana lhe disse, enquanto ele tentava resolver todos os impedimentos erguidos por ela. - Tenho que seguir.

No impulso, ele partiria com Joana para a clandestinidade, sem dúvida. Não aguentava mais a vida de pequeno-burguês, que o magoava 8 horas por dia. Achava estranho que tal entrega não fosse revolucionária. Como se negar um engajamento quando os socialistas são poucos e caçados?

– Não é isso – Joana lhe respondeu. – Eu presto contas dos meus atos. Eu não sou sozinha.

– E eu, sou algum irresponsável?

– Você é um artista.

– O que é isso? O que você pensa do artista? Eu não vivo no mundo da lua.

E queria lhe falar, se a coragem o acudisse: "Eu sou um homem apaixonado. Você é a minha estrela e direção". Mas ficou a olhar para ela, ferido e raivoso. Tentava o controle para não explodir, porque seria capaz de atos ridículos e loucos. Ali mesmo, no centro do Recife, na Avenida Guararapes, plantaria bananeira. Tiraria a própria roupa para ela entender a sua eloquência. Tirava a dela também, essas coisas lhe vinham, e como prova de amor seriam os dois linchados na via pública. Ou de amá-la à força enquanto gritasse "eu só faço o que você deseja". Ou correr até a esquina do cine Trianon e lá escondido ver os passos seguintes de Joana, e segui-la até o momento em que comprasse a passagem de ônibus na rodoviária, então ele comprava uma igual, e de repente apareceria no assento a seu lado. Mas isso, no instante, era muito longe. O imediato era pegar a mão de Joana, e com a fugitiva algemada, lhe falar: "Eu é que sou o seu prisioneiro. – Então me liberte de você". Seria um diálogo absurdo. O que ambos queriam se tornava impossível. Ela partia, ele ficava, mas continuariam juntos.

– O fundamental, amor, é que estamos separados. Mas só de corpos – Joana lhe diz, tocando-o no rosto. Ele como uma estátua, petrificado. "Se eu fosse um maluco, eu a matava. Agora mesmo". – Não vamos continuar como antes – Joana continua. E prática, com o conhecimento das soluções provisórias que se transformam em definitivas, e por isso acendem uma esperança, emendou: - Não continuamos agora. Mas daqui a um tempo voltamos.

– Quando? – Antônio pergunta como um peixe a engolir a isca. – Quando voltaremos?

– Assim que a conjuntura permitir.

– O nosso amor é um joguete, uma bola que vai e volta.

Joana quis beijá-lo em frente ao Bar Savoy. Ele recuou:

– Você não vê que estamos na rua à luz do dia?

– Amor, como você é convencional. Um beijo respeitoso, pode? – E o beijou. Então ele disse:

– Já que estamos amigos, vamos tomar uma cerveja?

– Melhor não. Tenho que completar o nosso caso com toda lucidez. Melhor...

E Joana virou o rosto para o outro lado da avenida Guararapes. O sol do Recife tinha lente de lágrimas. E correu de repente em direção aos Correios. Antônio ficou parado, como se pudesse receber um postal de imediato. Nele, com uma letra que lhe parecia infantil e angustiada, na foto do Capibaribe ele chegou a ver: "Saudade do amor que um dia fomos". Então ele foi ao Bar Savoy e ficou a beber mudo, sem articular pensamento. Estúpido, como todo amante que perde.

Capítulo 19

O ano de 1972 foi um dos mais luminosos de nossas vidas. Como última luz de estrela, brilhou não somente por comparação às trevas do ano seguinte. Mas em si mesmo. Se não antecedesse viradas trágicas, seria um ano digno do mais caloroso afeto. 1972 foi como um disco vinil, uma canção que ouvíamos sem parar na radiola de ficha wurlitzer. Da embriaguez na noite ao arrependimento na manhã, havia sempre uma canção em nosso caminho, de Blue Moon com Ella Fitzgerald a Yellow Submarine e Chovendo na Roseira. Mas ao confrontar há pouco o sentido da memória, pude ver que levamos para um mesmo espaço acontecimentos de tempos diferentes. Isso quer dizer, os anos às vezes se confundem, unificados e na unidade do sentimento. Assim, guardei como de 1972 a manhã de um sábado em que ouvi Chovendo na Roseira em 1974. Por que a canção na voz de Elis Regina veio como se fosse de 1972? Entendo, ou procuro entender o amolecimento elástico do coração. É que na mesa do bar no Pátio de Santa Cruz ouvimos a voz de Elis e o piano de Tom Jobim. Ficamos suspensos na manhã de 1974 como se cantássemos em um jardim de pétalas vermelhas. "Olha, está chovendo na roseira, que só dá rosa, mas não cheira". Vinha um nó na garganta que deixava a gente sem fala, e o empurrávamos para baixo com goles de cerveja. "Adivinhou a primavera", pensei há pouco, de modo apressado, que podia ter sido no ano da luz de 1972. Mas se tivesse pesquisado no íntimo, veria que o sentimento num instante de 1974 não poderia ser o de 1972.

Depois do cataclismo de 1973, os encontros que pensávamos ser felizes não passavam de uma doce e serena tristeza. Diferente de 1972, quando houve alegria, luz de fogo e calor à beira do abismo. A longa queda, se houvesse, estaria bem mais longe, em outro planeta, porque a Terra possuímos à imagem de nossa pretendida felicidade. Adiante, proparoxítonos virariam cárceres, cadáveres, féretros. Mas não em 1972. Quero dizer, é noite no bairro da Encruzilhada. Melhor dizendo, é fim de noite na Encruzilhada. Mas nada de sombra ou soturno, como o encontro dos nomes noite e encruzilhada poderia sugerir. Naquele ano, fim de noite era apenas o começo das melhores promessas. O que significa: para a vida que levávamos durante o dia em atividades insignificantes, "alienadas", como as chamávamos, a empregar o nosso ser em mecânico bater à máquina de escrever, somar valores, conversar com pequeno-burgueses ignorantes, e mais o que o inferno aprontasse, enfim, a saída à noite era tudo que desejávamos. Livres, libertos.

Quantas vidas um homem tem para viver? Uma, duas, três, mil? Aqui expresso mais uma vez que a vida ou a trajetória de um homem nada tem a ver com a contagem física dos anos. Nem uma só pessoa tem a vida média de 70 ou 80 anos. Acreditar nesses números é tão míope, quanto, digamos, pouco inteligente. Quando fecho os olhos e recordo, descubro que todos temos seis, sete ou oito vidas. Até mesmo os que trilhamos o tempo no mesmo lugar, cercado pelas mesmas pessoas, se isso for possível. Então penso que em uma de nossas vidas, naquela noite na Encruzilhada, quando entramos em um bar próximo a uma parada de ônibus, popular, quase infecto, e nós nem sentíamos o mau cheiro, tão felizes estávamos, ali, o melhor prato era mão de vaca. Mesmo quente, sobrenadava nela a gordura. Mas para que diabo queríamos comer? Em 1972, quando vencemos o desemprego, a nossa fome era de cerveja e música. A nossa vida, para a qual daríamos a última gota de sangue, era para a revolução e o sexo, nessa ordem. Mas o sexo, que sonhávamos ter, possuía mais distância que a revolução. A Terra subvertida era ali, para já, estava em pleno curso na guerra do Vietnã, em Cuba havia sido uma vitória, e Mao, o gigante Mao, na China realizava a maior construção socialista. No Brasil, era um processo que levava no máximo uns três anos. Zacarelli nos afirmava, em contida ponderação:

– A ditadura está em crise. O imperialismo recebe derrotas em todas as frentes. E no Brasil, as massas vão se levantar, não demora.

Zacarelli não vacilava nem tremia a voz ao se expor assim tão peremptório. Ele falava um sentimento dominante. Os que duvidávamos do acerto, ficávamos incapazes de ir contra a humana esperança, porque toda história estava do nosso lado. Então cantávamos, a competir no volume com a vitrola wurlitzer: "we all live in a yellow submarine, yellow submarine". E repetíamos a ficha. Passo os olhos em volta na lembrança e só vejo a Wurlitzer, Narinha, Zacarelli e Alberto. É como se não houvesse outras mesas, lugar e pessoas. Havia imagens apagadas e distantes, porque estávamos em nossa própria nave amarela. E batíamos com as mãos e os pés que we all live in a yellow submarine. O nosso submarino eram as cervejas, os ouvidos e o sentimento. O mundo estava a um sopro de ser construído por nós. O sentimento de criação vinha do grupo – como era bom criar num coletivo, lembro -, a luz se fazia de nossas mãos e fraternidade. Em vez do cotidiano que vivíamos arrastados, do desprezo que nos lançavam, porque nos julgavam como jovens aéreos que não sabiam o conceito do mundo, ou seja, não sabíamos como trair, puxar o saco, falar sobre carro e mulher que só servia para o sexo, porque nem sequer sabíamos – ó suprema abjeção – saudar o presidente Médici, em lugar do nada que julgavam ser a nossa essência, em lugar do vácuo da simulação de bonecos, de joguetes de uma ordem que nos marginalizava, ali, em vez da infâmia que nos anulava, ali nós éramos os protagonistas, criadores do mundo que era um barro informe. Que felicidade, calor agradável no peito vinha da cerveja e do que podíamos fazer noite adentro.

Escrevendo agora, reflito e fico navegando no que víamos. Meu Deus, essa é uma realidade melhor vivida que narrada. A vontade que tenho é de largar tudo, me levantar da mesa onde escrevo e sair a caminhar pela praia sem rumo. Com a cara virada para o mar tenho vontade, para que não vejam meus olhos úmidos. Eu quero estar com esses marginais como antes, ou na compensação precária da lembrança. E paro e saio. Volto dois dias depois. Estive com eles nas últimas 48 horas enquanto fazia de conta que me achava no estádio de futebol, ou lia, ou conversava assuntos vários pra me distrair de mim. Mas estavam comigo, na mente e espírito. Então volto a eles, a esses companheiros à beira da felicidade e do abismo.

Na longa noite do bar da Encruzilhada, sopramos e mundo e nele plantamos o nosso ânimo. A nossa alma conforme o desejo.

– Meus amigos – fala Zacarelli -, que forças extraordinárias vão se levantar da humanidade.

A vitrola wurlitzer perto estronda. Nesse barulho podemos falar tudo, ou quase tudo, sem medo de que sejamos ouvidos, sequer pela mesa vizinha onde pode estar um policial.

— O gigante da China já se levantou e anda — digo. Ainda que uma voz do diabo me sussurre "para onde?", eu não o escuto, porque o maior diabo agora é a revolução chinesa. Ela vai nos redimir da desgraça em que vivemos.

— É claro - fala Alberto. — Mao é um pensador muito bom.

— Ele é um gênio, bicho — acrescenta Zacarelli. - O nível de Mao é o de Lênin. Não tanto pela contribuição à teoria marxista.

— E por que não? — Alberto pergunta. — Você já leu um texto dele chamado "Sobre a contradição"?

— Sim, claro — responde Zacarelli. — Olha, eu digo assim... como gênio prático, Mao é mais prático, entende?

— Mas a revolução de 1917 deve muito à condução prática de Lênin. Ou não? — Alberto fala. Ele é a própria contradição de Mao Tsé-Tung. Imprevisível, ele vai de um ponto a outro feito mercúrio de termômetro, ora frio, ora quente. Zacarelli tenta acompanhar as oscilações da escala Celsius:

— É claro. Sem Lênin, não havia 1917.

— Danou-se. — me espanto. — Ele fez o tempo? Não deve ter sido assim.

— Lênin foi fundamental, rapaz! — Alberto quase supera o volume da wurlitzer. — Sem ele, não tinha 1917.

— Assim... — Zacarelli dá um passo à frente, dois atrás. — Assim... não é que sem ele não haveria a revolução. Mas sem ele a revolução não teria a cara que venceu na história.

Narinha, a namorada de Alberto, a tudo assiste. Ela não é da discussão teórica, dos enfrentamentos na mesa do bar. No entanto, é jovem de rara dedicação às atividades de agitação estudantil. Cunhada de Vargas, vem do movimento secundarista, de onde mergulhará com Alberto no furacão próximo. Agora, não. Está de short, e com suas belas pernas distraída pisa nos astros, como na canção de Orestes Barbosa. Sorri cúmplice para ele, à espera de cantar onde houver um violão. Narinha não sabe se faz vestibular de História, Letras ou Psicologia. Se fossem os três as três partes dela, estariam bem organizados. Mas o mais grave da sua graça é que deseja o exclusivo curso da revolução. Pois onde, em que universidade receberá aulas práticas, encantadoras, quanto a enfrentar a ditadura brasileira? Onde, no Vietnã? Mas para aquele sacrifício sob o napalm ainda não está preparada. Talvez em Cuba, para o treinamento em guerrilha? Sim, pode ser, porque sente um gosto de caldo de cana, um socialismo mais conhecido do Recife. Mas agora não. Para ela o exemplo de Che na Bolívia ainda não está na ordem natural dos acontecimentos. Então ela os ama. A todos, a Fidel, a Che, a Ho Chi Minh, a Mao Tsé-Tung, a Zacarelli, até a mim, por efeito de vizinhança na mesa. Mas de um modo especial ama a Alberto, com quem vai casar e viver enquanto houver revolução. Assim espera. Mas no projeto de modo claro, nesta noite, enquanto é a única mulher na mesa, pisa nos astros. Nem precisa de sapatos altos. Pisa descalça, se preciso for, como uma felina a circular na savana. Quem a desejar se fala "é de um companheiro, respeita".

Eu não a desejo, penso agora, porque ela não me fala ao intelecto. Devo dizer, ela não me atrai à semelhança de musa. Mas nesta noite a felina passeia com suas vigorosas pernas pela savana. E na verdade, sem ela a noite seria menor, seca, estéril e sem graça. A maldade humana diria que no discurso todos queremos impressioná-la, falar para ela, para a sua fundamental presença de fera que deveria nos caçar. Seríamos mordidos e comidos por ela com a maior alegria. Ah se soubéssemos, fora do gracejo, que leoas destroem. Mas a maldade humana, por natureza, não sabe distinguir o grande do pequeno. Isto é, transforma toda generosidade em interesse mesquinho. Porque fora da maldade bem sei que nos envolvemos nos discursos com ideias tão boas ou melhores que o sexo com a bela graça. O discurso para nós é a revolução. E a revolução não é uma palavra. É a mais longa enciclopédia repleta de verbetes, significados, entradas, remissões, notas de pé de página. O que digo? Que mania estúpida é essa de querer abarcar a riqueza do fenômeno com uma enfiada de livros? A revolução é o que ainda não está escrito. Nós, chamados de terroristas pela ditadura, como se falássemos para 2016 o que sentimos em 1972, poderíamos gritar:

– Parem todas as bombas e tiros contra o sonho!

Depois falaríamos como falamos nesta noite no bar da Encruzilhada, enquanto a wurlitzer em alto som nos protege da delação:

– Vocês já pensaram no mundo extraordinário que podemos construir? – Zacarelli pergunta.

– Podemos? Nós já estamos construindo – Alberto fala com a mais absoluta certeza.

– Eu penso em tanta coisa absurda, que nem é bom falar – me escapa.

– Fala, fala e deixa falar – Narinha pela primeira vez, que eu guardo lembrança, intervém.

– É .... – quero falar e me acanho. Mas continuo: - Eu acho que o mundo melhor são crianças correndo entre borboletas, de manhã cedinho num dia de sol. E homens também, brincando no tobogã. Todo o mundo. Uma sociedade em que todos tenham direito de voltar a ser crianças.

E me calo, e penso em jogar mais ficha na wurlitzer, para que ela cante canções mais conformes ao pensamento.

– Já eu... – Narinha fala rindo – já eu quero um mundo cercado de bossa-nova. Acho assim: as crianças correm entre as borboletas num parque. Mas cada árvore é um violão. E quando nos encostamos nelas vêm sons, Chega de Saudade, O amor, o sorriso e a flor. E assim vai.

– Tocando, tocando – Zacarelli fala. - Era bom. Mas falando sério...

– Eu estou falando sério – Narinha o interrompe.

– ..Certo, certo. Eu quis dizer: falando sério de outra maneira.

– Narinha é muito poética – fala Alberto. – Mas nós queremos é a mudança de estrutura. O poder para o proletariado, Narinha.

– Você acha que é mais fácil que as árvores cantarem bossa-nova? – Narinha pergunta.

É claro que não – responde Alberto. – Se fosse fácil, a revolução já estava feita, Narinha.

– Então deixe as árvores cantando bossa-nova.

– De acordo – Zacarelli fala. – Nós queremos um mundo em que as árvores cantem um concerto de bossa-nova. – Todos riem. Zacarelli volta: - O que é que tem? Sonhar é livre. Como o homem não é um pássaro, ele criou um avião, entende? Se as árvores não cantam, nós cantamos por elas. Mas falando do concreto – e pôs a mão sobre a outra como se mostrasse um copo de plástico desmontável na infância. - Do concreto mesmo...

— A revolução é o concreto. Alberto fala.

— Isso, a revolução. O conceito do concreto... — E Zacarelli procura palavras, que não vêm, e só não há um silêncio porque a wurlitzer toca Alone Again. Ele para e continua: - A revolução, isso. Nós temos tarefas práticas a cumprir, entende? Práticas. Agitação no meio do povo, denunciar os crimes da ditadura, ganhar as ruas e levantar os oprimidos para a insurreição.

— Mas não só a massa mais popular. A pequena burguesia no Brasil é uma classe revolucionária — Alberto fala.

— A pequena burguesia, Alberto? — pergunto.

— Está em nossos documentos — ele responde.

— O que está dentro do escrito de Mao sobre a contradição — Zacarelli fala. — Mas só as tarefas práticas difíceis.

— Eu não quero falar de tarefas práticas! Pelo menos hoje, não — Narinha fala com sinais de embriaguez, mas como dizê-lo?, com uma lucidez clara na exposição da vontade.

— Ela é assim — Alberto intervém benevolente. — O que você quer que a gente fale, Narinha?

— Vamos falar do futuro — ela responde. — Do futuro de nós.

— O futuro é o socialismo — Alberto fala.

— Isso mesmo — continua Zacarelli. — O mundo do futuro é o socialismo. Isso é uma lei. Isso é feito a lei da gravidade. O capitalismo cai. Não tem como escapar.

— Então esse futuro não precisa de nós — o álcool me ajuda a dizer. — Esse futuro virá sem nós. Basta acompanhar a lei de Isaac Newton.

— Que é isso, você é louco? — Zacarelli me pergunta. — Nós não somos objetos fixos, parados sob o peso da lei, presos. Que é isso?

— Sim, mas não importa o que a gente faça — respondo. — Se é lei, o mundo nem precisa de nós.

— Meu Deus do céu — Zacarelli volta. — Nas ciências sociais, a lei é uma tarefa dos homens. Sem nós só haverá um deserto.

— Então a lei da gravidade somos nós. Ela só existe se nós agirmos — digo.

— Isso. A lei somos nós. Ela não está escrita antes. Somos nós que fazemos a lei.

– Um brinde para nós! – Narinha fala. – Primeira bateria, segunda bateria, já virou.... – Entornamos os copos.
– Ao mundo que desejamos – Alberto propõe.
E levantamos os copos descortinando as cidades do futuro. Então toca *Yellow submarine*. E começamos a bater na mesa e a gritar we all live in a yellow submarine, yellow submarine. É impossível o controle sobre nossos corações. No intervalo da ficha da vitrola, falamos com uma embriaguez de vozes e chamas.
– Ao mundo em que brincaremos como as crianças de todas as raças, de todas as cores. Todos seremos irmãos entre borboletas – um jovem em tudo igual a mim fala.
– As borboletas, de todas as cores, também serão nossas irmãs. As de asas vermelhas são gêmeas de nós próprios – Zacarelli fala.
– Com o som de nossos violões, paraguaios, brasileiros, cubanos. Violões latino-americanos – Narinha continua.
– Mas enquanto esse mundo não vem, o que vamos fazer? – Alberto pergunta. Caímos do alto para nova arremetida, à semelhança do avião que arremete, pega força e voa.
– Nós temos o direito de sonhar, Alberto. Incorpore-se – digo. – Sonhar é uma prática revolucionária.
– Venha, querido. Vamos juntos – Narinha lhe fala com um toque no braço.
Alberto sorri. Responde:
– Eu sou o melhor motorista do Recife. E vou ser o melhor motorista do sonho, botando ordem no caos. E vou ser inventor também. Vou inventar carros que voam como borboletas.
– O louco voador – Narinha ri.
– Claro – ele responde. – Você já viu que as borboletas não se chocam no ar?
– Nós entraremos no campo lindo entre crianças que pulam para tocar as asas vermelhas, amarelas – Narinha fala. – Vamos pular com elas.
– Para que servem as borboletas? – pergunto. – Nós vamos viver num mundo em que o valor de uma coisa não é a sua utilidade.
– Para que servem as borboletas? – Narinha pergunta.
– Elas polinizam – Alberto responde.

– Não é isso, meu filho – Narinha responde. - Que horror. As borboletas servem para alegrar os olhos, para encher a gente de felicidade com as suas cores.

– Tudo que serve para alegrar é borboleta – Zacarelli fala. – Esta mesa é borboleta. As cervejas são borboletas. Os Beatles, Paulinho da Viola, tudo que alegra. Nós somos borboletas.

– Vamos voar, amor? – Narinha propõe a Alberto.

– Vocês estão bêbados – ele responde rindo. – O que foi que vocês misturaram com a cerveja?

– Borboletas, borboletas – falamos todos. Alberto se dobra de tanto rir. E se levanta da mesa com os braços imitando asas, e dá saltos.

– Genial – Zacarelli grita. – Vamos pular também?

Começamos a saltar como pesadas borboletas. As pessoas nos olham atravessado, com ares da zombaria que reservam para os veados. Zacarelli percebe e reclama:

– Porra, não podemos ser felizes um instante? Que repressão...

– O que foi? Tem policial aqui? – Alberto pergunta em voz baixa, num baixo à sua maneira.

– Não é isso. É que estão pensando que somos frangos – Zacarelli fala.

– É? Que é que tem? – Narinha pergunta. E grita: - Eu sou uma franga!

Alberto a beija:

– O casamento da franga com a borboleta.

Passa uma sombra por mim. Me bate a intuição de que nunca mais nos veremos como nesta noite. Mas antes passa outra sombra, rápida, que espanto para longe: nós somos inadaptados à ordem dos acontecimentos. Nós somos e estamos marginalizados. A culpa é nossa ou de quem? Na hora, praguejamos no íntimo contra a estupidez, contra a alienação das pessoas que não entendem o novo mundo que vem. E, de fato, nada intuitivos, sentimos crescer uma onda hostil, murmurada, com risinhos e expressões de zombaria. A garçonete só nos atende com um tom de mofa.

– O que os amiguinhos querem agora?

Esses "amiguinhos" significam o mesmo que "bichinhas". Me digo, ela não sabe de nada. Nem imagina o mundo pelo qual lutamos. Na sociedade que virá, ela não sabe, a mulher será amada, será liberta da exploração, mas para ela não passamos de um bando de veadinhos que talvez sonhem com o mundo da poesia futura. Nem nos ocorre, nessa noite de 1972, que se entre nós houvesse um gay ele seria uma das borboletas da humanidade. Mas essa visão ainda não é encarada por nós. Pior, quando se mencionou, tão despreparados estávamos que a desconhecemos, como no dia em que nos falaram sobre o Gordo. Por enquanto, ouvimos "with a little help from my friends". A vitrola é uma ponte entre nós, a vanguarda, e o atraso, os outros no bar da madrugada. Por Deus, quanto nos enganamos com os papeis que a história nos joga. Ali, acontece conosco a defesa, uma autodefesa de pessoas marginalizadas. Passamos a falar um código próprio que, apesar de falado em bom português, não será entendido pelos de fora.

– A realidade se faz todos os dias, em caminhos nunca vistos – Zacarelli nos diz.

– O carequinha bolchevique – respondo – falou uma vez sobre as astúcias do real.

– Até nós – Alberto ri – somos parte do real.

– Se a gente contar, ninguém acredita – digo. – Como é que vão acreditar que hoje somos como as borboletas? Mas não voe, por favor, Alberto, se não nos matam.

– Pelo contrário, devemos voar – Zacarelli volta. – Em sentido metafórico, entendam. Devemos pairar como as águias lá em cima para ver o conjunto da sociedade.

– Eu me satisfaço em ter as asas amarelas – Narinha fala. – Entre as flores.

– O que é mais difícil, ser águia ou borboleta? – pergunto.

– Vamos ser os dois. – Alberto responde. - Não vamos sonhar pouco. Eu quero a alegria e o pensamento.

– Viva! Amor, você é o mais lúcido – Narinha fala.

– Lúcido e inserido no contexto – Zacarelli fala, enquanto passa os olhos como uma águia sobre as maravilhosas coxas de Narinha. Alberto percebe e acaricia as asas da sua borboleta. É um gesto de posse e afeto, se em algum lugar isso for possível.

Nós somos carnais e somos puros, vejo à distância, nesta insanidade de estar de corpo e alma em 1972 e 2016. Eu os vejo, eu nos vemos como jovens desarmados para a maldade do mundo. Temos necessidades imperiosas, bocarras abertas e famintas que tudo querem, mas não temos ainda a experiência do sabor provado. Falamo-nos as maravilhas dos vinhos que não bebemos, ambrosias, banquetes finos que não foram desfrutados, joias no colo de musas, e pelo desejo entramos como bárbaros no palácio da burguesia. "Sirvam à mesa. Agora, urgente, antes que este curto tempo passe". Nisso, todos somos puros e carnais em um só momento. Mas onde somos só puros – supondo o isolamento da pureza - é quando não sabemos o preço que deve ser pago para a obtenção do luxo dos sentidos. Isso quer dizer, o quanto teríamos de largar o caminho reto da consciência. No estágio da pureza nos falta a provação do sangue. E os acenos tentadores da conformação social, que premia os caídos no fascínio. Mas desconhecer não é o mesmo que ceder na hora da prova, ou da provação. Há uma reta luminosa, do brilho realista ao cometa, que vai atravessar aquela mesa em 1972 e vem até 2017. Tento mergulhar nos grãos de pó dessa luz.

Zacarelli se levanta e com o copo erguido, cheio de cerveja à semelhança de taça de champanhe, fala:

– Proponho um brinde à nossa felicidade.

Levantamo-nos em impulso automático, à maneira do público que se levanta num espetáculo.

– À nossa felicidade! A nossos melhores dias! – gritamos.

As mesas em torno observam o grupo de jovens para lá de esquisitos. Mas com um ar simpático desta vez. É como se falassem a si mesmos, "são doidos, que é que tem?, doido também é gente". Nossos copos se batem ruidosos. Sentamo-nos. E com sorrisos ficamos nos olhando. Falamo-nos em silêncio: "Então, qual é a próxima? Venha o que vier, aqui vamos". Então me ocorre falar como o diabo que sempre salta em nós no meio da felicidade. E falo:

– Será que temos o direito de ser felizes?

– Não existe nada no marxismo que proíba a felicidade – Alberto fala.

– Eu sei, rapaz – falo. – Eu me pergunto é se temos direito à felicidade quando temos companheiros se fodendo.

– Claro, estamos revigorando as nossas forças para a luta – Zacarelli responde.

– Mas como é que podemos gozar a vida, enquanto o povo está na pior situação? – pergunto.

– Bicho – Zacarelli responde. – O povo fode, o povo bebe, o povo se embriaga a ponto de dar cambalhota.

– Sigamos o povo, companheiro – Narinha fala, com uma piscada de olho. Então me levanto:

– Ao povo! Um brinde ao povo.

Entramos juntos com um prazer sem remorso. A vontade que dá e de cantar os versos de Castro Alves, "auriverde pendão da minha terra que a brisa do Brasil beija e balança". E nos abraçamos. E com uma nova ciranda entramos a rodar, a pular, ainda que numa dança diferente da canção que a wurlitzer toca agora, alone again. Zacarelli fala alto:

– Era bom que houvesse o maior samba do mundo. Um samba da fraternidade, meus amigos. Um novo samba.

Para desgraça nossa, o samba mundial não encontra ali os seus melhores indivíduos. Mulheres com a maquiagem seca na madrugada, lábios com batom descorado, ao lado de parceiros de aparência feroz ou estúpida. Ali não está a nossa humanidade do quadro A Dança, de Matisse. Sentamo-nos. "A nossa humanidade é seletiva?", um demônio me pergunta. E falo:

– A esta hora Tonhão está com as meninas lá em Porto de Galinhas.

– Tonhão, Tonhão? – todos perguntam na mesa.

– Sim, ele mesmo – respondo. – Tonhão sabe viver.

– Por que não falaste antes? – Zacarelli pergunta.

– Não foi nem esquecimento – respondo. – Eu pensei que não cabia a nossa turma na turma de Tonhão.

– Besteira – Alberto fala. – Um encontro legal, fim de semana, não é clandestino. Cabe todo o mundo. Se soubesse antes, a gente podia ter ido pra lá.

– Mas ainda há tempo, bicho. – Zacarelli fala. – Que horas são? Quatro da manhã. Vamos?

– Eu não sei como Iza vai nos receber – provoco. Iza é uma das musas pretendidas por Zacarelli.

– Iza está lá? Vamos embora. É a minha proposta. – E se dirigindo a mim: - Iza tem umas amigas do curso de medicina, que sempre andam com ela. Com certeza, estão em Porto de Galinhas. Que me dizes?

– Você sabe onde fica Porto de Galinhas? – pergunto.

– Não – ele responde. – Mas sei que onde Iza e cervejas estiverem, lá estará o paraíso.

Todos riem. E vencido pela felicidade que virá, levanto o copo:

– Vamos pra Pasárgada?

– Vamos!

Saímos rápido porque já estávamos atrasados. Pasárgada não podia esperar.

No carro, baixa em Alberto um súbito espírito de sensatez:

– Mas o que é que eu vou dizer em casa?

– Que está com os amigos – respondemos todos ainda em gozo da libação.

– Tinha graça – ele responde sombrio e sensato. – Isso é exatamente o que papai não aceita. Ele sabe quem são meus amigos.

– Você diz que vai dormir lá em casa – Nelinha fala.

– Você é louca, Nelinha? – pergunta o súbito ponderado. – Ele nem sabe que nós namoramos. – E continua: - Vocês não sabem quem é papai. Ele já foi do partidão. Ele fala que a velha guarda chama a gente de espiroqueta. Nós, os pequeno-burgueses, só trazemos sífilis para os operários, ele fala. Porra, quando ele acordar vai saber que não estou em casa. Aí vai me dar um castigo, eu vou ficar sem o carro. Isso não pode acontecer. Como é que vou cumprir minhas tarefas? Não dá.

Eu me calo, porque já começo a perder o entusiasmo por Pasárgada. Estarão mesmo Iza e amigas na praia, sem ninguém, à espera de que a gente chegue como a salvação do amor? Mar, trepar e namorar, será mesmo assim, a excelência do peixe agulha frito com cerveja no capricho? Nelinha se cala também, amuada, pois não sabia que era namorada clandestina e indesejada. Mas Zacarelli tem os olhos na esperança do encontro com Iza. E não recua:

– Calma, Alberto. Eu tenho uma solução. Você dirá que teve que ir a um enterro. Entende?

– Mas que enterro, Zacarelli? Um enterro sem aviso? Papai é esperto.

– Deixe um bilhete na porta – Zacarelli responde.

Então a esperança, movida pela solução imaginosa, em mim se renova. E pergunto, para amarrar melhor a mentira:

– Enterro de quem? Nome, onde?. – E Zacarelli, genial, responde:
– Morreu o meu tio Damião. De infarto do coração.
– Infarto é de repente. – Alberto fala. – Mas por que vou pra casa avisar e depois volto pro enterro?
– Meu amigo, e o velório? – Zacarelli defende. – E o velório? Nós somos cristãos e cumpridores do rito fúnebre.

Todos gargalham. Quando o carro para ainda está escuro. Os malditos cachorros latem na vizinhança da casa do pai de Alberto. Mas quem vai pra Pasárgada tem pressa. Arrancamos com dedos ágeis e precisos uma folha de caderno e nela Alberto escreve: "Morreu o tio Damião / de infarto do coração". Empurra a folha por baixo da porta, volta e liga o carro. A caminho de um lugar que não sabemos onde fica, me ocorre:

– Zacarelli, o bilhete tem rima. Essa mentira não cola.
– É que já penamos na forma poética – ele responde. Rimos.
– Esquecemos de escrever de quem é o tio Damião – Alberto fala. – Ele era tio de quem?
– Diga que foi meu tio – Narinha responde. – Seu pai nem me conhece mesmo.
– Certo – Alberto morde o lábio, mas se recupera: - Viva o tio Damião?
– Viva o morto – respondemos. E descubro afinal:
– Mas onde fica Porto de Galinhas?
– Tu não sabes? – Zacarelli joga a culpa de volta.
– Não – respondo. Escuto as vozes no escuro do carro: "Porra, como pode? Puta que pariu. E agora?". Mas falo: - Na Estação Rodoviária informam.

O dia começa a clarear quando chegamos à Rodoviária no Cais de Santa Rita. Subimos ao primeiro andar. O guia pergunto:
– Por favor, onde fica Porto de Galinhas?
– Ali, no guichê 13.
– Não quero comprar passagem. A gente quer saber o caminho.
– Estão de carro? Vão até o Cabo, depois peguem à esquerda.
– Certo. E o Cabo...?
– Vocês são daqui? Vão pela Imbiribeira, passem pelo aeroporto e sigam em frente.

Perfeito. Quando Alberto liga o carro, se queixa:
– Estou com um sono danado. Faz dois dias que não durmo direito.
– Mas dá pra seguir, não dá? – pergunto em pura retórica.
– Acho que dá – responde. – Ninguém mais aqui dirige?
– Nosso destino está nas tuas mãos – Zacarelli responde.
– Tu me deixas ir no teu lugar? – pergunto a Narinha, sentada à frente.

Fazemos a troca. Olho para Alberto. A expressão do seu rosto é tenebrosa. Ele tem os olhos abertos como se agarrados por prendedor de roupa. No automático, o carro voa Imbiribeira acima. De vez em quando Alberto pisca, e depois da piscada arregala em punição os olhos. Estão vermelhos, com raios de sangue, esbugalhados. O carro mal toca o chão.

– Vai falando comigo – Alberto me diz.
– Eu estou falando.
– Eu sei... – E o olhos se fecham.
– Alberto! – eu grito. – Você já trepou?
– Ah – e gargalha. - Narinha é que sabe.
– Foder é natural – Zacarelli observa.
– Mas falar para os outros não é – Narinha responde.
– Narinha está certa –Alberto fala. – Na verdade, a gente nem chegou ainda, não foi, amor? Ficamos só no começo...
– Cala essa boca! Que é isso?! – Narinha grita.
– Se ele fechar a boca, o carro vira – digo.
– Calma, não é assim... – ele responde. E o carro oscila para a esquerda.
– Alberto! – acordo-o. Ele repõe a direção.

Estamos a caminho do Cabo e a estrada é monótona às cinco e trinta da manhã. Passam caminhões com trabalhadores do corte de cana. Há um cheiro de melaço, de fermentação no ar, embriagante, doce, entontecedor. Era bom dormir só um pouquinho, um segundo, mas a minha tarefa é vigiar os olhos de Alberto, que não podem parar de se mover, ou estará hipnotizado. O ponteiro da vemaguete vai a 120 quilômetros por hora.

– Você está com a velocidade máxima – falo.
– Eu sei. A estrada está livre.
– Se a gente morresse, era rápido – Zacarelli fala. – Vamos todos pra Pasárgada.

O ponteiro da Vemaguete oscila para ir além dos 120. O motor do carro está em plena potência. Ele é como nós, com a diferença de ter seus objetivos alcançados. O vento sopra ensurdecedor na janela. Olho para Alberto. Ele pode dormir feito coruja, e por isso pergunto:

– De que você mais gosta? – Imagino que por falta de imaginação sou ridículo. Mas pior é o choque num carro na outra mão. Ele não me responde, e por isso volto: - Você gosta mais de comer ou de foder?

– Dos dois.

– Sim, mas qual é o melhor?

Ele não responde. O carro sai da reta.

– Alberto! – Dou-lhe uma cutilada na costela.

– Porra, isso dói.

– Abra os olhos!

– Eu estou vendo tudo.

Mentira. Os olhos vermelhos, de fato, estão abertos. Mas resistem serenos, sem vida. Estão fixos e divagam longe arregalados. Os olhos de Alberto estão abertos como os dos mortos quando não se fecham. Ou como os de uma coruja empalhada. Isso vai dar uma merda colossal se eu não gritar:

– Alberto!

– Tranquilo. Você é medroso. .

É demais. O cara cochila na vemaguete a 120 por hora e eu é que sou medroso. Fico puto e me digo: "eu vou deixar esta merda virar".

– Alberto, não é isso – Zacarelli fala. – Ele está cuidando da segurança de todos nós.

– A segurança do carro é comigo –Alberto fala. – Eu sou o melhor motorista do Recife.

– Mas os melhores também morrem – Zacarelli retorna.

– Fiquem tranquilos. Estou bem.

– Está bem cochilando a 120 – falo.

– Que absurdo, rapaz. – Alberto responde. – Quem foi que cochilou? Absurdo.

Percebo que é melhor espicaçar o seu amor-próprio. Com raiva, ele se manterá acordado.

– Você é capaz de se lembrar do que lhe perguntei antes? – pergunto.

– Você não perguntou nada – ele responde. – Você me acusou. Disse que cochilei na direção.
– Todos viram que você cochilou.
– Mentira! Isso é uma calúnia!
E se vira para mim, com o carro voando. Ele retira uma das mãos do volante para ser mais enfático. Neste exato instante o carro se inclina para a esquerda. Vejo do outro lado um grande FNM, que buzina.
– Cuidado!
Ele repõe sem tempo de perceber a mão que havia tirado e lhe dá um leve toque para a direita. O carro volta.
– Porra! – grito. – A gente ia se esbagaçar no caminhão. Para este carro. – Respiro fundo e pergunto: - Gente, não é melhor desistir da viagem? – O carro desce para a margem da estrada.
– A gente podia cochilar um pouco no acostamento – Zacarelli responde.
– Absurdo, rapaz – Alberto fala.
– Talvez voltar tenha o mesmo risco de continuar – Zacarelli pondera.
– Amor, você está bem? – Narinha pergunta. – Quer que eu vá pra frente morrer com você?
– Absurdo, Narinha. Vamos embora – Alberto responde.
– Então vamos fazer um trato – Zacarelli fala. – Você dirige. Mas Júlio é a nossa segurança. Certo?
– Vamos embora – ele responde.
As mãos de Alberto tremem ao passar a marcha royal da vemaguete. Acusam o susto. Sinto que a discussão também lhe acabou o sono. Pelo menos logo que o carro sai do acostamento.
– Até aqui o diabo nos ajudou – falo.
– Vamos cantar? – Narinha pergunta. E começa: - *We all drive in a yellow submarine...*
– *Yellow submarine, yellow submarine...* – Zacarelli continua.
Mas não sabemos o resto. O silêncio cai por minutos. A tensão ainda existe, até o ponto em que Zacarelli dá o mote:
– É uma aventura.
– Nós ainda vamos contar esta história – falo.
– Será? – Alberto pergunta.

A sua pergunta tem o sentido de "estaremos vivos até lá?". Então o riso se instala, de volta a alegria. Uma das razões é que já passamos do Cabo de Santo Agostinho. Entramos em uma estrada longa, de barro, com uma seta que anuncia Porto de Galinhas. Mar verde do canavial pelas margens. E passamos a discutir questões práticas, que nem sabíamos existir no paraíso:

– Estou sem calção – Alberto fala.

– Tonhão empresta – respondo.

– Tonhão, com aquela altura, vai dar uma bermuda em Alberto – Zacarelli fala.

– Se as meninas não estivessem lá, a gente podia tomar banho de cueca - falo.

– Tudo bem. As meninas são liberais – Zacarelli responde.

– E eu, Alberto, tomo banho sem roupa? – Narinha pergunta. E Alberto., para se mostrar avançado:

– Toma de calcinha e sutiã, amor.

– Mas eu não uso calcinha, amor – Narinha responde.

– Sabia não, camarada? – Zacarelli pergunta.

– Claro que eu sei – Alberto responde. Todos riem. Alberto, sério, me pergunta: - Você sabe aonde vamos parar?

– Em Porto de Galinhas.

– Mas eu pergunto em que casa, em que rua.

– Este é o problema. Não sei – respondo. De vários pontos do carro ouço "que irresponsabilidade". – Vamos em frente. Da força da nossa união acharemos a resposta.

– Grande! Era só o que faltava... – fala o coletivo.

No entanto, quando o carro descobre a linda praia de Porto de Galinhas, todo nosso receio e mau humor vão embora. Em 1972, ali existia o lugar mais próximo do paraíso. Mar azul, o que já era para nós uma revelação, porque o mar no Recife era verde. A praia é de mar azul e areia branca, que parecia açúcar refinado, pensávamos. Jangadas, coqueiros e ar puro, uma brisa que soprava e envolvia o rosto como uma carícia. Éramos bem-vindos em bem-aventurança. Como ser infeliz aqui? Nós nem nos olhávamos nem víamos as nossas caras de ressaca, sem dormir, com hálito explosivo de álcool. Para quê? A nossa cara, que víamos, era o mar brilhante em um sol que transmitia felicidade, calor no rosto e no peito melhor que a onda de cerveja na véspera. Os coqueiros moviam folhas à semelhança de pás de moinhos de vento, mas com seus verdes luminosos não nos deixavam quixotes. Apenas queríamos matar os gigantes que se levantavam contra a revolução, apenas. A sua visão parecia nos pôr fortes, renovados. E jovens, com o poder jovem, que nos enchia de um ser de criança.

– Viva a revolução! – gritamos.

– Bicho, o século é nosso – Zacarelli fala do fundo do carro. – Esta é a nossa hora e vez.

– Podíamos descer um pouco aqui, curtindo esta hora – falo. – Vamos?

O carro para, Narinha é a primeira a sair. Pula, salta no short, que sabemos agora nada ter embaixo. Que importa? Faz parte do mar e do sal. Alberto a segue feito o cachorrinho que acompanha a sua dona. Estamos todos bobos, olhamos o céu, o mar, o sol, águas mais belas quando recebem a primeira luz tropical. "Aqui Deus criou o mundo", sentimos. Mas nos encanta, além da beleza da praia quase deserta àquela hora, nos deixa tontos o contraste com uma soturna intuição de que a felicidade ali fosse o nosso último instante. Por que a sensação do feliz tem que se contrapor à mágoa, como pano de fundo ou anúncio de tormento? Tínhamos um difuso sentimento que muitos chamam de precognição. Mas pelas condições da ditadura, a precognição era uma experiência já vista. Tão natural, que não nos predizíamos uma idade madura, com os cabelos brancos. Essa possibilidade era uma impossibilidade. Só agora descubro por que o nosso peito estoura de alegria, quando Zacarelli abre os braços tentando abraçar o oceano:

– Somos jovens.

E começamos a rir, como se ríssemos de um absurdo, porque aos 20 ou 21 anos não podíamos ser outra coisa. Esse era o nosso pretexto de rir. Mas ríamos de fato era com a hora que foge, que partia de nós como um trem-fantasma a penetrar no escuro.

– Podemos fazer tudo que queremos? – pergunto.

– Acho que quase tudo – Alberto responde, olhando para Narinha.

– Por mim, é tudo. Podemos fazer tudo – ela lhe diz.

– Desde que a gente saiba dosar, não é? Em princípio, é tudo. Na prática, quase tudo – Alberto fala.
– Quando se ama, pode-se fazer tudo – ela responde. Faz-se um silêncio.
– Nós somos jovens e o mundo é nosso, não é, Zacarelli? – Alberto pergunta e sorri.
– Sem dúvida – ele responde. E sem transição: - E os nossos amigos? Não vamos ficar aqui sem eles.
– Acho que Iza já deve estar aflita na solidão: "Meu Deus, o que fazer sem Zacarelli?" – brinco.
– Não duvides, bicho – ele me responde. – Tu verás como ela me recebe. Os teus olhos incrédulos serão testemunhas.
– Então vamos – Alberto fala.
– Calma – respondo. – Nós ainda temos que saber para onde.

Entramos no carro e saímos a rodar. Encontramos pescadores consertando uma rede. Desço e pergunto o que seria impossível perguntar hoje:

– Bom dia, amigo. O senhor sabe onde estão veraneando uns estudantes?
– Olhe, na Rua da Esperança sempre tem umas casas com estudantes.
– Certo. E onde fica a Rua da Esperança?

O pescador me olha com uma profunda piedade nos olhos:

– Hen-hem. Sabe não? O seu carro já está nela.
– Ah, certo. – E tão estúpido me sinto que volto a perguntar: - Mas a Esperança é pra frente ou pra trás?
– Hen-hem. Pra frente e pra trás é tudo Esperança.

Volto para o carro e comunico:

– Aqui é a Rua da Esperança. Os nossos amigos estão nela.
– Mas o pescador lhe disse o número da casa? – Alberto pergunta.
– Não. Me disse que pra frente e pra trás é tudo Esperança - respondo.
– Olha, tem um rapaz ali – Alberto aponta um jovem em frente a uma casa de barro e palha. Vou até ele.
– Bom dia. Tu sabes de alguma casa onde estão uns estudantes?
– Assim, não sei – responde. – Por aqui sempre chegam estudantes.
– Mas é uma casa onde estão umas moças. E um rapaz alto, negro.

– Ah, sim, já vi esse rapaz. Lá embaixo, tem uma casa de taipa com varanda. Acho que é ali.

– Certo – respondo. E para ser mais exato: - Casa de taipa à esquerda ou à direita?

O jovem me olha surpreso.

– O senhor vem de muito longe? Aqui só tem um lado. Do outro, é o mar.

Agradeço e volto:

– Vamos adiante. É uma casa com varanda. E fica em frente ao mar!

A vemaguete roda mais uns cinco quilômetros e para. A localização não podia ser mais precisa: com varanda, de frente para o mar, estava uma casa.

– É esta - vitorioso, aponto. – Vamos fazer uma surpresa.

A casa está fechada. Sete da manhã do sábado. Para nossa felicidade, há latas vazias na frente da varanda. Como era comum, um tem a ideia, todos a aprovam, e começamos a bater com as latas na porta, na janela, endiabrados. Não acreditamos em tal situação – jovens como nós, dormindo às sete da manhã com o dia cheio de promessas. Então batemos a gritar:

– Olha o leite! Olha o leite!

O primeiro a sair é o homem da casa. O homem é o incrível e safado Tonhão. Com os pequenos óculos descidos sobre o pequeno nariz. Só faz rir e falar:

– Sinceramente, sinceramente.

É claro, Tonhão está feliz com o assalto desses caras suados, sujos, plenos de contestação e ideias. Vem nos abraçar:

– Sinceramente. Isso não se faz.

Zacarelli ergue o braço:

– Tonhão, você era o nosso representante até a nossa chegada. Agora, a vanguarda chegou.

– Os bárbaros, os bárbaros – Tonhão ri.

– E as meninas? – Zacareli pergunta. E baixando a voz: – Iza ainda está dormindo?

– Está – Tonhão responde. – A princesa dorme.

Mas chamada pelas batida da porta, vinda de um quarto aparece a buscada Iza, a dama dos romances de cavalaria. Ela vem, delicada, cabelos curtos, óculos redondos, ar de menina tímida. Mas do gênero das que têm secretas perversões, que se divertem em pôr gato no congelador, e que se escondem no porão pra fazer sexo entre móveis antigos e livros obscenos. Ela vem suave, sem alarde, com uma cara séria. Iza não é bela. Era preciso, creio, um grau especial de patologia erótica para se enamorar dela. Mas sempre notamos nos outros os defeitos que também são nossos. Assim posto, creio que Iza não seria notada na rua, na festa, no teatro ou no cinema. No afeto, na paixão, sim, ela seria imbatível pretendida. Como agora, no coração de Zacarelli, quando ela vem pisando leve de sandália. Branca, com a pele queimada, está de shortinho – a cruel quer matar de suspiros os ateus solitários: "Deus me habite, Deus me socorra", os olhos de Zacarelli brilham de loucura.

– Tudo bom, Iza? – ele a saúda em voz aveludada.

– Oi – ela responde, automática, fria.

Para nós, que conhecemos os devaneios de Zacarelli, este é um espetáculo que não desejamos para o amigo. Na sala de tijolos da casa eles representam O Apaixonado e A Indiferente. Eu vi – me ocorre agora – espetáculos semelhantes em estudantes que procuravam se aconselhar com um mais velho, que havia sentido igual amargura na própria pele. Mas na hora eu não sou o que lembra, um mais velho a dar conselho a um jovem enamorado que sofre nos quatro cantos de Olinda, enquanto esperamos o jogo de futebol na televisão do Bar do Peneira. Ali eu me perguntei se no amor os jovens repetem os erros da geração de antes. Em Olinda, me senti como um deles, e me fez mal ver um novo companheiro a sofrer com outra Iza, de outro nome, perto de mim. Como os jovens são bobos, me ocorreu. E corrijo: como são necessários na sua coragem e arrojo quando se lançam na aventura do coração. Mas não agora, enquanto Zacarelli põe toda ternura na saudação à que seria namorada e ela responde "Oi".

No entanto, o meu amigo não se abate. Recebe a ducha fria e toma a posição de um indiferente intelectual do Novo Mundo. Isso é cômico se o vemos com a experiência depois dos 60 anos, no século XXI. Na hora, até acreditamos nos seus atos, quando do nada faz uma referência a Kafka, a Marx. Estamos em pé, Iza parada. Tonhão ajeita os óculos que teimam em descer o tobogã do seu nariz, enquanto Zacarelli escorrega louco:

— Há momentos em que nos sentimos como a barata. Sem voar, ficamos na cama. Como uma grande barata, entende? Aquela coisa de Roda Viva, de Chico. Mas aí a gente mais tem é que se levantar e bater firme. O problema da história é a história do problema, Marx dizia.

Nós nem percebemos que ele citou Hegel no lugar de Marx. Sem problema, porque a frase, de um ou de outro, não a compreendíamos.

— Entende? — Zacarelli continua. — Nós não somos baratas.

— Nós somos borboletas — Narinha fala.

— Borboletas? — Tonhão se dobra de tanto rir. — Sinceramente...

— Eu ainda sou uma crisálida — Iza fala.

— Entendo — Zacarelli a fita, com uma mão sob o queixo. — Então será uma borboleta.

Iza sorri. Para quê, impiedosa dama? O sorriso desmonta, rompe o casulo do amigo indefeso, que continua:

— Não é? Eu sou assim— fala, sem saber exatamente em que ele é assim. Mas continua porque o momento é precioso. — Nós temos que tomar as coisas pela raiz. Ser radical é isso. Do mar às estrelas, pela raiz.

O efeito da frase impressiona. Tonhão entreabre a boca, deixa cair o lábio inferior, enquanto os óculos descem. Iza se faz séria, com ares de pretendida. E retoma a soberania, contradizendo Zacarelli:

— Eu acho o radicalismo destruidor. Traz mais doença que cura.

Iza é estudante de medicina. Parece que vai reduzir Zacarelli ao campo da ignorância, como de resto fazem os médicos com os pacientes ou com quem não é da profissão. E lhe envia mais uma estocada:

— As patologias nem sempre são resolvidas com ações radicais.

— Entendo — Zacarelli fala. — É claro, você está certa.

Os sobreviventes do submarino amarelo nos olhamos. O que é isso? Zacarelli nos percebe e volta:

— As ações radicais têm que ser ponderadas, pensadas, medidas antes. Porque senão — e sorri — é o mesmo que assaltar os céus, entende? A Comuna de Paris tentou o assalto aos céus, na frase imortal de Marx. E o resultado foi um massacre, um banho de sangue.

— Aliás — volta Iza com mais capricho: — Eu não sou radical em nada.

— É claro — responde Zacarelli. — Todos têm o seu modo peculiar de ser.

— Absurdo, rapaz – Alberto fala. – A ditadura exige ações radicais. Se cada um agir conforme a sua natureza, para onde vamos? Absurdo.

Zacarelli se vira para ele, piscando-lhe um olho, que Alberto não nota.

— Não podemos ser sectários – o amante ponderado fala. - Há que se respeitar a diversidade. Já dizia o camarada Mao.

— Você acredita em Mao Tsé-Tung? – Iza pergunta.

— Assim, assim – Zacarelli responde. O rumor cresce na tripulação do submarino. E por isso ele volta: - Por que você não acredita?

— Eu detesto o culto à personalidade.

— Você já leu o Sobre a Contradição? – Alberto pergunta.

— Não. Mas conheço a fama do Livro Vermelho de Mao. Para mim, é vacina.

— Não vá atrás de calúnias – Alberto responde. – Se quiser, eu arranjo uma cópia do Sobre a Contradição pra você.

— Não. Agradeço ao ... camarada – Iza fala com ironia.

"Alberto vai executar a operação destruir a namorada pequeno-burguesa", Zacarelli pensa. E age rápido:

— Melhor falar do que nos une. Somos jovens e amigos. Eu proponho um abraço.

E põe Tonhão de lado, e avança para Iza com o maior calor do seu abraço. E fala para ela, como se falasse para todos:

— Vamos à praia?

— Nós nem tomamos café ainda – Iza fala.

— Café? A gente toma cerveja. – Zacarelli responde. - Um dia de sol desses, acho que café faz mal.

De repente surge, vem até a sala a turma que dormia, e a tudo devia estar escutando. Surgem Anita, Luísa. Então ficamos sabendo que todos na casa estudam Medicina, até mesmo Tonhão parece estudar, por sua infinita capacidade de metamorfose. Descobrimos nesse dia que Anita é pretendida por Tonhão, Iza é a futura namorada de um tal de Zé Paulo, enquanto Luísa gosta de flertar, mas se mostra insensível aos reclamos. À passagem de Luísa, de biquíni em formas morenas, cabelos de cabocla, é impossível não acompanhá-la, não tanto com o coração, pois ainda é cedo e longe a paixão, mas acompanhá-la com a respiração suspensa. Onde fomos cair, uma autêntica armadilha para os corações solitários. Alberto sai com Tonhão no carro para comprar cerveja, enquanto o resto de nós parte com pão, queijo e copos até a praia. Mal chegam, Iza e Anita se põem de biquíni. Caminham com Luísa para um mergulho no mar azul. Que resplandece para nós e não podemos entrar em seu resplendor.

Ficamos na areia eu, Zacarelli e Narinha. Zacarelli e eu olhamos para o mar com diferentes desejos. Ou melhor, com diferentes desesperos, que sentimos sem uma definição nessa hora. Ele quer se tornar um deus Poseidon especial, com poderes de ter todas as mulheres do mundo. Mas é apenas Zacarelli, um jovem carente e suburbano que rejeita de si a pecha de "classe humilde", que não é, pois tem fogo e ambição. Se me perguntarem quem é mais ambicioso, direi que Zacarelli é quem é, pois ele quer ser rei, deus e todas as mulheres do mundo. Já eu, pobre de mim, apenas quero ser deus e ganhar o amor da mulher que existir. O ridículo é que é grande, e nele cabemos todos nós. Tanto maior quanto mais me sinto também um menino suburbano, carente de tudo. Haveria verdade nesses delírios? Ou mesmo uma sublimação que sonha o impossível e não possui nem o básico? Narinha, saberei melhor sobre ela muitos anos adiante. Mas pela reflexão posterior – e sempre será assim, o entendimento de fatos e pessoas pela reflexão mais de 40 anos depois – eu a compreendo. Narinha nos olha e não nos vê como pessoas físicas, o que para nós é sorte e grande merecimento. Zacarelli é um corpo longo, magro e desajeitado. Eu sou um indivíduo estatura média, magro e insuportável na pobreza que me engole até os ossos. Como ela não nos vê os físicos, o caso é de erguer os braços para o céu e falar "Deus, agradecemos pela graça alcançada". Ela, graça ou Narinha, nos abstrai da sua vista e nos vê como somos em essência, companheiros de jornada. Para que diabo serviriam camaradas formosos? Na verdade, ela não nos vê nem belos nem feios. Os seus olhos não nos refletem como espelho. Nós somos o que falamos e queremos ser. Deus, nós te agradecemos a dádiva. O Senhor fez em mim maravilhas, Santo é o seu nome. Ali, Narinha nos vendo meio bobos pega nossas mãos, e nos levanta:

– Vamos?

Então forma conosco uma roda, e canta "essa ciranda quem me deu foi Lia que mora na Ilha de Itamaracá...". Respondemos em melhor refrão que yellow submarine: "essa ciranda quem me deu foi Lia que mora na Ilha de Itamaracá". Pouco importava que a praia estivesse meio deserta, o que tinha a ver com o nosso próprio isolamento, que dava às vezes uma dor no coração, porque tão generoso e grande era nosso projeto e tão isolados estávamos. Pouco importava. Estávamos sozinhos por enquanto, logo a revolução chegaria ao Brasil, ou pelo menos em 40 anos a praia estaria lotada. Por isso cantávamos e rodávamos na areia.

– Podíamos ficar nus – Zacarelli fala. Narinha nos olha e responde:
– Nus?!
– Sim – ele volta. – Ninguém ia dar a mínima importância.

Aquele "ficar nus", sei agora, era a intuição do que não queríamos ver, estávamos sozinhos e solidários.

– Loucura – respondo. – Eu não estou bêbado.
– Ninguém está – ele responde. – Estamos lúcidos. Júlio, não seja convencional.

"Danou-se", eu me digo. "O convencional, o quadrado sou eu. Aí não". E respondo:

– Zacarelli, a roupa é uma grande invenção humana. Você acha que ficamos mais bonitos nus na frente de Iza? Hem?

O gênio da loucura sumiu do amigo. A sua proposta era um raio no céu azul de verão. E fala:

– Reconsidero. Você está certo.

Magros, magríssimos, desarmônicos de corpo e formas, nem nos olhamos. A rigor, até mesmo a roupa, essa grande invenção humana, nos era desfavorável. Eu vestia calças jeans baratas, camisa de grife popular das Casas José Araújo. Zacarelli, de calças semelhantes, mas camisa de grife um pouco melhor, do zelo da mãe que costurava. E Narinha, só ela escapava, para os nossos olhos. A mulher, nesse particular, leva uma excepcional vantagem sobre os homens. Para a percepção masculina, o corpo é que veste a roupa. E Narinha estava de short, e coxas, o que lembramos. Pelos padrões das estudantes de medicina, estaria mal. Mas não para nós, no grupo.

Assim estamos quando buzinam do carro na única avenida da praia. Alberto grita:

– Ei, venham ajudar.

Zacarelli corre, a seu modo de correr, ou seja, se move torto de braços e pernas, numa coreografia indecisa entre a ema e o camelo. Um paradoxo desgracioso. Já eu, que não tenho olhos para a minha descoordenação motora, também corro, procurando não cair no ridículo. Inútil. Tonhão ri, gargalha, a ponto de curvar suas longas costas.

Vocês... vocês... sinceramente. Vocês são ótimos. Ótimos! – E gargalha.

Passamos a rir também, naquele dom que o riso tem de contagiante, mas não sabemos da nossa original corrida.

– É engraçado, muito engraçado – Zacarelli fala para mim. – Somos geniais.

– Geniais, geniais. – Tonhão se dobra de rir.

Meu Deus, por que o transitório não é eterno? A mão treme quando escrevo a interrogação. É que o sinal de pontuação na sua síntese não se explica. A pergunta são perguntas. Por que Tonhão não está mais vivo? Por que nós próprios em nossa integridade e ardor não somos eternos? Do you saca, Tonhão? Do you saca, Júlio, Zacarelli, Alberto, Narinha? Não, na hora a gente não saca. E por isso estamos rindo à beira do abismo.

– Cadê as cervejas? – pergunto.

No banco traseiro da vemaguete jazem doze garrafas geladas. Descemos com elas até a areia.

– E as meninas? Elas têm que participar – Zacarelli fala.

Tonhão grita pro elas, nós o acompanhamos com acenos para os pontos dos seus corpos no mar. Pulam das ondas as três. Chegam com gotas de água na pele, acaloradas.

– A gente nem tomou café – Anita fala. "Ela fala", me ocorre.

– Cerveja alimenta – Tonhão lhe responde.

– Então vamos nos alimentar – Zacarelli fala. – Um brinde, um brinde a nossas vidas.

– À nossa luta! – Alberto levanta o copo.

– A nós, a nós – falam as estudantes.

Sentimos que a cerveja não é uma bebida. Vira comunhão de nós com nosso ser. O sabor da espuma, o amarelo do líquido, os nossos rostos, as nossas expressões ultrapassam o simples beber cerveja. Como um

sacramento sem hóstia, mais verdadeira, sem rito ortodoxo.
– Posso escrever os versos mais tristes esta noite – cito o verso.
– Mas é dia de sol, rapaz. – Alberto fala. – Pra que tristeza?
– Eu sei – respondo. – Eu me lembrei do poeta Neruda.
– Neruda é alegre mesmo quando fala de tristeza – Zacarelli fala. E olha para Iza: - Ninguém fala melhor sobre o amor que Neruda.
– Eu gosto mais de Vinícius de Moraes – Iza responde.
– Sim, ele também – Zacarelli se corrige rápido. – Aliás, em muitos poemas Vinícius é melhor que Neruda.

Iza sorri para a corte. O arqueiro incansável parece ter acertado uma flecha entre a defesa do castelo. No centro da ameia, o sorriso indica, parece. Mas aparência, ar de bem-aventurança não significa aceitação do amor, como o julga a carência masculina. Quem está defendido para o engano? Zacarelli bem menos, pelo que começa, sentado na areia da praia. Cruza os braços, descruza-os, quer se sentir em uma cadeira imaginária, e só lhe resta apoiar os dois braços atrás de si. Mas assim posto ele perde eloquência, insubstituível para assaltar a pretendida, a que foi atingida no coração, na ameia do castelo. Então ele se curva para a frente e cruza as pernas como um iogue, numa acrobacia. E com as mãos de auxílio, fala:

– Vinícius tem uma qualidade a mais que Neruda: compõe música. Neruda não é compositor, é só poeta.
– Só? – pergunto.
– Entenda. Eu não estou dizendo que ser poeta é uma coisa menor. Mas o fato é que Vinícius joga bem em duas posições.
– Mas na poesia esquerda não joga como Neruda – volto.
– Você está certo – Alberto me apoia, embora não tenha lido uma só linha de Neruda. Mas conhece a fama do poeta comunista. Zacarelli sente a cisão. Ainda assim, não vai perder o coração de Iza. E rápido, avança:
– Eu acho que os poemas de ambos são em essência revolucionários.

Terrível, a reação feminina. Iza, Anita, Luísa, até mesmo Nelinha, adiantam os rostos como felina a se dizerem "não me diz respeito". E o nosso amigo perde o cerco à fêmea. Então vai mais certeiro, o combatente cortejador:

– Quem fala bem sobre o amor, fala bem da revolução. É claro, mesmo que não queira, todo poeta é comunista. Mas quando expressa bem o amor, ele é um revolucionário em essência. Vinícius de Moraes tem uma composição que é sublime. Aquela que fala "ó minha amada de olhos ateus, teus olhos são cais noturnos cheios de adeus". Todo grande poeta socialista assinaria. Você não acha?

As estudantes de medicina assentem, mudas aprovativas. Ah, para quê? Não vá o artista acreditar no sucesso, nem vá o toureiro acreditar no olé do público da arena. Volta Zacarelli:

– Todos nós somos poetas. Quando estamos sob o fogo da paixão... – e ousado olha intenso para Iza - Todos nós no amor somos poetas. Por exemplo, – o louco avança mais – eu próprio seria capaz de escrever poesia agora. – E olha de novo somente para Iza, à beira do suicídio completo: - Você não acha?

– Eu não entendo de poesia – Iza responde. – Os meus poetas podem cantar em vão.

E sorri, desta vez em outro tom, num prenúncio de gargalhada. Zacarelli me falou, muitos anos depois, que ela sorriu como as vilãs de telenovelas gargalham. Que sorriso estúpido para uma imersão poética.

– Ali, ela mostrou o próprio nível – ele me falou, 30 anos depois. Mas não agora, enquanto ela sorri, no que é acompanhada por Luísa e Anita. Em mim se levanta uma nuvem de solidariedade ao amigo, de empatia, por ver nele uma condição que também podia ser minha. E falo, nada diplomático, agredido também pela quase zombaria:

– É uma falta grave não gostar de poesia.

– Eu não disse que não gosto – Iza responde. – Eu disse que não entendo.

– Mas a gente entende a poesia com o coração – respondo. – Não é preciso fazer uma análise científica.

Luísa levanta as suas coxas morenas, impudica, adepta do claro futuro dos medíocres:

– Iza está certa. Ela não tem obrigação de entender poesia. Ela tem outras preocupações.

– Mais poéticas? – pergunto.

– Sim, Ela deseja ser uma boa médica. Essa é a sua poesia.

– Entendo – Zacarelli murmura. Ele pode atacar, mas não sabe a medida. Pressente que a sua resposta seria a confissão de um talvez amante derrotado. – Entendo –e olha para nós. O olhar é um pedido de socorro, deseja "uma pequena ajuda dos meus amigos", e nos diz sem fala: elas não fazem parte do nosso clube.
– Ela é uma médica consciente da sua poesia – digo.
– Isso mesmo – Iza responde sem entender a ironia. – As pessoas são diferentes. Umas gostam mais de poesia, outras menos, outras nem gostam. Nós vamos mudar o mundo?
– Pretendemos – Zacarelli fala.
– É tudo que a gente quer. Vocês não? – Alberto pergunta.
– Sim Mas à nossa maneira – Iza fala.
– Gente, vamos beber – Tonhão fala em nome da boa vizinhança.
– À revolução – Zacarelli ergue o copo, com raiva.
– A todos nós – Narinha fala.
Naquela manhã, nos chegou o conhecimento de que não ficaríamos bêbados por mais que bebêssemos. Levantamos os braços, fizemos pose em uma jangada na praia com os punhos fechados. Quisemos até subir no coqueiro, o que não conseguimos por absoluta inabilidade. Mas lá no alto se um de nós pudesse ver adiante, falaria: senhores, seremos postos à prova de toda nossa convicção poética. Barbárie à vista.
Voltamos todos em silêncio. Pasárgada ainda não era ali.

Capítulo 20

Eu não sei até hoje se alguém escolhe ser mártir. Penso no homem-bomba e me ocorre que, até nesse limite, uma pessoa se explodir em vísceras, em pedaços do próprio corpo, não é uma escolha. Todos queremos viver, sorrir, cantar, ser felizes e plenos. Se chegamos ao extremo da negação da vida, e vamos até além do ponto culminante da dor, é porque houve uma recompensa confortável, pensamos. Mas esse pensamento é bem mesquinho e simplificador. "Meu Deus", e ponho as mãos sobre a fronte, "meu Deus, dá-me a coragem de ser verdadeiro". Isso me assalta porque vejo um irmão que defende a sua única irmã da mais funda indignidade e humilhação, e não gostaria de escolher esse infortúnio. Levaram-no a esse ponto e ele não teve escolha. Seria lutar e morrer. O que, nas circunstâncias, foi o mesmo que morrer ou morrer. Ou matar enquanto se mata a si próprio. Não há mártir por escolha, quero dizer. Há pessoas que foram levadas, ainda que contra a vontade, ao limite e pós-limite do sofrimento. Mas como? Isto não é uma tese. Isto é uma narração do que vi e reflito, apenas reflito.

Nas pessoas que vi não houve mártires. Nelas jamais existiu a dor, a morte como um estágio para a vida futura, deles próprios, indivíduos, nunca. O futuro era para todos, seria para a humanidade. É difícil, um satanás me sopra, ter mudança apoiada em ideias gerais. Espanto essa dispersão do satanás. Tenho a visão de que os militantes massacrados foram heroicos, mas o heroísmo não estava nos seus planos. Ainda que proclamassem, em panfletos e discussões acaloradas, que a repressão não passaria, que eles, os guerreiros, iriam até as últimas na defesa das suas convicções, ainda assim, uma coisa é o que se fala, outra é o momento mesmo da definição real. E para esse última realidade nunca estamos preparados. Age-se ou morre-se. Pior, agimos e morremos.

Vargas estava apavorado. "Pavor, pavor, os olhos de Vargas eram só pavor", registrava a advogada Gardênia no diário. E por ela, por sua palavra de verdade, registro nunca desmentido das páginas do seu diário, bem podemos vê-lo. Quando Vargas subiu no elevador daquele edifício Ouro, ele era um homem apenas desesperado. Sem a certeza dos passos que daria a partir de então. Para ele havia ficado claro que Daniel, o simpático, prestativo e corajoso Daniel, não passava de um agente infiltrado. A informação lhe fora confirmada por pessoa de confiança, o primo Marcinho. E a sua pista e confirmação era a de que o bravo Daniel usava o carro de um coronel do Exército, militar anticomunista. Então Vargas soube que seria o próximo a cair. Mas não sabia para onde, nem a extensão precisa da altura do precipício onde seria empurrado. Ele era o "terrorista" a ser preso a seguir. "Preso", era a sua esperança frágil e incerta. Ele se via no elevador como uma chama de vela soprada por vento numa noite escura. A sua vida era uma chama que se curvava, diminuía, e ele com as mãos procurava proteger. Na verdade, nem tanto a ele próprio, porque já se via mesmo jogado na bagaceira como um resto de cana moída, mas a chama que não queria apagar era a da sua companheira, a terna e indefesa Nelinha, a pequena e única Nelinha. Que os malditos, os fascistas chegassem até ele, isso era previsível. "Eu sou um homem", ele se diz no íntimo, mais como um desejo do que como uma certeza. "Se não sou um homem, eu o serei", ele se diz depois, antes de apertar a campa do apartamento da advogada Gardênia. Mas como as coisas, mesmo ali, possuem um acento irônico. "Campa", ele aperta com as mãos trêmulas, que pode dar na outra campa, do cemitério.

O que se passa com um homem quando caminha para a sua morte? Entrou no prédio quase de um salto, como quem entra no consulado em área livre da guerra civil. Subiu no elevador como as pessoas sem saída vão, e agora aperta a campa da advogada com a sua chama trêmula. Vida açoitada pelo vento em suas mãos. "Eu sou um homem", e de tanto ódio pela tremedeira incontrolável, fecha os punhos, trinca a boca, pressiona os maxilares. "Eu sou um homem, porra. Eu não traio. Eu não trairei o que eu sou. Porra!". E a porta se abre. À sua frente surge ela própria, a bela e ardente advogada Gardênia Vieira. Ela não é alta, nem suave ou feminina, quero dizer, naquele sentido de bailarina delicada de porcelana. Pelo contrário, em vez de amparável, porque a sua fina louça podia quebrar, de Gardênia vem uma força moral que abriga, como tem abrigado mais de uma pessoa, físico e alma torturada no Recife. Mas além da fortaleza moral, de onde vêm a sua beleza e feminilidade? Era preciso vê-la para notar o que não se revela nos retratos. Gardênia olha firme e direto, como poucas mulheres usam e ousam olhar fundo em um homem, e nem por isso desperta o desejo mais carnal de sexo. De imediato, não. O desejo de amá-la viria espiritualizado, se podemos falar assim, quando à sua pequena altura, de olhar abrasante, associamos a coragem e os cadáveres que viu e denunciou, e o mundo abjeto contra o qual se indigna. Bem sei, ainda aqui não sou claro. Quero dizer, o amor à mulher Gardênia Vieira vem não só misturado ao respeito à pessoa, mas em essência à sua visitação aos cadáveres de socialistas torturados. Então, se permitem um português mais chulo, ela desperta um tesão que é fora da genitália. Um tesão do espírito.

Então Gardênia abre a porta e vê um jovem de cabelos crespos, assanhados, fronte suada e olhinhos miúdos, mas abertos além do normal.

– Doutora, eu preciso lhe falar urgente.

Vargas entra, olhando para trás. Gardênia fecha a porta, estica uma corrente de segurança no trilho.

– Sente-se. Pode falar.

Varga desce para uma cadeira e se põe a gaguejar, um sintoma que nele é tensão e nervosismo, ele acha que não, acredita que é um tormento de palavras a se atropelarem na boca. A língua pesa, pouco flexível, como se anestesiada. Não lhe obedece:

– Dou-tô-tô-raaa!

– Calma. Fale devagar.

O que era pálido na face de Vargas enrubesce. Ele para a fala, inspira o ar com força e volta a iniciar mais lento, como lhe é possível:

– Dou-tôôra... Eu vou ser preso. Certe-eza.

– Por quê? Caiu algum conhecido seu?

– Nãao é.... é isso não. – E Vargas ganha uma fala retilínea, aos arrancos. – Só... só tem caído companheiro. E todo o mundo pensa que o culpado sou eu. Mas não. A culpa, a entrega é de Daniel. Eu falava o contato pra Daniel e o companheiro caía. Eu sei, doutora! Eu tenho um primo que esclareceu pra mim. Daniel usa o carro de um torturador. E Daniel já notou que eu sei que ele é policial, doutora. Não tive como fingir, olhei pra cara dele e soube que ele estava mentindo. Doutora, eu tive que me controlar. Ele merecia um tiro na cara. Mas me controlei, não sei como. Acho que me controlei porque eu não queria acreditar que Daniel fosse infiltração. Mas agora não tenho mais dúvida. Vi Daniel na Rua da Aurora, com quem, doutora? Ele estava andando, conversando com um cara gordo, de óculos escuros, Fleury! Eu já vi foto desse assassino. Fleury está no Recife. Isso é missão, doutora. Fleury não sai de São Paulo pra fazer nada. Doutora, eu sou o próximo!

Então Vargas arregala os olhos a ponto de quase saltá-los das órbitas. Não era só medo, essa palavra que ele evitava falar como expressão de um estado vergonhoso. Impossível de reprimir, não era só medo de ser preso. Agora, enquanto fala da presença da repressão cruel no Recife, Vargas tem a intuição do mais grave que se reserva para ele. Não será só preso. Ele vai ser morto. Executado, depois de infindável tortura. Então Vargas se vê dias adiante, e a cara que antevê não é a dele, mas de alguém inchado, tão largo, que não caberá no caixão encomendado para a sua altura e peso. Ele vê e recua com horror, bate com a mão no braço e espanta uma mosca. "Isso é superstição", se fala ao expulsar a varejeira. Evita esmagá-la por nojo, primeiro. Depois, porque achatá-la seria sangrento, e isso lembra outra vez aquilo, a superstição de ver o próprio corpo, esmagado no chão. Se sobrevivesse a tal hora, Vargas perguntaria: "Por que os torturados morrem sempre pisados no chão?". E Vargas espanta a varejeira, afasta a maldita do cadáver. Mas a mão do gesto não volta mais ao repouso. Põe-se a tremer do medo mais envergonhador. "Que canalhice é esta?", ele se pergunta. E cala, em luta com a sua visão e a perda irreversível da serenidade.

Gardênia o olha e parece a Vagas sorrir. Mas não, Gardênia o vê com funda simpatia, como vê um filho, um sobrinho, um jovem a quem ela deve orientar. Não lhe escapam as mãos trêmulas, os olhos aterrorizados, a testa suada, a voz que dá um descontínuo, mas que ela sabe nada ter de canto ou improviso. É a voz de tom grave que oscila para o choro, que o jovem procura retornar logo para a firmeza. "Por Deus, como são parecidos", ela se diz. Outros perseguidos ela já havia visto nas mesmas circunstâncias. "Há os loucos, os enlouquecidos. Há os covardes, que se acovardam. Há os desesperados, que caminham para a morte", ela escreverá num diário, em que completará: "Vargas era do terceiro tipo.

Ele estava desesperado", primeiro anotará numa linha do seu caderno íntimo. Ela olha para Vargas com simpatia, como se o conhecesse há muito, em outros corpos, mas em igual situação. E por isso lhe propõe uma saída, que Vargas não consegue ver na hora da aflição:

– Por que você não foge?

Vargas, na sala da advogada, tem momentos repentinos de surdez. Ele não entende o que acabou de ouvir. A sua preocupação na hora é espantar a mosca, ameaçar-lhe tapas, porque lhe repugna o sangue. No entanto, a mosca vai e volta, insistente. "Alguém está querendo me ver", fala o povo ao se referir a moscas importunas. Mas para ele, não, ele afasta superstições, que se voltam contra a sua pessoa. Quem o quer ver, será Fleury? Ou o infiltrado Daniel? A mosca volta para o seu braço. Ele dá um soco no ar e se levanta.

– O que foi? – Gardênia pergunta. – Não acha melhor?

– O quê, doutora? Não entendi.

– Fuja agora. Fuja enquanto é tempo.

Desta vez ele ouve. E fica parado, sem resposta. Ele poderia responder que não tem para onde ir, que é um balconista de livraria, filho de mãe viúva, que a classe média não sabe nem imagina que os pobres não têm para onde ir. Mas ele sabe também que pode apelar para a solidariedade de companheiros. Procurar ajuda dos que não caem na covardia, na hora da necessidade. Mas ele vê um obstáculo mais sério e grave ao ouvir a pergunta repetida de Gardênia:

– Por que não foge?

– Eu não posso, doutora. Como ficará Nelinha? Ela é muito frágil. Eu não posso fugir e deixa-la. A repressão vai pra cima dela.

– Então fujam os dois. Fuja com a sua esposa.

– Mas não posso fugir com a nossa filhinha. Ela só tem um mês de nascida.

– Eu fico com ela. Podem fugir, que eu fico com ela.

Vargas cai sobre a cadeira. Está comovido com a oferta e a generosidade de Gardênia. Tem os olhos úmidos.

– Muito obrigado, irmã – ele fala "irmã", sem querer, porque Gardênia lhe parece agora uma das freiras da Igreja que se entregam de coração à luta. – Desculpe: doutora. Muito obrigado.

– Não tem de que se desculpar, todos somos irmãos.

– Muito obrigado, doutora. Mas não posso aceitar.

Vargas é um homem digno, mais de um militante o reconhece, até mesmo os que com ele possuem divergência política. Apesar dos seus arroubos, antipáticos, sectários, reconhecem: é um homem digno. Louco, parece louco às vezes, porque se expõe demais.

– Eu não posso aceitar, doutora.

– Por quê, rapaz? Corra. Eles vão te pegar. Fuja com a esposa.

– Eu não vou botar Nelinha numa aventura. Se me pegarem com ela, vão torturar nós dois. Nelinha é muito frágil, doutora.

E Vargas começa a ter a voz embargada, com um nó na garganta, porque louco era também o seu amor por Nelinha. Lágrimas começam a descer pela face, e ele vira o rosto de lado para não se mostrar também frágil, logo ele, que devia ser o forte, a fortaleza, o guardião da fragilidade de Nelinha. Mas as lágrimas são despudoradas, incontroláveis, porque no coração ele se fala que Nelinha foi a mulher que ficou a seu lado quando ninguém o queria, quando ele nada tinha para lhe dar, a não ser as sequelas de uma tuberculose, quando ele não passava de um fodido desempregado. E o amou como se ele fosse o último Vargas dos subúrbios recifenses. Ela o chamava de meu querido animalzinho, e ninguém o sabia. "Calma, Vargas, para de ser sentimental. És um revolucionário. Levanta e luta". Levanta e morre? Então lhe voltava o animalzinho, ao que ele respondia, "você é minha alfenim, o meu docinho de açúcar que ninguém vai quebrar". Mas ninguém sabe, são sentimentos que se falam na fechada intimidade, porque são os ridículos do amor. Os outros são muito críticos, vão rir de nós, então Vargas nada pode falar que no mês passado quis ficar grávido com ela, para dividir aquela barriga tão grande para tão pequenininha mulher, então nasceu a beleza de Krupskaia, a futura noiva da revolução no Recife, Krupskaia, tão nova e merecedora de cuidados. A revolução é uma flor, meu bebezinho.

– Como é que posso fugir com Nelinha, doutora? – Vargas resmunga entre lágrimas. - Eles vão esmagá-la. Eu não vou sacrificá-la comigo. Nunca!

– Então você caminha sozinho pra morte. É isso?

– Mas eu posso escapar, doutora. É só por mais uns dias. Eu vendo mais livros nesta semana de volta às aulas. Com a comissão de vendas, fujo. Depois chamo Nelinha, entende?

Diante do horror, Vargas recua. Tinha uma saída mágica, como todos cometemos, quando diante do puro e despido fim. À maneira de quando estamos condenados nas últimas horas, assim como nos enganamos na morte dos mais queridos, e tomamos como cura uma passageira recuperação, e sempre nos enganamos, porque a morte finge dar uma "visita de saúde" ao moribundo no fim. Então esta era a saúde: Vargas, no balcão da livraria, seria um fenômeno de vendas, ia bater recordes, imaginava, porque nos livros vendidos estava o preço da sua vida. Não ia precisar pedir emprestado a ninguém, até nessa hora a salvação mantinha o seu caráter – com o esforço do seu trabalho ia pegar o dinheiro e comprar uma passagem de ônibus. Para onde? Ele não sabia, o importante era que depois destes dias malditos ia se reencontrar com Nelinha, talvez em São Paulo, e crescidinha Krupskaia já estaria falando, aí sim, ele seria o animalzinho renascido.

– Entende, doutora? Eu vou vender muito livro. E com a comissão, eu fujo. Depois, chamo Nelinha.

– E por que você me trouxe todos os seus documentos, rapaz? Carteira profissional, identidade, certidão de nascimento, por quê?

É uma despedida. Vargas sente a varejeira no braço, insistente.

– É pra senhora fazer a procuração pra me defender – fala.

– Todos esses documentos?

– Eu não pensei que eram muitos. Mas fique logo, porque numa emergência a senhora já sabe. Pra mostrar que não sou um terrorista. Eu sou um trabalhador. Eles não vão me difamar como terrorista, doutora.

– Eu sei muito bem. Até hoje não defendi um só terrorista. – A advogada Gardênia muda a voz, terna. – Então, você me deixa conhecer a sua filhinha, quando fugirem?

– Não, doutora. A barra está muito pesada. Se eles me descobrem com Nelinha, seremos dois ... – ia dizer "mortos", mas corrige – dois presos, entende?

– O procurado é você. Nelinha pode sair, se expor mais, porque o terrorista, desculpe, o caçado é você.

– O filho da puta do Daniel conhece Nelinha. Já tirou foto de aniversário com a gente.

— Ah, ele tira fotos.

— Tira. Como é que vou botar Nelinha nessa aventura? Não posso.

— Vargas, olhe de frente. Você já botou Nelinha na militância, não tem volta.

— Mas agora é pior. Eu quero que ela fique protegida, distante de mim. - Vargas faz um silêncio, com o rosto entre as mãos, olhando para o piso do apartamento. E volta: - Doutora, Nelinha é muito frágil. A repressão pode quebrá-la. – Levanta o rosto, quase grita: - Quebrem a mim! Nelinha, não. Que me quebrem, a minha companheira se salva. Eles não vão botar as patas em Krupskaia, os malditos, não. Eu sou o procurado. Que venham a mim. – E Vargas, sem se dar conta, abre os braços como um espantalho ou um cristo. A sua intenção é dizer "eu as abrigarei da fúria fascista".

A advogada Gardênia Vieira é uma pessoa cristã, com acessos místicos, de se pôr um missão na terra. Quem a vê, não pode deixar de associá-la a uma freira, das valorosas de coragem e ardor. Ela, apesar da crença de fé religiosa, é capaz de ações práticas em meio ao torvelinho de emoções e terror. Isso lhe dá um distanciamento, um espaço para anotar no diário íntimo: "Vargas, quando me disse que Fleury estava no Recife, ele tinha certeza disso, ele estava em pânico". Para um bravo como Vargas, a crueldade que o aguardava não iria para a mulher, quebrável alfenim. Vargas está num inferno, que não abre em casa, para não transmitir o que sofre. No diário da advogada, lemos: "ele estava vivendo momentos de muita angústia e amargura, porque ele nada tinha a ver com as prisões dos companheiros". Isso quer dizer, Daniel selecionava a sua caça a partir dos encontros de Vargas, que era seguido. Quando os companheiros caíam, a culpa seria de Vargas, o dedo-duro. Até o esclarecimento da infiltração de Daniel, as quedas eram consequências dos encontros com Vargas. Isso o deixava com funda mágoa e indignação. Mas como explicar as coincidências? Então ele viu que transmitia o vírus sem saber que era o transporte. Então Gardênia anotará dessa entrevista com Vargas: "Ele era um tipo romântico, ingênuo". O que isso quer dizer? Ali na sala está corporificado para ela: de braços abertos, Vargas protege a companheira e a filha. No diário da advogada: "eu conversei com ele que fugisse, ao que ele se negou dizendo que isso não faria, porque zelava pela segurança da filha e da esposa". E Vargas, na defesa sem armas, na imaginada que pode dar às pessoas do seu extremado carinho, registra o diário da advogada: "Eu pedi que ele deixasse a criancinha sob meus cuidados. Ele me falou que não ia levar Nelinha para uma aventura, porque ela era uma pessoa frágil, e seria também assassinada. Aí era pior, porque a menina ficaria órfã, sem ninguém".

Neste ponto flagramos a pessoa, a coragem e terror de Vargas: a consciência de que será morto. Mas não só morto a tiro, de bala. Morto depois de intensa tortura e sofrimento. Aqui entra o ponto nevrálgico, ele sabe que não demora ser brutalizado, se continuar no Recife. Mas não deseja que a sua mulher o acompanhe, na hipótese de fuga ou adiamento da execução. Se ele é o condenado, por que atrair, dividir o inferno com quem ama?

– Fuja, fuja, Vargas. O momento de escapar é agora – fala a advogada.

Mas ele, o homem "romântico ingênuo", não quer. À distância podemos ver a lógica fria do heroísmo em lugar do romântico, penso. A advogada Gardênia lhe atribui a qualidade de romântico porque ele defende de modo absoluto a integridade física da companheira. Um caso de paixão de enamorado, talvez. E acrescenta o ingênuo, porque ele se nega a receber o oferecimento prático do mundo real, a saber: fugir, salvar-se, para depois em segurança avaliar o estrago que deixa. Mas não estamos preparados para ver a grandeza no instante em que ocorre. Ou melhor, só vemos o grande quando ele nos impacta de modo bárbaro. Por exemplo, Gregório Bezerra sendo espancado a golpes de ferro na cabeça pelas ruas do Recife. Na sua altiva resistência vemos. Mas não enxergamos que o heroísmo vem antes da tragédia. Na decisão que antecede o desfecho não vemos a grandeza. O próprio Vargas, naquela hora em que abre os braços no apartamento de Gardênia, nada vê de excepcional. Ele apenas age para defender pessoas do seu amor, age apenas por justiça. Não levará para a desgraça a companheira querida e sua Krupskaia. Não permitirá que corram riscos maiores que viver com um "terrorista". E ameniza a própria bravura com uma fórmula prosaica:

– Talvez eles nem me peguem agora. É tempo de eu vender livros pedidos pelas escolas. Com o dinheiro da comissão, eu fujo. Entendeu, doutora? Mas fique com os meus documentos. Se a situação apertar, já estão com a senhora

Aperta a mão da advogada e sai. Desce pelas escadas para melhor refletir, como se no tempo entre o quarto andar e o térreo houvesse um acréscimo de vida. E vem parando nos trechos intermediários, a retardar a sua hora, até alcançar a portaria e sair para a Rua Sete de Setembro. Agora, é o mundo real sem mais discussão filosófica. E o real são ele, Daniel e Fleury.

Capítulo 21

Em janeiro de 1973, houve um acúmulo de histórias e pessoas que tiveram um só desenlace. Se os militantes clandestinos fossem gases no ambiente fechado do Recife, teria havido uma explosão. Mas o destino dessas pessoas resiste a qualquer imagem simplificadora. Saindo da abstração para falar do que conheço mais de perto: Vargas, Nelinha, Alberto, Daniel, Soledad.

Comecemos pelo homem que foi agente das desgraças no Recife. Em mais de uma oportunidade, a pessoa de Daniel, ou do Cabo Anselmo, o personagem da traição, me escapou por entre os dedos. Em primeiro lugar, porque vê-lo como um animal, um porco, indivíduo covarde, traiçoeiro, cínico, monstro de egoísmo e simulação, nessas qualidades que de fato lhe pertencem, vê-lo assim não explica o mal que tem causado até hoje. Falar que um homem é um monstro congela a investigação, porque o qualificador se satisfaz no insulto, a saber, "ele faz tais coisas porque é um monstro". Ah, então estaria explicado. E não está. Em segundo lugar, ele tem escorregado à compreensão porque é da sua natureza ser escorregadio, ter o domínio da ambiguidade, de agradar para obter favores, de apunhalar no escuro e pôr a culpa em terceiros, de se mostrar como um indivíduo que fala jargões, que soam à semelhança de música aos ouvidos que ele conquista. Ele é multiforme, camaleão de muitas peles. Ardoroso socialista com socialistas, assim como artista, pintor com donos de galerias, fotógrafo com críticos de cinema. Alternativo, hippie com jovens largados que só querem um bom fumo e desprezam o mundo careta. Tapeceiro e trapaceiro, por outro lado é cínico, despudorado, moleque entre policiais torturadores, de quem se tornou inseparável amigo. As suas múltiplas faces de sobrevivência são como bolas de sabão. Onde pegá-lo por entre tanta espuma? Se eu não cometesse uma agressão à digna atividade do teatro, diria que ele é um ator. Mas não, o artista possui a direção da sua arte, monta, ilude para melhor expressar a sua verdade. Já Daniel, Jonas, Lucas – em alguns codinomes dos seus papéis – ou Cabo Anselmo, não. Este ilude para melhor trair, ou sobreviver na mentira. O falso é a especialidade da sua ação. Daí que sinto e sei, ele é melhor definido no seu agir.

Escrevo agora e o alcanço em 1972 pelo que me relatou o pernambucano Marx em 2015. Estávamos no Teatro Hermilo Borba Filho, onde acabávamos de assistir ao espetáculo "Soledad, a terra é fogo sob nossos pés". Forte era a nossa emoção depois do desempenho da atriz Hilda Torres no palco. Então Marx, um bravo que vem de uma família de comunistas, tendo a lado o irmão de nome Lênin – e nada aqui é ironia, porque assim eram os comunistas em Pernambuco, eles davam aos filhos nomes russos da revolução –, então Marx, que os amigos de infância em Jaboatão apelidavam de Marquinho, hoje com a sua cabeleira de caboclo repleta de fios brancos me conta. Me fala como caiu a máscara de Daniel, o nome de guerra de Anselmo no Recife. Assim foi.

Na garagem da casa da família de Marx, em Jaboatão, o fotógrafo e companheiro de militância Daniel deixava o carro, um fusca de cor verde. Devia ser estranho, porque Daniel morava em Olinda, usar a garagem de uma casa em Jaboatão. Mas para o segredo da luta dos militantes tudo fazia sentido naqueles anos, por mais absurdo pareça hoje deixar um carro na casa de Marx. Assim foi até o dia em que apareceu um vizinho amigo, soldado do exército. Ao ver aquele fusca verde na garagem, perguntou a Marx:

– Marquinho, o que tá fazendo aqui o carro do coronel?

– Tá doido? – respondeu Marx. - Este carro é de um amigo meu.

– É não. Esse fusca verde eu conheço. É do coronel.

– Você tá confundindo. Nem todo fusca verde em Pernambuco é do coronel.

– Mas este é. Sou eu que lavo este carro. - O soldado chegou mais perto e apontou os pneus: - Olhe aqui. Estas jantes só ele tem em Pernambuco. Ele mandou buscar em São Paulo.

E Marx, desconfiado:

– Será? Mas só a jante? Qualquer um pode mandar comprar fora.

– É? Você tem a chave? Abra que eu quero ver uma coisa.

Marx, a esta altura entre a vergonha e o pânico, abriu o carro. O soldado foi direto para debaixo do banco do motorista. Retirou um cantil.

– Tá vendo, Marquinho? Eu conheço.

Então Marx, perturbado, achou uma saída:

– Pode ser que ele tenha pegado o carro emprestado e saiu por aí pra dizer que é rico... Eu vou lhe pedir um favor: não diga a ninguém que viu esse carro aqui. Eu lhe peço.

– Fique sossegado. Do jeito que o coronel é brabo... Dizem que ele já matou muito comunista.

Assim caiu, no grande Recife, a primeira máscara de Anselmo. Ele continuava Daniel, o artista alternativo, fotógrafo, suspeito apenas de grande amizade com um oficial anticomunista. Mas eram muitas as camadas de tinta e pó sobre o seu nu perfil. Aqui, na primeira revelação, ainda não o alcançavam. É que, como nuvem de embaraço a confundir a visão do seu caráter, estava a sua companheira Soledad, a suave guerreira. Ela nem precisa pedir licença para entrar nesta página. Vem e se impõe, logo ela, que não gostava de se impor ou se destacar.

Na memória, a sua imagem volta em preto e branco ou sépia. Em uma ampliação fotográfica, o sépia. O preto e branco na penetração de um sonho. Ela é a mulher pretendida por mim e outros militantes naqueles anos. Há um sentimento de delicadeza que nos invade. Eu a vejo no quintal da casa de Marx, em Jaboatão. Cheia de uma beleza que não desejava chamar atenção, me ocorreu. Então ninguém podia imaginar que a visão das suas pernas, que ela nos furtava com túnicas, calças jeans, saias longas, cobriam o trauma de cruzes nazistas em cicatriz, gravadas à força em suas coxas no Uruguai. No entanto, a aparência de pudor era superficial, porque o furto e a negação para os olhos não detinham toda a Soledad, feminina plena do rosto aos seios e pessoa. Há sempre um tom da verdade que busca o núcleo sensível da imagem em sépia. Toca no músculo mais vivo, ponto delicado.

Assim, na noite em que acabamos de ver a comovente recriação de Soledad no palco do teatro, depois que a atriz Hilda Torres entra em transe de passagem em cena, um transe no sentido de aparelho em terreiros de candomblé, depois da mágica hora em que Soledad ressurgiu no palco em 2015, lá no café, no pátio do Teatro Hermilo Borba Filho, eis que a filha única de Soledad, a sempre jovem e menina Ñasaindy, se aproxima e abraça o velho militante Karl Marx. (Não se espante jamais o leitor que a ficção se misture ao real nestas páginas. Isso não se dá por método ou artifício, apenas é do real vivido e testemunhado.) Então, naquele instante em que converso com Marx, Ñasaindy vem e num ímpeto o abraça. Marx interrompe o que falava e com os olhos rasos d'água lhe diz:

– Parece que estou abraçando a sua mãe.

Se fosse um poema, talvez a fala acima fosse o verso final. Mas esta é uma narração e o narrador não recebe a misericórdia de ser humanizado em uma linha. Quero dizer, primeiro do que tudo: quarenta e três anos depois, o abraço da filha, o rosto, o calor da filha reacendeu em Marx a ternura da mulher que fora destruída no corpo, e passaria o futuro próximo vagando, como se fosse alma de mãe desnaturada e terrorista. Em segundo lugar, na reconstrução da vida, difícil é dizer o que vem primeiro. Soledad está no quintal da casa de Marx em Jaboatão. Da cozinha ela havia ido até o quintal, e conversa com as companheiras de Marx e Lênin. Sentadas, fazem sapatinhos de tricô para o bebê que ela espera. Dizem das mulheres grávidas que ficam mais belas. Mas junto ao viço natural das cores, nas mulheres que engravidam sem esperança há uma sombra, um olhar que não se detém adiante, que baixa até o chão. Assim foi com Maria, em um subúrbio do Recife, em 1958. Assim é com Soledad, em dezembro de 1972. Ali em Jaboatão, a finura e delicadeza de Soledad eram tidas pelas mulheres do povo como gestos de "moça muito educada". O que vale dizer, nela existia uma voz que não se elevava, uma atenção absoluta ao que elas lhe diziam, um sorriso à confidência feminina onde se fala solidariedade sem que se pronuncie esse nome. Na beleza daquela estrangeira não viam ameaça, porque Soledad não se insinuava ou se exibia, antes procurava retirar do contato com os homens a coquete da conquista amorosa. Nada de sorrisos descabidos, para se mostrar simpática, o que o vulgo masculino sempre interpreta como um convite. Nada de frases ambíguas, ou de estímulos à corte, ou de se pôr como sexo frágil, para receber tratamento especial. Ali, ainda não sabíamos, mas Soledad vinha de treinamentos pesados de guerrilha em Cuba, onde rejeitara qualquer privilégio, como em 2009 me contaria o ex-guerrilheiro Aton Fon, dentro de um ônibus no Rio de Janeiro.

Ele a conhecera em Cuba.

– Como era Soledad? – eu lhe pergunto.

Fon apoia a cabeça no encosto da cadeira e fecha os olhos.

Eu espero, sorrindo íntimo, que ele fale sobre o encanto lírico das formas da mulher. Mas ele me responde, depois de um silêncio:

– Ela era muito, muito séria.

– Como assim? - pergunto.

– Ela rejeitava qualquer ajuda para o equipamento que carregava. Subindo a serra, ela rejeitava. 'Eu sou igual ao companheiro', ela dizia. 'Eu me viro sozinha'.

– Ela era uma das poucas mulheres no treinamento de guerrilha. Você nunca se enamorou dela? – pergunto.

– Eu nem cogitava.

E por me envergonhar da pergunta, me calo. Mas agora ao vê-la no quintal da casa em Jaboatão, me clivam e me cravam dois pensamentos. O respeito que ela imprime nos homens, ao mesmo tempo que fascina. Numa constatação primária, Soledad é a mulher bela que não mostra as pernas. Há um movimento nas fêmeas que insinua nos joelhos uma leve abertura para o sexo. Nos anos da minissaia, de afirmação feminista, quando as jovens exibem as coxas, Soledad as esconde. É uma atitude que atormentaria os companheiros, se ela não se acompanhasse dos motivos de viver a sua luta, como na seriedade lembrada por Aton Fon. Nela parecia não se inscreverem a maldade e a traição, que se revelariam adiante. O segundo pensamento a vir – um segundo que dura quarente e três anos – é que o obstáculo levantado por sua beleza vem abaixo com o falso Daniel. Por quê, nos perguntamos. Ela que foi a musa de Daniel Viglietti, do pequeno grande Mario Benedetti, de todos nós que por ela nos apaixonamos em secretíssimo segredo, para o outro Daniel, ou Cabo Anselmo, ela se foi num salto, num piscar de olhos. Por quê? Isso dá uma revolta na gente, não tanto por nossa derrota para um agente ordinário, mas por ela ter baixado a sua fome de amor até um indivíduo sem arte, acanalhado, e que nunca a desejou como fêmea, mulher e companheira. Contrariados, poderíamos dizer que se ela o quis alguma qualidade ele devia ter. No entanto, a relação sequer residiu em uma só qualidade de Anselmo, ou em carência medíocre de Soledad. Ele a conquistou pela simples razão de que não possuía qualquer escrúpulo. Onde nós, amantes utópicos, a respeitávamos, ele do modo mais vulgar a conquistou por meios onde não entra o desejo. A saber, com relatos heroicos de ser liderança entre marinheiros em 1964, de possuir grande conhecimento com a guerrilha do Brasil, e mais os seus dons de poeta – musa dos sessentanos perdoa -, de artista, artesão, pois compunha tapetes, e o dinheiro fácil "para a luta", que ele teria conseguido em cofres arrombados de assaltos. Essa foi a técnica, a farsa, o laço. Ele não precisou de uma declaração a termo de amor, como nós, os pobres fodidos que só possuíamos a verdade do coração. Bastou-lhe a proposta de um trabalho conjunto, livre, de camaradas livres numa relação aberta. Para quem? Para a repressão, soubemos muito depois.

Quase irresistível. Por que Soledad caiu nessa esparrela, nesse vulgaríssimo laço? Eu não posso, ninguém pode escrever um teorema das relações humanas. Para os sentimentos não há um conjunto de frases lógicas, num crescendo que se revela ao fim um desastre. Numa tragédia, CQD, Como Queríamos Demonstrar. Mas a indeterminação do que sentimos, matemática ou mecânica, não é obstáculo para uma tentativa de entendimento. Quero dizer, por força de meditação: havia em Soledad um democratismo, um populismo no amor que era reflexo de suas escolhas políticas. Não sou mecânico ou cruel, porque falo à luz da viva experiência. Nos anos da ditadura, os militantes mais ardorosos queriam imprimir no coração o imediato de suas convicções partidárias. Às vezes nem era preciso gravar a impressão do panfleto, porque já estava inscrito. Quero dizer, havia mistura de sentimentos, vários, dos mais piedosos da formação cristã a palavras de ordem. Ora, se queríamos um mundo subvertido, onde os explorados fossem os novos soberanos do mundo, então era natural que amássemos a pessoa à margem dos bem-nascidos. Desse ponto até o fracasso da relação, do sentimento, e da escolha, era um descer a ladeira. Pois o coração submetido ao que lhe é exterior revolta-se, lento e indeciso a princípio, depois grita contra as soluções de força. Parece óbvio agora, mas antes não era, quando o amor ao povo significava bem casar com uma operária, porque operária. Sabemos hoje, seria menos desastroso o casamento de pequeno-burgueses que possuíssem igual referência. Mas se amava a opção política, que em boa metafísica virava ideologia de exaltação da pessoa. Às vezes, a destruição da fantasia não demorava. Às vezes, se arrastava por anos.

Em Soledad, além do natural sentimento do tempo, que era pôr a revolução antes e acima de tudo, havia uma herança libertária do anarquismo, o que não era menos revolucionário, mas desejava mais que um programa racional. Ou seja, aquilo que o seu coração exigia não era pequeno, vinha a ser a libertação absoluta, conforme se desejava no ideário dos anarquistas libertários. E descia para ela como uma herança de rebeldia o pensamento do avô, o grande escritor e político Rafael Barrett: "Enquanto a dor não te queime as entranhas, enquanto um dia de fome e abandono – pelo menos um dia – não te vomite para a vasta humanidade, não a compreenderás". E para tão alta ambição, que não encontrava fácil pessoas com quem comungar, eis que surge Anselmo, o anjo que vestia as roupas da promessa conforme o desejo. O que ela quisesse. Ele seria o amante ideal, se ela desejasse um companheiro misto de gêneros. Ele seria o companheiro ideal, se ela criticasse o ordenamento da tradição, "careta", dos velhos partidos comunistas. Ele seria o mais bravo, se o mundo se transformasse pelas armas. Ele seria a voz da experiência, se ela desejasse conhecer o Brasil revolucionário. Ele seria o porto seguro, se ela quisesse descansar por momentos da batalha. Em resumo, ele seria como foi, o canalha, pela concordância absoluta com todos os desejos de Soledad, a quem ele tudo prometia. Um amante ideal e companheiro sem preocupações materiais de sobrevivência, porque Daniel guardava dinheiro expropriado em assaltos, tão sério e confiável era.

Ninguém alcançava o Pai – o conjunto da revolução libertária – sem passar por Anselmo. Daí a razão de ele sempre andar de carro com "gasolina pela boca", como lembraria o militante Karl Marx, ao falar do tanque cheio do fusca usado por Daniel. Imagine-se tal privilégio em um tempo de militantes sem dinheiro até para uma passagem de ônibus. Mas com Daniel, não, a infraestrutura econômica do comando oculto dos guerrilheiros era perfeita. Daí que ele criou a butique Mafalda – possuía dinheiro para tanto – porque a revolução financiava a tomada do Brasil a partir do Nordeste. Era como uma nova invasão holandesa. Não se pense que semelhante delírio fosse digno de risos. Esse foi um tempo em que o riso mais eloquente residia nos dentes da caveira.

Os erros mais ridículos traziam a morte. Mas é claro, tão convictos do acerto nos achávamos, que só seríamos abalados pela tragédia da destruição física. Abalados, mas sem ter ainda a percepção do erro, pois a um real tão espinhoso, complexo, respondíamos com o desejo. Simples, não? Anselmo, no personagem Daniel, vestia-se como o melhor amigo e companheiro de Soledad.

Indivíduo fino e escorregadio, que não sai do seu papel, ele falou a uma repórter numa entrevista recente. A jornalista, de bom coração e magoada, lhe fez a pergunta:

– Mas você amava Soledad?

Ele, recebendo a susto o golpe da pergunta, procura ganhar tempo :

– Eu?.... Olha, é um sentimento difícil pra mim. Ela era uma pessoa linda, poeta, falava várias línguas... O que aconteceu com ela não foi culpa minha, entende? Foi ela quem se condenou, não fui eu. Por mim, ela estava fora do massacre.

– E por que você não a avisou?

– Está louca? Eu ia ser morto se abrisse pra ela o que eu sabia.

– Morto por quem? Por ela ou pela repressão?

– Por ela, claro. Sol ... ela era uma pessoa muito ideológica. Cruel, com aquela carinha de santa.

– Ela era cruel? – a repórter pergunta tendo na lembrança a imagem do corpo de Soledad no necrotério. – Cruel?

– Você nem imagina do que são capazes os comunistas. Eles matam mesmo.

– Você está vivo.

– Sim, só Deus sabe como. Eu fui o sorteado pra sobreviver.

A repórter para e não quer saber se ele atribui à roleta da vida o seu plano sistemático de infiltração, entrega de companheiros e permanentes novas quedas. Ele, o sorteado. A ironia não deve descer a esse ponto. A repórter se preocupa com algo, para ela, mais essencial.

– Mas você amava Soledad?

– Olha... eu amava Soledad. Mas um amor à minha maneira, entende?

– Como assim, à sua maneira?

– Assim... eu tinha afeição, amor por ela. Mas o amor pra mim é uma coisa prática, entende?

– Entendo. Sacrificar a sua vida pela amada, nunca.
– Isso é romantismo.
– E você se ama, Anselmo?
– Claro. Eu sou um cara normal.

Então Anselmo sorri com um sorriso que não ouso adjetivar. Ele poderia ter falado: 'Amo a mim mesmo acima de todas as coisas. Amo só e somente a mim', e não seria mais eloquente que a fala 'eu sou um cara normal'. Ao se expressar assim, ele também quis dizer: se fizerem um matadouro, se sangrarem uma mulher feito porco, eu não sou o porco. Esse bicho destripado não me diz respeito. Não importa se o porco é Soledad, se lhe arrancaram o feto a porrada, não é comigo, eu não sou a porca Soledad. Eu sou um cara normal. Eu me amo. Eu me amo a mim mesmo, só a mim, somente a mim e a mais ninguém. Com todas as minhas foças, espertêza e inteligência. Durmo bem, do alto do meu conforto. Porco é quem é sangrado na tortura. Eu, coitado de mim, tenho horror à sujeira do sangue. Eu sou um cara educado, com alma de artista, de formação cristã, entende? Mas não sou Cristo. Nem Cristo nem porco.

Então a repórter recolhe o gravador, porque sabe agora que o Cabo Anselmo está em um domínio onde o amor e a solidariedade não têm lugar nem razão de ser. Ele é um extraterrestre que não entende a língua dos que sentem a dor alheia. Mas agora, estamos em Jaboatão, e Daniel conversa camarada na casa de Karl Marx. Sincero e aberto, Marx acredita como palavras de fé a conversa de Anselmo, digo, Daniel. O agente cruza as pernas, fuma e pontifica sem dar a mínima a normas de segurança:

– Eu tenho um contato com um cara que tem muitas armas.
– Armas, balas, novas? – Marx pergunta encantado.
– É claro. Arma velha, enferrujada, eu não aceito.
– Mas qual o tipo de arma?
– Metralhadora, fuzil. E bomba de primeira também.
– Rapaz, é um arsenal – Marx volta. Mas pergunta: - Como é que ele tem isso tudo?
– Segredo de Estado.... é uma pessoa de total confiança.
– Eu conheço?

— Hem? E se conhecesse, eu não dizia.

Anselmo gargalha. Marx, sem conhecer a verdadeira razão do cômico, gargalha também. Nesse momento atravessa a sala o pai de Marx, um velho comunista, que olha para Daniel. O velho, que registrou os filhos com nomes de revolucionários, escutava a conversa deitado no seu quarto. Ele dirá a Marx, quando Anselmo/Daniel for embora:

— Eu não gosto desse cara.

— Lá vem o senhor... por quê?

— Eu não confio nele. Comunista de verdade é discreto.

— Isso foi no seu tempo, pai. Daniel é um tipo novo de comunista.. Muito viajado.

— Eu sei.... Eu conheço esses viajados.

O velho saía resmungando porque a conversa ia azedar, e logo, logo, entrariam os dois em discussão braba, com o filho apontando o caráter reformista do partidão, e o pai respondendo que no passado conhecera aventuras de armas que não deram certo. Organização de porras-loucas ele sabia como terminava. Nada se podia fazer sem o povo, sem um trabalho de massa.

— O senhor está aposentado.

O velho ao ouvir isso ficava engasgado, passando mal. E logo chegava a mãe, nervosa, com um copo d'água gritando:

— Você respeite o seu pai. Ou respeita ou sai de casa.

— E saio mesmo – Marx respondia. E deixava a sala batendo a porta, irritado com a velharia atrasada, que desconfiava da nova revolução.

Por isso o velho resmungava, quase a implodir num infarto, porque evitava as palavras e ações mais duras, em que ele ficava a ponto de pegar uma corda e dar umas boas lambadas no filho. "Aposentado pra luta, era só o que faltava". O pior é que lambada não resolvia. "A solução é dialética", ele se dizia. Mas o que podia fazer a dialética com a juventude?

— A inexperiência é dialética, companheiro? – ele perguntava a um camarada, no dominó à tarde.

— Oxe, é nada. A inexperiência é burra.

— Também acho. Bati!

E jogava as suas pedras sobre o tabuleiro. E se levantava. O que fazer com menino que não ouve a gente? "Vai tomar no oiti... E eu vou também, puta que pariu". E saía se arrastando, falando só. O quadro que o atormentava se traduzia nos resmungos: "Isso não acaba bem. O porra não vê? Não. Vai tomar. E eu vou também. Isso é certo?".

Marx gostava menos ainda de discutir com o pai. À sua maneira, respeitava-o. Mas o velho era "atrasado". E com isso Marx queria dizer que era um jovem, com ideias novas, organização nova, tinha cabelos compridos feito os Beatles, gostava de música de guitarra. O que era o PCB? Jogar dominó, tomar cachaça na barraca, ver o Chacrinha. O PCB era o velho. Gostavam até de ver o anticomunista Flávio Cavalcanti. Aí estava em que caía o velho. Mas alguma coisa fazia sentido. "Ele pode ser atrasado em política, mas conhecimento da vida ele tem". Então lhe passa como urubu pelo cérebro uma pergunta que Daniel lhe fez:

– O velho está organizado? O teu pai ainda é ativo?

Marx esfriou com a pergunta. E respondeu ligeiro:

– O velho não levanta mais nem o pau. Atividade zero.

– Mas alguma ele coisa ele ainda faz – Daniel insistiu.

– Nem de guindaste – Marx respondeu. E Daniel sorriu.

Passava pelo espírito do filho a sombra de um urubu. "Besteira", ele se fala. E para espantar a dúvida, volta a lembrança da pessoa de Soledad. "Daniel merece confiança. Como é que Soledad ia amar um policial? Não faz sentido. Ele é o companheiro dela". Então o pensamento se volta contra o pai. "Sabe de nada. É neurótico". E por assim pensar em Soledad, ele dá as costas ao aparente atraso que não via uma pessoa tão revolucionária. Ela representava o sonho dos desejos da revolução. Alta, magra, meiga, doce. Precisava dizer que era linda? Esse era um adjetivo que não lhe caía em cima como um chapéu, aquele, que deixaria conhecida sua imagem na posteridade. A beleza não se punha sobre Soledad. Ela era a outra definição da palavra sem que se pronunciasse o nome "beleza". A sua feminilidade atraía quanto mais a evitávamos, coisa rara, futuro da sociedade que desejávamos. Aos nascidos para o voo Soledad inspirava receio com seu corpo esguio, quebradiço. "Cuidado, ela vai cair. Cuidado!".

No primeiro momento, a memória a vê no quintal da casa do pai de Marx. Sentada em uma cadeira, encostada à parede – por que ela sempre voltará à lembrança com as costas na parede? – e com agulhas constrói um sapatinho de bebê. Ela chama atenção sem que a procure. Vejo-a e agora a revejo numa foto em sépia, a sua presença recortada. É um paradoxo porque as companheiras de Marx e Lênin estão com ela, estão vivas, mas não as recordo ali. Será efeito da reconstrução da memória, que corta e seleciona conforme o conhecimento que nos marca? É possível, porque Soledad vem crescendo na sensibilidade da gente nos mais recentes dias. Sei, lembro, ou imagino que lembro, mas no meu sentimento eu sei que me aproximo dela e lhe falo:

– Você é muito ágil com as agulhas.

Mas não é isso o que desejo lhe falar, porque me dirijo à sua pessoa, a seus olhos castanhos radiantes, claros, e queria ser um telepata para lhe enviar a mensagem "você me encanta com todo ardor". Então ela arregalaria os seus lindos sóis parra mim e perguntaria "verdade?". E eu, "é mais sério, eu quero dizer que te amo com todo meu ardor. É isto: eu te amo com todas as minhas realizadas e potenciais forças". Então ela iria sorrir com aquelas bochechinhas maravilhosas, covinhas, que se revelam nas foto em que está ao lado de Daniel Viglietti, em breve e feliz intervalo da sua vida. Mas não, o prosaico e desastrado aqui apenas surge, do nada, e nada lhe diz com o elogio referente à técnica em sapatinhos de croché:

– Você e muito ágil com as agulhas (!).

Então ela, tão experiente com a corte dos tímidos, dos faltos de verve e espírito, responde com um sorriso:

– Grata. Muito obrigada. Mas as minhas amigas trabalham melhor.

E o galanteador inapto quero correr, fugir da própria estupidez, como sempre me ocorre, quando sou erro e penso em correr para um buraco que me esconda. Mas o seu sorriso é tão desconcertador, quero dizer, nele se irmanam tanta fraternidade e compreensão, que fico a balançar o queixo como se estivesse com um mal de Parkinson a lhe enviar um sinal de "sim, sim, sim", que pelo menos é melhor que "não, não, não". As companheiras de Marx e Lênin também sorriem, na verdade riem, mas por sentimento diverso, imagino. "Mais um bobo a se apaixonar pela mulher de Daniel. Será doido?". Então olho para trás e descubro o vulto do felizardo Daniel na porta da cozinha. Mas antes que eu abandone o meu posto de admirador sem esperança, ele fala:

– Sol, eu vou ali com Marx.

– Não demores – ela responde. Então se levanta e passa rápido por mim. – Daniel, quero te falar.

Pude ver que ela é mais alta que eu. E sem que fosse chamado eu a sigo, lento, apenas para tê-la à vista. Na cozinha me detenho, paro, como um lobo faminto à espera da volta de Soledad. Não demora, ela vem, me cumprimenta:

– Procuras um pouco de café?

– Não, não... eu que lhe falar uma coisa. Não me interprete mal.

– Sim? Podes falar. "Tu és mulher encantadora", é isso?

E sorri, e sorri com aquele sorriso meio triste, que não a deixará a partir deste dia até o penúltimo. Então eu, com uma coragem sonhada, consigo lhe dizer:

– Não posso falar alto. Venha por favor mais perto.

Ela vem e vira o rosto para melhor escutar uma revelação. Eu a tenho com o rosto quase em cima do meu. E num segundo me falo: "Eu não sou louco". E me repito, como um condenado à ação, mas que reluta e se debate. Os meus punhos se fecham, porque as mãos querem acariciar o seu rosto, pescoço, ombros. Como pode um ser humano resistir ao que clama a própria carne? Eu a quero, eu a desejo, eu sou uma tartaruga que rompe o ovo, é natural, é incontrolável. As unhas aperto contra as minhas mãos, enquanto Soledad me diz:

– Sim? Fales.

Por Deus, como é linda. Se eu não for um homem, serei um rato, uma abominação da sarjeta.

– Sim, fales.

Então eu, este sem esperança, recebo o raio da loucura:

– Isto, Soledad, eu lhe digo. – E a beijo no rosto. – Isto!

Então ela, surpreendida, se afasta, ruborizada. Num fração de segundo vi lhe passar na face uma chispa de indignação. "Meu Deus, eu fui um louco. Um louco! Maldição", me digo. Então ela se transforma, como se pelo cérebro houvesse passado uma chama de compreensão. Afinal, eu era apenas um homem, eu não passava de um companheiro que num momento cedera à fraqueza. E Soledad dá o conforto de um sorriso, contido, mas sorriso:

– Entendo. Nada mais queres me falar?
– Você me perdoa a falta?
– Não há nada a te perdoar. Temos tarefas mais urgentes.
– Você me permite mais uma chance?
– Se não for igual à de antes, sim.
– Não, é isto.

E me aproximo e me ergo até os seus lábios, que toco e aliso com os meus. Ela fecha a boca e vira o rosto. Então eu caio em mim e numa cadeira da cozinha. "Eu sou um louco! Um louco! Eu não mereço a mínima consideração. Louco!". E saio para a rua sem me despedir. E venho refletindo até hoje, desde aquele dia em que toquei os lábios de Soledad. Fui louco? Penso agora que não fui. A paixão é uma forma de estar embriagado de humanidade.

Capítulo 22

É preciso força para escrever esta página. Agora compreendo que o apelo dos poetas às musas nada tinha de retórico. Agora mesmo eu me sinto abalado. Quero dizer, triste e mergulhado em reflexão. A realidade vista, que eu soube e sei, quanto mais reflito sobre ela, mais me sinto paralisado. Vontade que tenho é de parar tudo e sair sem rumo até a praia. Lá sozinho, em absoluto silêncio, quero ficar olhando o mar. Conhecer a última hora desses companheiros, desses irmãos da nossa mesma carne e espírito, me deixa desolado. E fico à semelhança de um menino que perdeu a sua mãe em 1958: "Por que Deus é tão sórdido?", ele se perguntava. Por que o homem é tão miserável e brutal? me pergunto agora, enquanto caminho na mente até o terraço de um bar e fico olhando o oceano. As ondas resplandecem ao sol, atingem verdes e espumosas a calçada, jovens e crianças gritam de felicidade, é sábado, estão de férias. Mas a sua graça e alegria não me dizem respeito. Antes, a minha dor não é compreendida pelos jovens, mulheres, homens que passam a caminhar. Enquanto eu amargo aqui outro mar, o terror sofrido por irmãos que ninguém contou. Heróis com registros apenas burocráticos. De fotos pornográficas no necrotério, nos corpos e faces arrombados à bala. Essa é uma das razões pelas quais os ex-presos políticos às vezes se calam. Ou então contam o sofrido aos pulos, aos saltos na narrativa. Nem tanto, ou nem só pelos acordos que alguns fizeram para sobreviver, acordos no limite extremo da dor e fronteira da morte, compreensíveis, mas nada dignos das biografias heroicas. "As pessoas não reagem igual à tortura", nos dizem. E fica implícito o pouco, o muito ou o razoável que abriram, na hora em que precisavam enganar a morte. Quem sofreu sabe melhor sua dor.

E nem tanto por essa razão. Eu me refiro a outra gravidade fundamental, ao horror puro que fez saltar os olhos das órbitas, em anéis que se apertavam em torno da cabeça como um garrote vil no crânio, a "coroa de cristo" como a chamavam. Me refiro a ossos quebrados, ferros socados no ânus. Fatos assim vistos e sofridos se calam. Com um sentimento de culpa, como se a vítima fosse a culpada, ou mesmo do terror não vencido, que continuaria num reflexo de Pavlov. Dessa vez, o condicionante é a memória, que não relata para não repetir a dor. Entendemos os saltos ou o silêncio, porque nesta página agora sinto a tentação. É paralisante refletir sobre o que soubemos e vimos. Uma paralisação que é uma inércia aparente, porque pensamos no que não pensamos, refletimos no que não refletimos, falamos cá dentro do que não falamos fora. E para dizer o mínimo em uma linha: é deprimente primeiro. Segundo, é de nos mergulhar em uma ira louca. É de dar uma revolta ainda sem expressão, por último.

Quero dizer. Eu vi nestes dias um homem em pânico. Foi rápido, mas me acompanha o que vi até agora, e penso que não me deixará mais. Eu estava no carro, por volta das oito da noite. Eu seguia para Olinda em uma rua de mão única. Súbito, um jovem surgiu como se viesse do nada, porque sem aviso, origem ou razão. Ele veio correndo por entre os carros, o corpo em fuga pela contramão. Alguns motoristas desviavam do seu vulto, outros, pelo contrário, da tribo e manada de justiceiros dirigiam o carro para cima do jovem. Ele estava sem camisa e corria, doido, daí a manobra dos senhores da ética para cima do mal. "Se corre, se está sem camisa, é ladrão. Vamos quebra-lo". Quando ele passou por entre duas filas de carros, os faróis iluminaram o seu rosto. Cabelos crespos, assanhados, pele clara, ou melhor, lembrei depois, pele pálida, de onde o sangue havia fugido. Porém o mais marcante eram os olhos, arregalados, graúdos, a boca aberta sem grito, e os olhos enormes que nada fitavam, a ninguém viam, apenas expressavam a sua última oportunidade. Passou por mim como um raio a lembrança do "terrorista" caçado, na descrição da advogada Gardênia: "Ele estava na mesa, estava com uma zorba azul clara e tinha uma perfuração de bala na testa e uma no peito. E com os olhos muito abertos e a língua fora da boca". Então atrás do jovem em Olinda correu uma moto com dois indivíduos de capacete, ziguezagueando pela contramão. Em menos de um minuto houve o som de pancada no carro. Mas não, foi um estouro atrás de nós. E mais duas estrondos brutos, pá, pá. Então eu compreendi que o jovem perseguido fora alcançado com a justiça dos matadores: três tiros no ladrão safado.

Mas como alcançar os seus olhos, esquecer o seu branco arregalado nas órbitas? O sofrimento do terror adivinhava e fugia do destino a menos de um metro adiante. O que pode um homem que corre contra a velocidade de uma moto? - Saltar no balé louco do corpo magro, arremeter-se na fuga do último intento, como se mais vida houvesse. Para mim, me perseguem antes dos três tiros. Para mim, são os olhos de Vargas no maldito janeiro de 1973. A simples evocação dá um gosto amargo de fel e bílis na boca. Terei, ou devo ter o refrigério de uma pausa?

Eu quero ter paz e refletir em paz. Tento, porque me vêm as palavras Terror e Desespero. Muito além dos seus sentidos no dicionário, eu sei por que elas me ocorrem. Tenho Vargas diante de mim. No limite da decência e da dignidade, sei que ele está apavorado. Nos pequenos olhos de índio misturado ao negro, sei que ele está próximo do limite. E pior, ele tem consciência do que está próximo. Diferente dos olhos do rapaz que vi correndo no seu último minuto, louco, tonto, o jovem e o tempo, sem ter para onde ir no estranho bailado entre os carros, Vargas agora na sala da advogada Gardênia enxerga o abismo seguinte, hoje à noite ou amanhã logo cedo. O jovem brutalizado, que deixou poças de sangue na praça vizinha ao Bar Marola, para onde poderia ir? Se entrasse para a esquerda, caía no beco do Marola, se entrasse para a direita, como entrou, no largo da praça encontrava pessoas, testemunhas, quem sabe?, a salvação. Mas isso é injusto admitir, porque talvez ele não possuísse tantas opções, o seu corpo apenas tomava o lugar mais perto, uma vez que corria pela direita, a sua mão na contramão. Entrou na praça e levou o primeiro baque. Levantou pra correr e pegou mais dois, nas costas e na cabeça. E perdeu a fuga.

Diferente de Vargas agora em 1973, neste contínuo mais próximo. Ele não tem o barulho da moto no encalço. Mas os claros sinais estão dados. Ele é o terrorista seguinte para o matadouro. Até o gado sabe quando chega o seu último instante. Que dirá um homem. O boi recalcitra, não quer ir para a frente, e por isso tem que ser puxado, enganado, até que receba o golpe traiçoeiro. Como é narrado nas linhas magistrais de Tolstói sobre um matadouro:

> *"Cada vez que pegavam um novilho do cercado e o arrastavam para a frente com uma corda atada aos chifres, ele sentia o cheiro de sangue e resistia, às vezes mugindo e recuando. Arrastaram-no. Ele abaixou a cabeça e resistiu, decidido. Mas o açougueiro que ia por trás agarrou o rabo, retorceu-o, estalou a cartilagem e o boi saiu correndo para a frente, batendo nas pessoas que o puxavam pela corda, e de novo resistiu, olhando com o rabo do olho preto e a esclerótica injetada".*

Mas Vargas não é um boi. Ele sabe com a consciência mais desperta que vive as suas ultimas horas. Diferente do jovem em Olinda, ele pode fugir antes dos tiros, evadir-se, para assim impedir que o seu corpo inche, se alargue a tal ponto que não entre em um caixão. E por que não o faz? "Eu conversei com ele, disse que ele fugisse", anotou Gardênia no diário. Mas Vargas lhe respondeu na sala do apartamento do Edifício Ouro: "Fugir não podia, ele me disse. Pela segurança da esposa e da filha". E voltou a advogada: "Eu pedi que ele deixasse a criança sob meus cuidados. Ele me falou que não ia levar Nelinha para uma aventura, porque ela era uma pessoa frágil e seria também assassinada. Aí seria pior, porque a menina ficava órfã". A primeira observação é a consciência de que será morto, porque ele resiste a que Nelinha seja "também assassinada". E assim o dano seria maior: a frágil Nelinha mais a orfandade da filha. E resolve ficar e se fincar. A segunda observação é a que dá o tamanho do terror nos olhos de Vargas: ele é um homem sozinho, está sem partido. Vargas segue na contramão: desvinculado, está só, sabe que vai cair, não tem apoio, isolado se encontra. Isso mostra a medida da infâmia, ele está sem organização clandestina, mas ainda assim será divulgado como um terrorista, que desejava o fim da democracia no Brasil. Daí vêm os seus olhos de índio crescidos, a pele morena sem cor, o rosto de varíola pálido.

Antes do limite da morte, há um limite da dignidade onde raros conseguem ir. Se nos batem, se nos espancam e não podemos responder, a esperteza manda que fiquemos dóceis, menores que o agressor, pois ele possui as ferramentas para nos machucar. A maioria de nós, ou quase todos gritamos, porque o grito afinal é expressão da dor, e imaginamos, lá na ilusão da esperteza, que nossos gritos doloridos comoverão o braço do carrasco. Esses gritos, verdadeiros de dor, acabam por ser o pior do que somos. São gritos que clamam por misericórdia, que se denunciam "eu sou fraco", eu sou ninguém, pelo amor de deus, pare. É humano, mas não é gratificante lembrar como uma honra dos nossos dias. "Se não gritasse, eu seria morto". Então, para evitar o pior, baixamos até o piso do nosso próprio ser. É humano, queremos dizer, é compreensível em toda e qualquer pessoa. Nem podemos ser exigentes para o que apenas enxergamos de camarote, fora da dor. Mas aqueles gritos que pedem por clemência também doem na gente. Se pudéssemos, falaríamos ao espancado: "pare com isso, sofra com dignidade". E com um resto de inteligência a vítima poderia nos responder: "Quer vir para o meu lugar?".

Vargas, com os pequenos olhos bem abertos, não grita. Amarga amargando a amargura. Da janela do apartamento da advogada Gardênia ele vê a noite do Recife. Lá embaixo a Sete de Setembro está deserta, ou com alguns policiais na campana. Mas ele não vê o céu escuro. Tudo nele é desvio do terror. Como era bom que fosse manhã e o sol trouxesse a democracia, para do terraço discursar aos recifenses libertos. "Presta atenção, Vargas. Presta atenção!", ele bate com a mão na testa.

– O que foi? – Gardênia pergunta.

– Nada.... – Então ele pegaria a sua frágil Nelinha, a filha de cristal, pequenininha, e desceriam juntos para o dia de sol na Conde da Boa Vista. De mãos dadas, prontos para o levantamento da pátria socialista. Mas "presta atenção, Vargas", e para não bater de novo com a mão na testa, olha o céu escuro no vidro da janela do edifício Ouro. Talvez seja a sua última noite. E a sua mãe, como ficará? "Como ficam todas as mães de revolucionários, Vargas?". E lhe dá uma vontade muita, muita e grande de chorar. "Como ficam todos os companheiros que também possuem mães? Mas eu ainda não sou um revolucionário. Estou sendo caçado por um traidor antes de ser revolucionário. Não importa. Para todos os efeitos, você é contra o regime. Portanto, aguente... Mas eu não queria morrer assim, sem dar um mínimo abrigo a Nelinha e à minha filha. Eu não queria morrer. Ninguém quer. Fuja".

– Eu não posso fugir, doutora.

– Por quê? Vai ficar esperando a repressão?

– Doutora, eles vão em cima de Nelinha.

– Então fuja com ela. Deixe o bebê comigo.

– Doutora, doutora... – e Vargas quebra a voz. – Doutora, eu amo Nelinha. Eu não vou metê-la nesta aventura.

Então a advogada olha para o homem sentado, para o jovem raro com a cabeça entre as mãos. "Como pode? É louco?". Ele volta ao mesmo ponto:

– Eu não vou matá-las comigo. Elas têm que viver.

– Você morto é melhor para elas? Desculpe.

– Eu entendo. Se a minha vida for o preço, eu pago, doutora.

Na fímbria da loucura, Vargas deixa um inventário dos seus bens: nome, endereço, uma foto 3 x 4 e outra do agente duplo. E se levanta para levar consigo a pessoa física. A advogada Gardênia não tinha experiência com os candidatos à morte em cadeiras elétricas ou injeções letais. Mas conhecia os sintomas de quem parte. Nas celas, viu homens encolhidos, nus, regredidos a fetos em última defesa à procura da mãe. Viu mulheres exangues. E jovens como Vargas, cercados, no fim. Ele está com uma expressão distante, no rosto mortiço. Age como um autômato, parece, na mão fria quando aperta a sua. Então ela tenta reanimá-lo à porta:

– Quem sabe se lhe dão um tempo?

Ele sai pela Sete de Setembro sem olhar para os lados. Se o seguem, se está perdido, não adianta mais. Vai num andar que deseja firme até o ponto do ônibus. Quem sabe? Quem sabe se não tem um resto de vida um pouquinho mais longo? Ele se encoraja com os termos finais de quem não possui mais esperança. Vai morrer? Vai morrer. "Faz parte do revolucionário". Mas que porra de revolução é essa que o deixa sozinho na última hora? "Vagas, a revolução não tem culpa", outra voz lhe vem. "Que não tenha, mas eu é que estou me fodendo, sem ninguém". Viver não é passear por um jardim, recorda de um poema de Bóris Pasternak. "Que consolo!", e põe o rosto entre as mãos frias. Um ônibus para, pessoas sobem. Ele entra também, sem saber para onde vai. Que importa? será executado amanhã. E pela janela vê a Conde da Boa Vista, a ponte Duarte Coelho, a avenida Guararapes, o rio Capibaribe, como pela primeira vez. Que amargo encanto. "Como é bonita a minha cidade. Só agora percebo. Me perdoa, Recife, por ter sido tão brutal. Tu és para mim o mundo, o lugar da fraternidade que ainda não temos. Mas um dia vamos ter, e tu serás a companheira e camarada da revolução". E põe as mãos juntas como se rezasse, logo ele, um ateu sectário, põe as mãos juntas por um reflexo antigo, da infância: "Eu te amo a ti, somente a ti, acima de todas as coisas. Eu te amo como o meu último afeto. Estás acima do que mais amo, a minha pátria e túmulo da revolução". E começa a rezar, pelo Recife, ele se diz. Mas reza por ele mesmo, enquanto o ônibus sai da Avenida Guararapes. Vargas não quer ter consciência, não quer censura, no instante em que reza: "Meu Deus, me liberta de vez ou me dá mais um tempo. Mas se eu não for digno, dá-me um tiro. Meu Deus, dá-me um tiro na cabeça. Sem a humilhação da tortura ou dor infame. Dá-me a paz de um tiro certeiro". E fala em voz alta:

– Deus, tu me ouves?

O passageiro ao lado o examina com desconfiança. Isso não incomoda Vargas. "Que me importa? olhe. Se Deus não me escuta, que me importa que me tomem por louco? Eu sou um homem. Eu sou apenas um patriota sozinho". O corpo treme, arde de febre. Então fecha a janela. Vem de repente um fogo, uma fornalha, boca de vulcão que ele não sabe como. É uma expulsão de lava, chamas de fogo explodem. A boca do vulcão é um grande olho vermelho, um sexo. "É assim que me falas, Deus? Eu não tenho medo do fogo. A minha prova será maior". Então a lembrança da prova do outro dia lhe faz desviar a vista da boca que vomita lava na avenida. Olha para dentro do ônibus e o que descortina é um longo corredor. Por que longo, se será tão curto? A distância é uma dimensão alterada pela dor. Minutos de afogamento, choque elétrico e espancamento a ferro são longa agonia. Numa antevisão, Vargas pula para o resultado, a destruição física do corpo, abstraindo a tortura. Mesma na dura realidade, o cérebro pula o mais doloroso. Como uma extração de dentes com anestesia. O resultado é sangue, objeto arrancado em um raio, zás! "Se me torturarem, se eu sofrer muito, eu resolvo". Se, se, luta entre o fatal e o possível. Evita a pior hipótese. Ele não sabia, ele não esperava chegar a esse ponto. "Eu não estou organizado, por que me caçam?". Mas o ônibus segue, transformado em veículo que o conduz à parada final. O ônibus não é a máquina que despeja e recebe passageiro, é metáfora do nome que ele não quer dizer. "Serei o próximo a ... cair?". Sim, é certo, eu vou cair. "E se eu não morrer?". Mas Fleury está no Recife, ele não viria de São Paulo para nada. Veio por algo mais grave, e sente um arrepio. "É a febre". E se vê de passagem na frente do assassino. O matador procura extrair tudo, com o máximo de dor, até a fronteira que desembarca no nada. "Nada?! Eu sou Vargas. Nada? O que é o nada?". E se põe no labirinto de ideias que é cerco. "Nada, que é que é nada?". Não pode ser o seu cadáver machucado. Como ficaria o seu corpo? "Absurdo. Eu sou Vargas".

Se fosse um herói, ele se diz, iam saber do que sou capaz. Sem atentar para o ridículo, ele se vê com a capa do Capitão Marvel. Ele não precisa do shazam, porque já é Clark Kent, o super-homem. Mas Clark ele rejeita, porque não quer ser um homem acima dos outros. Mas se fosse um herói, ele tiraria Nelinha e Krupskaia dessa enrascada. Voaria com elas para descer em Sierra Maestra. Depois voltava para pegar Fleury, Daniel e sua gangue, e os entregava à justiça em Cuba. "Isso resolveria a ditadura, Vargas?", um demônio se intromete. "Não, mas me vingaria dos filhos da puta". E depois? "Pegava a minha mãe e dava a ela uma aposentadoria digna, um resto de vida sem a opressão da necessidade". E depois? "Eu me juntaria a muitos heróis e fazia a revolução no Brasil". Ele faria assim, se fosse um herói. E Vargas não percebe, enquanto tresvaria, que ele não precisa voar ou possuir superpoderes. Ele já é um herói. Na recusa da fuga para o Sul ele é um, porque ruma até a morte para que não sofram Nelinha e a filha. "Mas era pessoal, era do meu amor", ele me responderia se lesse estas linhas. "O pessoal não conta. Herói é o que defende o coletivo". E por que não se safou, rápido, antes que o prendessem? "Eu não podia deixar Nelinha nas garras da repressão. Que viessem a mim". E por isso ele treme agora, e por tremer nem de longe pensa que é um herói sem voar e sem capa mágica. "Eu defendo o que eu amo". E seus olhos de índio se fecham, rasos d'água, com febre e emoção. "Se eu fosse um herói...". O ônibus freia brusco. O motorista fala:

– Ou resolve, ou levo o ônibus pra delegacia.

Um passageiro discute com o cobrador, antes da catraca. O cobrador está sem troco.

– Resolve logo ou a polícia resolve.

Diante da ameaça, o passageiro despreza o troco. Com os policiais, podia virar perturbador da ordem, malandro, que só queria viajar de graça. Sem direito à defesa, para não desrespeitar a autoridade. Então em paz o ônibus segue, como um veículo da natureza do tempo. Tudo é tão natural da passividade e alienação. O pequeno incidente não se dirigiu a Vargas, mas ele o sente num acréscimo do seu isolamento. Sem organização e sem povo a seu lado. Então, pela lógica de 1972, não passa de um terrorista. E feio, típico da caricatura do terror, o rosto cheio de marcas, com a legenda na foto que o enquadra como perigoso, inimigo da família brasileira. Ele não é Vargas, o homem que se sacrifica por Nelinha, Krupskaia, pela gente que não o vê na essência. Ele é o terrorista que agora treme de febre. "Se eu fosse um herói...".

– Mas não sou! – ele grita.

Todos se voltam. O motorista o observa pelo espelho, e não pensa ainda em parar o ônibus na delegacia. Então Vargas vira o rosto para a janela, para o Largo da Paz, em Afogados. Que contradição entre os nomes e esta hora em que se encontra. "A paz dos afogados", ele se diz, e tais palavras não são uma frase, são a imagem de um homem que remete a ele, em silêncio, afogado. "Isso é a febre. Para de variar, cérebro estúpido". Populares sobem no ônibus, outros descem. "Como a vida e a morte. Uns sobem, outros descem... Para de variar". O ônibus vai pela Ponte de Motocolombó. O rio sopra um vento gelado. O que antes no calor do Recife era refrigério, vira um sopro frio. Fecha a janela e se encolhe, ele não quer, mas na cadeira procura abrigo em uma posição fetal. Não quer ver as pessoas indiferentes à sua sorte no ônibus. Está só, sozinho, deserto e isolado. Volta-se para a janela fechada, onde o vidro reflete ao mesmo tempo os passageiros que cochilam e a passagem de casas na Imbiribeira. Onde fica o povo pelo qual luta? Em que lugar se acha a vanguarda popular insurreta? "Virá, não hoje, mas virá. O povo não é marionete a cochilar quando acorda para o mundo que é seu. Virá". E apontando o desejo para o vidro que também reflete o seu rosto, fala:

– Isto não é uma variação. Entende, Vargas? O povo vai acordar.

E mais uma vez os passageiros olham-no desconfiados, parecem cochichar "é doido?", e alguns mais afoitos se fazem sinais, indicando um giro nos dedos: "não é bom da bola". Vargas nota e sorri, um sorriso que desejava superior, mas está a ponto de se erguer e gritar: "Do que estão

rindo? Vocês me conhecem? Vocês sabem quem eu sou?". Mas se conforma, amargo no seu canto com o pensamento de que não pode exigir deles o impossível. Vivem sob o regime da censura, sob a opressão de classes, não têm direito a nada, e acham que têm vida boa, livres. "Riem agora de mim, mas ainda vão saber quem eu sou". E fala em voz alta:
– Um dia vão falar de mim. Um dia vão saber quem eu sou.

E fala com tal certeza, que os sinais entram numa zona de suspensão. Veem-no como louco, é certo. Mas dele não podem mais rir. Será um louco profeta? Vargas os observa pelo vidro da janela. Ficam sérios. E se ele fizesse uma denúncia? E se ele se levantasse com a voz clara para denunciar os crimes da ditadura? E se falasse a eles do mundo que virá, com o qual nem sonham? O louco profeta louco seria ouvido, até a próxima delegacia de polícia. Entregue como doido terrorista. Isso se não estivesse já algum tira no ônibus, seguindo-o. Vira-se. Só populares, homens pobres, gente suburbana. Olha de lado. Cochicham. "Estou seguro. Cercado pela alienação". E na volta para a janela encosta o rosto no vidro para que a face tome conta da paisagem. Com o nariz junto ao reflexo só o escuro da noite percebe. Será a sua última? Talvez tudo não passe de delírio. Será alucinação o que sabe de Daniel? Ele é um policial, Marx tirou a máscara. Anda com carro de coronel torturador. E Fleury? Caminha com ele no Recife, isso é loucura? Porra, é verdade, é fato. E passa a olhar de lado, para trás, para assim escapar da consequência lógica. "Então eu vou cair. Isso é verdade, não é delírio". E fala em silêncio consigo mesmo. Isto é, a pensar com imagens, sons, palavras soltas que não se articulam em frase.

Vargas entra na sintaxe do desengano. Que lógica, que discurso lógico se pede a um homem que cai em um fundo poço? Qual é o juízo articulado para a gente no fim? E assim no pesadelo Vargas bate com a cabeça no vidro da janela, mas não com força suficiente para que o quebre. Bate-se como para acordar do pesadelo de olhos abertos. É como se tivesse um pé na escarpada pedra sobre o abismo: "E se tudo der certo?". Ele quer dizer, apesar de tudo, Daniel pode esquecer a sua pessoa. Fleury pode achá-lo um cara de pouca importância. Ou pode mesmo dar um certo tempo, para ver se ele tem contatos mais avançados, e com isso lançar a rede de pesca sobre militantes mais graúdos. E nessa ilusão

Vargas pode ganhar um pouco mais de tempo de vida, o suficiente para receber o dinheiro da venda de livros, e depois voar para longe, ele, Nelinha e Krupskaia. Quem sabe? Aí, vão morar em São Paulo. Pra não dar bandeira, mudará de ramo, vai trabalhar na Central de Abastecimentos da cidade. Trabalhador braçal, no começo, até se qualificar. Depois, operário empregado, vai fazer o jornal da classe. Era bom, muito bom. E Nelinha? Ela não terá com quem deixar a nossa filha, aí nós vamos fundar uma creche no bairro, Nelinha vai passar consciência a outras mães.

Então o semblante se contrai. "Mas se não der certo?" Isto é, ele sabe o quê, com um frio. "Nelinha está salva. Krupskaia está salva. Vou confortado para o inferno", ele se fala com os olhos refeletidos no espelho de vidro da janela. Num gesto automático pede parada. Desce de cabeça baixa e caminha pela rua escura do bairro. Há uma luzinha acesa na vila, na casinha que o espera. Vargas entra como se entrasse para o próprio enterro. O estranho é que seu caixão ainda não está na sala. Que estranho é o futuro que ainda não veio. O futuro oculto no presente. Ele sabe, o seu caixão está a caminho, embora ainda repouse na funerária. Ele sabe, mas procurar sorrir para Nelinha, que lhe pergunta:

– O que foi? Aconteceu alguma coisa?

– Não, tudo bem. Só o normal – "esta voz ainda é minha", reflete.

– Fale, amor. Divida comigo.

– Não. Tudo certo. Krupskaia está bem?

– Está. Teve uma febre, já passou. – E põe a mão no pescoço de Vargas. – Você está quente. Os lábios secos. Tome um copo d'água.

– Nelinha, me dê um abraço – Ele fala, com os olhos úmidos. – Me abrace. Vá, me abrace...

– Sim. Fale, amor. Não me deixe doida.

– Sente aqui, bem junto – e descem sobre o sofá da sala. Vargas põe o rosto de Nelinha entre as mãos: - Me prometa. Aconteça o que acontecer, você continuará a sua vida. Entende? Dê à nossa filha a tranquilidade que eu não tive. Saiba, amor: estes dias passarão. Repita: estes dias passarão. Repita comigo: estes dias passarão.

Nelinha repete como em uma prece:

– Estes dias passarão.

– Você merece toda a felicidade do mundo – Vargas fala. – Você é digna do amor maior que não pude dar.

– Por quê? Fale, Vargas.

– Eu só quero que você saiba. Eu sou um homem. Eu te amo com todas as minhas forças. Só isso. Eu sou um homem. Eu sou apenas menor que o meu coração.

– O que houve?!

– Nada não. Eu estou com febre. Deve ser isso.

– A polícia te procura?

– Acho que não. Mas se me acontecer alguma coisa, pegue Krupskaia e desapareça, entende? Se eu não voltar amanhã, avise à minha mãe. Diga que estou com o pensamento nela. Que no futuro estaremos juntos, eu, você e Krupskaia, entende? – Vargas se ajoelha: - Eu prometo que tu não serás machucada. Eu me entrego somente a meu amor. Eu me entrego a você. - E desaba num pranto feroz.

– Vargas, levante. Nós vamos viver. Vou fazer as malas agora mesmo.

– Eu não posso, Nelinha. Para onde eu for a repressão me pega. Mas você e nossa filha estão fora.

Beija-a e se dirige ao banheiro. "Eu podia me matar agora...Nunca. Isso é fazer o jogo da repressão. O meu amor não merece o suicídio". E sai do banheiro a sorrir com o máximo que pode.

– Krupskaia dorme? Vamos ver a nossa mocinha.

Capítulo 23

Há sinais, pedras com inscrições na vida que definem a nossa natureza. São pedras que marcam pessoas arrancadas de nós, de repente, ou dores absurdas de tão inexplicáveis. Escrevemos "inexplicáveis" e não importa o quanto é explicável a morte, o assassinato lógico de quem anda à margem do sistema. Para nós, sempre será absurda a perda de quem amamos, pela simples razão de que o nosso amor a quer para sempre. Se passa e se equilibra sobre um fio esticado entre dois edifícios, não importa, ali no alto estamos, e em alguns casos lá se equilibra uma pessoa mais importante que nós mesmos. Como pode cair? Mas para nossa desgraça, vem abaixo contra a nossa esperança. O nosso ser acostumado cai. A sua ausência é o lugar onde se fundam essas marcas.

Há um sentimento que unifica mulheres grávidas primeiro. É um anterior coração que bate no peito da gente sem que a consciência organizada o compreenda. Quero dizer, vinha um impacto antigo ao ver a gravidez de Nelinha no Pátio de São Pedro, quando ali conversávamos eu, Vargas e Alberto. Estava imensa e indefesa a sua barriga, me pareceu. Vargas falava, mas a presença da gravidez de Nelinha era dominante, para todos nós. Hoje eu sei que Vargas melhor levantou a voz para defender a companheira. Depois, houve as manchetes de janeiro de 1973, o retrato de Soledad, a foto esmaecida, enevoada de propósito no laboratório fotográfico da repressão política. Quiseram ofuscar a beleza da guerrilheira para enquadrá-la na face de terrível subversiva. A legenda da foto apagada dizia: "Atuava no Nordeste como agente de ligação de grupos terroristas sul-americanos. Tinha ligação com terroristas brasileiros no Chile". Vê-la na difamação, ao lado de Vargas, foi um duplo choque. Cambaleei tonto na Ponte da Boa Vista e foi incontrolável o vômito nas águas do Capibaribe. Havia uma ligação terrorista, mas o terror era a confirmação de um trauma, a morte da mulher grávida. Aquele terror antigo, a infâmia da infância, quando a mulher morria por falta de cuidados, em 1973 sofria uma atualização: o assassinato pela repressão política da ditadura. Para mim, houve uma ligação além dos homicídios em cima dos seis militantes socialistas: Maria, Nelinha e Soledad estavam de mãos dadas em diferentes tempos, porque haviam de ser mães. Nelinha sobreviveu, mas disso ainda eu não tinha o conhecimento. As execuções de Maria e Soledad eram claras e unidas. Disso eu sabia na bílis que vomitei até um raio de sangue. Eu não sou um poeta romântico, mas se eu tivesse a sorte de ser um, eu teria composto versos para o céu azul daquela quinta-feira de 1973: "Pai, por que feres o objeto do meu amor terno? Eu sei, queres endurecer o meu coração, deixando em mim um homem tão pequeno quanto a Tua crueldade. Eu me vingarei, Pai, de outra maneira". E viraria as costas para o céu, porque a consciência ainda não falava.

Estavam proibidas a consciência e sua voz. Não só de um mundo íntimo, de mim para mim, porque o retrato do mal-estar não emergia para a vida clara. Mas também pelo terror político da ditadura. A consciência estava em silêncio porque mais alto falavam Fleury, Médici e a traição de Anselmo. Dos cabos anselmos espalhados, porque sempre há ervas daninhas que prosperam em solo adequado. Vomitei e tive que limpar a boca e os olhos. Havia de me recuperar e seguir para o expediente no trabalho. Havia que parecer jovem normal, limpo, imune às palavras de mudança do mundo. Quanto é amargo trair o íntimo de valor da gente. Receber a pancada e sorrir. É pior que dar a outra face para novo tapa. Lembro que o pior de mim abriu a porta e entrou no ambiente da sobrevivência.

– Bom dia.

Abri a gaveta do birô, lá estava o poema de Drummond que eu lia para me guardar nas horas infernais do expediente: "Na areia da praia / Oscar risca o projeto. / Salta o edifício / da areia da praia ... Era bom amar, desamar / morder, uivar, desesperar, / era bom mentir e sofrer. / Que importa a chuva no mar? / a chuva no mundo? o fogo? / Os pés andando, que importa?... Que século, meu Deus! diziam os ratos. / E começavam a roer o edifício". Mas nessa manhã o poema foi inútil. A hora não estava para poesia. O tempo era de carnificina e negação até da mínima delicadeza. Baixei a cabeça feito escravo ladino porque entrou um meu algoz. O capitão-do-mato é um velho contador de anedotas, esperto e reacionário. É do gênero de homem que tenho visto se repetir ao longo dos anos. O sujeito que gosta de contar piadas, engatar histórias engraçadas, que escolhe e fala em sequência. Ele tem o dom de fazer rir, de aparecer como a alma da festa, a alegria dos convivas na mesa. Quem o vê despertar gargalhadas, não acredita que seja um indivíduo brutal, capaz da maior vileza. Quem ri de rebentar não crê que o seu maior talento é ocultar o gozo do seu egoísmo. Ninguém desconfia que o cara impagável pode vir a ser o mesmo que apunhala pelas costas, se lhe for vantajoso. Assim era o velho Orlando. Ele desfere o primeiro golpe:

– Pegaram uns terroristas hoje. Vocês viram?

Eu sei, fala a todos mas se dirige a mim. Sou capaz de sentir que ele fala e me aponta com o queixo, pois me encontro na máquina de escrever com os olhos fitos em lugar nenhum. Não consigo me concentrar na guia de material, que devo copiar para o formulário. A minha voz está contra mim. Aliás, tudo em mim, tudo que é sobrevivência é o meu contrário. Eu não sou aquele que se encontra na sala, como ar-condicionado rugindo alto feito motor de carro de praça em 1970. O velho, o feitor, se aproxima, eu sei pela repugnante mistura de perfume barato e cigarros.

– A puta era até bonitinha – ele fala. - Carinha de anjo, mas terrorista. Você viu? – E toca o meu ombro tenso. Não o escuto, bato a esmo na máquina. Tenho que me concentrar para não escrever "Maldito. Maldição. Mal do mundo. Mal de porcos. Foda-se". E vem um novo toque, mais firme, como uma intimidação:

– Viu ou não viu as carinhas de puta? Você.

Então levanto a custo o queixo e vejo um indivíduo de olhos verdes, cabelos brancos, boca murcha e sinais de animal velho na cara. Ele sorri, mas sei que o sorriso é ofensa, escárnio, gatilho apontado. E respondo, na altura da minha covardia:

– Eu? – "Darás a tua vida por mim?", penso. – Não vi o jornal hoje.

– Não viu?! – O escarnecedor volta. – Eu tenho aqui na pasta.

"Meu Deus, o que será de mim?". O velho abre a pasta que ele carrega. Dela retira o jornal, que abre na primeira página.

– Aqui. – Com o dedo seboso aponta Soledad. Com o dedo seboso aponta Pauline. Como dedo seboso aponta Vargas. Com o dedo seboso aponta as fotos dos seis socialistas mortos. Volta para Soledad. – Está vendo?

Eu olho e mudo a vista. Eu vejo e baixo os olhos. Não sou um homem. Me sinto menos que um cachorro castrado. É doloroso fitar o rosto de Soledad, aquela a quem beijei na casa de Marx. Olho e baixo os olhos. O velho parece notar minha aflição.

– A puta era até bonitinha, não era?

"Darás a tua vida por mim?". Fico em silêncio. Para quê? O velho estende o jornal e lê em voz alta para todos:

– "Seis terroristas mortos no Recife. Seis terroristas mortos foi o principal balanço do desmantelamento de um congresso da organização Vanguarda Popular Revolucionária, cujos elementos comandavam, do Recife, os demais integrantes do Norte e Nordeste. Entre os terroristas mortos estavam duas mulheres...". Aqui e aqui – aponta.

A tudo eu escuto com a cabeça baixa. Por mais que eu não queira, esse meu comportamento é digno de suspeita. A meu redor os funcionários se levantam, concordam, se movimentam em órbita para o espetáculo. Seis terroristas mortos! Eu estou sentado, diria melhor, agachado, enquanto as hienas cercam a carniça.

– Terroristas... quem diria?

Eu, para ser um homem moral, deveria me levantar, fazer comentários, atiçar a dança sobre os cadáveres dos socialistas. Assim age o patriotismo em 1973. Eu, para ser um homem digno de mim, deveria erguer a minha voz, denunciar os crimes e torturadores na ditadura. Mas estou aterrorizado. Poderei ser o próximo, porque já chegaram muito perto de mim. Sou amigo de Vargas, conheço Nelinha, vi Soledad, com ela esteve o meu coração. "Se eu fosse um homem...", não consigo completar o pensamento. A minha luta agora não é nem para ser um homem. A luta mais urgente é secar as lágrimas dos olhos que vão me trair e me jogar às feras. Se não participo da carniçaria cívica, devo pelo menos não me mostrar solidário aos iguais da minha convicção. Mas é torturante, é de enlouquecer o fio da navalha onde tento me equilibrar. Por mais que não queira, o meu comportamento é suspeito. Enquanto me mantenho em comprometedor silêncio, todos falam dos companheiros:

– Terroristas. Quem diria? Tem que matar mais.

– Querem fazer do Brasil uma Cuba. Só matando.

– Trocaram tiros com a polícia. Olha só o atrevimento.

"Meu Deus, por que não me entrego? Por que não falo o que eu sei? Mas como, vou ser morto também, virar terrorista". O velho patrioteiro continua:

– Vocês se lembram da bomba do aeroporto de Guararapes? Tem que matar mesmo esses bandidos. Terrorista não se prende, se mata. Terrorista não tem cura.

Ele olha agora para mim. Sinto que os outros o acompanham, se voltam contra a minha pessoa. O meu gesto de coragem é recusá-los com a vista, que desvio para o jornal. As fotos são a minha cara.

– Moça tão bonitinha... – o velho fala. – Desencaminhando os filhos da gente para o terror. – E olha para mim: – Mata!

"Eu a quero como um homem sozinho quer o seu amor", penso. E resmungo, no limite:

– Os jornais mentem muito. – E continuo na cabeça o poema que não escrevo: "Eu a quero como um homem sozinho. Eu a quero com a ternura e ódio de um covarde cujo amor é segredo". O poema que não escrevo se inscreve em meus olhos. E dilato as órbitas para secar a minha condenação. O velho me pergunta:

– Hem? O que você disse?

Eu quis responder com voz alta, à meia altura do meu sentimento: "eu disse que os jornais mentem muito". Falando assim, falaria menos do que deveria: "É tudo mentira. As notícias são uma farsa criminosa. Matam a melhor juventude do Brasil". Mas fiquei a balbuciar palavras inverossímeis:

– A - sim... tende? Assim...

– Assim o quê, rapaz?

– Assim.. ah... o jornal de hoje tem o resultado do vestibular.

– Vestibular que nada. O vestibular de hoje é a morte dos bandidos. – No que foi acompanhado por um idiota de plantão:

– Isso mesmo. Se eles estudassem, se fossem gente direita, não estavam mortos. A polícia não mata um jovem de bem.

Era tão estúpido e esmagador, que sorri amargo três vezes, assim como Pedro negou três vezes a Jesus. Sorri de imbecil, sorri da minha desgraça, sorri como um adulador sorri. Os três sorrisos unificados em um só, o da infâmia de desejar sobreviver em paz, não importava como.

Sorri. E para não sorrir indefinidamente da minha abjeção, tive a infelicidade de completar com o máximo de coragem:
– Jornal exagera um pouco. Algumas vezes temos que dar uns descontos.
Para quê disse isso? Recebi pelos peitos:
– Mas eles eram terroristas, não eram? Isso é mentira?
"Jesus respondeu-lhe: Darás a tua vida por mim? Em verdade, em verdade te digo: Não cantará o galo sem que tu me tenhas negado três vezes". Então baixei a cabeça e procurei bater à máquina. As denunciantes lágrimas insistiam em voltar aos meus olhos.
– Eles eram ou não eram terroristas? – O velho tornou.
Pude sentir que ele me entregava à roda de funcionários em pé. Em primeiro lugar, eu era a voz que não estava no júbilo e felicidade dos seis assassinatos. Em segundo, "se você não está de acordo conosco, é porque é igual a eles". As teclas da máquina ficaram embaciadas, as letras perderam a sua nitidez. Balancei o queixo em discreto assentimento. Não importa quão suave, o gesto significou "sim, eram". E me levantei, e fui entre as trevas até o banheiro. Ali chorei, de mim para mim. O silêncio era o meu miserável salário de sobrevivência.

Capítulo 24

Não sei se consigo narrar o que veio depois. Há uma crença generalizada de que para bem escrever basta o sofrimento. Ou numa versão mais sábia, que me falou o grande Gregório Bezerra, quando voltou ao Brasil com a anistia. Então eu lhe perguntei como um homem, que não era um intelectual, escrevera páginas tão boas como as que estão em suas Memórias. Ele me respondeu: "Quando a história é bem vivida, a gente sabe contá-la". Hoje, passado o encanto imediato por sua resposta, penso que as palavras de Gregório expressam um trecho do fenômeno. Quero dizer, além de viver bem a sua história, curtir, depurar, amadurecer, refletir sobre, é preciso talento para contar a história. E neste caso, a dúvida me assalta, sem qualquer pose de modéstia. Isto é, tenho que organizar, extrair a fórceps o que nasce primeiro: o sentimento e ideia que afloram à superfície destas linhas. Depois, tentar seguir o seu curso temporal, linear, de calendário. Mas então vemos, antes, a história revelada que veio crescendo, e não para de crescer até hoje. Quero dizer.

O assassinato de Soledad não exibiu todo o seu horror no primeiro impacto. Entendam, houve traumatização extraordinária, mas em 11 de janeiro de 1973, data dos jornais com as manchetes das execuções, não se adivinhava tudo, no mesmo passo em que se recuava diante do mais fundo inferno que se ocultava. Eu sabia, antes das fotos dos seis "terroristas" na imprensa, que Soledad estava grávida, pois tricotava sapatinhos de bebê em Jaboatão. Mas jamais poderia crer - e crer aqui possui o sentido de enfrentar na consciência o que não é desejável -, jamais poderia crer nas condições da sua morte, do seu cadáver como descreveu a fala da advogada Mércia: "Soledad estava com os olhos muito abertos, com uma expressão muito grande de terror. A boca estava entreaberta e o que mais me impressionou foi o sangue coagulado em grande quantidade. Eu tenho a impressão que ela foi morta e ficou algum tempo deitada e a trouxeram, e o sangue quando coagulou ficou preso nas pernas, porque era uma quantidade grande. E o feto estava lá nos pés dela, não posso saber como foi parar ali, ou se foi ali mesmo no necrotério que ele caiu, que ele nasceu, naquele horror". Esse açougue sobre uma pessoa não sabíamos, eu e todos companheiros subversivos. Para nós, se comparo mal, a morte vinha como um estado entre a vida e a notícia no jornal, imobilizada, ou se comparo pior, como uma morte de desenho animado, pow!, e a figura, o boneco morria feito bola de festa. Pow! Mas a crueldade real não era assim. Havia sangue de matadouro naquela morte. Só não chegava a ser feito rês, em razão da inutilidade para a venda da carne nos açougues. As minhas mãos tremem quando escrevo "rês", carne sangrenta para o mercado público. Mas há que seguir.

Nós não podíamos imaginar. Primeiro, porque não fomos ao necrotério, segundo porque não víamos, e se alcançasse a vista negaceávamos, num movimento de boi puxado pela corda no abatedouro. Era ver e olhar para o outro lado, até voltar os olhos para o que não queríamos: Soledad e seu horror. Mais grave, tão egoístas éramos, Soledad e nosso horror. Não queríamos ver. No entanto, nos sentimos agora como oncologistas do tempo, olhando as imagens 43 anos depois: havia ramificações de câncer ao lado e em torno do foco ampliado. Havia traições ao redor de Soledad, graves e tão indignas quanto a sua destruição. Delas, a mais evidente era o Cabo Anselmo, a quem conhecíamos pelo nome de guerra Daniel. Sabíamos, melhor, suspeitávamos de uma infiltração, mas nada ainda que descobrisse a identidade do Cabo Anselmo, que a imprensa exagerava como o líder da Revolta dos Marinheiros em 1964. Um quadro assim não tínhamos. A nossa capacidade de imaginar não descia a tanto. Soledad era a mulher de quem eu havia furtado um beijo. Corrijo, a mulher guerreira, a suave flor em que tentei pousar os lábios. A mulher que em legítimo platonismo amei. Amo. Ela estava na foto como terrorista, sobre quem silenciei a verdade e o caráter no ambiente do trabalho. Isso era o que tínhamos. O que viemos a saber, nos mais recentes dias, tem sido uma longa revelação. Seria como uma novela, um thriller fatal de nos suspender a respiração, ainda que os capítulos tenham se passado há mais de 43 anos. Isto é, nas linhas seguintes.

Soledad está na sua casa em Olinda. Ela se veste com moda particular, linda, com um desapego que vai na mesma medida do mundo pelo qual luta. É uma casa, uma galeria, uma butique durante o dia e escritório à noite. Ali, na Sigismundo Gonçalves, ela se veste com túnicas longas, largas, que não lhe revelam as coxas marcadas com suástica a navalha. Roupas que não lhe deixam tampouco mostrar o grão a germinar da futura dor no ventre. Por Deus, como é bela. Alta, digna e tão desejada por todos, por mim, silencioso amante. Ela se ergue no centro da sala, e no seu semblante não existe maldade, ou a perversão aprendida nas relações brutais da realidade política. Os seus olhos, que ora se veem claros, ora se veem castanhos, mas sempre radiantes, se abrem. Na avenida em frente, caras e fuscas passam. Soledad é atingida pela tristeza, uma tristeza sem razão definida ou evidente, tristeza como adivinhação, naqueles prenúncios que assaltam a mulher na gravidez ou um dia antes de casar. Dá-lhe uma vontade de chorar que ela afasta com gentil movimento de mão. "Eu sou uma guerrilheira. Eu sou uma militante da nova América. Por que ficar triste? Eu devo transmitir ânimo, fortalecimento. Arriba!". Ali, na butique Mafalda, ela recebe um amigo de Daniel, o seu amado Anselmo. (Isto me dói, esta frase "seu amado Anselmo" por mais de um motivo.) Ele é um pintor de Olinda. Então Anselmo fala à companheira:

– Sol, eu vou mirar uma galeria.

– Certo – ela responde. – Eu gostaria de ir também.

Daniel ou Anselmo lhe responde:

– É uma conversa de negócios, de homem nordestino, entendes?

E sorri para ela, com uma piscada maliciosa. Isso quer dizer "homens nordestinos, esses maricones", ou então "se vens comigo, os machos nordestinos não se concentram no que falo". Soledad entende, está acostumada a essas piscadelas maliciosas. Anselmo/Daniel sempre terá essa relação com ela, que Soledad julga exclusiva, de cumplicidade com o que ele fala e do que pretende dizer. Assim ela o compreende quando ele se põe a discorrer sobre artes, artesanatos, e ele pisca um olho para ela, que sabe: o amado está a disfarçar o caráter de revolucionário clandestino. Soledad o compreende também quando uma pessoa lhe vem falar de possíveis suspeitas sobre ele, porque assim agem por covardia, inveja, calúnia, jogo baixo de falsos comunistas, que desejam a cabeça do homem especial que ela quer, um homem de características meio femininas – mas onde há os cem por cento machos ou cem por cento fêmeas, onde há esse impossível da ciência? Ele assim está bem e está bom, porque Soledad, a neta de Rafael Barrett, é uma revolucionária total, da política à cama e costumes. Pero a nossa brava e incauta mulher não sabe, logo ela, tão provada em sete países, do Paraguai ao Brasil passando pela Argentina, Chile, Uruguai, Cuba e Rússia. A nossa incauta guerrilheira não adivinha, naquela cegueira típica dos militantes para quem o mundo se reserva no ideal, no altar de Marx, Engels e Lênin, a nossa pura guerrilheira não adivinha que Anselmo/Daniel adota jogos duplos ou triplos com todos. Ou seja, ele é um animal que sobrevive com a cor do ambiente e da conveniência. Sabe mentir e fazer de idiota as pessoas com quem vive, nele isso é um sistema organizado. Então ele a faz de bola, de joguete, quando a chama para cúmplice na fala diante do pintor:

– Coisa de homem, Sol.

E lhe dá uma piscadela, um sinal de olho oblíquo que aponta para o pintor: "este ao meu lado é um macho típico, entendes?". Mas se fores comigo, amor, o teu encanto irá destruir a atenção para minhas palavras. É mais um falsa explicação, ele afasta Soledad do lugar para onde vai esta noite, ao mesmo tempo – este é o caráter do camaleão, mentir com a pele que se transforma conforme a mudança do meio –, ao mesmo tempo que mente, na sua insinuação há um mote da verdade. A saber, ele usa Soledad para legitimar o seu papel na esquerda, ele usa Soledad para encontros onde quer mostrar um casal comprometido na luta, usa a beleza de Soledad para legitimar os abusos, as improprieda-des teóricas que ele recita entre militantes. Isto é, as palavras de Daniel/Anselmo, mesmo para o nível de um homem de esquerda de cultura mediana, são desprovidas de substância. O crédito arrancado para elas vem dos militantes que já perderam a noção do real, ou que admiram a verdade da sua companheira. Se ele está com ela, deve ser um homem da revolução. E a favor da própria farsa, ele insinua a origem ilustre, intelectual e socialista de Soledad, o que vale dizer, olhem para a minha secretária e respondam: quem pode ser o empregador?

Mas Soledad não o percebe, apesar de lhe invadir uma tristeza adi-vinhatória, que suspende por momentos quando ele lhe pisca um olho: "negócio de homens, entendes". E responde a ele com um sorriso contido. Então ela lhe abre os braços, para abraçar o companheiro querido – por Deus, o quanto ela é calorosa! Por Deus, que calor guarda em suas coxas, por Deus, se pudéssemos voltar no tempo e restaurar os fatos conforme a justiça, ah se pudéssemos ir além do grito agora, ah se fôssemos o povo que grita para denunciar o vilão no palco: cuidado! Mas não, assistimos ao pesadelo com a inteligência inútil, aquela que não muda mais o que se foi. Soledad abre os braços para deixá-los a par com o coração, e a esse amor Anselmo escarra. Para o inferno, por Deus, esta é uma prova da Tua crueldade, faze-nos voltar impotentes até o mundo que seria e não foi. Então Soledad lhe abre os lindos braços, as esperançosas mãos, os frágeis e finos dedos, e seu corpo se abre para o amor que não vem, mas ela por imaginação do querer pensa que virá, então ela abre o seu corpo para o amado. Ele vem e envolve a sua doce delicadeza com as escoladas mãos. Na sala, Anselmo está de frente para o amigo pintor, e Soledad de costas para a visita. Então Anselmo abraça a solidão de Soledad. Mas com o queixo sobre o ombro da companheira, sem que ela o note, ele lhe faz caretas, dá-lhe a língua, pisca o olho para o companheiro que o espera. Soledad não pode imaginar os trejeitos que sobre ela Anselmo arma e arranja. Mas o pintor vê o ato e se espanta com a maldade e representação do ator.

É incrível o espetáculo diante dos olhos ali na sala. Anselmo desce as mãos pelas costas de Soledad, aperta-a nos ombros, enquanto lhe faz caretas e zomba com a língua estendida. É claro, o pintor não sabe, Anselmo está em um dos seus papéis. Um dos, a saber, afetuoso companheiro, insultador da ingênua companheira, da idiota, do repulsivo carinho que ela lhe dá, tão desamparada, para a sua maior desgraça. O segundo ato, antes do terceiro, ele revelará assim que ultrapassar a porta. Soledad jamais adivinharia, pior, jamais poderia adivinhar o negócio de homem que Anselmo fala, mais uma vez falando a verdade em parte, ou a verdade dividida, meia. Como poderia ela saber? Anselmo a beija com os olhos úmidos, que ela acredita serem de ternura e emoção, mas que se revelam apenas uma expressão de comicidade, de piada, de efeito do riso que ela lhe dá, irresistível a ponto de ele trincar os lábios para não romper numa gargalhada, tão boba, tão besta é a coisa revolucionária. Sem nada saber, ela é objeto de uma farsa escrita às suas costas, nos relatórios que presta ao heroico e fodão Fleury. Soledad é uma palhaça de circo sem disso ter a consciência, assim, tão bonita e lacrimosa, tão infantil em corpo de mulher grande, isso é uma comédia, que personagem de esquete maravilhosa, mas ali, metida em suas roupas largas, kafta, bordados pijamas, metida e montada em ser o que não pode, um Molière com Shakespeare, então ele, o ser artístico, o artista, que sabe o enredo, que move o destino por cordas como um ator de bonecos, então ele tem os olhos úmidos de alegria pelo que virá logo mais, úmidos também do quadro cômico que é a mulher amorosa sem amor, e sorri fino para não gargalhar forte. O coração de Anselmo compreende as mulheres, mas é uma compreensão sem grandeza, sem empatia ou generosidade, ele as compreende pelo que elas têm de carência, mas não como um homem que se curva e abraça aquela carência com a própria carência. Ele as compreende pela lógica fria, que as vê pequenas, ridículas, ele as trata e maltrata utilizando-se de outros. Ele sabe o que elas gostam de falar, ele sabe o que lhes falar, ou seja, ele é o cara mais inteligente que existe para enlaçá-las e sorrir delas.

E Soledad é sua obra magna. Quanto mais a desejamos, quanto mais a cantamos e decantamos, mais ele é por Deus abençoado. É um elogio da perversão, torto, que lhe fazemos. Buscamos quem ele desconsidera. "Olhem só que mulher", ele nos diz e aponta por gestos e insinuações. "Olhem só que mulherão. Mirem de onde ela veio. Que preciosa, concordam? Pois eu não a quero". E lá dentro de si ele carrega como uma dor, um caroço, em que ela é uma derivação, uma solução vicária, que ele transporta como uma qualidade. Ele, que tantas vezes foi ridicularizado como um sujeito fraco, sem coragem, tem nela o seu magnífico troféu. "Vocês me respeitem agora. Olhem só do que sou capaz". E diante da testemunha ele a beija e lhe estende a língua depois pelas costas. Este é um quadro que o pintor não pintara, por falta de condições pessoais. "Como, se sou parte da farsa também? Mas é inacreditável o que estou vendo". Ele já viu e conhece maridos que desprezam a mulher de modo claro. Ele já viu maridos que se dividem para esposa e amante, mas assim, beijá-la em público e zombar desse beijo ao mesmo tempo, nunca. "Como eu poderia pintá-lo? Falta-me o talento".

Mas não era falta de talento, penso hoje. Era uma impossibilidade da arte da pintura. Como resgatar por imagem na tela um quadro que se desenvolve em amor aberto, generoso da mulher, e o traidor que a beija e insulta no mesmo instante? Como ver a mulher grande, que escreve poemas e atira por acreditar em um novo mundo, misturada ao falso que lhe toca e cospe, num só quadro de dois personagens ali na sala? Não há decomposição múltipla que a enquadre. Talvez fosse possível se a pintasse com legendas embaixo da imagem, não de uma só linha, mas legendas multiplicadas num crescendo, ou seja, o quadro seria possível com a penetração das palavras, na compreensão que se faz no verbo. Como uma estrela cuja luz se vê muito depois. Quem sabe? talvez em uma ampliação da velocidade, 40 anos depois do trauma, no presente renovado dessa tragédia. Para Anselmo, apenas farsa e comédia, outro gênero teatral. Se há pouca luz da noite que desce sobre Olinda, se a sala é pouco iluminada em ambiente de Rembrandt, ainda assim não se faz um quadro. Ele a toca com os lábios, ele é beijado em resposta, e ofende a pessoa que o beija em um só movimento. À semelhança de um pênis que em vez de sêmen expulsasse pus. Mas Soledad, tão sincera, não alcança a verdade daquele sentimento.

Contra todas as evidências, boatos, murmúrios, ela acredita no companheiro, a quem julga precioso, cúmplice, camarada, amante. E um militante aguerrido. Aquele homem não seria a própria criação evangélica do Daniel na cova dos leões? Então ela seria também uma leoa, ou com ele será até a cova. O que hoje entendemos como uma amarga ironia, em 1972 era uma vaga intuição. Se a morte era uma possibilidade na luta, a cova, os leões eram entrevistos. Mas ainda ali, o fim se esperava em combate, onde se mata e se morre. Não seria uma morte presa, amarrada, nua, em longo sofrimento com a dor crescida pelo esgotamento das forças da guerreira. Morrer era próprio de agentes, não de pacientes, que sofrem a ação em distendida agonia. Morte zombada. Isso não era visto, ainda que possível. Como podia uma guerrilheira de campo aberto se imaginar destruída entre insultos na barbárie? Então Soledad não vê, nem pode ver a zombaria no beijo de Anselmo, porque seria a totalidade do absurdo, a irrupção do irracional no reino do seu sentimento. O coração da gente dirige os olhos, imagina ver o procurado, vela e oculta o que não quer. Soledad não via o que estava tão abaixo dela, do próprio ser. Não fazemos o mundo à nossa imagem e semelhança? Então ela não percebia, e o mais grave que virá no começo de janeiro, quando será entregue pelo amado à morte infame. O fim que destrói o corpo e a alma, na morte idealizada pela repressão, Soledad não via.

Por enquanto, ela, a sua destruição, é apenas antecedida pelo humor tumor, a negação da esperança. O que Anselmo fará a seguir, quando a deixa em estado de suspensão na sala, suspensa de ternura e necessidade, desperta o riso do diabo, que o vê fora da esperteza. Anselmo sairá para um novo tipo de caça. Ele e o pintor irão em busca de sexo com homens. "Saímos pra naite", como o pintor contará em segredo, meio embriagado muitos anos depois.

– Não tardes, querido – Soledad lhe diz.

– Claro – ele responde. E com uma piscada de olho para o confidente: - Vamos?

Capítulo 25

O passado é o mais longo tempo. Ele está sempre sendo reconstruído, queiramos isso ou não. Nem me refiro ao fato mais básico de que o passado é esta língua que vem e se transforma desde idades sem registro. Eu me refiro a um passado mais novo, recente, desta manhã há cerca de 40 anos. Não parece que foi ontem, como se diz. Parece que foi agora, nesse raio de segundo que passou na extensão desta frase. Por mais que não queiramos, por mais que ergamos novos obstáculos à sua volta, quanto mais fazemos de conta que não vemos as datas e seus significados, ele volta e vem e nos encontra, quando menos o esperamos. Pessoas são como estrelas – insisto – cuja luz vem para nós, não importa quantos anos distantes. Elas tornam e acendem um calor em nosso peito. Diferente do tempo biológico, que se encarna em rugas e na finitude, o passado estrela guarda o seu frescor porque nos atinge num transporte instantâneo de ontem para agora. Aquilo que a Física chama de anos-luz, para assim expressar a distância fabulosa que a luz de uma estrela, talvez inexistente hoje, correu a 300 mil quilômetros por segundo, guarda uma expressão mais complexa na memória que se reconstrói em todos nós, como se fôssemos artistas cujo ofício é lembrar. Lembrar? Não, é tão vivo, que a voz me fala: vivemos hoje o que o calendário indica ter ocorrido há 44 anos. E diferente da luz mecânica, congelada, da estrela morta há séculos, as pessoas retornam vivas com significados que não podíamos ver antes. Melhor, não retornam. Elas não saíram de nós. Continuam, na compreensão sobre elas que amadurecemos. São elas, transformadas pelo que delas só agora entendemos.

Nestes dias, obedecendo a impulso incontrolável, tentei compor esta canção para Soledad Barrett:

"Quando te vi pela primeira vez, Soledad
Me deu vontade de cantar.
Lá no Pátio de São Pedro

Correu um fogo em meu coração
Que me dizia
Haveria incêndio se eu tocasse as tuas mãos.

Mas em 1973, Sol, o amor era uma alienação.
E a canção que não vinha me torturava assim:
'Como posso tocar a sua alma? Como posso tê-la junto a mim?'

Em 73, no calor dos teus olhos, Soledad,
havia um fogo irresistível para todos
Não sei se era uma alucinação
Pois sentia o perfume dos jasmins,
Como se as pétalas do teu corpo
batessem num feitiço em cima de mim

Os beija-flores, mais educados que os amantes,
sabem que podem tocar a intimidade da flor
 e por isso são felizes.
Diferente de ti, Soledad, que eras flor vermelha
e não recebeste o carinho de acender a centelha.

Por isso minha lembrança evitou a dor da tua morte,
Por isso pude ouvir o canto da criança guarani:
'Filha do paraíso azul / entra para mim'.

Ainda ontem, em um ato público, ao gritarem o teu nome, Soledad,
a minha voz ao responder 'presente' fraquejou,
como se fraqueja diante de quem se ama
pois o teu nome em meu coração não cessou

As santas do Paraguai carregam o filho nos braços
 e a aos pés delas têm anjos,
até lua em quarto minguante.
Mas um feto nos pés e sangue na fogueira
Somente Soledad, a guerreira

Por isso estás presente hoje nas cordas do violão
E para a tua nova vida eu fiz esta canção".

Perdoem o lugar-comum da rima e o quanto fui tosco. Talvez importe mais o não-dito, que desejou apenas dizer "a voz fraqueja porque a tua presença não terminou em meu coração". Não é nem "continuou", porque a pessoa agora é melhor compreendida, e nesse entendimento o nosso afeto cresce. É próprio do homem crescer com humanos. Por que ela acorda e nos acorda dessa maneira? Toda a gente, quando simplifica histórias de terror, pensa que um remorso persegue o criminoso. Mas não é assim que a realidade nos toca. Se remorso houver em relação a Soledad, e a todos os socialistas que a tortura destruiu, se remorso houvesse, ele deveria perseguir o Cabo Anselmo. Mas esse anda, gargalha, palita os dentes e chega a reclamar dinheiro da Anistia, porque afinal teria sido perseguido pela ditadura. Dizer o quê diante do cinismo endurecido? Não, a ele o remorso não fere. "Você dorme bem?", um repórter lhe perguntou. "Putz, tranquilamente". E o repórter: "Você dorme tranquilo?! Nunca sentiu pesadelo durante a noite? Não tem remorso pelo que fez?". E Anselmo: "Absolutamente. Não tenho". E riu. Se o remorso persegue uma pessoa, talvez atinja as que nada fizeram, ou calaram depois do massacre de militantes contra a ditadura no Recife. Mas a esses mesmos, penso, o remorso ainda não fere. Loucas e tortuosas são as voltas da consciência. Ela é esperta e só quer a sobrevivência confortável. Não, a essa gente a verdade ainda é vedada.

Então, como volta a pessoa que foi separada de modo brutal da vida? É como se não a procurássemos, é como se delas até quiséssemos fugir, mas de repente, por caminhos imprevisíveis, ela retorna. Penso e creio que ela está conosco, sempre, e fizemos de conta que nem mais existia. Assim aconteceu comigo, no cemitério, ao acompanhar o enterro da tia de um amigo. Súbito, me apareceu uma senhora de cabelos branquinhos, que falou me conhecer desde menino. A idosa me conhecera desde o tempo em que eu possuía mãe viva. E se pôs a falar e despertou numa avalanche tudo que estava submerso em mim. De modo igual ocorre quando fingimos não estar com a pessoa querida, para assim ignorar o nosso próprio corpo. Andamos com ele, com ele vamos à feira, ao bar, à livraria, às festas, como se nos transportasse um fluido imaterial. Mas ele está conosco, e só lhe prestamos atenção quando no íntimo nos pula uma dor. "Ah, este meu corpo existe", e não mais podemos correr, ver o mar, inspirar o azul, porque o seu peso e aflição nos prendem. Assim também com as pessoas fundamentais, elas são o nosso corpo, estão conosco, com elas vamos à cama, à mesa, enquanto a sua presença sussurra e segreda em nós. Discreta, fundamental e silenciosa. Mais forte e senhora do nosso corpo que um câncer, porque ela nos vence com a ternura daquilo que nos funda. Assim, de repente, quando penso que Soledad está morta e sepultada não se sabe onde, de repente me aparece à frente um senhor baixinho, cabelos prateados, olhos vivos como os possuem os militantes comunistas que muito viveram. Ele me considera de modo firme e fala:

– Eu conheci Soledad.

Eu recebo o golpe e de imediato não o compreendo. Estou no Teatro Hermnilo Borba Filho, acabo de ver o monólogo sobre Soledad no palco. Então tudo é meio vivo, meio teatro, não sei, o momento em que estamos é o da suspensão da lógica mecânica.

– Eu conheci Soledad.

"Será que ele se refere ao conhecimento que teve dela nesse espetáculo, ou ao livro que escrevi?", penso, mas não consigo falar. Estou naquelas zonas de estupefação em que a gente pensa e perde a fala. Mas de tal modo ele repete a frase, que num esforço de gentileza articulo:

– Foi? - E ele responde:

– Ela foi na minha casa. – E se aproxima de nós uma senhora, que venho a saber depois ser a sua esposa. E fala: - Muitas vezes. - E volta o senhor: - Conheci os dois. Ela e Anselmo.

Enquanto ele fala, se acerca de nós a jovem senhora Ñasaindy, filha de Soledad. E num impulso o abraça, calorosa. Então o senhor lhe fala:

– Parece que estou abraçando a sua mãe.

E saímos da sala de recepção do teatro. Eu estou tonto, porque saltam de repente os fenômenos adormecidos. Vamos para o pátio e conversamos como velhos amigos, aquela conversa em que estamos com toda a nossa pessoa. Só atenção, fraternidade e conhecimento antigo. Amigo será irmão de antigo? Aliás, as palavras que não saíam vêm num atropelo. O senhor com quem converso, que tem o nome de Marx, fala da sua prisão, de como caiu a máscara do infiltrado Anselmo. De um fusca verde que Anselmo usava sempre "com gasolina pela boca", e de como um vizinho reconheceu o carro, propriedade de um coronel do Exército. Anticomunista. Mas para mim resulta mais a lembrança da esposa de Marx:

– A gente fazia sapatinhos de bebê com Soledad.

– Sapatinhos para quem? – pergunto.

– Para o bebê que ela estava esperando.

– Mas Anselmo fala que Soledad não estava grávida.

Marx sorri fino. A sua esposa o acompanha, negaceando com o queixo. E sinto que falam sem palavras: "Quanto cinismo. Que canalha". Mas o movimento de condenação ao criminoso passa por ele e se dirige para a mãe que espera o filho, encostada ao muro do quintal da casa. Então a sua pessoa volta, desce e falamos sobre ela, como se estivesse presente e lhe prestássemos um reconhecimento. Na verdade, esta é uma sensação que temos presente. Quando eu falava para Hilda Torres, a atriz que a reencarna no palco, quando eu falava para Hilda lá na Ilha de Kos, eu lhe disse:

– Eu sinto Soledad como se ela entrasse agora por aquela porta. Eu sou ateu, mas sinto a sua presença viva.

É um vivo sem a matéria do corpo, eu poderia ter dito. Mas isso podia ser interpretado de um modo tão espírita, que cairíamos numa discussão do gênero Allan Kardec. Mas a pessoa de Soledad é real, a pessoa que nos acompanha é real, e se nela não tocamos com os dedos, podemos sentir o seu cheiro, as pernas, o rosto, o riso, sentir quase sem ver, se me entendem. Sabem a luz da estrela que vemos e não pegamos? A pessoa que amamos se toca, se pega, mas sem o tato, ou melhor, com um longo e total sentido, ainda que não o queiramos. É um imperativo do coração. É como se o sentimento se desprendesse da nossa vontade e autônomo nos desse uma ordem. Age, anda e voa. E o ser limitado que éramos ganha o espaço para abarcar o valor que não tínhamos sido. Mistura de empatia, solidariedade e sentimento oculto. É como se estivéssemos bêbados de amor, enfim. Então o beijo em Soledad voltou, lá do fundo daquela tarde de antes. Com mais precisão, voltou nos lábios que abraçam a sua pessoa.

O horror das mortes em 1973 é o retrato do seu último instante físico.

Não é justo resumir uma vida humana assim. Sobre o animal sentimos a brutalidade: "O novilho continuava lutando. A cabeça ficou pelada e vermelha, com veias brancas, e se manteve na posição em que os açougueiros a deixaram. A pele pendia dos dois lados. O novilho não parou de lutar. Depois, outro açougueiro o agarrou por uma pata, quebrou-a e cortou-a. A barriga e as pernas restantes ainda estremeciam. Cortaram também as patas restantes e as jogaram onde jogavam as patas dos novilhos de um dos proprietários. Depois arrastaram a rês para o guincho e lá a crucificaram; já não havia movimento". Se essa infâmia narrada por Tolstói nos fere quando pensamos no gado, o que diremos de pessoas no matadouro?

Penso em Vargas e seu sacrifício, o heroísmo que ninguém notou. Morto como mais um boi, gado abatido qualquer. Se não lhe comemos a carne, comemos a sua grandeza, porque o defecamos em nova brutalidade. Onde está Vargas, onde buscar Vargas? Ele está na sala da advogada Gardênia, quando ela lhe propõe a fuga, que corra e suma antes de ser morto, e ele se nega porque Nelinha era muito frágil? Ele está no ônibus, quando luta febril ao vislumbrar a sua última hora, da qual possui a certeza, e para ela caminha ainda assim? "Nelinha está salva", ele se fala. "Ela continuará a viver. Ela e a minha filhinha continuam. Venham, malditos". E nisso, ao expressar também a crueza do seu isolamento, pois não estava "organizado", sem vínculo direto com organização clandestina, onde buscar o terrorista Vargas? Desta maneira ele ficou adiante, conforme o viu a advogada Gardênia: "Vargas, que eu conhecia muito, estava também numa mesa, estava com uma zorba azul-clara, e tinha uma perfuração de bala na testa e outra no peito. E uma mancha profunda no pescoço, de um lado só, como se fosse corda, e com os olhos abertos e a língua fora da boca". Vargas teria sido puxado por corda para o matadouro? Aos bois partem o rabo, rompem a cartilagem, para assim ele arremeter para o lugar onde o sangram. A homens arrastam? Nos laudos da ditadura, não há uma narração da dor. Mentirosos, chegam a ocultar a causa mortis, esconder lesões, eufemizar a barbárie. Tudo que falam é uma adaptação do cadáver à fraude da repressão política. É nessas circunstâncias que cresce o valor do depoimento da advogada, que testemunhou e preencheu as lacunas, o vácuo dos laudos tanatoscópicos:

> *"Soledad estava com os olhos muito abertos, com expressão muito grande de terror. A boca estava entreaberta e o que mais me impressionou foi o sangue coagulado em grande quantidade. Eu tenho a impressão que ela foi morta e ficou algum tempo deitada e a trouxeram, e o sangue quando coagulou ficou preso nas pernas, porque era uma quantidade grande. E o feto estava lá nos pés dela, não posso saber como foi parar ali, ou se foi ali mesmo no necrotério que ele caiu, que ele nasceu, naquele horror".*

Noto agora que a advogada primeiro se refere a um objeto, quando fala "caiu". Depois corrige o impessoal pacote para "ele nasceu". Me espanta que ninguém vomite ante o espetáculo da destruição da pessoa. Ninguém, vírgula, lembro. Eu vi um poeta que, em frente a prostitutas embriagadas, que se contorciam em poses obscenas, vomitou até o desfalecimento. Na ocasião, um militante leviano, dado à ironia e ao cinismo, também quase desmaiou, mas de gargalhar, em razão da repugnância do poeta à degradação. Anos depois, o zombador passou de armas e bagagens para a direita. Eu vi. No entanto agora, neste agora contínuo, há homens que leem esses relatos abjetos e viram a página. Não iremos bradar com um cajado de profeta doido contra a busca de conforto da espécie em que me incluo. Mas a esse movimento de pular a página, e empurrar até o porão a crueldade que não se quer ver, solicito uma pausa. Um minuto só de reflexão para isto: "mancha profunda no pescoço como se fosse corda, e com os olhos abertos e a língua fora da boca... o feto estava lá nos pés dela, que ele nasceu, naquele horror". Viro a página, para um canto onde medito se a esse destino comum, da nossa, que digo?, espécie, gênero de animal, se a tais violentados podemos fechar os olhos. Como se jamais tivessem existido. Nem mesmo, ó pureza da nossa fuga, como se jamais os crimes pudessem voltar a ocorrer. Se isso fizermos, não podemos no mesmo passo acreditar que os fatos corram de nós. Contra a nossa vontade e fuga, eles vêm, voltam, e estão conosco aonde formos. Quero dizer, devo falar, na página a seguir.

Capítulo 26

Eu estava numa entrevista, eu falava sobre a minha formação literária e política, como se a história estivesse estabilizada. A minha história, a nossa história, minha e dos companheiros mais próximos pelo menos, eu julgava que houvesse adquirido uma forma definida e definitiva. O quanto era, ainda assim, agradável aquela manhã do sábado de abril. Olhava para a estátua de Antônio Maria, na Rua do Bom Jesus, e contava frases e casos do cronista e compositor. Eu me sentia recompensado em falar dos dias do amante e escritor. "Um indivíduo genial, não é mesmo?". E sorria para a estátua, como se ela fosse a reencarnação do Antônio Maria que me revelou o prazer da língua portuguesa, desde o tempo em que o lera pela vez primeira na pensão onde eu habitava. "Naquele tempo em que tinha vontade de me matar", eu pensava, mas não dizia, porque o relato devia ser luminoso como a manhã do sábado. Súbito, num intervalo da entrevista, num acontecimento inverossímil minha mulher vem e me fala:

– Eu tenho que lhe falar. É uma notícia muito triste, mas eu tenho que lhe falar.

– O que foi? O que foi que aconteceu? – E já desconfio ver o chão da terra se abrir sob os meus pés. Que desgraça teria ocorrido? – Fale. Eu estou preparado.

– Luiz do Carmo faleceu.

– O quê? Eu não ouvi direito. Quem?

– Luiz do Carmo.

– Mas como? Pode ser um engano.

– Ligaram lá pra casa.

– Vamos ligar pra ele.

– O corpo já está no necrotério.

Então, pouco a pouco, veio a inicial compreensão de que o nosso mundo não estava definido. Isso ainda me dói, neste exato instante. Tão óbvio, tão certo de se mostrar, e no entanto doía e dói além da conta. As

formas e vidas ainda não estavam com a nossa história concluída. Assim como as surpresas, assaltos e transformações estavam em pleno curso. Na fase em que pensávamos "a guerra acabou", novos abalos e choques chegavam. Luiz do Carmo estava morto? Como assim, camarada, que brincadeira infame era essa? O partido na legalidade, sim, ainda que em um capitalismo que não imaginávamos, como você me perguntou, Luiz:
– Sem vitrola, como vai ouvir Ella Fitzgerald?

Com o partido legal, apesar de fora da sociedade revolucionada, com você ocupando cargo no governo burguês, mas era um cargo em que você não renegava as convicções, pois sempre nos repetia que a revolução era uma festa de pão e rosas, a frase de Diógenes Arruda, a revolução chegaria. Você já não estava escondido na pensão em que eu morava, já não precisava disciplinar os intestinos para usar o banheiro na madrugada, quando você já não dependia de que eu dividisse o almoço, uma refeição que não era minha, era da gloriosa Ação Popular, então, meu amigo, na fase em que você podia escrever e publicar com o seu nome, em que podia beber, comer, fotografar, andar por aí de óculos escuros, modernos, bolsa a tiracolo com os clássicos, quando tudo aparentava ser estável, vem este assalto à traição.

Se isso era próprio do mundo total, ou do capitalismo, não era em que eu pensava, quando me dirigia para o necrotério. Eu pensava? Eu simulava a impressão, sob choque. A princípio, a noticia não era verdade. Um engano de mau gosto, uma confusão de nomes com outro Luiz do Carmo, quem sabe, no sábado. Logo, logo, nós nos encontraríamos no Mercado da Boa Vista. E como seria bom, mais uma vez, rir e sorrir para a diversidade humana no Mercado da Boa Vista. Poetas, artistas, militantes socialistas, anarquistas, moças, músicos, a maior tribo do Recife reunida. E logo, logo, enquanto eu pedia com urgência duas doses de aguardente, você, o Luiz transformado, agora com algum dinheiro, não precisava pedir um latinha de sardinha, como naquela noite em que eu devia te esconder na pensão, e o dono do boteco me torturava com a música de Waldick Soriano, eu não sou cachorro não. Agora desta vez, na forma – em plena forma – de um Luiz melhor, você iria a um boxe e de lá ia voltar com um prato de frios, queijo do reino, salaminho, mais uns queijos finos, fedorentos, "este é muito requisitado em São Paulo", logo agora em que podemos beber uísque, e em vez de andar a pé, sem nem dinheiro para o ônibus, andamos de táxi sem nem olhar o taxímetro, e você na maior elegância usa calças com suspensórios, logo agora, vem a coisa que não quero dizer o nome, vem esta? Mentira. Eu me falava "isto é um pesadelo". Logo, logo, eu acordo. Mas a minha mulher ao lado era real. Ela não reage como nos sonhos, em que as pessoas assumem múltiplas formas. Escuto só um longo silêncio. Então eu me dano a falar como um louco, com um discurso irrefletido, num processo irrefreável.

Luiz do Carmo está caminhando à noite pela Praia dos Milagres em Olinda, ele e uma jaqueta, o seu capote, mais uns óculos escuros cafonas, mais uma boina de florezinhas, não sei onde ele arranjou a relíquia, e como um abuso da recordação ele pula para na pensão abrir o livro de Gabriel García Márquez, e de lá até hoje não para de ler e amadurecer, as páginas voam sob suas mãos, a polícia que se dane, vai encontrá-lo em pleno exercício de humanidade, ele já pula de novo, porque se transformou, é um escritor de talento que não conheço igual para cantar o povo da sua cidade natal, Goiana, e ainda conserva o rosto imberbe dos anos 70, o bebê Johnson dos companheiros de AP, de gordas bochechas, e de repente acrescentou um bigode mexicano e me estimula a ler Turguêniev, Memórias de um caçador, e me orienta pelos bares de Olinda que indica com um apuro e acerto que vêm da experiência, depois segue para além do Janga, onde se recolhe para dormir e escrever crônicas, contos finos de verdade, este é um amigo, é meu amigo... E o pensamento trava, porque dizer "é meu amigo" tem o significado de é uma parte de mim, é uma parte do que sou, é um pedaço da cara memória, travo, porque há um limite em que o pensamento não quer continuar. Eu não podia. Olhava pela janela do carro como um cordeiro a caminho da morte. As ruas indiferentes, a Rua da Aurora sem luz que prestasse, o céu com um azul insignificante, e a cabeça a doer, e o meu próprio corpo a sentir o abalo, como se eu fosse um homem a ruir em muitos pedacinhos. A paisagem do Recife, do Capibaribe que olha para a Aurora, não me acendia como antes. Vontade que dá de escrever: ainda assim, era um conforto morrer no Recife. Ir ver um amigo morto, nesta cidade que é o ventre da minha mãe, era menos cruel que comparecer ao enterro em outra cidade. E paro de me falar, para roer um louco somente para mim:

– Ula, Ula!

Estávamos na pensão, no puteiro, por ironia no Recife Antigo, que na época era bairro de putas à noite. Havíamos saído de uma festa na casa de Alberto, à uma da madrugada, como podíamos voltar para a solidão? Havia que comê-la hora por hora, minuto a minuto, bebendo. Como eu ia sair da festa direto para a cela onde eu morava? Mas ir à zona era condenado, era o mesmo que legitimar a exploração do capitalismo. Isso para nós era indiscutível, mas, mas... mas se não se tem namorada, nem mulher, e tem apenas 20 anos de idade, o que se vai fazer, subir para a lua num foguete? Afora dar pontapés nos muros das casas burguesas de manhã, bêbado, além de se incendiar com o fogo da pregação revolucionária da companheira, o que é que se podia fazer? Então saímos eu e Luiz do Carmo para beber, em princípio beber cerveja na zona enquanto o dia não chegava. Sim, mas já que estávamos ali, não era? Como é que se vai à mesa de um banquete juvenil e se declara "desculpe, estamos em dieta"? E o pecado e o apelo escancarado junto, com a promessa de amor, de amor, quem sabe, que ilusão é essa, promessa de amor entre prostitutas? Sem experiência, sem dinheiro, como pode alguém amar? Mas às 4 da manhã como voltar à pensão bêbado sem mergulhar no fundo da nossa negação, amando sem ser amado nas putas?

– Ula, Ula!

Luiz do Carmo já havia saído do quarto e me chama no corredor. Ele não sabe direito o meu nome e o adapta à fonética de Goiana. "Ula, Ula, eu tenho compromisso", ele parece dizer "eu tenho um ponto", não é possível gritar tal informação, e num sábado, rapaz? A revolução não perdoa nem o sábado para os pequeno-burgueses sozinhos? "Não, eu tenho um compromisso", sinto a sua fala, e pulo da cama sem dizer à mulher já vou. "Eu também tenho", respondo, mentiroso, porque eu não ia passar embaixo, ele pensa que revolucionário é só ele? Então saímos para o dia nascendo no cais do porto. Lá na Praça Rio Branco ficamos olhando o mar, a água verde, o cheiro de óleo, os navios, e o arrecife adiante. Então nos falamos com o mar por testemunha dos nossos destinos. Falamos das nossas namoradas, dos fracassos, das nascentes paixões que eu havia tido e acabado, ou porque a jovem era burguesa, ou porque não gostava do ambiente popular. "Já eu", ele me disse, "eu vou me casar com a minha namorada de Goiana. É 'fixe' o namoro. Eu vou me casar com ela. Por isso eu não gosto de ir à zona". Mas você tem sexo com ela?. "Também, não vou mentir". Você é um homem feliz, eu lhe digo, e lanço a vista para o mar. Ele me responde "não, eu não sou feliz, eu sou feliz com a revolução". Mas se a gente pode ter a revolução bem acompanhado é melhor, eu lhe digo, quando queria dizer se a gente pode ser um revolucionário feliz é que é o difícil, mas me policio, evito o mais chulo. E se a revolução não vier, como vamos fazer? eu lhe pergunto, e a pergunta é tão sincera que só poderia fazê-la bêbado. Estamos os dois no cais, ele bem entende o significado do "fazer", que substitui o verbo "viver". Como vamos viver se a revolução não chegar? "Não tem como ela não vir. Eu tenho a certeza". Eu, não, lhe digo, mas quero dizer não sei, não sei se o que desejamos virá. O que significa: amor, trabalho, justiça, felicidade coletiva, sociedade sem opressão, liberdade, isso tudo é possível, Luiz? Mas aí ele se volta para mim e pergunta, direto: "Você acredita na revolução?". Meu passo imediato é responder eu não tenho a certeza, mas respondo "Sim, claro, se eu não acreditasse, não cumpria tarefas". Ao que ele ergue a voz para o oceano: "Você é meu companheiro". E nos apertamos as mãos. E saímos da praça para o Gambrinus, onde pretendemos tomar a última. Quando vem a cerveja, eu lhe falo: "Olhe, eu acredito na literatura", quando ia lhe falar "Eu acredito na literatura, mas a revolução é meu horizonte". No entanto, só tenho 20 anos e não estou tão bêbado para tal franqueza. Luiz do Carmo entende o que desejei dizer, me põe os olhos grados e pergunta: "Sério? Para você o que é a literatura?". E eu: "É tudo".

Ao me lembrar disso, eu arrebento dentro de mim, enquanto o carro corre para o corpo de Luiz do Carmo que não pode estar morto. Eu estou arrebentado. Com quem eu vou conversar sobre o que é tudo? Onde vou conversar sobre Turguêniev, Tolstói, Graciliano Ramos, e Semprún, e a poesia, e sobre os seus contos, e sobre o ser literário, como vou fazer? Isso é um pesadelo, eu não estou acordado. Mas o carro corre, vai pela Ponte Princesa Isabel, pega a Rua da Aurora e se dirige para o caminho fatal da Mário Melo. Eu sei onde isso vai dar. No necrotério. Por que esse caminho não é mais longo? Por que não encontramos uma estrada que vá dar longe da morte? Devia haver uma reta de esperança, ou pelo menos uma segunda estrada para os projetos de vida que acumulamos. Se não há, por que adiamos até o fim? Se não há esperança para a vida eterna, por que a maldita nos ataca de surpresa? Mas os caminhos são curtos e o tempo é veloz, o carro atinge os muros do cemitério. Eu não queria estar ali. Eu sou ele. Eu sou Luiz do Carmo, o seu destino é o meu, eu sou o mesmo escritor estendido. A minha vontade é de rosnar, é de pular como um doido contra o esgotado tempo. Ah, não valeu. E o carro para. Eu não olho para a frente ou para trás. Eu olho para dentro onde há e reside o que a morte não alcançou.

Estamos eu e Luiz do Carmo no Bar do Peneira, nos Quatro Cantos, em Olinda. Ele é um ótimo guia dos lugares da cidade. Ele descobre os tira-gostos mais saborosos, na linhagem que vem da sua mãe e do Gordo, outro gourmet inesquecível. Luiz do Carmo pede uma língua. Estamos frente a frente, bebendo uísque. E como sempre, conversamos sobre outra coisa, quando o mais importante é a literatura, que chegará sem aviso, como se por acaso na mesa baixasse. O Bar do Peneira é um bar de sol, é um território de luz mesmo quando a noite cai. A razão vem da sua música, porque o Peneira põe frevos, clássicos frevos no som. A luz vem do seu dono, de aparência pachorrenta, de mulato idoso, sábio e discreto. Vem dos quadros nas paredes, onde aparece J. Borges, cujas imagens são uma festa para os olhos. Vem do público. Ali, houve um domingo de 2014 em que acompanhei a vitória eleitoral de Dilma, ao lado da direção do Partido Comunista do Brasil em Olinda. Ali assistimos na televisão à goleada do Sport em cima do Atlético Mineiro. Ali, em resumo, é Olinda, a cidade que aprendemos a amar, desde quando o Gordo era chamado de Elefante, pelo carnaval. E o Gordo pegava no pau e gritava "olha aqui a tromba". Para nós, ali é um lugar de luz e história, uma encruzilhada, desde que na sua calçada o compositor Clídio Nigro se reunia com outros músicos e compôs "Olinda, quero cantar".

Mas na hora, num sábado à tarde, com cara de sábado às 10 da manhã, a música é baixa e nas demais mesas, se estão ocupadas, eu e Luiz do Carmo não percebemos. E se estão, pouco importa, não estamos mais na ditadura, podemos falar sobre o que desejamos, até mesmo do que é mais íntimo. Essa intimidade para nós não é o sexo, embora aqui e ali dele falamos e vêm alguns tropeços entre o vexame e o cômico:

– Você já usa a pílula azul?

– Eu? Às vezes, mas não é sempre.

– Sabe o que Torquato falou na frente da ex-namorada?

– Qual delas?

– Vânia. Na presença dela. Sabe o que ele disse? Eu perguntei a ele, só de provocação, porque ele se gaba muito de ser o amante olímpico, o touro de Espanha, eu perguntei se ele ainda estava firme, com todo gás. Resposta de Torquato: "Estou. Eu ainda estou meio duro".

– Isso foi pra lembrar o pugilista Todo Duro.

E rimos no Peneira, porque Torquato sempre vem à tona quando conversamos. Mas o sexo não é o mais íntimo nem o importante entre nós. Que valor tem se não somos mais o latin lover que nunca fomos? Que importa relacionar e remoer amores onde nossa brutalidade e imperícia foram a tônica? Somos fortes e fracos que degustamos o estágio desse conflito. Temos que viver com as lições dos nosso fracassos.

– Eu penso ás vezes que a pílula é uma caricatura de Goethe - digo.

– Por quê, rapaz?

– Aquele conceito de Puberdade Tardia, entende? Goethe falava que certas pessoas têm uma natureza que não se curva à idade. E recebem então uma puberdade tardia.

– Mas essa idealização de Goethe a ciência fez real. – Luiz do Carmo me responde. – Por que não usá-la se a temos a nosso alcance? O sonho de antes agora está na farmácia.

– Eu sei. Mas é um artifício, caricatural.

– Você se nega à sua idade?

– Eu não sou um velho. Aliás, nós não somos velhos.

– Eu sei. O tesão de mudar o mundo continua.

Então vejo que à porta do Bar do Peneira passam jovens sorrindo, olham, sorriem e nos acenam. Respondemos num impulso, mas como no filme de Chaplin o aceno era para outra pessoa no bar. E sorrimos do engano. Então, na quinta dose, chegamos não sei como ao que é crucial para Luiz do Carmo, ao que é um valor mais alto que a puberdade tardia de Goethe. E lhe digo, não sei por qual movimento do álcool ou do gelo no álcool:

– Os seus textos são elogiados, Luiz.

Então ele me olha surpreso, curioso, e me faz uma intimação da verdade:

– Por quem?

– Pelas pessoas, pelos intelectuais em quem temos confiança.

– Mas quem? – Luiz do Carmo pergunta com os olhos ainda mais arregalados. E lhe respondo:

– Por Zacarelli, por exemplo. Você sabe, Zacarelli é um grau de competência intelectual entre nós.

– Eu sei, é um amigo – ele me responde, entre a descrença e o crédito.

– E José Carlos Ruy, e José Reinaldo, que são intelectuais de valor e comunistas.

– Eu sei. Mas são generosos, são camaradas.

Entendo o que Luiz do Carmo deseja. E o compreendo porque somos da mesma natureza. Ele, como todo escritor, possui uma dúvida absoluta sobre o próprio talento. Não importa em que ponto de reconhecimento universal se encontre, para o escritor sempre haverá a dúvida numa hora da madrugada: "E se tudo for mentira? E se toda essa louvação for um engano? Passado este momento, este presente, não serei esquecido como tantos medíocres?". Eu não gosto da fama do meu nome, dizia-se um personagem de Tchekhov. Eu entendo a angústia de Luiz do Carmo, mas não posso deixar de me comover diante da sua ansiedade.

– Quem me elogia?

– Muita gente. Zacarelli, Ruy, Reinaldo...

– São amigos.

– Sim, mas são competentes e honestos. Eles não elogiam o medíocre dos amigos. Mas, se você quer mesmo saber, eu ponho de lado a minha amizade, e lhe digo: você é um escritor como poucos hoje no Brasil. – E com o máximo de objetividade eu lhe falo, de modo mais claro: - Você possui contos em que a síntese de ambiente, de personagem, obedece ao gênero do conto e à narração madura de um escritor na sua melhor forma. – Eu lhe disse, e não tive pudor de abraçar e saudar o talento do escritor na hora da sua dúvida. – Olhe, o que você escreveu sobre a enchente, a cheia na cidade de Palmares, em toda imprensa eu não vi nada igual ou sequer próximo, quando você revelou a tragédia de pessoas do povo que ficam sem nada. Não vi igual. O impacto daquela crônica/reportagem é permanente. E sabe por quê? – continuo e exalto, e sinto que os ouvidos no Peneira se abrem, e curiosos acompanham o que aqueles conspiradores em Olinda falam tão íntimos. – Sabe por quê? É pela realização literária. Os escritores, quando fazem reportagem e estão com o diabo no couro, eles usam recursos da alma para falar do objetivo. Aquela objetividade burra, cínica, da imprensa eles desobedecem. Fazem o que chamam de "jornalismo literário". Na verdade, é literatura de outra maneira, é a narração com pessoas e realidade objetivas...

– Mas refletidas na subjetividade! – ele também se exalta.

A exclamação é sua revolta contra o vulgar, que julga tudo ser objetivo. Eu sei e sorrio em segredo, porque a sua fala é uma companhia de jornada, num mundo tão avesso à reflexão para a escrita.

– Sim, isso mesmo. Tiro na mosca – e lhe estendo a mão para um aperto, como lá no cais do Recife em 1970. Companheiros políticos e companheiros na literatura. Então percebo uma transformação no tom da voz de Luiz do Carmo. Ele perde o áspero, a entonação belicista que usa para enfatizar suas convicções. E fala mais baixo, como se a mesa do Bar do Peneira fosse um confessionário:

– Eu não tenho dificuldade para escrever essas crônicas. O pessoal do Partido me deixa muito à vontade quando vou cumprir uma tarefa, cobrir uma visita, uma intervenção no Recife. Eu vou, mas no momento da escrita escolho uma pessoa, um ângulo do lugar, uma parede, uma esquina, e faço a minha Estória Brasileira. Lembra, no jornal Movimento? Eu vou, olho, converso, entrevisto, e saio com a realidade humana que eu vi. Já saio dali com os dois primeiros parágrafos na cabeça. Eu conquistei a liberdade de trabalhar para o Partido à minha maneira.

– Entendo - lhe digo. – A sua liberdade é escrever sobre a realidade do povo sem a propaganda política.

– Que é uma realidade política também, mas sem a propaganda. A propaganda é justa, é necessária, mas no seu lugar. Quando escrevo, não. Eu tenho essa liberdade, escrevo e publico o que sinto.

Para mim, há qualquer coisa que falta ali. Luiz do Carmo parece viver num gueto, entre os camaradas do Partido, e nisso obtém a sua história e identidade em um só lugar. No entanto, a sua alma quer ser do Partido e do mundo, numa soma de todos os homens de boa vontade, eu diria. Então o seu núcleo de residência ainda não lhe basta. Ele possui o legítimo desejo de ser reconhecido em todos os cantos onde houver pessoas. Isto, sei agora, enquanto reflito sobre esse dia no Peneira e noto que o calor daquele instante era também um desejo insatisfeito no seio do Partido. Mais de uma vez, num desabafo, ele me falou da pouca consideração que alguns camaradas lhe davam. Como, por exemplo, quando houve uma festa de aniversário comunista e ele quase fica sem convite. "Todo o mundo quer ser convidado. Talvez não tenha mais convite", lhe falaram.

– Eu faço uma contribuição qualificada para a imprensa do Partido. No entanto...

Ele conseguiu dois convites, um deles para mim. Ficou claro para ele, ali, que não era uma Personalidade, com P maiúsculo, das que dão prestígio e aumentam a influência do Partido na Sociedade. Daí a dificuldade em ser convidado na hora da festa, pois o Partido é hoje uma força legal, aceita e requisitada, e muitos querem ser comunistas, porque a ocasião é boa para receber o bônus. Agora não dói. Luiz do Carmo, no seu desabafo, não se expressou desse modo, mas assim o interpreto à distância. Mais preciso, ele expressava: falta entre os companheiros uma cultura literária, o que seria uma abertura para eles mesmos, mas para nós era e é uma necessidade. Dizendo melhor, A necessidade. Aquele nosso diálogo no Gambrinus foi definidor:

– Para você, o que é a literatura?

– É tudo – respondi. Então para ele, em 1970, ainda não era. Mas agora, sim. E por isso ele me pergunta, caloroso no branco do olho:

– Quem me elogia?

E daí veio a explicação, que pareceu para mim na ocasião um ato de solidariedade, mas que nestes dias, relendo os seus escritos, pude ver que fui verdadeiro.

– Beije-me.

– Estou com fome.

– Moqueca?

– Quero peixe cru, descamado, cobertura de coentro.

– Essa agora...

– Essa agora. Estou com desejo.

O garçom trouxe postas de pampo sem cabeça, sem a espinha dorsal, despeladas; ramos de coentro por cima, sal, molho de soja; folhas de hortelã e raspas de gengibre. Ela queria sentir temperos fortes. Com o gengibre, abriria a boca para a brisa gelada.".

A qualidade da sua literatura rejeitava e rejeita qualquer bom-mocismo. Ele era um escritor em busca do que estava além da autorrealização. Era o desejo de ser abraçado pelo valor que lhe davam os leitores. Era, numa palavra, um homem igual a todo escritor, nivelado ao melhor na praia deserta. Sinto o cheiro do perfume barato misturado ao suor da sua passagem pela Praia dos Milagres à noite, quando a polícia estava no seu encalço. O homem é maior que a sua circunstância, reflito. Sei agora que há uma verdade essencial quando agimos solidários: o próximo é um ser igual a nós mesmos. Assim me fere a violência de qualquer racismo. Assim me ofende a humilhação aos marginalizados. Assim me fere a pergunta "quem me elogia?". Era a mesma de mim para mim e sozinho que me fazia de madrugada. Ele era um companheiro de jornada, um camarada igual a mim, mas de modo mais franco e aberto. E eu o convenci, porque do seu valor eu possuía a convicção. Mas nem bêbado eu ousei lhe perguntar o mesmo. Agora, já não posso mais lhe perguntar. As perguntas que não lhe fiz estão sem respostas. E o carro para.

Não estou preparado para ver o corpo da pessoa com quem conversei no Peneira. Só perguntas de monólogo cabem. Então tudo se confunde. Para mim, há um contínuo de momentos em que me vejo num terceiro, de um pesadelo. Encontro uma ex-namorada de Luiz do Carmo a quem não conhecia, mas a quem abraço como um náufrago. As pessoas que nos são caras têm isto, transmitem aos seus o afeto que lhes temos. Pergunto se ela viu o corpo, me responde que não. É doloroso vê-lo, mas não posso fugir, mais uma vez, da responsabilidade que ele me lançava. Antes, há 46 anos, para abrigá-lo na pensão, quando os militares invadiram a casa da sua mãe. E as consequências vindas daí, das quais repousar numa cama sobre o mimeógrafo clandestino foi a mais leve. Mas agora, em um momento cruel, eu não sei, parece definitivo. Então eu peço para ver o corpo do senhor Luiz do Carmo no necrotério. Me respondem que não posso. Quero protestar, mas no íntimo sei que é melhor assim. "Tempo, dá-me um tempo". E sigo para um bar à espera da hora e que ele vá para um caixão. E fico, ficamos, eu, a minha mulher e a ex-namorada de Luiz do Carmo. Disfarço a dor com perguntas objetivas a ela: como ele morreu? por quê?, e com isso pretendo um caminho, uma causa, como se o fim não estivesse escrito para qualquer ser vivo. "As pessoas não morrem assim, de repente, do nada". Mas o nada é agora. Isto é o nada. O que é o nada? Eu me faço perguntas como durante uma febre na infância, quando perdi o sentido das palavras e quase fui à loucura: "o que é o quê? quê?!". É o nada. Então a negação da vida chega para todos. E me ponho a perguntar as razões do seu falecimento, as circunstâncias. Amigos de outros estados me telefonam, mas eu não lhes posso falar. Eu não quero lhes falar, porque seria fazer desabar o mundo que construímos, para o bem ou para o mal. Eu seria capaz de beber todo o álcool, até ir a nocaute. Mas eu não quero ficar desacordado. Quem sabe se a esta altura não volte ao ringue para receber mais pancadas. Então bebo e paro, paro e bebo, e bebo, até que a tarde voe, como o tempo voa rápido, é uma ladeira a descer a mais de 40 anos por minuto. O dia voa, a noite chega. E vem com um aviso: "ele já está no caixão". E vamos. A minha mulher me dá o braço como aos enfermos se dá um braço. É muleta, mas eu estou forte. Para ser estúpido e bêbado, estou muito forte. Para ser covarde e não enfrentar o momento estou fortíssimo. Fortíssimo como a marca de um relógio em nossa juventude. E vou a uma sala de iluminação fraca.

O que não é mais Luiz do Carmo está entre flores. O que foi, eu sei. O que não é, é este sobre o qual os amigos têm os olhos com lágrimas. Então, não sei de onde me vêm palavras que digo a ele me dirigindo a seus filhos. Não sei bem o que falei, apenas possuo imagens que destaquei sobre o escritor. O jornalista. O homem de partido. Mas acima de tudo o companheiro de geração. Olho para o corpo de Luiz do Carmo, olho para os filhos, e só me vem o mais íntimo, o que não posso falar. Eu sei e não posso, não devo, para não cair no mais lamentável espetáculo que um homem pode cair. "Como escutar Ella Fitzgerald? Você não tem vitrola", ele me disse. O mais nu e mais íntimo, que fala da entrega da alma ao melhor, à fruição da arte, ao espírito mais belo e rebelde da juventude. Engasgo, e por estar engasgado sei que devo sair do velório.

A minha mulher me dá o braço. Me atormenta, mas não falo a pergunta que escrevo agora:
 - Para onde vamos?
 Saio carregado.

Capítulo 27

Volto às pensões onde passei dias inesquecíveis na ditadura. Primeiro fui à que deveria estar na Avenida João de Barros, 561. Sei que não é sensato esperar o encontro com o mesmo lugar 46 anos depois. Mas não é irresistível a ambição desse reencontro? Se a lógica nos grita que o mundo não anda conforme a nossa vontade, nem por isso devemos fazer de conta que o desejo não exista. É natural que o coração se mova até os lugares onde fomos felizes ou desesperados. Há o legítimo desejo de reatar as duas pontas, do que fomos e do que temos sido. Até mesmo o futuro é este passado que não cessa.

O prédio devia estar pintado de azul e branco. Muros e paredes de cal e portas e janelas de azul. Para mim ainda é o lugar onde escrevi o conto Pensão Paraíso, que pretendia ser irônico para o seu inferno. Agora, o que vejo é um longo muro, mais alto, o que seria um absurdo para a proprietária na época, que o queria baixinho para ser mais vista pelos candidatos a inquilino. No primeiro andar, está a janela do quarto onde eu dizia que morava. Eufemismo para não dizer o quarto onde eu dormia, mal dormia, mergulhava na leitura de livros com títulos que eram um sarcasmo para mim: *Este lado do Paraíso*, *Cem anos de solidão*, *Em busca do tempo perdido*, e *Crime e Castigo*. Ali, em cima de um colchão de capim seco, li a página em que Raskólnikov assassinou a usurária. Eu lia as páginas e as minhas mãos eram presas de tremor, porque a velha morta me parecia a dona da pensão. Eu também queria matá-la, apesar da minha aparência de jovem pacato, estudante, trabalhador, o disfarce para a vida clandestina que abrigava perseguidos na ditadura. Mas a vontade que eu tinha de matá-la me perseguia, uma pulsão erótica, sem trégua e de perdição, até o momento em que Raskólnikov a matou para mim. No entanto, pela manhã, lá estava ela a fiscalizar a quantidade de comida que a empregada deixava em meu prato. Ela, com seu focinho de ratazana. "Ah, megera", e ocultava o rosto para a futura revolução.

Agora, volto o olhar para a janela, fechada, e alimento a louca ambição de me ver na janela, com o rosto sem barba, com a cara de menino sem mãe, a me acenar de 1970 para 2016. "Olá, Júlio, tudo bom?", eu lhe grito da rua. O rosto na janela é triste, mas se esforça para sorrir, e me responde com um gesto de polegar para baixo. Depois, ergue o dedo até o lábio num pedido de silêncio. E sai com um breve adeus, que pretende ser um aceno solidário de companheiro de luta. "Júlio, volte", grito para a janela vazia. Mas ele não vem, então vou buscá-lo, para me sentar na cama onde ele dorme, que é sua cadeira, gabinete de leitura e sofá de visita. Então lhe pergunto:

– Como tem vivido, companheiro?

– Júlio de 2016, eu não te conheço nem te imagino.

– Mas eu sou o seu futuro, como não me vê?

– Eu não sei se tenho futuro. Posso ser morto a qualquer momento. Como posso ver essa cara de Papai Noel fora de Natal?

– Estou menos feio que você.

– Mas eu tenho a juventude.

– Entendo. Na sua idade, julga que o mundo se realiza agora. Mas não percebe que sou um futuro menos ruim que a sua ambição aos 20 anos?

– Deus do céu, eu não ambiciono pouco. O que faz esse velho barbudo quando não está no shopping no fim do ano?

– Eu sou escritor, Júlio. Esta é a minha honra.

– É pouco. Se eu sobreviver, poderei ser até um filósofo, pensador.

– Deus do céu digo eu. Um pensador de meia-tigela.

– Mas o que escreverei?

– Este diálogo impossível.

Então, em vez do absurdo, penso que mais razoável será o nosso encontro onde estivemos, pelas falas que vêm dos objetos, das paredes, daquela voz murmurada quando o amor se revelou em condições desfavoráveis. E procuro o portão de ferro para entrar. Ele foi arrancado, não mais está no muro alto. Ah, peito velho, aguenta, porque a pensão ainda existe. Quero dizer, sorrio do seu disfarce pelo nome que ostenta: Faculdade de Ciências Humanas de Pernambuco. Sorrio porque mais irônico que o título de Pensão Paraíso é a sua nova identidade, uma faculdade de Direito. Por que os homens rebatizam os lugares de angústia com nomes edificantes? Seria algo como chamar um câncer de Célula da Fraternidade? Sorrio íntimo, sem amargura, porque a pensão ainda está no edifício conservado. Quero entrar, vê-la, revê-la. Não será uma nova Dulcineia de Toboso, me falo, apenas busco o que fomos quando ali sofríamos os dias de 1970.

Sou obrigado a passar por uma guarita onde puseram duas catracas. E me apresento ao vigilante com um mantra, que invento com o costume de jornalista:

– Onde eu posso me informar sobre matrícula na Faculdade?

– Ali na portaria. Vá em frente.

E passo, para me matricular na casa do Direito que jamais tivemos. Me impressiona o piso novo, de cerâmica, bonito para pequeno-burguês ver, mas que faz na memória um lutuoso insulto. Ali existia um piso de cimento sem pintura, sob a varanda, onde passava Jessé a desfilar mais que andar, no papel do homossexual mais ardoroso da pensão. Jessé que escalava a parede do banheiro das mulheres, que era vizinho ao dos homens, para de cima ver os rapazes tomando banho. Mas Jessé vem só na lembrança, ele parece ter sumido com o piso, que parecia ter sido feito para ele como uma passarela. Como eu gostaria de revê-lo. Mesmo envelhecido, poderíamos conversar sobre todas as coisas que eram proibidas. Dos vícios ocultos, das inconfidências, do mal falar e mal dizer das pessoas que o machucavam, que agora seriam objeto da sua justa vingança. O que ele diria se eu lhe perguntasse sobre um jovem magro, estudioso, que trabalhava ali perto na Celpe e morava no primeiro andar? Será que ele soube da presença clandestina de Luiz do Carmo ali? E a viúva, o que ele diria da viúva, da fome de amor que a possuía? Jessé, na sua dignidade de homem cujo direito não fora respeitado, não mais está, sumiu com os demais moradores. E caminho pela varanda como um pesquisador ilógico, pois tenho o método e objeto, mas me falta o essencial, o reencontro vivo com pessoas que se foram. O que eu daria de mim, dos meus dias, para reencontrar Jessé, Aparício, Lúcia, Eva, Severina, Lucas?

Eu poderia ao menos rever os quartos, os corredores onde elas passaram. Isso me ajuda, no estranho método de rever pessoas por seus ambientes. Então entro na sala, que era o grande quarto da proprietária. Nada mais diferente pelo ar de respeitabilidade, decência, que a velha não tinha. Mas eu conheço esse ar de respeito e honradez, é o mesmo das prostitutas domesticadas. Eu conheço desde a infância essa feição de sepulcro caiado. Por trás das flores, arrumo e tintas, há cadáveres. Mas que horror, cidadão, como o senhor é mórbido, a gentil secretária da faculdade diria para mim. Estou próximo ao balcão, onde há um misto de guichê e parlatório para segurança e atendimento. A secretária fala a um jovem que nada possui em comum com os habitantes do que foi este lugar. Ele é alto, branco, com óculos de grife e se expressa como um iletrado da elite. Devo dizer, do que se convencionou chamar elite no Recife: ignorante, reacionário, medíocre, mas com boa renda, real ou presumida. O meio é hostil, de repulsa a tudo que sou. Quando o jovem sai, pelo visto satisfeitíssimo do curso que informará no currículo, a secretária me descobre.

– Pois não?

Ela pergunta, de onde concluo que existo. Não sou um fantasma. Mas eu não sei o que dizer, o que falar. A faculdade está fechada, sem movimento algum, é um período de férias. De que modo eu poderia ver as "turmas", digo, os quartos infames, onde nos liquefazíamos numa destruição prévia? Em outro período, durante as aulas, eu subiria direto, a pretexto de falar a um amigo, uma amiga, uma aplicada estudante de Direito nesta casa de excelência. Agora, o que falar? Mas tenho que ir em frente, a gentil secretária me espera. Ela é a porta do céu ou seu impedimento. Então eu falo, da pior forma possível.

– Eu já morei aqui. – "Uhum", escuto. E continuo. – No tempo em que este prédio era uma pensão. Eu morei na pensão.

O ar da funcionária vai da surpresa, do espanto, até a condescendência, que os sábios têm em relação aos loucos mansos. Mas isso, em vez de me ajudar, me afunda, na mesma situação do ruborizado, que mais se ruboriza porque está ruborizando. A vergonha é um combustível que se autoalimenta. E para me fazer entender, falo:

– Eu sou escritor.

A secretária sorri. Tem diante de si um Papai Noel fora do shopping, que declara ser esta coisa surreal, um escritor. Mas continuo, até para provar que não distribuo presentes no Natal:

– Eu escrevo romances. – Ela sorri aberto. – No romance que escrevo agora, eu visito esta pensão.

A mulher vai gargalhar.

– É um romance muito real. Não é livro de história de namorados, entende? É um romance da vida no Recife.

A secretária já não mais disfarça. Eu seria simpático, com algum nexo, se começasse a mugir, sinto. Mas eu não sei imitar vacas e falo:

– Aqui, no primeiro andar, tinha um amigo que a ditadura procurava como terrorista. A senhora entende? Era uma época de terror...

E paro. A secretária já ri de forma incontrolável. Mas que homem impagável devo ser. Faço humor e não sabia, sou o novo burguês de Molière, que falava prosa e nem tinha a desconfiança. Ela consegue falar:

– Senhor, o senhor é tão engraçado. – E gargalha. – Desculpe. É a maneira do senhor falar. Desculpe.

– Nada – respondo.

– Senhor, senhor, maravilha.

– Maravilha era o Professor Tiridá, um boneco de mamulengo.

– Tira e dá? Senhor... - e não consegue reprimir o riso. – Senhor...

– Mas o importante é isto: eu queria visitar o quarto onde morei. Agora é uma sala de aula, certo? A senhora pode me dar a chave?

– A chave, a chave do seu quarto?! Senhor, senhor...

– Eu não sou Jesus Cristo, moça.

– Eu sei, eu sei. Senhor...

Ela vai engasgar de rir. Então saio e bato a porta.

Lá fora, contemplo o primeiro andar, a janela de onde eu olhava a rua onde estou, quando pensava que a ditadura antes de cair me matava, e sei que sou o que da janela eu não esperava. Eu lhe aceno agora, sem medo do ridículo, pois dou um adeus à janela fechada, à maneira de quem se dirige a um navio distante, a uma paisagem que não verá o seu adeus, mas ainda assim lhe acena, porque lhe manda o coração. Eu me pergunto o que Luiz do Carmo falaria da tentativa louca de recuperação do tempo ali. Não é bem o longínquo 1970, uma subtração arbitrária de 2016. O transcorrer do tempo não é uma sucessão de horas e horas. A distância dos anos está no que vivemos. E tão mais distantes se tornam quanto mais acontecimentos e transformações passamos. Então sigo o meu caminho para o centro do Recife.

Onde está Selene, que me esperava na Princesa Isabel e nos incendiava? Onde Luiz do Carmo a gritar no corredor "Ula, Ula, eu tenho um ponto"? Onde anda o comprido Zacarelli que falava para a cabeça em bronze de Manuel Bandeira? Na Evocação do Recife o poeta falava que estão todos dormindo, profundamente. Mas não, eu os sinto em mim, no corpo, na pele. Todos estão presentes e se apresentam diante de mim. Nos ouvidos e memória canta Ella Fitzgerald, que um dia eu quis ouvir e não podia, mas agora ela me invade o ser. Ela canta até mesmo sem vitrola. Get Ready, agora estou pronto. Não preciso mais da ironia de Open your window. Estou livre na rua e as janelas todas se abrem no espaço. Então ouço vozes, muitas vozes, e tambores. O que é isso? O que é essa alucinação? Estou na calçada, o trânsito parou. É verdade, é real, uma passeata de professores e estudantes caminha na avenida. Eles gritam, estendem faixas e pedem assinaturas num abaixo-assinado. "Mais educação, salário digno para os mestres". Com a mão trêmula, porque estou encantado, movido e comovido, assino. E volto os olhos para os manifestantes, que são muitos e ruidosos. Pareço ouvir "abaixo a ditadura" em outras vozes, em novas bandeiras. Olho de novo e não acredito: aqueles a quem eu procurava estão todos ali. E eu a pensar que estavam mortos, velhos, doentes, alquebrados. Que míope eu sou. Então abro melhor os olhos, os ouvidos, a percepção. Meu Deus, nós somos estes jovens. Então me ponho a sorrir, a gargalhar de quem gargalhava de mim. E vejo o mais íntimo do outro nome da felicidade. Percebo agora: é a mais longa duração da juventude. Pula da tua cadeira de rodas, Zé Batráquio. Levanta do túmulo, Luiz do Carmo. Estes jovens continuam o que fomos. E me ponho então com esta cara de idiota que não quero mais abandonar. "Por que você está assim?", podem perguntar. E eu contente responderei, "por nada". E saio a caminhar por esta cidade redescoberta. Como demorei a saber, Ella Fiztgerald. A tua voz é suave. Tu cantas para todos nós no Recife.

vem... vem... vem pra RUA vem

A HISTÓRIA DA MÚSICA ELETRÔNICA BRASILEIRA
1930 — HOJE
ERIC MARKE
LiteraRUA

LiteraRUA.com.br